HEYNE

Chanel Cleeton

Wir träumten von Kuba

Roman

Aus dem Amerikanischen
von Jens Plassmann

WILHELM HEYNE VERLAG
MÜNCHEN

Die Originalausgabe erschien 2019 unter dem Titel
When We Left Cuba bei Berkley

MIX
Papier aus verantwortungsvollen Quellen
FSC
www.fsc.org
FSC® C014496

Verlagsgruppe Random House FSC® N001967

Deutsche Erstausgabe 01/2020

Printed in Germany
Redaktion: Tamara Rapp
Umschlaggestaltung: Nele Schütz Design/Margit Memminger
unter Verwendung von © Getty Images/Nina Leen
und Shutterstock/Diego Grandi
Satz: Uhl + Massopust, Aalen
Druck und Bindung: GGP Media GmbH, Pößneck
ISBN: 978-3-453-42380-0

www.heyne.de

Für all die Träume, die uns durch die Finger gleiten.
Mögen wir sie eines Tages in den Armen halten.

Prolog

26. November 2016
Palm Beach

Sie ruht in einem eleganten, mit einer üppigen roten Schleife verzierten Korb und trifft kurz nach Mitternacht ein – in dieser magischen Geisterstunde, unmittelbar nach Anbruch eines neuen Tages. Überbracht wird sie von einem dienstbeflissenen Herrn in nüchternem dunklen Anzug, der ebenso schnell verschwindet, wie er gekommen ist, und zurückgelegt hat sie den Weg von dem imposanten Anwesen in Palm Beach in einem silbergrauen Rolls, dessen Besitzer zu den bekanntesten Bewohnern der Insel zählt.

Die Frau trägt den Korb ins Wohnzimmer, das in betont kräftigen Farben gehalten ist. Hier in der Geborgenheit der eigenen vier Wände entfernt sie die Folie, entdeckt den vertrauten französischen Schriftzug, und alle Gedanken daran, den Abend bereits zu beenden, sind vergessen.

Eine Träne rinnt ihr über die Wange.

Die durchsichtige Folie knistert beim Anfassen, und das Glas darunter fühlt sich eiskalt an, so als hätte diese Flasche all die Jahre bestens temperiert für sie bereitgelegen. Sie nimmt den Champagner aus dem Korb und stellt ihn auf die

Hausbar, wo ihre juwelengeschmückten Finger zitternd die Kappe abreißen und den Drahtverschluss aufdrehen.

Das kecke Knallen des Korkens durchbricht die nächtliche Stille. Trotz der späten Stunde ist dieser Anlass viel zu bedeutsam, um ungewürdigt zu bleiben, und ganz sicher werden schon bald allerlei andere Lärmquellen ihrer Ruhe ein Ende bereiten: das klingelnde Telefon, die durcheinanderredenden Stimmen von Freunden und Verwandten, eine Art Spontanfeier nach einem schier endlosen Krieg. Aber bis dahin gibt es nur diesen Moment.

Der Champagner explodiert förmlich auf ihrer Zunge. Es ist der Geschmack von Sieg und Niederlage, von Liebe und Verlust, von Nächten voller Ausschweifungen und Dekadenz in Havanna und Tagen der Verbannung in Palm Beach. Sie erhebt ihr Glas zu einem stummen Toast, und einmal mehr erstaunt sie das Aussehen ihrer Hand, die nicht länger die einer jungen Frau ist, sondern deutlich gealtert und von derart vielen Falten durchfurcht, dass man noch so häufig den Schönheitschirurgen aufsuchen kann, sie verschwinden nicht, sondern belegen nur mit feinem Spott, wie unabänderlich die Zeit der grausamste Dieb von allen bleibt.

Wann ist sie nur so alt geworden?

Eine Karte ist nicht im Korb, aber das ist auch nicht nötig. Wer sonst sollte ihr ein so extravagantes, bewegendes, perfekt zu ihr passendes Geschenk schicken?

Außer ihm.

1

Januar 1960
Palm Beach

Mit dem Sammeln von Heiratsanträgen verhält es sich ähnlich wie mit dem Entwickeln exzentrischer Wesenszüge. Um in der feinen – oder auch nicht ganz so feinen – Gesellschaft Anerkennung zu finden, ist einer davon unbedingte Voraussetzung. Zwei stellen sicher, dass man auf Partys ein viel umworbener Gast ist. Drei fügen dem Ganzen das gewisse Etwas hinzu. Vier sind ein Skandal. Und fünf? Nun, fünf machen einen zur Legende.

Ich blicke hinunter auf den Mann, der in spektakulärer Geste vor mir aufs rechte Knie gesunken ist. *Wie war bloß noch sein Name?* Ein Übermaß an Sekt und Albernheit lässt seinen Oberkörper gefährlich schwanken. Es handelt sich um einen Cousin zweiten Grades des altehrwürdigen Preston-Clans, angeheiratet verwandt mit einem ehemaligen Vizepräsidenten und darüber hinaus Cousin eines amtierenden US-Senators. Sein Smoking ist elegant, seine Vermögenslage wohl eher bescheiden – es sei denn man kalkuliert optimistisch eine großzügige Berücksichtigung beim Erbe einer verstorbenen Tante ein –, und sein schwach ausgeprägtes Kinn spricht dafür, dass bereits zu viele Prestons andere Prestons geheiratet haben.

Andrew? Vielleicht Albert. Oder Adam?

Wir sind uns in Palm Beach auf einem halben Dutzend Partys wie dieser begegnet. Früher in Havanna hätte ich auf solchen Festen den Ton angegeben, heute muss ich katzbuckeln, um überhaupt Einlass zu finden. Der zweite Cousin von Amerikas höchsten Kreisen klingt da gar nicht so übel, schließlich können Bettler sich nicht erlauben, wählerisch zu sein, und Exilanten schon gar nicht. Vernünftig wäre es also, seinen Antrag – die sich so glücklich fügende Nummer fünf in meiner Sammlung – anzunehmen und, dem Beispiel meiner Schwester Elisa folgend, in den heiligen Stand der Ehe zu treten.

Nur wo bleibt da der Spaß?

Getuschel umschwirrt mich, Münder zischen meinen Namen – *Beatriz Perez* –, neugierige Blicke bohren sich in den Rücken meines Abendkleids, geraunte Wörter strömen auf mich ein, krallen sich meinen bauschigen Rock hinauf, grapschen nach den falschen Juwelen um meinen Hals und schmeißen sie zu Boden.

Sieh dir die an.

Hochnäsig. Genau wie der Rest der Sippe. Jemand sollte denen mal klarmachen, dass wir hier nicht auf Kuba sind.

Wie sie die Hüften bewegt! Und dann dieses Kleid!

Haben die nicht alles verloren? Fidel Castro hat doch die Zuckerrohrplantagen, die ihrem Vater gehörten, allesamt verstaatlicht.

Besitzt die denn keinen Funken Schamgefühl?

Mein Lächeln wird noch breiter, bis es die falschen Edelsteine an meinem Hals überstrahlt und zugleich deren Echtheitsgrad entspricht. Ich suche die Menge ab, schaue vorbei am knienden Alexander, der noch immer wie eine Landratte auf hoher See mit dem Gleichgewicht kämpft, vorbei an all den Verteidigern des guten alten Palm Beach, die mich vernichtend anfunkeln – bis ich in einer Ecke meine Schwestern Isabel und Elisa entdecke, die dort mit Sektflöten in den Händen stehen. Ihr Anblick verleiht mir Mut. Er genügt als Erinnerung daran, sich vor nichts und niemandem kleinzumachen.

Ich drehe mich zurück zu Alistair. »Schönen Dank, aber leider muss ich ablehnen.«

Mein Ton ist betont unbeschwert, so als würde ich die ganze Angelegenheit eher als Scherz auffassen. Noch dazu als einen im betrunkenen Zustand herausgerutschten Scherz, worum es sich ja hoffentlich auch handelt. Schließlich hält man doch nicht gleich, wenn man sich in jemanden verliebt, auch schon um dessen Hand an, oder? Ist das nicht … unpassend?

Den armen Arthur macht meine Antwort jedenfalls sprachlos.

Womöglich war die Sache doch kein Scherz.

Dann gewinnt er ganz langsam seine Fassung zurück, und das lässige Grinsen, das seine Lippen permanent umspielte, bevor er auf die Knie sank, kehrt mit aller Macht zurück und sorgt schließlich für die Wiederherstellung eines Gesichtsausdrucks, der sein natürlicher sein dürfte: strotzend vor unbändiger Zufriedenheit mit sich und der Welt, in der er lebt. Er ergreift meine ausgestreckte Hand, presst seine feuchte Handfläche gegen meine und zieht sich mit einem tiefen Grunzen unsicher auf die Beine.

Seine Augen verengen sich, sobald unsere Köpfe auf gleicher Höhe sind – zumindest annähernd auf gleicher Höhe, da mir die von meiner Schwester Isabel geborgten Stöckelschuhe noch einige zusätzliche Zentimeter verleihen.

Sein stechender Blick erinnert an ein Kind, dem man sein Lieblingsspielzeug weggenommen hat und das sich dafür demnächst mit einem öffentlichkeitswirksamen Tobsuchtsanfall rächen wird.

»Sie haben jemanden auf Kuba, der auf Sie wartet, richtig?« Der Unterton ist bissig genug, um körperlich spürbar zu sein.

Erneut setze ich mein hochkarätigstes Lächeln auf, das seinen brillantengleichen Feinschliff einst zu Füßen meiner Mutter erhielt und das in Situationen wie dieser von geradezu unschätzbarem Wert ist. Mit seinen scharfen, eisigen Spitzen warnt es den Adressaten unmissverständlich vor den Risiken, mir zu nahe zu kommen.

Bissig sein kann ich nämlich auch.

»Etwas in der Richtung«, lüge ich nur.

Da der Vertreter ihrer Kreise endlich wieder aufrecht steht und nicht länger herumkriecht vor diesem Eindringling, mit dem man sich in dieser Ballsaison gezwungenermaßen abfinden muss, wendet die Menge naserümpfend, aufseufzend und unter nervösem Rascheln maßgeschneiderter Abendkleider ihre Aufmerksamkeit von uns ab. Meine Familie verfügt gerade noch über ausreichend Geld und Einfluss – Zucker ist in Amerika ein fast ebenso lukratives Geschäft wie auf Kuba –, dass sie es sich nicht leisten können, uns ganz offen zu missachten, aber dieser Status genügt längst nicht, um sie daran zu hindern, über uns herzufallen wie ein ausgehungertes Wolfsrudel, das blutiges Fleisch riecht. Fidel Castro hat uns alle zu Bettlern gemacht, und allein dafür würde ich ihm am liebsten ein Messer ins Herz rammen.

Und plötzlich stehen die Wände zu dicht, ist das Licht im Festsaal zu grell und mein Mieder zu eng geschnürt.

Inzwischen ist nahezu ein Jahr vergangen, seit wir Kuba verließen – für einige wenige Monate, wie wir glaubten. Nur bis die Welt begreifen würde, was Fidel Castro unserer Insel antat. Nahezu ein Jahr, seit Amerika uns in seine nicht unbedingt freudig geöffneten Arme schloss.

So bin ich derzeit umgeben von Menschen, denen meine Gesellschaft missfällt, die ihre Abneigung allerdings hinter einem höflichen Lächeln und geheucheltem Mitgefühl verbergen. Sie recken ihre Patriziernasen in die Luft und sehen auf mich herab, weil meine Familie noch nicht seit den Gründerzeiten in Amerika ansässig ist, nicht auf einem Schiff von England hersegelte oder irgend so ein Unfug. Meine Züge sind eben eine Spur zu dunkel, mein Akzent zu fremd, mein Glaube zu katholisch, und mein Nachname zu kubanisch.

Wie ein geölter Blitz eilt eine ältere Frau, deren Teint und Gesichtszüge denen von Anderson ähneln, auf uns zu und befreit mich von diesem starren Blick, der mich in die Schranken weisen soll. Mein abgewiesener Verehrer entschwindet in einem Wirbel von Givenchy, und ich bin wieder allein.

Ginge es nach mir, würden wir solche Partys – diese einmal ausgenommen – grundsätzlich meiden und gar nicht erst versuchen, uns in die besseren Kreise von Palm Beach zu integrieren. Es geht jedoch nicht um das, was ich möchte. Es geht um meine Mutter, meine Schwestern und um die Bemühungen meines Vaters, seine Geschäftsbeziehungen mithilfe dieser sozialen Kontakte ausreichend zu erweitern, sodass nie wieder jemand die Macht hat, uns zu zerstören.

Und natürlich geht es auch, wie stets, um Alejandro.

Ich steuere einen der Balkone des Ballsaals an und nehme dabei den Saum meines Kleids auf, um nicht irgendwo mit dem feinen Stoff hängen zu bleiben.

Die Türen stehen offen, und kaum trete ich auf den steinernen Balkon hinaus, fährt die Abendbrise in den Rock meines Kleides. Die Luft ist angenehm frisch, der Himmel klar und mit hell leuchtenden Sternen überzogen, der Mond voll. In der Ferne ist das dumpfe Rauschen des Meeres zu hören. Dieses Geräusch hat meine Kindheit geprägt, meine ersten Erwachsenenjahre, und es ruft mich wie Sirenengesang. Ich schließe die Augen, die unvermittelt zu brennen beginnen, und stelle mir vor, auf einem anderen Balkon zu stehen, in einem anderen Land, zu einer anderen Zeit. Was, wenn ich jetzt einfach zum Wasser gehe, die Party hinter mir lasse, mir die drückenden Schuhe ausziehe und meine Zehen in den Sand grabe, während das Meerwasser meine Knöchel umspült?

Eine Träne läuft mir über die Wange. Ich hätte nie gedacht, dass man einen Ort so sehr vermissen kann.

Mit dem Handrücken wische ich mir über die feuchte Haut und lenke meinen Blick auf den Rand der Balkons, hinter dem sich die Palmen im Wind wiegen.

Ein Mann lehnt an der Balustrade, halb in Dunkelheit gehüllt, halb beschienen vom Mondlicht.

Er ist groß, hat blonde, eigentlich schon rötliche Haare.

Seine Arme stützen sich auf das Geländer, seine Schultern spannen den maßgeschneiderten Smoking.

Ich mache einen Schritt zurück, und er bewegt sich …

Ich erstarre.

Oh.

Oh.

Wenn einem die Leute das ganze Leben lang erzählen, wie schön man ist, dann hat das zur Folge, dass es immer stärker an Bedeutung verliert, je häufiger man es hört. Was meint »schön sein« überhaupt? Dass die eigenen Gesichtszüge in einer Weise geformt sind, die irgendjemand irgendwo einmal vollkommen willkürlich für besonders ansprechend erklärt hat? Da hinkt »schön sein« doch deutlich hinter den anderen Dingen her, die man sein kann: klug, interessant, mutig. Und dennoch …

Er ist schön. Erschreckend schön.

Es macht den Eindruck, als wäre er mit breitem Strich gemalt worden, als hätte der Künstler sein Gesicht mit ausgelassenen Pinselschwüngen und -wirbeln verewigen wollen. Ein Gott, der herabgestiegen ist, um sich in die Angelegenheiten der gewöhnlichen Sterblichen einzumischen.

Verstörend schön.

Er sieht aus wie ein Mensch, der nie vor der Frage gestanden hat, ob er am nächsten Tag noch ein Dach über dem Kopf hat, der nie um das Leben des eigenen Vaters, der mit acht weiteren Männern in einem Käfig hockt, fürchten musste, der nie das einzige Leben, das er je gekannt hat, zurücklassen und fliehen musste. Nein, er zählt eher zu denen, die vom Augenblick, da sie morgens erwachen, bis zu dem Moment, wo sie abends den Kopf aufs Kissen schmiegen, von allen Seiten hören, wie perfekt sie doch sind.

Auch er hat mich bemerkt.

Golden Boy lehnt sich mit verschränkten Armen an die Brüstung. Sein Blick richtet sich erst auf meine Frisur, für die Isabel und ich eine geschlagene Stunde gebraucht haben, während der wir die fehlende Hilfe durch ein Mädchen ausgiebig verfluchten. Von meinem dunklen Haar wandert er über mein Gesicht hinab zum Dekolleté des tief ausgeschnittenen Abendkleids und dem kitschigen falschen Schmuck, mit dem ich mir plötzlich so unübersehbar billig vorkomme – als müsste er sofort die Hochstaplerin in mir erkennen –, bis hinunter zu meiner Taille, meinen Hüften.

Ich weiche noch einen Schritt zurück.

»Soll ich jetzt Cousine sagen?«

Seine Worte lassen mich innehalten, verhindern jede weitere Bewegung wie eine Hand, die sich um meine Taille legt. Als wäre das ein Mann, der es gewohnt ist, stets seinen Willen zu bekommen – ohne nennenswerte Anstrengung.

Ich hasse solche Männer.

Der glatte, forsche Ton seiner Stimme, frei von allem Fremdländischen – zumindest allem falschen Fremden –, entspricht, wie ich gelernt habe, exakt dem, was in diesem Land Reichtum zum Ausdruck bringt. Es ist ein Ton, durchdrungen von der Gewissheit, dass jedes Wort begierig aufgesaugt wird.

Ich hebe fragend eine Braue. »Wie bitte?«

Er stößt sich von der Brüstung ab und überwindet mit ein paar langen Schritten die Entfernung zwischen uns, bis er so dicht vor mir steht, dass ich den Kopf in den Nacken legen muss, um seinen Blick zu erwidern.

Seine Augen sind vom gleichen Blau wie das Meer an den tiefen Stellen draußen vor der Malecón.

Ohne den Blickkontakt zu unterbrechen, streckt er die Hand aus und fährt mit dem Daumen über meinen noch freien Ringfinger. Seine Berührung ist ein Schock und reißt mich aus dem Dämmer dieser Party, die mich seit Stunden anödet. Er verzieht den Mund zu einem Lächeln, und prompt bilden sich an seinen Augenwinkeln bündelweise kleine Falten. Schön zu sehen, dass selbst Götter nicht ohne Fehler sind.

»Andrew ist mein Cousin«, erklärt er in leicht amüsiertem Ton.

Irgendwie beherrschen die meisten Reichen, die tatsächlich noch reich sind, diese Technik, etwas so verhalten spöttisch klingen zu lassen, als käme jeder zusätzliche Hauch Belustigung einem entsetzlichen Fauxpas gleich.

Andrew. Immerhin hat der fünfte Heiratsantrag nun einen Namen. Und mein Gegenüber selbst hat womöglich einen höchst prominenten. Ist er ein Preston oder irgendwie anders verwandt mit Andrew?

»Wir haben alle mit atemloser Spannung darauf gewartet, wie Ihre Antwort ausfällt«, fährt er fort.

Wieder ist da diese leichte Amüsiertheit, die eine effektive Waffe sein kann, wenn man sich ihrer geschickt zu bedienen versteht. Er besitzt zwar die gleiche überheblich spitze Art, die hier jeder an sich zu haben scheint, allerdings habe ich das Gefühl, dass er dabei eher *mit* mir lacht als *über* mich, was eine willkommene Abwechslung darstellt.

Ich gewähre ihm ein Lächeln von leicht gemilderter Schärfe. »Ihr Cousin besitzt wirklich ein untrügliches Gespür für den günstigsten Moment sowie eine ausgeprägte Vorliebe dafür, ein möglichst großes Publikum anzuziehen.«

»Und einen exzellenten Geschmack, nicht zu vergessen«, ergänzt Golden Boy mit samtiger – viel zu samtiger – Stimme und erwidert mein Lächeln mit einem, das noch grandioser gerät als sein erstes.

Gut ausgesehen hat er auch schon zuvor, aber das hier ist einfach unglaublich.

»Stimmt genau«, pflichte ich bei.

Mit falscher Bescheidenheit kann ich gerade gar nichts anfangen. Wenn man nicht einmal selbst für sich kämpft, wer dann?

Er beugt sich noch näher, als wollte er mir ein Geheimnis verraten. »Kein Wunder, dass Sie den ganzen Saal in helle Aufregung gestürzt haben.«

»Wer? Ich?«

Ein kurzes, glucksendes Lachen, tief und verführerisch, wie der erste Schluck Rum, der sich wohlig im Magen ausbreitet. »Sie wissen nur zu gut, welche Wirkung Sie ausüben. Ich habe Sie doch eben gesehen.«

Wie konnte er mir bloß entgehen? Unauffällig in der Menge verschwinden kann eine solche Erscheinung ganz sicher nicht.

»Und was genau haben Sie gesehen?«, frage ich, ermutigt durch die Tatsache, dass sein Blick nach wie vor unverwandt auf mir ruht.

»Sie.«

Mein Herzschlag steigt.

»Nur Sie«, raunt er eben noch laut genug, um über Meeresrauschen und Wind hinweg hörbar zu bleiben.

»Ich habe Sie gar nicht bemerkt.« Meine eigene Stimme klingt belegt und fremd. Wie die eines Menschen, den so etwas tatsächlich verunsichert.

Auch mein Blick hat sich bislang nicht von ihm gelöst.

Seine Augen weiten sich leicht, und ein Grübchen bohrt sich in seine Wange. Noch ein Zeichen der Unvollkommenheit, das ihm angerechnet werden kann, obwohl es sein Aussehen eigentlich eher charaktervoller macht als schwächt.

»Sie verstehen sich wirklich darauf, einem Mann das Gefühl zu geben, etwas Besonderes zu sein.«

Ich krümme die Finger und balle eine Faust, um nicht der Versuchung zu erliegen, diesem Drang, den Arm zu heben und meine Handfläche auf seine Wange zu legen.

»Gewiss sind hier noch jede Menge Leute, die Ihnen dieses Gefühl geben.«

Wieder dieses Lächeln. »Mag sein«, räumt er ein.

Ich drehe mich, sodass wir Schulter an Schulter stehen und in den vom Mond beschienenen Nachthimmel blicken.

Er wirft mir einen Seitenblick zu. »Dann ist es also wahr, wie?«

»Was ist wahr?«

»Es heißt, Sie hätten Havanna wie eine Königin beherrscht.«

»In Havanna gibt's keine Königinnen. Nur einen Tyrannen, der es darauf abgesehen hat, König zu werden.«

»Ich darf daraus entnehmen, dass Sie kein großer Fan der Revolutionäre sind, richtig?«

»Kommt darauf an, von welchen Revolutionären Sie sprechen. Einige waren durchaus zu etwas zu gebrauchen. Aber Fidel und Konsorten sind kaum mehr als Geier, die sich am Kadaver gütlich tun, zu dem Kuba geworden ist.« Ich gehe so dicht an ihm vorbei, dass der Rock meines Abendkleids seine elegante Smokinghose streift, und trete ein paar Schritte vor. Ich spüre ihn unmittelbar hinter mir, spüre seinen Atem in meinem Nacken, vermeide es jedoch, den Kopf zu wenden. »Mit Präsident Batista musste Schluss gemacht werden. Für diesen Schritt haben sie gesorgt. Jetzt müssten wir bloß die Sieger wieder loswerden.«

Ich drehe mich zu ihm um.

Schimmerten seine Augen eben noch eher teilnahmslos, so macht ihr Funkeln sie jetzt schon weitaus interessanter. »Und sie durch wen genau ersetzen?«

»Jemanden, dem Kuba und dessen Zukunft wirklich am Herzen liegt. Jemand, der bereit ist, die Insel aus dem amerikanischen Joch zu befreien.« Es kümmert mich wenig, dass er selbst Amerikaner ist. Ich bin es nicht, und ich hege auch nicht den Wunsch, so zu tun, als ob ich es wäre. »Jemand, der die Macht der Zuckerindustrie verringert«, füge ich hinzu und widerspreche mit diesen Worten der Position, die meine Familie vertritt. Doch ungeachtet des Reichtums, den uns der Zuckerhandel beschert hat, ist es doch unmöglich, den schädlichen Einfluss zu leugnen, den dieser Wirtschaftszweig auf unserer Insel ausgeübt hat, ganz egal wie energisch unser Vater das versucht. »Jemand, der uns wahre Demokratie und Freiheit bringt.«

Eine Weile mustert er mich schweigend auf die gleiche taxierende Art wie zu Beginn, und ich weiß nicht, ob es am

Wind liegt oder an seinem Atem auf meinem Hals, jedenfalls spüre ich, wie Gänsehaut meine Arme überzieht.

»Sie sind eine gefährliche Frau, Beatriz Perez«, sagt er schließlich.

Meine Lippen kräuseln sich zu einem Lächeln. Ich neige den Kopf zur Seite und studiere ihn aufmerksam, während ich zugleich verzweifelt darum bemüht bin, mir eine gewisse Freude über die Bezeichnung »gefährliche Frau« sowie über die Tatsache, dass er meinen Namen kennt, nicht anmerken zu lassen.

»Gefährlich für wen?«, bohre ich nach.

Er antwortet nicht, aber das ist auch nicht nötig.

Stattdessen noch so ein Lächeln. Und ein weiteres Grübchen. »Die Spur an gebrochenen Herzen, die Sie hinter sich herziehen, ist von beträchtlicher Länge, könnte ich mir denken.«

Ich zucke mit den Achseln und nehme zur Kenntnis, wie er dabei meine nackten Schultern mustert. »Ein oder vier Anträge vielleicht.«

»Zuckerbarone und Sprösslinge aus Rum-Dynastien oder eher bärtige Freiheitskämpfer mit wilden Mähnen?«

»Ich bin vielseitig interessiert, sagen wir es so. Einmal habe ich sogar Che Guevara geküsst.«

Ich weiß selbst nicht genau, wen von uns beiden dieses Geständnis mehr verblüfft. Keine Ahnung, warum ich es beichte, warum ich plötzlich einem wildfremden Mann ein Geheimnis anvertraue, das nicht mal meine Angehörigen kennen. Wahrscheinlich um ihn aus der Fassung zu bringen – Amerikaner sind schrecklich leicht zu schockieren. Und um ihn zu warnen, dass er es hier nicht mit einem dieser einfältig grinsenden Ballfräulein zu tun hat. Ich habe Dinge gesehen und getan, die er sich nicht vorstellen kann.

Außerdem lässt sich Kraft ziehen aus dem Bewusstsein, wie weit man zu gehen bereit war in einem solch törichten Versuch, den eigenen Vater aus La Cabaña, Guevaras elendstem Kerkerloch, zu befreien. Für eine gute Story taugt es allemal, auch wenn sich in meinem Innern beim Bild dieses jungen Mädchens, das in seiner hybrishaften Selbstüberschätzung glaubt, mit einem Kuss ein Leben retten zu können, inzwischen alles zusammenzieht.

»Und, hat es Ihnen gefallen?«, fragt Golden Boy mit unergründlicher Miene. Es ist, als hätte er abrupt eine äußerst clevere Maske übergestreift. Sehr wirkungsvoll. Ich kann nicht einmal erkennen, ob er schockiert ist, oder ob er mich nur bemitleidet. Persönlich würde ich gesellschaftliche Verachtung seinem Mitgefühl jederzeit vorziehen.

»Der Kuss?«

Er nickt.

»Lieber hätte ich ihm die Kehle durchgeschnitten.«

Anerkennend bemerke ich, dass ihn die blutrünstige Erwiderung mit keiner Wimper zucken lässt.

»Warum haben Sie es dann getan?«

Zu meiner – und wahrscheinlich auch seiner – Überraschung entscheide ich mich für die Wahrheit und nicht für eine Ausflucht. »Weil ich die Nase voll hatte davon, ständig den Aktionen der anderen ausgeliefert zu sein, und endlich selbst etwas unternehmen wollte. Und weil ich jemandem das Leben retten wollte.«

»Ist es Ihnen gelungen?«

Mein Mund wird staubtrocken, schmeckt nach Asche und Scheitern. »Damals schon.«

Der kurze Kraftschub ruft unweigerlich ein anderes Gefühl wieder wach: die Erinnerung an das Leben, das ich nicht retten konnte. An das Auto, das mit quietschenden Reifen vor dem riesigen Tor unseres Anwesen hält, an die sich öffnende Tür und den noch warmen Leichnam meines Zwillingsbruders, der hinausgeworfen wird, und an sein Blut, das auf genau die Treppenstufen rinnt, wo wir als Kinder zusammen gespielt haben, während ich seinen Kopf in meinen Schoß lege und weine.

»Ist es so schlimm, wie alle erzählen?« Irgendetwas, das ich kaum ertragen kann, hat seinem Ton jede Schärfe genommen.

»Schlimmer.«

»Unvorstellbar.«

»Für Sie hier ganz sicher. Sie ahnen ja nicht, wie viel Glück Sie haben, in dieser Zeit an diesem Ort zu leben. Ohne Freiheit hat man gar nichts.«

»Und was würden Sie einem Menschen raten, dem nur noch wenige Minuten Freiheit bleiben?«

»Zu flüchten«, antworte ich lakonisch.

Schemenhaft huscht ein Lächeln über sein Gesicht, aber ganz offensichtlich nimmt er mir nicht ab, was ich ihm vormache, und es gefällt mir, dass er sich nicht von der Fassade blenden lässt.

Ich ändere meine Antwort. »Die letzten Minuten, die ihm verbleiben, in vollen Zügen zu genießen.«

Gern hätte ich mich nach seinem Namen erkundigt, aber

der Stolz hält mich zurück. Der Stolz und die Angst. Dabei ist für solche Luxusregungen in meinem derzeitigen Leben gar kein Platz.

Ich schließe für eine Sekunde die Augen und blicke danach auf eine ausgestreckte Hand, die darauf wartet, dass ich meine hineinlege.

»Tanzen Sie mit mir.«

Das trockene Gefühl im Mund ist zurück. Ich schlucke, mustere ihn mit leicht zur Seite geneigtem Kopf und tue so, als würde mein Herz nicht wild in meiner Brust hämmern und es mir nicht in den Fingern jucken, diese Hand zu ergreifen. »Klingt irgendwie mehr nach einer Herausforderung als nach einer Einladung.«

Die Musik dringt leise bis auf den Balkon hinaus, wo sie ein sanftes Hintergrundgeräusch für den Abend bildet.

»Würden Sie mir diesen Tanz gewähren, Beatriz Perez, Rebellenküsserin und Herzensräuberin?«

Er ist unverschämt gewandt und lässig, weswegen er mir wiederum unverschämt gut gefällt

Ich schüttle lächelnd den Kopf. »Von geraubten Herzen habe ich nichts gesagt.«

Er kontert mein zurückhaltendes Lächeln mit einem so spektakulären Strahlen, dass es mich regelrecht blendet. »Nein, aber ich.«

Habe ich hier auch nur den Hauch einer Chance?

Er tritt erneut so dicht auf mich zu, dass lediglich eine Handbreit Platz ist zwischen uns und meine Augen auf Höhe seines schneeweißen Hemdkragens sind. Während mir der Duft seines Eau de Cologne in die Nase dringt, legt er die rechte Hand auf meine Taille, und ich spüre durch den dünnen Stoff meines Kleids ihre Wärme. Seine freie Hand ergreift meine rechte, und unsere Finger umfassen einander.

Mit wild pochendem Herzen folge ich seiner Führung. Wie kaum anders zu erwarten, ist er ein sicherer, geschmeidiger Tänzer.

Wir reden kein Wort. Angesichts des Zwiegesprächs zwischen unseren Körpern, dem Rascheln der Kleidung, den flüchtigen Berührungen, die sich auf meiner Haut einbrennen, wären Worte ohnehin weit unpersönlicher und letztlich überflüssig.

Wenn eine Frau reihenweise Heiratsanträge erhält, denken die Leute natürlich sofort, sie mache den Männern ständig schöne Augen. Womöglich habe ich das früher auch getan, aber mittlerweile käme mir so ein kokettes Auftreten albern vor. Ich stehe jetzt irgendwo zwischen dem Mädchen, das ich einmal war, und der Frau, die ich gerne sein möchte.

Das Musikstück endet und wird abgelöst von einem mit viel zu viel Tempo. So strebt der Tanz einerseits nach Ewigkeit und bricht doch andererseits von einem Augenblick auf den anderen ab. Mit einer dezenten Verbeugung lässt er mich los. Sofort dringt kalte Luft in die entstehende Lücke. Meine Finger vermissen den sanften Druck seiner Hand, und der Schock über seinen abrupten Rückzug ist erstaunlich groß.

Ich schaue ihm in die Augen und wappne mich für die geballten Flirtversuche, die nun unweigerlich folgen werden: Einladungen zum Mittag- oder Abendessen, Komplimente darüber, was für eine gute Tänzerin ich bin, dazu flammende Blicke. Ich kann romantische Techtelmechtel derzeit jedoch gar nicht brauchen … auch wenn ich gestehen muss, dass der Gedanke an eine vorübergehende Romanze mit diesem Mann einigen Reiz auf mich ausübt.

Er lächelt. »Ich danke Ihnen für diesen Tanz.«

Ich verfolge, wie er davongeht, und weiß genau, dass er sich gleich umdrehen und mich anschauen wird.

Er tut es nicht.

Verblüfft bleibe ich zurück, während er im Ballsaal verschwindet und eintaucht in eine Welt, der er zweifelsfrei angehört. Es dauert ein paar Minuten, bis ich bereit bin, ebenfalls wieder hineinzugehen ins Reich der glitzernden Kronleuchter und der abweisend funkelnden Augen.

Als ich durch die Balkontüre trete, steht Isabel seitlich davon an der Wand. Elisa ist nirgends zu sehen

»Sie ist nach Hause gegangen«, antwortet Isabel auf meine Frage. »Ihr war nicht gut.«

Ein Kellner nähert sich mit einem Tablett Sektgläser. Weitere über den Saal verteilte Kellner bieten den anderen Gästen Sekt an, während das Gemurmel der Feiernden durch den Raum hallt. Überall wird hinter vorgehaltener Hand getuschelt, Namen werden geraunt, es herrscht die angespannte Ruhe wie vor einem Eklat.

Neugierig, welcher neue Tratsch alle so gebannt beschäftigt, studiere ich die Menge und suche nach Golden Boy, bis ich mit ihm die Lösung des Rätsels entdecke …

Er steht ganz vorne im Raum unmittelbar neben dem Orchester, in Begleitung eines älteren Ehepaars und einer jungen Frau.

Oh.

Oh.

Ich erspare es mir, all ihre Schönheitsfehler unter die Lupe zu nehmen, da ich fürchte, nicht fündig zu werden und mir selbst damit keinen Gefallen zu tun. Dass *ihre* Familie von einem der großen Segelschiffe zur Gründerzeit dieser Nation stammt, könnte klarer nicht sein. Mit ihrem blonden Haar und den fein geschnittenen Zügen sieht sie atemberaubend aus. Die perfekte Entsprechung zu dem Traumprinzen an ihrer Seite. Das Kleid ist im Stil der neuesten Mode geschnitten, ihr Schmuck ganz bestimmt nicht falsch und ihr Mund zu einem hübschen Lächeln geschwungen.

Und wer könnte ihr dieses Lächeln verdenken?

Gemeinsam mit allen anderen im Ballsaal erhebe ich mein Sektglas zu Ehren des glücklichen Paars, als der Vater der künftigen Braut die Verlobung seiner Tochter mit einem gewissen Nicholas Randolph Preston III. bekannt gibt. Er ist also nicht nur *irgendein* Preston. Er ist *der* Preston. Der amtierende US-Senator, dem nachgesagt wird, er hege Ambitionen, eines Tages ins Weiße Haus einzuziehen.

Unsere Blicke begegnen sich über den Ballsaal hinweg.

Wie konnte ich nur das nicht sofort erkennen? Letztlich ist alles im Leben eine Frage des richtigen Timings.

Eben noch Silvester 1958, und die eigene Welt besteht aus Partys und Shoppingtrips. Gleich darauf Silvester 1959, und alles ist nur noch Soldaten, Waffen und Tod.

Man begegnet einem Mann auf dem Balkon und vergisst für einen winzigen Moment, wer man ist, bloß um anschließend prompt wieder daran erinnert zu werden, wie launenhaft das Schicksal ist.

Ich leere das Glas, nicht unbedingt damenhaft, in einem einzigen Zug.

Und dann sehe ich *ihn* – den, dessentwegen ich eigentlich gekommen bin –, und nichts anderes ist mehr von Bedeutung.

Anders als Nicholas Preston ist dieser Mann klein und korpulent. Auf seinem Kopf bildet sich bereits eine Glatze, und die Nase würde besser in ein weit größeres Gesicht passen. Sein Smoking scheint ihn einzuschnüren wie eine Zwangsjacke. Meine Nachforschungen haben ergeben, dass er zu solchen Feiern nur eingeladen wird, weil seine Frau in Wohltätigkeitskreisen hoch angesehen ist. Ehrfurchtsvoll tuscheln die Ballgäste überall noch immer ihren Mädchennamen. Er für seinen Teil bevorzugt es dagegen eindeutig, im Dunkeln zu operieren.

Der erste Eindruck entspricht haargenau den Informationen, die ich über ihn in Erfahrung bringen konnte: ein Mann, der nicht davor zurückscheut, die Ärmel hochzukrempeln und sich die Finger schmutzig zu machen, und der seinen Spaß daran hat, die politisch Mächtigen dieser Welt wie Figuren auf einem Schachbrett herumzuschieben.

Sein Nachname ist Dwyer, und er ist bei der CIA verantwortlich für Lateinamerika.

Ich habe gelogen, als der demnächst heiratende US-Senator Nicholas Randolph Preston III. mir eben die Frage nach der Freiheit stellte. Ich würde sie noch einmal genießen – aber nur ganz kurz.

Gleich danach würde ich bis aufs Blut darum kämpfen, um sicherzustellen, dass sie mir nie wieder irgendjemand nehmen kann.

So charmant es ist, mit Prinzen im Mondlicht zu tanzen, es sind weitaus wichtigere Gründe, die mich heute Abend hergeführt haben. Ich bin gekommen, um einen Mann zu treffen, der mir dabei helfen wird, den Tod meines Bruders Alejandro zu rächen und Fidel Castro zu töten.

2

Derselbe Balkon. Ein anderer Mann. Der gleiche taxierende Blick, diesmal jedoch ohne jedes Gefühl der Bewunderung oder Verlockung. Und tanzen werden wir ganz bestimmt nicht, auch wenn die Musik im Hintergrund weiter zu hören ist.

»Allem Anschein nach haben wir einen gemeinsamen Feind«, sagt Mr. Dwyer. Die grobschlächtigen Züge sind zu einer routinierten Maske erstarrt. Seine Augen ruhen auf meinem Gesicht, meinem Körper. Mit jeder Faser ist der Geheimdienstchef bei seiner ersten eingehenden Prüfung – regungslos, gründlich, opportunistisch.

Die CIA hat in Lateinamerika stets blutig und brutal Einfluss genommen. In den Kreisen, in denen ich mich nach dem Tod meines Bruders mehr denn je bewege, wird hinter vorgehaltener Hand viel über deren Einmischung in Ländern wie Guatemala geredet.

»Den haben wir«, bestätige ich.

»Und Sie glauben, uns dieses Problem vom Hals schaffen zu können?«

Dwyer entnimmt einem goldenen Etui eine schlanke Zigarette und bringt sie mit einem passend gravierten Feuerzeug knisternd zum Brennen. Eine erste Rauchwolke steigt in die Luft, und der berauschende Tabakduft vermischt sich mit dem Parfüm, das ich mir auf die Pulsstellen aufgetragen habe.

»Das tue ich.«

Es mag sonderbar erscheinen, dass ich als Frau und mit nur zweiundzwanzig Jahren hier auf diesem Balkon stehe und nicht jemand wie mein Vater, der das Spiel um Macht und Einfluss schon ein Leben lang betreibt – aber gerade Alter und Geschlecht machen aus mir eine vielversprechende Waffe. Damit die Sache gelingt, brauchen sie jemanden, der dicht an Fidel herankommt, jemanden, der sein Interesse weckt und den er zugleich nicht als Bedrohung wahrnimmt. Und wer wäre leichter zu unterschätzen als eine Frau, noch dazu eine naive, junge Tochter aus reichem Haus? Fidel besitzt so einige Laster, und seine besondere Schwäche für weibliche Schönheit ist allgemein bekannt.

»Sie haben seinerzeit enge Kontakte zu den Rebellen in Havanna unterhalten«, erklärt Dwyer mit hartem, leicht abschätzigem Blick. Das Verhältnis der CIA zum ehemaligen kubanischen Präsidenten Batista war – vorsichtig formuliert – nicht ganz unkompliziert, und Menschen wie ich hatten über die Jahre hinweg zu deren Problemen einen nicht unbedeutenden Beitrag geleistet.

Krieg sorgt für sonderbare Bettgenossen.

»Richtig.«

»Wegen Ihres Bruders?«

Womöglich ist er der Meinung, mich mit solchen Details, die er aus meinem Leben zusammengetragen hat, überrumpeln zu können, aber mich überrascht es wenig, dass er über Alejandros Verwicklung in die Revolution und seinen Tod Bescheid weiß.

Schließlich haben die Amerikaner auf Kuba schon lange überall ihre Finger im Spiel und ziehen hinter den Kulissen für Leute wie Batista die Strippen.

»Zu Beginn«, antworte ich, jetzt deutlich kühler.

Dwyer lächelt, was auf einem Gesicht, dessen Falten und Furchen offenbar nur selten Anlass zu einem freundlichen Ausdruck finden, wie eine unnatürliche Anstrengung wirkt. »Miss Perez, ich bin bestens vertraut mit der Technik, sich nicht in die eigenen Karten sehen zu lassen, glauben Sie mir, aber Sie haben um dieses Treffen gebeten, und wenn Sie mich davon überzeugen wollen, dass ich hier nicht meine Zeit verschwende, sollten Sie jetzt auf den Punkt kommen.«

Auf Kuba leiden und sterben die Menschen, während hier ein Smokingträger zwischen ein paar Zigarettenzügen gelangweilt über einen Staatsstreich nachsinnt. Dass er daran vermutlich auch noch Vergnügen findet, macht alles nur noch schlimmer.

»Sie würden sich doch gar nicht mit mir treffen, wenn Ihre Lage nicht einigermaßen verfahren wäre«, erwidere ich, und meine Selbstsicherheit wächst mit jedem Wort. »Sie wären nicht hier, wenn Sie nicht neue Ideen bräuchten, wie Sie näher an Fidel herankommen«, fahre ich fort. »Wenn er nicht sämtliche diplomatischen Offerten, die Sie ihm gemacht haben, zurückgewiesen hätte. Ich bin hier diejenige, die alles aufs Spiel setzt – meinen Ruf, den meiner Familie, ja, mein Leben. Wie soll ich da stärker auf Sie angewiesen sein als Sie auf mich? Erklären Sie mir das? Ich kann mir jederzeit einen reichen Mann angeln, der mir einen Ring über den Finger streift und mir eine riesige Villa kauft, während die Welt um mich herum in Flammen steht. Sie hingegen sind der, dem die kommunistische Gefahr direkt im Nacken sitzt und dessen Kopf rollen wird, wenn Lateinamerika verloren geht. Ihnen droht hier ein gewaltiges Pulverfass nur neunzig Meilen von der amerikanischen Küste entfernt. Sie brauchen Kuba. Und Sie brauchen mich. Also beleidigen Sie nicht unserer beider Intelligenz, indem Sie das Gegenteil behaupten.«

Hinter einer weiteren Rauchwolke neigt er in gekünsteltem Respekt den Kopf. »Dass Sie nicht bloß eine dieser unbedarften Schönheiten sind, erwähnte Eduardo bereits.«

Der Vater von Eduardo Diaz ist ein guter Freund meines Vaters, und Eduardo, der meiner Familie gemeinsam mit vielen anderen dabei geholfen hat, sich hier in den Staaten einzugewöhnen, ist es auch gewesen, der dieses kleine Treffen arrangiert hat.

Dwyer zieht erneut an seiner Zigarette. »Sie möchten gern noch einmal von vorne anfangen? Schön. Warum sollte Castro Sie so dicht an sich heranlassen?«

»Weil er ein Mann ist.«

Braucht es da wirklich noch mehr Erklärungen? Man erntet schließlich nicht fünf Heiratsanträge, ohne das ein oder andere über die Beeinflussbarkeit von Männern zu lernen.

»Sind Sie ihm schon einmal begegnet? Hat auch er um Ihre Hand angehalten?«

Wie es scheint, eilt mir mein Ruf mal wieder voraus.

»Nein, das Vergnügen blieb mir bislang verwehrt. Allerdings bin ich diverse Male Guevara begegnet.«

»Und Guevara vertraut Ihnen?«

Ich erlaube mir ein etwas undamenhaftes Schnauben. »Wohl

kaum. Ich schätze, der Punkt schert ihn herzlich wenig. Aber geht es nicht genau darum? Ich bin das junge Ding, das sie alle aus der Klatschpresse kennen. Eine dieser berüchtigten Zuckerköniginnen, die sie so verachten und denen sie zugleich einfach nicht widerstehen können. Als echte Bedrohung betrachtet mich keiner von denen. Und zieht man ihr extrem ausgeprägtes Selbstbewusstsein in Betracht, zusammen mit ihrer Abneigung gegenüber meiner Familie und dem Prestige meines Nachnamens, so sollte die Vorstellung, meinen Vater auf diese Weise zu demütigen, eine unwiderstehliche Verlockung für sie darstellen. Neben allem anderen.«

Es erübrigt sich, den Gedanken zu Ende zu führen. Ob Revolutionäre oder Despoten, macht keinen Unterschied. Letztlich sind sie alle nur Männer, die von anderen Dingen als ihrem Verstand angetrieben werden.

Dwyers Blick taxiert noch einmal meine Erscheinung, wandert über meine wohlgeformten Kurven und registriert zugleich die Anzeichen für meine derzeit beschränkten finanziellen Mittel. So entspricht das Kleid nicht ganz der letzten Mode, die schlecht sitzenden Schuhe sind augenscheinlich nicht meine, und die Kette um meinen Hals funkelt viel zu künstlich.

Trotz meines betont forschen Auftretens brauche ich diese Chance auch aus ganz persönlichen Gründen, und das weiß Dwyer genau.

»Wie planen Sie denn, an ihn ranzukommen? Auf Kuba selbst?«

Verlockend hält er mir diese Option vor die Nase, wie man es bei einem Kind mit einer Tafel Schokolade macht. Was würde ich nicht alles tun, um an den einzigen Ort heimkehren zu können, an dem ich mich jemals zu Hause gefühlt habe – zurück zu Freunden und Freundinnen, all meinen Verwandten, meinen Landsleuten –, und damit dieser endlosen Warterei ein Ende zu bereiten?

»Womöglich«, antworte ich. »Oder wenn er zu einem diplomatischen Besuch in die Vereinigten Staaten reist.«

Castro ist schon im vergangenen April, drei Monate nach der Machtübernahme, zu Gast in den Vereinigten Staaten gewesen. Präsident Eisenhower hat zwar zum Glück die Größe besessen, ihn nicht zu empfangen, aber dafür ist Fidel mit Vizepräsident Nixon zusammengetroffen. Dem Gesichtsausdruck meines Gegenübers nach zu urteilen, ist deren Gespräch jedoch nicht besonders gut verlaufen.

»Castro ist kein unbesonnener Draufgänger«, gibt Dwyer zu bedenken. »Zumindest nicht, wenn es um sein eigenes Leben geht. Selbst für Sie dürfte es nicht leicht sein, einen ungestörten Moment mit ihm zu erwischen, ungeachtet Ihrer beträchtlichen Reize.«

»Leicht oder nicht leicht ist mir egal. Was ich will, ist eine Chance.«

»Und wenn es Ihnen nicht gelingt? Wenn seine Leibwächter Sie erwischen, könnte das Ihren Tod bedeuten. Sehr wahrscheinlich sogar. Es gibt inzwischen viele Orte, an denen Ihr Name Sie nicht länger schützt. Sind Sie auch darauf vorbereitet?«

»Wenn ich scheitere, werden sie mich umbringen. Der Risiken bin ich mir voll bewusst, da können Sie sicher sein. Wäre ich das nicht, würde ich mich wohl nicht freiwillig melden.«

»Eine Idealistin, sieh an. Hätte ich gar nicht gedacht.«

Aus seinem Mund klingt »Idealistin« wie etwas Ordinäres.

»Bin ich auch nicht.«

»Ihr Bruder …«

»Ich rede nicht über meinen Bruder. Wann begreifen Sie das endlich?«

Im Kuba vor der Revolution zählte Alejandro zu den Ersten, die den Mund aufmachten, als die Verwerfungen im gesellschaftlichen Leben unübersehbar wurden. Seine Empörung über den Reichtum und die Stellung unserer Familie, die in solch krassem Gegensatz standen zum Leid der Menschen um uns herum, entlud sich abends bei uns am Esstisch. Wenig später schloss er sich der Federación Estudiantil Universitaria an, einer der Studentengruppen, die sich an der Universität von Havanna gebildet hatten, und begann, den Widerstand gegen den damaligen kubanischen Präsidenten Fulgencio Batista zu unterstützen. Als er sich an einem Angriff auf den Präsidentenpalast beteiligte, führte dies dazu, dass unser Vater ihn verstieß. Während in den Augen der meisten die negativen Seiten an Batista überwogen, hielt unser Vater es für ein notwendiges Übel, freundschaftlich mit ihm verbunden zu bleiben.

Ich folgte Alejandro auf seinem Weg, so wie ich ihm stets in allen Dingen nacheiferte, bis am Ende seine Wut auch meine Wut war, seine Träume meine Träume, seine Hoffnung meine Hoffnung – und sein Tod mein Tod.

Wir ließen meinen Bruder auf Kuba zurück, bestattet in einem Mausoleum, wo sein Leichnam in derselben Erde ruht, über die jetzt seine Mörder herrschen.

Ich hole tief Luft. »Sind Sie nun an meiner Hilfe interessiert oder nicht?«

Dwyer drückt die Zigarette mit der Spitze seines rechten Abendschuhs auf dem Boden aus. »Möglicherweise. Wir melden uns.«

Mit einem knappen Nicken verschwindet er, und ich bleibe, zwischen Hoffnung und Resignation schwankend, allein auf dem Balkon zurück.

Jetzt, da Elisa verheiratet ist, wohnen nur noch Isabel, Maria und ich im Haus unserer Eltern. Maria verbringt ihre Tage in der Schule, während Isabel und ich Mühe haben, unsere freie Zeit sinnvoll auszufüllen. Wir engagieren uns als freiwillige Helferinnen bei Wohltätigkeitsorganisationen und in der Kirche, und dann gehe ich natürlich noch meinen eher inoffiziellen politischen Aktivitäten nach. Dennoch fühlt sich alles so ziellos an. Ich habe bei meinen Eltern noch einmal das alte Streitthema angeschnitten, warum uns nicht erlaubt wird, eine Uni zu besuchen, und alternativ sogar vorgeschlagen, meinem Vater dabei zu helfen, das Zuckergeschäft wieder in Schwung zu bringen, das Fidels Revolution fast völlig zum Erliegen gebracht hatte.

Vor acht Monaten beschloss das Regime eine Landreform, die den Privatbesitz an Grund und Boden stark beschränkte und alle enteigneten Flächen neu verteilte oder staatlicher Nutzung übertrug. Mit einem einzigen Federstrich war alles einfach dahin, was meine Familie oder andere wie sie über Jahrhunderte hinweg aufgebaut hatten. Und was derzeit gerüchteweise aus dem Land nach außen dringt, lässt noch viel Schlimmeres befürchten. Offenbar sind Tausende meiner Landsleute eingekerkert, gefoltert und ermordet worden.

»Seien Sie besser vorsichtig.«

Ich zucke erschrocken zusammen und drehe mich dann betont langsam um – ein wenig, um den Moment in weiblicher Eitelkeit länger auszukosten, vor allem jedoch, um mich zu sammeln.

Er ist nach wie vor golden, daran ändert auch die Tatsache seiner offiziellen Verlobung, oder dass ich inzwischen weiß, wer er ist, nicht das Geringste. Getrübt wird sein blendendes Aussehen allein durch die finstere Miene, mit der er mich mustert.

»Dwyer gehört zu den Menschen, denen man besser nicht in die Quere kommt«, erklärt Nicholas Preston.

Angesichts seiner hochrangigen Position in Washington wundert es mich nicht, dass er weiß, wer der CIA angehört. Und so konzentriert, wie er mich angestarrt hat, wundert es mich ebenso wenig, dass ihm selbst inmitten der Bekanntmachung seiner Verlobung mein Verschwinden aus dem Ballsaal nicht entgangen ist.

Allerdings ärgern mich sein Kommentar und dessen warnender Unterton, in dem mitschwingt, dass ich einen Beschützer benötige.

»Ich kann auf mich selbst aufpassen.«

»Durchaus möglich, nur heißt das noch lange nicht, dass Sie derart unvorsichtig bei der Auswahl der Gesellschaft sein sollten, in die Sie sich begeben. Dwyer würde Sie, ohne mit der Wimper zu zucken, als reines Mittel zur Durchsetzung seiner eigenen Ziele benutzen, und es wäre ihm ziemlich egal, was dabei mit Ihnen geschieht. Das ist kein Mann, der viel Federlesen macht.«

»Prima, auf überflüssiges Geplänkel stehe ich ohnehin nicht.«

Seine Worte erinnern mich an all das Gerede von Grenzen und Hürden, das ich ständig von meinen Eltern zu hören bekomme: ich als Frau; der gesellschaftliche Rang unserer Familie; die Notwendigkeit, einen Mann zu ehelichen, der dem Ansehen unserer Familie dient; wie wichtig es ist, unsere Stellung in der Welt ständig zu verbessern.

Er tritt näher.

Ich neige den Kopf zur Seite und betrachte ihn aufmerksam. »Sollten Sie denn überhaupt hier draußen sein, Senator Preston? Ich kann mir nicht vorstellen, dass es Ihrer Verlobten gefällt, wenn Sie ein solches Interesse daran zeigen, zu wem eine andere Frau Beziehungen unterhält. Schon gar nicht eine Frau wie ich.«

In diesem verschlafenen Nest, auf dieser abgeschotteten Insel, tauge ich bereits zum Skandal.

Sein Kinn zuckt kaum merklich, als das Wort »Verlobte« fällt, und sein ganzer Körper spannt sich beim Wort »Beziehungen«.

Ich schenke ihm mein breitestes Lächeln und füge hinzu: »Wie gesagt, ich kann auf mich selbst aufpassen.«

Er bleibt stumm, bis das Schweigen drückend wird. Dann nickt er steif, und all die Vertrautheit, die bei unserem ersten Treffen auf dem Balkon noch da war, ist verflogen.

»Selbstverständlich können Sie das«, antwortet er mit leicht ironischem Unterton, und die hochgezogenen Mundwinkel deuten an, dass er ebenfalls bissig zu werden versteht. »Verzeihen Sie die Einmischung. Und nun entschuldigen Sie mich. Wie Sie zu Recht bemerkten, wartet drinnen meine Verlobte auf mich.«

Erneut wird mir der Anblick seines Rückens zuteil und damit das seltene Schauspiel, dass ein Mann sich von mir entfernt, was die Wirkung seiner abschließenden Worte beträchtlich verstärkt.

Ich habe keinen dieser fünf Anträge jemals auch nur in Erwägung gezogen, weil die betreffenden Männer zwar oft ganz nett waren – oder widerlich, aber mit nettem Vermögen –, sie mich ansonsten jedoch alle fünf vollkommen kaltließen.

Keinem von ihnen ist es gelungen, mir unter die Haut zu gehen, mich durcheinanderzubringen.

Nicholas Preston genügt dafür ein einziger Abend.

3

»Wie ist's denn gestern Abend gelaufen?«, fragt Eduardo Diaz mit gedämpfter Stimme auf Spanisch und schaut sich dabei wachsam in dem vollbesetzten Restaurant um, das wir für die Nachbesprechung des von ihm arrangierten Treffens mit Dwyer ausgewählt haben.

»Weiß nicht genau«, gestehe ich. Jemandem etwas vormachen zu wollen, der schon als Kind Tee-Party mit mir spielen musste, macht wenig Sinn. Eduardo ist die Art von Freund, die quasi zur Familie gehört.

»Na, wie seid ihr denn verblieben?«

»Mr. Dwyer hat gesagt, er würde sich melden.« Ich senke die Stimme weiter. »Ich hatte den Eindruck, dass die CIA selbst nicht weiß, wie sie an Fidel herankommen soll, und dass er daher die Idee, mich dazu zu benutzen, grundsätzlich ganz faszinierend fand.«

Eduardo legt die hübschen Züge in nachdenkliche Falten und trinkt einen Schluck Kaffee. »Das ist zu wenig.«

»Mag sein, aber was hätte ich tun sollen? Der Mann ist misstrauisch. Wenn ich zu viel Druck mache, denkt der doch bloß, ich bin eine kubanische Agentin oder so.«

Die wechselseitigen Spionageaktivitäten zwischen Washington und Havanna haben in letzter Zeit dramatisch zugenommen, und auch die wachsende Gemeinde der Exilkubaner ist angeblich längst von Fidels Agenten infiltriert.

»Vielleicht.« Eduardo lehnt sich in seinen Stuhl zurück und nimmt noch einen Schluck Kaffee. Kaum hat er den Becher wieder abgesetzt, ist eine Kellnerin zur Stelle, um ihn aufzufüllen. Er schenkt ihr dieses strahlende Lächeln, dessen Wirkung ich schon so viele Male beobachten konnte. Ständig verlieben sich Frauen in Eduardo Diaz, womit sie, wie ich fürchte, einen furchtbaren Fehler begehen. Denn er ist ein ausgesprochen selbstsüchtiger, wenn auch reizender Drecksack, dessen Aufmerksamkeit derzeit allein auf eine einzige Sache gerichtet ist, wovon ihn weder ein Paar hübsche Augen noch andere Vorzüge abbringen werden. Wie sehr Eduardo auch die Frauen liebt, Kuba liebt er noch mehr.

Die Wangen der Kellnerin färben sich rosa. Erst als sie Eduardos Becher vollgeschenkt hat, verlässt sie unseren Tisch.

»Du hast gestern Abend einen neuen Verehrer gewonnen, habe ich gehört«, nimmt Eduardo den Faden wieder auf.

»Hoffentlich doch mehr als nur einen. Immerhin habe ich mich nach Kräften bemüht, das edle Burgfräulein in Not zu spielen – die Prinzessin ohne Thron, auf der Suche nach einem wackeren Rittersmann, der den Drachen für sie erschlägt. Männer lieben so einen Unfug.«

Er grinst. »Manche.«

»Du gibst nicht gerne den mutigen Drachentöter?«

»Eher nicht. Du weißt, wie ungern ich mir die Hände schmutzig mache.«

»Tja, in diesem Punkt dürften einige der amerikanischen Männer anderer Meinung sein.«

Nicholas Preston ist ein Kriegsheld, heißt es.

Eduardos Augen verengen sich. »Apropos amerikanische Männer. Wie ich gehört habe, ist dir vor versammeltem Ballsaal ein Antrag gemacht worden.«

Eduardo ist zwar nicht auf der Feier gewesen, aber offensichtlich bin ich nicht die Einzige, die er in die Gesellschaft von Palm Beach eingeführt hat, um dort für ihn Augen und Ohren offen zu halten.

»Besuch doch einfach selbst solche Veranstaltungen, statt dich auf dein kleines Netzwerk von Spionen zu verlassen, die anschließend alles auspetzen müssen, was so passiert ist.«

»Ich habe gestern Abend Karten gespielt. Was sich übrigens als sehr einträgliches Unterfangen erwiesen hat.«

»Karten gespielt? Nennt man das jetzt so? Ich bin mir sicher, dass es da für dich noch andere, sagen wir, *Formen des Zeitvertreibs* an diesem Abend gab.«

Eduardo ist höchst begehrt und genießt eine Stellung in der hiesigen Gesellschaft, die dem Rest von uns verwehrt geblieben ist. Obwohl er derzeit kein eigenes Vermögen besitzt, betrachtet man ihn als guten Fang, als genau die Art von Begleiter, wie ihn gelangweilte Hausfrauen und ehrgeizige Mütter so lieben: ausgezeichnetes Aussehen, perfekte Manieren und stets mit einem maßgeschneiderten Smoking in Reichweite.

»Ich kann doch auch nichts dafür, wenn mich alle unwiderstehlich finden«, erklärt er verschmitzt.

»Ach, bitte, verschon mich mit diesem Gerede. Dafür ist es viel zu früh am Tag, und dafür bin ich gestern viel zu spät ins Bett.«

»Demnach bin ich hier nicht der Einzige, der einen sehr *interessanten* Abend verbracht hat.«

Er versteht es, selbst »interessant« wie etwas höchst Anzügliches klingen zu lassen.

»Ich bezweifle stark, dass mein Abend ebenso *interessant* gewesen ist wie deiner. Immerhin bin ich brav mit meinen Eltern und meinen Schwestern nach Hause gegangen, während du vermutlich ganz andere Begleitung hattest. Na, wer war sie? Eine einsame Witwe oder eine aufstrebende Varietésängerin? Oder vielleicht eine unverstandene, weil viel jüngere Ehefrau?«

»Oh, ich denke, deine Begleitung an diesem Abend war erheblich interessanter als meine.«

Mein Gesicht beginnt zu glühen. Auch wenn wir nicht verwandt sind, so hat Eduardo doch schon immer ein ausgeprägtes Talent dafür besessen, mich in Rage zu bringen, wie es sonst nur älteren Geschwistern gelingt.

»Ich weiß überhaupt nicht, worauf du da anspielst.«

»Und ob du das weißt.« Seine Miene wird ernst. »Das ist eine extrem einflussreiche Familie, Beatriz. Wirtschaftlich wie politisch.«

»Er ist doch bloß ein entfernter Cousin. Ich glaube nicht, dass er irgendeinen Einfluss auf ihre politischen Entschlüsse hat.«

»Ich rede hier nicht über den Kerl, der um deine Hand angehalten hat. Mir ist vielmehr zu Ohren gekommen, dass du das Interesse eines gewissen Senators geweckt hast.«

»Gehören deine Spione bei solchen Partys eigentlich zum Personal, oder sind es Gäste, die du für diese Aufgabe abgerichtet hast?«, erwidere ich in deutlich kühlerem Ton.

»All meine kleinen Geheimisse kann ich nicht offenlegen, das weißt du.«

»Wir haben bloß einmal getanzt.«

»Genau.«

»Einmal, mehr nicht«, beharre ich.

»Woraufhin er dich den ganzen Abend nicht mehr aus den Augen gelassen hat, wie mir berichtet wurde.«

Es sollte mir kein Gefühl der Befriedigung verleihen, aber genau das tut es.

»Den überwiegenden Teil des Abends hat er damit verbracht, sich zu verloben.«

»Auch verlobte Männer haben Augen im Kopf.«

»Ach, wie wundervoll. Genau, was ich mir erträumt habe: ein verheirateter Schürzenjäger.«

»Ja, es wäre in der Tat nicht schlecht, wenn er ein Schürzenjäger ist, zumindest für die Ziele, die wir verfolgen. Ich bin sicher, seine hübsche Verlobte wird sich damit arrangieren. Es könnte der Tag kommen, an dem wir seine Stimme im Senat brauchen, Beatriz.«

Es kostet mich einige Mühe, einen unbeschwerten Ton anzuschlagen. »Von einem harmlosen Tanz gleich zur Stimmabgabe im Senat – Junge, Junge, ganz schön ambitioniert. Ich dachte, unser Plan wäre, Fidel umzubringen. Nicht, so viele Beschlüsse gegen ihn zu bewirken, bis er tot umfällt.«

»Wir müssen uns alle Optionen offenhalten. Heute Abend findet eine Feier statt, an der auch Senator Preston teilnehmen wird. Ich schlage lediglich vor, dass du ihn ein wenig lockst, um zu sehen, ob er ernsthaft interessiert ist.«

Mein Blick verfinstert sich, meine Stimme wird eisig.

»Du magst daran gewöhnt sein, mit Leichtigkeit irgendwelche hörige Damen zu finden, die nach deiner Pfeife tanzen, aber mich wirst du nicht meistbietend verkaufen. Ich bin hier wegen Fidel, nicht um mit irgendwelchen Politikern ins Bett zu steigen, die dafür sorgen sollen, dass du dein Vermögen zurückbekommst.«

»Ich dachte, du bist wegen Alejandro hier«, entgegnet Eduardo, ohne dass ihm auch nur der kleinste Anflug von Scham anzumerken wäre.

Was bringt die Leute bloß zu der Annahme, dass sie nur den Namen meines Bruders erwähnen müssen, und schon füge ich mich widerspruchslos ihrem Willen? Bloß weil es ihnen gelingt, mir die Tränen in die Augen zu treiben? Man kann doch jemanden lieben und trotzdem einen eigenen Kopf bewahren.

»Abgesehen davon reden wir hier keineswegs allein über mein Vermögen«, fährt Eduardo fort. »Willst du etwa nicht auch für dich, deine Eltern und deine Schwestern ein besseres Leben?«

»Ich werde nicht mit Senator Preston schlafen, weil es in deine Pläne passt oder weil meine Schwestern und ich die Kleider der jeweils anderen auftragen müssen. Nicht mal im Gedenken an Alejandro. Es gibt andere Wege, um Fidel zu bezwingen. Zudem habe ich meinen Bruder besser gekannt als ihr alle, und ich bin mir sicher, dass er nicht gewollt hätte, dass ich mich für unsere Ziele prostituiere.«

Ungeachtet der Brutalität, mit der Fidel uns alle in den Ruin getrieben hat, dringt Eduardos Erziehung doch immerhin so weit durch, dass er für einen kurzen Moment beschämt wirkt.

»Na gut. Schlaf nicht mit ihm. Aber denk dran, welchen Vorteil es bringen kann, wenn er an dir interessiert bleibt. Wahrscheinlich wird er sich eher für unsere Sache einsetzen, wenn du ihm sympathisch bist.«

»Der Mann heiratet demnächst«, rufe ich Eduardo und womöglich auch mir selbst in Erinnerung. Der mahnende Einwurf scheint nötig, da mir einfach nicht aus dem Kopf gehen will, wie gut mir der gestrige Abend auf dem Balkon gefallen hat.

Hat er mich tatsächlich den ganzen Abend nicht mehr aus den Augen gelassen?

»Und du bist Beatriz Perez«, erwidert Eduardo.

»Ich zerstöre nicht einfach leichtfertig das Leben eines Menschen oder dessen Heiratsabsichten. Unschuldige sollen nicht zu Schaden kommen.«

»Er ist US-amerikanischer Politiker«, wendet Eduardo ein. »Wie unschuldig kann er da schon sein? Die Amerikaner haben von Beginn an überall ihre dreckigen Spielchen betrieben. Heute Abend wird eine Party stattfinden, und dein Senator Preston wird daran teilnehmen. Lass uns beide hingehen.«

Ich zögere.

Er lächelt. »Was kann ein Versuch schon groß schaden? Hast du nicht selbst gesagt, es war nur ein Tanz?«

Mit einem wissenden Leuchten in seinen dunkelbraunen Augen reibt Eduardo mir diese Mischung aus Herausforderung und Bitte unter die Nase. Ein verflucht fieser Schachzug, schließlich ist uns beiden klar, dass ich noch nie widerstehen konnte, wenn es um schier aussichtslose Wagnisse und Mutproben ging.

Der Kreis der Gäste unterscheidet sich stark von dem am Vorabend. Heute sind weder ältere Damen noch grauhaarige Eltern anwesend, stattdessen ist hier die vergnügungshungrige junge Generation der Oberschicht versammelt, darunter nur wenige mir bekannte Gesichter. Das Ganze besitzt kaum Ähnlichkeit mit den Gesellschaften, die ich sonst mit meinen Eltern besuche.

»Du siehst hinreißend aus«, flüstert Eduardo, während ich an seinem Arm den Raum betrete.

»Schon möglich, aber so wie du das sagt, klingt es eher beunruhigend.«

»Wie sage ich es denn?«

»Als wäre ich ein appetitliches Stück Frischfleisch, mit dem du Beute machen willst.«

Eduardo lacht amüsiert auf und erregt damit sofort die Aufmerksamkeit von einem Großteil der anwesenden Frauen. Wenn sie mich nicht bereits zuvor gehasst haben, wird mir der Auftritt am Arm eines der attraktivsten ledigen Männer der laufenden Saison ganz bestimmt keine Sympathiepunkte eintragen.

»Du hast mir wirklich gefehlt, als du noch auf Kuba warst,«, erklärt Eduardo leise, und verstärkt mit seiner betont herzlichen, vertrauten Haltung den Eindruck, dass wir entweder sehr alte Freunde oder ein Liebespaar sind.

Eduardo verließ Kuba noch vor uns, noch bevor Präsident Batista an Silvester von der Insel flüchtete und unser Schicksal zu Neujahr den Launen Castros preisgab. Ich habe mich immer gefragt, ob all das Geld, das Eduardo früher in Havanna ständig den unterschiedlichsten Leuten zugesteckt hatte, ihm die vorzeitige Warnung eingebracht haben könnte, dass die Lage kurz vor dem Kippen ist.

»Die meisten Frauen, mit denen ich hier so meine Zeit verbringe, säuseln bloß andauernd irgendwelche Schmeicheleien«, fügt er grinsend hinzu. »Was wirklich entsetzlich anstrengend sein kann.«

Ich gebe ein leisen Schnauben von mir, während ich den Blick durch den Saal wandern lasse.

Plötzlich stockt mir der Atem.

Zwei blaue Augen bohren sich in meine, und einen Moment lang ist Eduardo vergessen.

Heute ist keine Verlobte dabei oder falls doch, gehören sie nicht zu den Pärchen, die einander permanent am Arm hängen. Wahrscheinlicher aber ist, dass seine Braut, wie die meisten unverheirateten Mädchen aus gutem Hause, an diesem Abend den Besuch einer etwas sittsameren Veranstaltung vorzieht. Die Art von Party ist das eben.

Nicholas Preston sieht noch genauso gut aus wie am Vortag. Er trägt Anzug statt Smoking, und sein strahlend weißer Hemdkragen unterstreicht die vitale Bräune seiner Haut.

In den Wintermonaten treibt es die vornehme Gesellschaft nach Palm Beach, um den ungemütlichen Temperaturen im Norden zu entrinnen, und es fällt nicht schwer, sich vorzustellen, wie Senator Preston an einem sonnigen Floridamorgen mit den Kennedys eine Runde Golf spielt oder im letzten Licht des Tages den Strand entlangschlendert. Er macht den Eindruck, als wäre er am glücklichsten, wenn er aktiv sein kann, etwa am Ruder eines Segelboots oder am Steuerknüppel eines Flugzeugs, auf dem Rücken eines edlen Polopferds oder mit einem Schläger in der Hand und bereit, seinem Gegner eine vernichtende Niederlage zuzufügen.

Ich stehe an der Seite von Eduardo, der gerade ein paar Begrüßungsworte mit dem Gastgeber wechselt. Die reiche Verlegerfamilie, der dieser Mann entstammt, ist natürlich auch in jenem *Social Register* verewigt, das meiner Mutter als eine Art Bibel dient. Stundenlang studiert sie die in dieser illustren Liste aufgeführten Namen auf der Suche nach einem geeigneten Kandidaten, mit dem sie eine ihrer unverheirateten Töchter verkuppeln kann.

Der Blick von Nicholas Preston verfolgt mich, bleibt haften an meinen unbedeckten Schultern, an Eduardos Hand auf meiner Taille, an der Stelle, wo sich unsere Haut berührt.

Ein Schauder läuft mir über den Rücken, als Eduardo mich unter dem verunsichernden Starren des Senators auf die provisorische Tanzfläche führt und alle Anwesenden neugierig die Köpfe nach uns verrenken. Haben sie die Aufmerksamkeit bemerkt, die mein Erscheinen in Nicholas Prestons Ecke des Raumes erregt hat? Oder ist ihr Gaffen bloß dem gemeinsamen Auftreten von Eduardo und mir geschuldet, der perfekten Art, in der unsere dunklen Züge zusammenpassen, und der Ungezwungenheit unseres Umgangs miteinander, was ihrem Verdacht, dass ich Eduardos Geliebte oder etwas ähnlich Verworfenes bin, natürlich Vorschub leistet?

»Er wird dich gleich zum Tanz auffordern«, erklärt Eduardo, bevor er mich für einen Kreis um die eigene Achse aus dem Arm entlässt.

Ich schiele über die Schulter.

Nicholas Preston beobachtet mich noch immer. Gänsehaut

überzieht meine Unterarme, und mir wird schwindlig vom Drehen. Womöglich hängt der Schwindel an diesem Abend aber auch mit diesem Mann zusammen, mit dem Vorwand, der mich antreibt, der Lust, die in mir aufsteigt.

In Wahrheit wünsche ich mir sogar, dass Nicholas Preston uns unterbricht. Ich hätte gern, dass er den Ballsaal durchquert und mich um diesen Tanz bittet. Am liebsten würde ich so tun, als wäre ich bloß eine unbekümmerte Zweiundzwanzigjährige, das sorglose junge Mädchen, das ich bis vor Kurzem noch war.

Ich möchte einfach nur gerne mit ihm tanzen. Na gut, ein bisschen flirten nebenbei vielleicht auch.

Das Lied hört auf. Ich vermeide es, in seine Richtung zu blicken, was mir einen eisernen Willen abverlangt, da ich seine Aufmerksamkeit die ganze Zeit über wie eine körperliche Berührung spüren kann. Eduardo hat recht: Er lässt mich nicht aus den Augen.

Keine Sekunde.

Eduardo führt mich von der Tanzfläche und verschwindet augenzwinkernd, um Sekt zu holen. Keine zwei Dutzend Herzschläge später …

»Tanzen Sie mit mir.«

Beim Klang seiner lässigen Stimme hebe ich in gespieltem Erstaunen eine Braue und kämpfe gegen das Lächeln an, das meine roten Lippen formen möchten. Neben vielen anderen Dingen gefällt mir an ihm, dass auch er das Ganze mehr wie eine längst ausgemachte Sache behandelt, als wären wir zwei Magneten, die einander eben zwangsläufig anziehen. Seine Überheblichkeit wird dabei beträchtlich von dem Umstand gemildert, dass er die Augen nicht von mir lassen kann.

»Das klang beim letzten Mal aber noch imposanter. Wie haben Sie mich genannt? War es nicht etwas mit ›Herzensräuberin‹?«

Er lächelt. »Ich hatte nicht das Gefühl, dass ich damit bei Ihnen landen konnte.«

Darauf bringe ich keine Erwiderung zustande. »Die Leute werden reden«, sage ich stattdessen.

»Ja, das werden sie.«

»Es sind Wahlen dieses Jahr.«

Er lacht. »Irgendwelche Wahlen sind immer.«

»Und Sie sind verlobt.«

»Das bin ich. Aber keine Angst, ich werde mein Herz schon nicht wegen eines einzigen Tanzes verlieren.«

Ich grinse und nehme die Vorlage dankend an. »Sie nicht, aber was ist mit mir?«

Die Bemerkung trägt mir ein aufblitzendes Grübchen ein, während er mir zugleich die Hand entgegenstreckt. Noch sind seine Finger unbelastet vom Gewicht eines dicken, goldenen Eherings. »Dann werden wir es wohl einfach riskieren müssen, was?«

Ich zögere.

Meine zu Anfang geäußerten Bedenken beruhten keineswegs auf Koketterie. In Fragen des gesellschaftlichen Rufs bleibt mir extrem wenig Spielraum.

Dennoch bringe ich es nicht über mich, mir dieses Vergnügen zu verkneifen.

Ich lege meine Hand in seine, unsere Finger schieben sich ineinander, die Handflächen berühren sich.

Getuschel ist zu hören, kaum unterdrücktes Raunen. Im

Grunde alles ziemlich paradox, denn die Frauen und Männer um uns herum tanzen alle überwiegend mit Partnern, mit denen sie nicht verheiratet sind.

Aber eins habe ich in den vergangenen Monaten gelernt: Für diejenigen, die in diese Enklave hineingeboren werden, gelten andere Regeln als für Eindringlinge wie mich. Hat Andrews Antrag gestern Abend bereits ihr Missfallen erregt, so dürfte das, was heute hier geschieht, viele einem Herzinfarkt nahe bringen. In der sozialen Hierarchie von Palm Beach stellt Nicholas Randolph Preston das höchste Ziel dar, das eine ledige – oder auch eine verheiratete – Frau anvisieren kann. Er zählt zum Zentrum, um das alles kreist.

Was ihm selbst nur zu bewusst ist.

Doch er scheint immun gegenüber den Blicken, den zischelnden Mündern, und stockt keine Sekunde in seinem Gang. Nur als seine Hand meinen Rücken berührt, ist nicht zu übersehen, wie er kurz Luft holen muss.

»Und, gefällt Ihnen der Abend?«, erkundigt er sich.

Ich betrachte ihn mit leicht zur Seite geneigtem Kopf, während wir weitertanzen. »Führen wir jetzt etwa eine richtig schickliche Unterhaltung?«

»Würden Sie lieber eine unschickliche führen?«

»Schon möglich. Worin genau würde die bestehen?«

»Ich denke, die würde sich nahezu vollständig um Ihr Kleid drehen.«

Mir wird ein wenig heiß unter dem angesprochenen Stück Stoff. »Das ist ein sehr schönes Kleid.«

Marilyn Monroe höchstpersönlich wäre stolz, ein solch ungeniert eng anliegendes Kleid zu tragen, das perfekt die üppigen Kurven zur Geltung bringt, mit denen Gott mich gesegnet hat. Meine Mutter hat dem körperbetonten Schnitt allerdings nur widerstrebend zugestimmt, da bei ihr die Angst vor Tratsch gegenüber dem drängenden Wunsch, die eigenen Töchter mit militärisch-strategischer Präzision unter die Haube zu bringen, in ständigem Konflikt steht. Wie so oft hat am Ende aber auch in diesem Fall Pragmatismus über Wohlanständigkeit gesiegt.

»Versuchen Sie etwa, mir das Herz zu rauben?«, sagt er und verzieht das Gesicht in gespieltem Schrecken.

»Oh, nur ein wenig«, necke ich.

Mein Blick schweift kurz über die anderen Gäste und kehrt dann wieder zu ihm zurück. »So wie wir gestern auseinandergegangen sind, dachte ich, Sie wären wütend auf mich.«

»Ich glaube, um wütend aufeinander zu sein, kennen wir uns noch nicht lange genug.«

»Auch wahr«, gebe ich zu. »Mir scheint, wir sind einander noch gar nicht richtig vorgestellt worden.«

»Dann lassen Sie mich das sofort nachholen. Meine Freunde nennen mich Nick.«

»Sind wir denn dabei, Freunde zu werden?«

»Etwas in der Richtung«, antwortet er und wechselt in einen grüblerischen Ausdruck. »Offenbar sind heute ja noch andere *Freunde* von Ihnen anwesend.«

Welche Frage sich hinter dem Satz verbirgt, ist nicht zu überhören.

»Eduardo ist ein guter alter Freund der Familie, fast wie ein Bruder.«

Fast, nicht ganz.

»Mit ähnlichen Interessen, habe ich recht?«

Man vergisst leicht, dass der Mann vor mir mehr als gutes Aussehen zu bieten hat und in wichtigen Senatsausschüssen sitzt. Da liegt Eduardo nicht falsch: Nick Preston wäre ein einflussreicher Verbündeter.

»Versuchen Sie etwa, mir all meine Geheimnisse zu entlocken?«, frage ich.

»Wohl kaum. Im Verlauf meiner siebenunddreißig Lebensjahre habe ich gelernt, wie wichtig es ist, Geduld zu haben. Mir kommt es so vor, als sollten Ihre Geheimnisse am besten ganz allmählich, eines nach dem anderen enthüllt werden.«

»Für so alt hätte ich Sie gar nicht gehalten«, vergesse ich angesichts dieser wichtigen Information kurz alle Etikette und ignoriere vorübergehend sogar das im Hintergrund unseres Gesprächs stets spürbare Prickeln zwischen uns. Kein Wunder, dass er gerne schnell heiraten möchte.

»Ist siebenunddreißig denn heutzutage schon alt?«

»Für eine Zweiundzwanzigjährige schon.«

Er lächelt. »Sehen Sie. Mein erstes Beatriz-Geheimnis.«

»Mein Alter ist nicht unbedingt ein Geheimnis.«

»Mag sein. Aber es gehört zu Ihnen und ist damit ein weiteres Puzzlestück. Außerdem habe ich das Gefühl, dass Sie mit Ihren zweiundzwanzig schon über reichlich Lebenserfahrung verfügen.«

»Man kann schwerlich eine Revolution durchleben und anschließend so tun, als wäre man die Unschuld vom Lande«, stimme ich zu.

»Nein, das geht wohl nicht. Krieg versteht sich darauf, jeder Unschuld ein rasches Ende zu bereiten.«

»Sie haben in Europa gekämpft, richtig?«

Er nickt. Seine Miene ist jetzt noch wachsamer.

»Dann wissen Sie ja Bescheid.«

»Ja«, antwortet er.

Und doch ist es etwas anderes, im Ausland zu kämpfen und dort zu erleben, wie Menschenhand alles um einen herum zerstören kann, um anschließend nach Hause in die Geborgenheit eines Landes zurückzukehren, das wahrscheinlich niemals in derartigen Wahnsinn versinken wird. Viel härter ist es, das alles in der eigenen geliebten Heimat zu erleben und zu sehen, wie der Tod Freunde und Angehörige ereilt. Letztlich bleibt Krieg allerdings Krieg, und Fremde ebenso wie Einheimische erfahren seine Leiden.

»Es ist schwer, sich mit Leuten zu unterhalten, die so was nie am eigenen Leib erfahren haben, die nicht die gleichen Dinge gesehen haben wie man selbst, die ... einfach nicht begreifen«, sage ich.

Er nickt.

»Wie ist es gewesen? In den Krieg zu ziehen? Sie waren Pilot, hab ich recht?«

»Es war etwas, auf das mich nichts im Leben vorbereitet hatte. Die ersten Male, die ich aufgestiegen bin, waren entsetzlich. Bei meinem ersten Einsatz schoss ich eine Maschine ab und wusste, dass ich einen Menschen umgebracht hatte ...« Er schweigt für einen kurzen Moment. »Ich hätte nie gedacht, dass man sich an so etwas gewöhnen kann. Aber nach einer Weile tut man es tatsächlich. Bei jedem Einsatz weiß man genau, dass man sterben kann, aber offenbar findet man sich irgendwie damit ab. Man gewöhnt sich daran, abends neben jemandem an der Theke zu sitzen und zu wissen, dass der womöglich am nächsten Tag nicht zurückkommt. Und dann ist plötzlich alles vorbei, und du bist wundersamerweise nicht tot, sondern fährst nach Hause, wo sie dir alle für deinen Dienst am Vaterland danken und dich einen Helden nennen, während du dich fragst, wie du jemals wieder deinen Platz in dieser Welt finden sollst.«

Unsere Blicke treffen sich.

»Du gehst auf Bälle und Partys, trinkst Sekt und tanzt mit hübschen Mädchen, aber ein Teil von dir ist immer noch dort, inmitten der Bomben, denkt an die Leben, die du hättest retten können, aber nicht gerettet hast. An all die Söhne, Ehemänner und Väter, die auch nach Hause hätten zurückkehren sollen, aber nicht zurückgekehrt sind. Und du beginnst dich zu fragen, warum ausgerechnet du dem Tod entgangen bist, wenn so viele gute Männer es nicht geschafft haben, und ob deinem Leben damit vielleicht ein bestimmter Sinn zukommt, etwas, das du leisten sollst, um zurückzuzahlen, was du schuldig bist. Es nagt an dir, immer und immer wieder, und du kriegst diesen Gedanken einfach nicht aus dem Kopf. Gleichzeitig findest du kaum einen Menschen, der dich versteht.«

Hab ich hier auch nur die geringste Chance?

Es ist so viel leichter gewesen, ihn einfach als einen der vielen Palm-Beach-Playboys abzutun, die mehr schöne Hülle als Substanz sind, mehr Vorrecht durch Geburt als Verantwortung besitzen. Dass es in seinem Fall nicht so ist, kann ich direkt vor mir in diesen blauen Augen lesen, die für einen Moment in einer anderen Zeit weilen, an einem anderen Ort, heimgesucht von Bildern, die dieser Mann nicht auslöschen kann, von Geräuschen und Stimmen, die ihn nachts aus dem Schlaf reißen, den Körper von kaltem Schweiß überzogen.

Ich für meinen Teil höre noch bis heute die Salven der Exekutionskommandos, die in La Cabaña kubanische Landsleute mit maschinengleicher Präzision erschießen, rieche bis heute den Gestank von Tod, Fäulnis und Exkrementen im Kerkerloch des Gefängnisses, und mitten in der Nacht werde ich wach vom Johlen und Kreischen der Menge, während Männer im Stadion zum Tode verurteilt werden. Es sind diese Geräusche, die ich nicht mehr loswerde, der immer wiederkehrende Refrain von Schutzlosigkeit, Angst und Unsicherheit: die wirbelnden Rotoren eines Flugzeugs kurz vor dem Start; eine Leiche, die dumpf aufs Pflaster knallt; ein Auto, das mit quietschenden Reifen davonrast.

»Das tut mir leid«, sage ich, ohne mir einzubilden, dass Worte viel Linderung schaffen.

»Ich weiß.«

Wir verfallen in Schweigen, und mit einem schmerzhaften Stich kommt mir zu Bewusstsein, dass er soeben tatsächlich ein weiteres Geheimnis von mir enthüllt hat, noch dazu ein echtes, das den Schmerz hinter meinem strahlenden Lächeln offenbart.

»Sie starren gar nicht mehr«, versuche ich, die Stille mit etwas Unverfänglichem, Unpersönlichem zu durchbrechen. Irgendetwas Sicherem.

»Wer?«

»Die anderen Gäste.«

Schon ist sein eigenes Lächeln wieder da. »Ist mir überhaupt nicht aufgefallen.«

Das Lied endet, und er bleibt stehen.

Es fühlt sich unnatürlich an, mit dem Tanzen aufzuhören und sich von diesem Mann zu lösen.

»Ich danke Ihnen für den Tanz«, erklärt er, merkwürdig formell verglichen mit den sehr persönlichen Bekenntnissen, die wir eben noch ausgetauscht haben. Die Fassade ist wieder intakt.

Welche Variante von ihm wohl seine Verlobte kennt und liebt? Den Mann mit den Geistern der Vergangenheit in den Augen oder das Muster an Gefasstheit, das in diesem Moment vor mir steht?

Ich spüre eine sanfte Berührung an meinem Ellbogen und muss nicht einmal hinsehen, um zu wissen, dass Eduardo an meine Seite getreten ist – an Nicks Miene ist das mühelos abzulesen. Die beiden wechseln einen Blick über mich hinweg, und Nick neigt kurz den Kopf, ohne ein Wort an Eduardo zu richten. Jetzt, da sie unmittelbar nebeneinanderstehen, nehme ich verblüfft wahr, dass Eduardo im Vergleich zu Nick Preston eigentlich noch ein Junge ist.

Und dann dreht Nick mir einmal mehr den breiten Rücken zu und entfernt sich mit geschmeidigen, langen Schritten.

Eduardo reicht mir ein Sektglas. Mit zitternden Fingern halte ich den Stiel.

»Mir tut der Mann fast schon leid«, bemerkt er.

Mein Blick klebt an Nicks Rücken, bis er in die Menge eintaucht und von ihr verschluckt wird.

»Warum?«

»Am Ende wirst du ihm das Herz brechen«, prophezeit Eduardo.

»Das bezweifle ich stark.«

Gäbe es noch ein Herz, das ich verlieren könnte, würde ich eher fürchten, dass er meins bricht.

4

Wie man hört, hat Nick Preston Palm Beach verlassen, um in Washington, D. C., politische Unterstützung für die im November anstehenden Wahlen zu sammeln. Woche um Woche vergeht, und unerträglich fade schleppt sich die Saison in seiner Abwesenheit dahin. Seine hübsche kleine Braut ist hiergeblieben, und einige Male kreuzen sich bei gesellschaftlichen Ereignissen unsere Wege, ohne dass wir uns wirklich nahe kommen oder gar ein Wort miteinander wechseln. Sie bewegt sich in Palm Beach stets in aufmerksamer Obhut anderer Prestons und Davies' und verkehrt allein schon ihres prestigeträchtigen Nachnamens wegen in einer sozialen Schicht, die meilenweit über meiner schwebt.

Im Februar steht eines Nachmittags plötzlich Eduardo mit einem Strauß Orchideen vor der Tür.

Beim Anblick meiner Lieblingsblumen schüttle ich den Kopf, kann mir aber ein Lächeln nicht verkneifen. Ungeachtet seiner beschränkten finanziellen Möglichkeiten würde Eduardo sich in Stilfragen niemals Abstriche erlauben.

»Komm, wir machen eine kleine Spritztour«, sagt er zur Begrüßung.

Die Blumen scheinen offenbar mehr der Bestechung zu dienen als der galanten Freundschaftsbezeugung, aber wenn er glaubt, ich ließe mich mit ein paar hübschen Orchideen kaufen, ist er schief gewickelt. Andererseits ist die Aussicht, in irgendwelche Dummheiten verwickelt zu werden – und bei Eduardo sind Dummheiten nie weit –, sehr viel verführerischer als meine bisherigen Pläne für den heutigen Tag, nämlich auf dem Sofa an der Seite von Isabel Modezeitschriften zu lesen und mir anzuhören, wie meine Mutter den Mangel an brauchbaren Kandidaten bejammert. Dass sie kaum auf den allgemeinen Klatsch um meinen Tanz mit Nick Preston eingegangen ist, zeigt eindrucksvoll, wie sehr unsere Chancen gesunken sind. Offenkundig ist mittlerweile sogar meiner Mutter klar, wie weit außerhalb jeder Reichweite ein Mann wie er ist.

»Und wohin soll's gehen?«, frage ich Eduardo.

»Einen gemeinsamen Bekannten treffen. Er möchte gerne noch einmal mit dir reden. Dein Vorschlag hat sein Interesse geweckt, und jetzt möchte er Möglichkeiten der Umsetzung besprechen.«

Meine letzte Begegnung mit dem CIA-Mann liegt einen Monat zurück, und ich hatte bereits alle Hoffnungen in diese Richtung aufgegeben.

»Er will weitermachen?«

»Er ist auf jeden Fall stark interessiert. Ich habe mit ihm vereinbart, dass wir uns heute Mittag treffen.«

»Und du bist einfach davon ausgegangen, dass ich Zeit habe?«

»Ich bin davon ausgegangen, dass du dich hier zu Tode langweilst und jede Form von Abwechslung sehnsüchtig erwartest.« Eduardo hält mir die Wagentür auf. »Also, fahren wir?«

Ich steige mitsamt dem Blumenstrauß ein.

Der Fahrtwind wirbelt mir die Haare durcheinander, als wir über den Highway jagen. Für meinen Geschmack ist es derzeit ein wenig zu kühl. Auch wenn viele vor dem kalten Wetter im Norden gerade hierher flüchten, ist Palm Beach mit dem tropischen Klima auf Kuba nicht zu vergleichen. Gerade will ich Eduardo bitten, das Verdeck zuzuklappen, da legen wir uns so rasant in eine Kurve, dass mir die Worte im Hals stecken bleiben.

Eduardo steuert einen Wagen mit der gleichen Sorglosigkeit, die er in allen Lebensfragen an den Tag legt, was zugleich seine wundervollste und schlimmste Eigenschaft ist. Wenn es gut läuft, eröffnet diese gleichgültige Haltung eine ganze Welt ungeahnter Möglichkeiten. Gerät man jedoch in eins der Desaster, zu denen seine Unbekümmertheit manchmal eben auch führt, hat man seine tragische Ader erwischt. In jüngeren Jahren war ich sogar mal kurz in ihn verknallt, wobei ich mir ziemlich sicher bin, dass es unter den Mädchen in unserem damaligen Freundeskreis einfach zum Erwachsenwerden dazugehörte, einmal in Eduardo Diaz verknallt gewesen zu sein. Da er drei Jahre älter war, wirkte er irgendwie weltgewandt und erfahren, und die enge Freundschaft zwischen unseren Familien verlieh der Sache eine beruhigende Sicherheit. Er war während meines gesamten Lebens auf Kuba stets irgendwo im Hintergrund anwesend und zählt zu meinen Erinnerungen wie das Rauschen der Wellen entlang des Malecón, das Lachen meiner Schwestern oder die Stimme meines Bruders.

Als Kinder spielten wir im Hof unseres Hauses in Miramar zusammen, und einmal habe ich mir dabei einen Kuss gestohlen. Anschließend musste er mir schwören, strengstes Stillschweigen zu bewahren, da Alejandro mir ansonsten ständig in den Ohren gelegen hätte, dass ich seinen besten Freund geküsst hatte. Ob Eduardo sich überhaupt daran erinnerte? Viele der alten Erinnerungen beginnen zu verschwimmen. Alles scheint endlos lange her zu sein, als wäre es einem ganz anderen Mädchen passiert.

»Wo treffen wir ihn?«, frage ich extra laut, um gegen den Fahrtwind und die Meeresbrandung neben der Straße anzukommen.

»Ein kleines Restaurant in Jupiter«, schreit Eduardo zurück. »Ganz schlicht, nichts Edles. Er hielt es für besser so.«

»Wie gut kennst du Mr. Dwyer überhaupt?«

»Eigentlich kaum«, gesteht Eduardo und trommelt mit den Fingern aufs Lenkrad, während der kleine Wagen um eine weitere scharfe Kehre fegt. Die Schieflage bringt meinen Magen ins Schlingern, obwohl ich es selbst liebe, schnell zu fahren. Die Wahrscheinlichkeit wächst, dass ich morgen früh mit einer Erkältung und einem hässlichen Brummschädel aufwachen werde. Warum bekommen einem die Dinge, die den meisten Spaß machen, immer am schlechtesten?

»Trotzdem traust du ihm.«

»*Trauen* würde ich nicht sagen, aber wirklich viele Optionen haben wir nicht. Wahrscheinlich kennt er uns nicht mehr, sobald wir nicht länger von Nutzen sind, aber derzeit decken sich unsere Interessen eben. Bleibt zu hoffen, dass sie es noch lange genug tun, um aus dem Arrangement rauszuholen, was wir uns vorgenommen haben.«

»Und wenn wir nicht bekommen, was wir wollen?«

»Keine Ahnung. Ein paar andere Eisen haben wir schon noch im Feuer.«

»Zum Beispiel?«

»Wart's ab.«

»Heißt das, wir haben jetzt Geheimisse voreinander?«

Er wirft mir einen scharfen Seitenblick zu. »Das solltest lieber du mir beantworten. Was hast du denn beim Tanzen so eindringlich mit Senator Preston besprochen?«

Ich wende mich ab und schaue auf das Meer hinaus.

»Nichts von Interesse.«

Er lacht leise auf. »Warum nehme ich dir das nicht ab? Ich hab doch gesehen, wie er dich angestarrt hat. Das war ganz sicher nicht nichts.«

»Wir sprachen über das Wetter. Über die Party und die Ballsaison.«

»Klar doch.«

Den Rest der Fahrt verbringen wir schweigend, während ich die ganze Zeit aus dem Seitenfenster blicke und beobachte, wie die Landschaft an uns vorbeifliegt. Hat man erst einmal die Brücke überquert, die Palm Beach mit dem Festland verbindet, ist man in einer anderen Welt. Es tut gut, die Insel einmal hinter sich zu lassen und eine Weile Ruhe zu haben vor all den taxierenden Blicken und dem halb unterdrückten Kichern – ganz zu schweigen davon, meiner Mutter für eine Weile entrinnen zu können. Mit jedem Tag im Exil wird sie verzweifelter und ruheloser; es wächst das beklemmende Gefühl, eingesperrt zu sein in diesem Haus. Hätte sie gewusst, dass wir derart lange fort sein werden, wäre sie gewiss nicht damit einverstanden gewesen, Kuba zu verlassen.

Andererseits war es nach der Ermordung Alejandros nahezu ausgeschlossen, noch länger zu bleiben. Fidel und seine Leute hatten meinen Vater ins Gefängnis geworfen und drohten, ihn umzubringen. Wer weiß, was sie ihm oder dem Rest von uns angetan hätten, wenn wir geblieben wären?

Wir erreichen das Restaurant, und Eduardo parkt den Sportwagen auf dem unbefestigten Parkplatz zwischen einem Oldsmobile und einem Buick. Ansonsten ist alles öde und leer, und die karge Front des Diners steht in krassem Gegensatz zu den elegant aufgemachten Restaurants auf der Insel. Das Risiko, erkannt zu werden, ist hier bestimmt äußerst niedrig, und das wenige, was von meinem guten Ruf übrig geblieben ist, somit einigermaßen ungefährdet.

Eduardo führt mich zur Eingangstür und stützt mich, als ich mit meinen Stöckelschuhen auf dem kiesigen Boden ausrutsche und eine kleine Staubwolke hinter mir verursache.

»So, ab hier geht's für dich allein weiter.«

»Soll das ein Witz sein?«

Er schüttelt den Kopf. »Ich bin nur der Botenjunge. Treffen möchte er sich allein mit dir. Ich warte auf dich im Wagen und bring dich wieder nach Hause, sobald du fertig bist.«

Natürlich habe ich Mr. Dwyer auch beim letzten Mal allein getroffen, aber ein beiläufiges Gespräch auf dem Balkon eines Ballsaals fühlt sich eben ganz anders an. Das Milieu hier weicht doch beträchtlich davon ab, und einen solchen Ort aufzusuchen, hätte meine Mutter niemals einer ihrer Töchter erlaubt. Zögernd bleibe ich an der zerschrammten Eingangstür stehen und werfe einen Blick durch die Scheibe in das schmuddelige, nicht sonderlich einladend wirkende Innere des Diners.

Eduardo beugt sich zu mir und gibt mir einen Kuss auf die Schläfe. »Du schaffst das schon«, versichert er und hält mir die Tür auf.

Ich trete hindurch und schaue mich aufmerksam um, während meine feuchten Handflächen über den Stoff meines Rocks streifen.

Diese nervöse Anspannung lässt mich nicht los, seit die Revolutionäre in Havanna die Macht übernommen haben, seit Alejandros Tod, seit ich mich zu fragen begann, ob sie demnächst auch mich holen würden. Wir hatten während der Herrschaft Batistas so viele Jahre im ständigen Konflikt zugebracht, dass wir schon glaubten, uns könnte letztlich nichts passieren und der Einfluss unseres Vaters würde uns vor jeder echten Gefahr schützen, solange wir nur ein Mindestmaß an Vernunft bewahrten und uns nicht allzu weit vorwagten. So hielt Alejandro mich stets auf ein, zwei Schritte Distanz zur Umsturzbewegung, damit ich nicht Batistas Zorn auf mich zog. Aber dann kam Fidel, und alles war anders. Plötzlich genügte unser Familienname, um in echte Schwierigkeiten zu geraten. Wir alle standen mit einem Mal mitten in der Schusslinie. Und der Tod meines Bruders veränderte meinen Blick auf die Welt endgültig. Wenn ich heute einen Raum betrete, halte ich zuerst nach möglichen Gefahren Ausschau.

Das Restaurant ist nahezu menschenleer. An einem Tisch sitzen zwei ältere Herren vor ihren Kaffeebechern und lesen Zeitung. Am anderen Ende hat Mr. Dwyer – der Königsmacher der CIA – diskret in einer Nische Platz genommen.

Dwyer blickt nicht von Zeitung und Kaffee auf, als ich mich ihm nähere, und so rutsche ich einfach mit der berühmten

Perez-Anmut, die mir bislang stets gute Dienste getan hat, auf die gegenüberliegende Bank. Wenn alle Stricke reißen, einfach so tun, als wären die Hände nicht schweißnass, würden die Knie unter dem Kleid nicht schlottern.

»Mr. Dwyer.«

Er schaut von seinem Becher auf. Mir ist klar, dass er von meiner Anwesenheit weiß, seit ich den Fuß ins Restaurant gesetzt habe.

»Miss Perez.«

Die Kellnerin kommt, nimmt meine Bestellung auf und bringt den gewünschten Kaffee.

»Warum dieses Treffen?«, frage ich, sobald sie verschwunden ist.

»Weil ich mit ein paar Leuten über Ihr Angebot geredet habe«, antwortet er und nippt an seinem Kaffee. »Und die finden es interessant.«

Ich beuge mich vor und senke die Stimme. Es wird Zeit, dass auch ich auf Jagd nach ein paar vertraulichen Informationen gehe. »Wie stehen denn die Dinge mit Fidel?«

Es ist hart, nicht selbst in Havanna zu sein und von dem abzuhängen, was andere über die Stimmung im Land und das unzufriedene Grummeln in den Straßen berichten.

»Nicht gut«, räumt Dwyer nach kurzer Pause ein. »Wir haben versucht, eine gesicherte Kommunikationsverbindung zwischen Washington und Havanna einzurichten, aber ohne Erfolg.«

Die Angst davor, die Vereinigten Staaten könnten das Regime anerkennen und uns Kubaner unserem Schicksal überlassen, schwebt schon eine ganze Weile wie ein Schreckgespenst über uns. Derzeit sind alle Versuche, Fidel die Macht zu entreißen, zum Scheitern verurteilt, sofern sie nicht von den Amerikanern unterstützt werden oder zumindest garantiert ist, dass die USA nicht auf einmal doch Fidel zu Hilfe kommen. Unter Batista haben wir bereits am eigenen Leib erfahren müssen, welch erstaunlicher Verbündeter mit einem schier unerschöpflichen Maß an Mitteln die Vereinigten Staaten sein können.

»Wundert mich nicht«, bemerke ich. »Fidel ist nicht der Typ, der es gerne sieht, wenn man sich in seine Angelegenheiten mischt.«

»In diesem Fall wird ihm nichts anderes übrig bleiben.«

»Ihn unter Kontrolle zu bringen, dürfte nicht ganz einfach sein«, warne ich.

Es gab Stimmen, die es für sinnvoll hielten, Fidel über Batista siegen zu lassen, und Fidel anschließend einfach die Macht wieder abzunehmen. Viele meiner Mitstreiter und Mitstreiterinnen waren sogar der Ansicht, dass er den Wechsel einleiten könnte, den wir alle so herbeisehnten. Als sich diese Hoffnungen zerschlugen, wurde die Absetzung Fidels ein Muss. Unglücklicherweise ist der Mann offenbar ein erheblich zäherer Brocken als gedacht. Daher wäre es von Vorteil, die Amerikaner würden gleich jetzt die Lehren aus dieser Lektion ziehen und nicht erst später.

»Fidel ist ein arroganter Kerl«, füge ich hinzu. »Arrogant wie jeder von denen. Sich einem fremden Willen zu beugen, geht Fidel gegen den Strich, und er ist auch keiner, der gerne in Kompromisse einwilligt. Er kann es sich nicht leisten, eine bloße Marionette der amerikanischen Regierung zu sein, wie

Batista es gewesen ist. Dann würde er bei den Kubanern jede Glaubwürdigkeit verlieren. Das würde ihm das Volk gewiss nicht durchgehen lassen.«

»Seine Arroganz ist genau der Grund, warum wir Sie brauchen.«

»Also *brauchen* Sie mich jetzt auf einmal.«

»So hat es zumindest den Anschein.«

»Und warum ausgerechnet jetzt? Als im vergangenen Januar reihenweise Kubaner in Havanna abgeschlachtet wurden, sind Sie nicht eingeschritten. Welche Ziele verfolgen Sie bei der Sache? Was hat Fidel getan, das Sie zum Umdenken gebracht hat?«

»Zucker«, antwortet Dwyer.

Die Agrarreform. Ich hätte es mir denken können. Der Druck lässt nach, und Castro nutzt das aus. Für meinen Vater bedeutet dieses Gesetz den letzten, vernichtenden Schlag. Er wettert darüber bei Tisch und wann immer wir sonst zusammensitzen. Uns alle trifft die damit verbundene Ungerechtigkeit bis ins Mark. Denn mittels der im Sommer 1959 beschlossenen Landreform verstaatlicht die kubanische Regierung Ländereien und Firmen, begrenzt den Besitz an Grund und Boden und enteignet ausländische Eigentümer. Einige der Ländereien wurden tatsächlich an kubanische Kleinbauern verteilt, doch wie es heißt, hat die Regierung das größte Stück vom Kuchen für sich behalten.

»Wir hatten gehofft, dass amerikanische Firmen, die er enteignet, für ihre Verluste entschädigt werden«, fuhr Dwyer fort, »und dass er zu Gesprächen darüber bereit ist. Aber er zeigt sich vernünftigen Argumenten einfach nicht zugänglich.

Und angesichts der wachsenden Gerüchte um kommunistische Bestrebungen und seiner anhaltenden Versuche, sich bei den Sowjetrussen einzuschmeicheln, können wir es uns schlicht nicht mehr leisten, den günstigsten Augenblick abzuwarten. Er ist ein solch folgenreiches Ärgernis geworden, dass wir ihm seine Macht so rasch wie möglich entziehen müssen. Und wenn legale Mittel dazu nicht in der Lage sind, scheuen wir auch nicht davor zurück, weniger feine zu benutzen.« Er lächelt. »Wobei ich natürlich nur die Methode meine, keineswegs die dabei Handelnden.«

»Selbstverständlich«, sage ich und stocke kurz. »Es geht hier aber nicht allein um Zucker, habe ich recht?«

Zwar sind Kriege schon aus weit nichtigeren Gründen geführt worden, aber irgendwie kann ich mir nur schwer vorstellen, dass die mächtige amerikanische Regierung derart beunruhigt über eine Landreform auf Kuba ist, selbst wenn diese Maßnahme auch amerikanische Unternehmen in Mitleidenschaft zieht. Ebenso wenig kann ich mir denken, dass ihnen das Wohlergehen der kubanischen Bevölkerung allzu große Sorgen bereitet.

»Die Sache ist kompliziert«, antwortet er ausweichend. »Fidel hat sich mit politischen Kräften in anderen Ländern in Verbindung gesetzt und sein Interesse daran bekundet, sie bei der Schaffung ähnlicher revolutionärer Spannungen in ihrer Region zu unterstützen.«

Die Nachricht überrascht mich wenig.

»Wir müssen sehr vorsichtig sein«, erklärt Dwyer weiter. »Er ist beliebt auf Kuba, da haben Sie recht. Auf keinen Fall dürfen wir den Eindruck entstehen lassen, dass sich mit unserem Eingriff in Angelegenheiten des kubanischen Staates die Fehler aus der Zeit des Batista-Regimes wiederholen.«

Seine Bedenken kann ich durchaus nachvollziehen, und mir entgeht auch nicht die bittere Ironie, dass ich hier gerade in eine Zusammenarbeit einwillige, die ich zeit meines Erwachsenenlebens angeprangert habe. Als die Amerikaner Batista unterstützten, habe ich in ihnen Erzschurken gesehen. Jetzt mache ich mit ihnen gemeinsame Sache, um Fidel zu beseitigen.

Eduardos Andeutung über noch geheimnisvollere Aktionen mit der CIA, in die er verwickelt ist, fallen mir wieder ein.

»Sie haben noch andere Pfeile im Köcher, richtig? Außer dem Versuch, für den ich eingeplant bin.«

»Erfolgreiche Diplomatie setzt voraus, dass man für alle Eventualitäten gerüstet ist. In diesem Sinne halten wir uns natürlich diverse Optionen offen, sollte diese Mission fehlschlagen.«

Immerhin wird hinter vorgehaltener Hand darüber geredet – vielmehr ganz leise gemunkelt –, dass es Pläne für eine Art Überfall geben soll, mit dessen Hilfe man Fidel die Macht entreißen will.

»Die Sowjets entwickeln sich zum Problem. Dieser Handelsvertrag… Es sieht ganz so aus, als würden die Beziehungen zwischen Moskau und Havanna zunehmend freundlicher. Wenn Fidel von Chruschtschow mit ausreichend Waffen versorgt wird, ändert das alles.« Dwyer winkt nach der Rechnung. »Wir sind noch dabei, die Einzelheiten auszuarbeiten. Da ich fürs Erste nach Washington zurück muss, wird es bis zu unserem nächsten Treffen wohl eine Weile dauern. Sollten wir bis dahin irgendwas für Sie haben, melden wir uns. Eduardo wird als Verbindungsmann fungieren.«

»Und was ist für mich drin, wenn ich das übernehme?«

»Ich dachte, Sie tun das aus Liebe zu Ihrem Heimatland, Miss Perez.«

»Dann haben Sie mich offensichtlich missverstanden. Ich tue nichts aus reiner Herzensgüte. Wenn ich schon meinen Hals riskiere, erwarte ich, dafür wenigstens angemessen entlohnt zu werden. Und billig bin ich nicht zu haben.«

Was das Aushandeln von Geschäften betrifft, habe ich bei meinem Vater schon das ein oder andere aufgeschnappt.

Mr. Dwyer stößt einen Grunzlaut aus, der fast anerkennend klingt.

»Was verlangen Sie?« Er holt einen glänzenden schwarzen Kugelschreiber aus seinem Sakko und schiebt ihn über den Resopaltisch. Dann wirft er eine Papierserviette daneben, auf der unten der Name des Restaurants aufgedruckt ist.

Mit zitternden Fingern schreibe ich meine Forderungen auf. Seit unserer ersten Begegnung in Palm Beach habe ich darüber nachgedacht und mir überlegt, was meiner Familie ihre alte Stellung zurückgeben kann. Der Tod meines Bruders kann nicht mit Geld gesühnt werden, aber alles andere …

Einhunderttausend Dollar. Und meine Familie erhält all ihren Besitz auf Kuba zurück.

Ich stecke die Kappe wieder auf die Spitze des Kugelschreibers und schiebe ihn gemeinsam mit der Serviette zurück zu Dwyer.

»Sind wir im Geschäft?«

Er wirft einen flüchtigen Blick auf das Papier, sieht mich an und lächelt.

»Einverstanden.«

* * *

»Wie ist's gelaufen?«, erkundigt sich Eduardo, als ich zu ihm in den Wagen steige.

»Ganz gut, denke ich. Er will weitermachen.«

Hätte ich noch mehr Bedingungen stellen sollen? Habe ich zu viel verlangt? Oder zu wenig?

Ich habe mir stets eingebildet, Menschen gut einschätzen zu können – ohne diese spezielle Fähigkeit lässt sich auf dem gesellschaftlichen Parkett nur schwer bestehen –, aber dieser CIA-Agent ist undurchschaubar. Nach seiner letzten Antwort nahm er die Serviette, stopfte sie in seine Sakkotasche, beglich die Rechnung und marschierte zur Tür hinaus.

Ausgesprochen unhöflich.

»Ich mag ihn nicht.«

»Mögen wird den keiner, Beatriz.«

»Vielleicht sollte ich es besser anders formulieren. Ich traue ihm nicht über den Weg.«

»Traust du mir?«

»Manchmal.«

Eduardo grinst. »Ganz schön clever.« Dann wird seine Miene ernst. »Als du damals in Havanna angefangen hast, dich an diesem Kampf zu beteiligen, habe ich Alejandro etwas versprochen. Sollte ihm jemals irgendwas zustoßen, würde ich mich um dich kümmern wie um eine eigene Schwester. Er war mein bester Freund. Ich werde nicht zulassen, dass dir etwas geschieht.«

Die Erwähnung meines Bruders ruft mir einmal mehr in Erinnerung, wie sehr er mir fehlt, und Tränen steigen mir in die Augen.

»Ich weiß.«

Eduardo nimmt mein Kinn zwischen die Finger. »Alles wird gut. Versprochen. In einem Jahr sitzen wir an einem Tisch im Jachtklub und trinken auf unseren Triumph. Wir werden im Tropicana zusammen tanzen. Havanna wird dich als Heldin feiern.«

»Ich will gar keine Heldin sein. Ich will einfach nur nach Hause.«

»Und das werden wir auch«, gelobt Eduardo.

»Hast du schon mal das Gefühl gehabt, es zu vergessen?«

»Kuba?«, fragt er.

Ich nicke.

»Manchmal«, antwortet er.

»Mir geht es auch so. Mit jedem Tag, den ich hier aufwache, scheint es sich ein wenig mehr zu entfernen.« Eduardo gegenüber fällt es mir leichter, solche Dinge einzugestehen, als gegenüber meiner eigenen Familie. Kuba an sich ist schon ein heikles Thema, und dann ist da noch Alejandros Tod – den wir alle vermeiden auch nur zu erwähnen. Bei meinen Eltern kommt erschwerend hinzu, dass sie kurz vor seinem Tod alle Verbindungen zu meinem Bruder abgebrochen haben wegen seiner Teilnahme an Aktionen gegen Batista.

»Ich habe Angst, Alejandro zu vergessen«, gestehe ich. »Gestern Nacht bin ich aus einem Traum aufgeschreckt und konnte mich nicht mehr an den Klang seiner Stimme oder seines Lachens erinnern. Unsere Fotoalben sind alle in Havanna zurückgeblieben. Werde ich irgendwann vergessen haben, wie er aussah?«

Eduardo drückt mir die Hand. »Das Gefühl ist völlig normal. Es wird bloß verstärkt durch die Tatsache, dass wir weit weg von zu Hause sind und damit von den Orten, an denen er lebte, und den Dingen, die er liebte.«

»Da hast du recht.«

Und auch wenn ich nicht bereit bin, es offen einzugestehen, wird dadurch alles zugleich ein wenig leichter. Hier springt mich wenigstens nicht in jedem Zimmer und an jeder Straßenecke der Geist meines Bruder an.

»Erinnerst du dich noch gut an ihn?«, frage ich.

Ein trauriges Lächeln überzieht Eduardos hübsche Züge. »O ja. Ich weiß noch, wie wir als Kinder durch Miramar getobt sind. Ich weiß noch, wie wir uns später im Tropicana in dieselbe Tänzerin verknallt haben. Ich hab getan, was ich konnte, um sie rumzukriegen, aber hatte natürlich nicht die geringste Chance. Vielleicht weil er ein Perez war, aber wahrscheinlicher ist, dass es einfach an diesem verfluchten Charme lag, mit dem er alle so bezaubern konnte.«

Ich lächle. »Das konnte er wirklich. Allerdings hat er davon später einiges eingebüßt. Nach dem missglückten Angriff auf den Präsidentenpalast war er ein vollkommen anderer Mensch. Er hat nie wieder so gelacht wie früher.«

In seinem Kampf für Kubas Zukunft hat mein Bruder getötet, und so leidenschaftlich er auch für die Sache eintrat, so blieb er doch in seinem Innern immer ein friedliebender

Mensch. Er war einfach nicht dazu gemacht, einem anderen das Leben zu nehmen und hinterher nicht zutiefst erschüttert zu sein.

»Du hast das nie so empfunden wie er, hab ich recht?«, frage ich.

»Was meinst du?«, fragt Eduardo zurück und streicht mir eine Haarsträhne hinters Ohr.

»Du warst an den Bemühungen, Batista zu stürzen, beteiligt. Und jetzt versuchst du das Gleiche wieder bei Fidel. Aber du hast nie diesen …« Ich suche nach den richtigen Worten. »Selbsthass empfunden, der Alejandro so zugesetzt hat. Wie kannst du an diesen Kampf glauben, an ein demokratisches Kuba, ohne die privilegierte Schicht, die an den alten Zuständen Schuld gewesen ist, zu verabscheuen, also genau die Schicht, der auch wir angehören?«

»Wie schaffst du es denn?«

Ich bin nie so idealistisch gewesen wie mein Bruder. Trotz meiner ablehnenden Haltung gegenüber Batista habe ich meine Familie nie so entschieden verurteilt, wie Alejandro es getan hat. Ich habe uns zwar nie von jeder Schuld freigesprochen, aber ich habe uns zugleich auch nicht in der Rolle der Bösewichte gesehen.

»Könnte an meinem Pragmatismus liegen«, antworte ich.

»Man hat überlebt. Für sich selbst, die eigene Familie und das eigene Land. So betrachte ich's jedenfalls. Das Ziel, Fidel zu stürzen, wird mir vermutlich meine gesamte Kraft abverlangen. Um alles andere kümmere ich mich später.«

»Irgendwann wird die Rechnung für all das unweigerlich fällig, was?«

Eduardo lächelt düster. »Die Rechnung kommt immer. Der Trick besteht darin, jemanden zu finden, der sie für dich bezahlt.«

5

Die Woche nach meinem Treffen mit Mr. Dwyer ist randvoll mit gesellschaftlichen Terminen. So grundverschieden sind die beiden Teile meines Lebens derzeit. In der Öffentlichkeit spiele ich die unbekümmerte junge Frau aus gutem Haus. In den wenigen Momenten, die ich allein für mich habe, grübele ich über meine Abmachung mit Mr. Dwyer. Ansonsten hält meine Mutter uns mit ihren unablässigen Bestrebungen auf Trab, Isabel und mich mit Ehemännern zu versorgen. Derzeit gilt ihre ganze Konzentration dabei dem bevorstehenden Valentinstag.

In Palm Beach verbringt jeder, der etwas auf sich hält, den Valentinstag auf ein und dieselbe Weise: Er besucht den Palm Beach Heart Ball, eine Wohltätigkeitsveranstaltung, deren Einnahmen der American Heart Association zufließen und deren Schirmherrin in den vergangenen Jahren keine Geringere als Mamie Eisenhower gewesen ist. Da die Gästeliste regelmäßig Angehörige der illustren Kennedy-Familie, Fernsehstars wie Ed Sullivan oder Sportberühmtheiten vom Kaliber eines Joe DiMaggio umfasst, kann es in den Augen meiner Mutter gar keine bessere Gelegenheit zum »Sehen und Gesehenwerden« geben. Und natürlich auch zum Spenden für eine gute Sache. In diesem Jahr hat die Frau eines steinreichen

Unternehmers, die selbst eine feste Größe in Palm Beachs besserer Gesellschaft ist, die Schirmherrschaft übernommen und zeigt sich bemüht, alles bislang Dagewesene zu übertreffen. Entsprechend gewaltig sind die Erwartungen, die meine Mutter mit diesem Abend verbindet. Schon bei unserem Eintreffen blickt sie sich mit großen Augen um und scheint dabei das persönliche Nettovermögen jedes einzelnen männlichen Partygasts irgendwo aus ihrem Hinterkopf abzurufen – wo sie es direkt neben den Angaben zum aktuellen Familienstand abgelegt hat. Schon auf Kuba konnte sie in ihren Verkuppelungsversuchen ziemlich hartnäckig sein, hier in Palm Beach allerdings ist sie davon wie besessen.

Hübsch nach Alter aufgereiht betreten die Zuckerköniginnen den Ballsaal, was passenderweise genau der Abfolge entspricht, in der unsere Mutter hofft, uns unter die Haube bringen zu können. Zuerst Isabel, die ein Dior-Kleid trägt, das erst einmal weitergereicht wurde, was in Anbetracht unserer finanziellen Situation höchst ungewöhnlich ist. Streng genommen ist sie noch verlobt, aber Roberto ist auf Kuba zurückgeblieben und war in den Augen unserer Mutter wegen seiner bescheidenen Vermögensverhältnisse ohnehin alles andere als ein Wunschkandidat. In ihren Plänen für Isabel dürfte er inzwischen keine Rolle mehr spielen, ob der das nun gefällt oder nicht.

Dahinter ich in einem Kleid, dessen kräftiges Rot perfekt zum Anlass passt und darauf verweist, dass mir unscheinbares Auftreten eher wesensfremd ist. Ein bisschen Wirbel zu verursachen kann nie schaden, Mutters Jagd nach einer guten Partie hin oder her. Und sollte ein blendend aussehender Senator den Tag ebenfalls an diesem Ort zu feiern gedenken, na, dann kann es nur von Vorteil sein, wenn ich gehörig Eindruck mache.

Auf mich folgt Elisa, die sich bei Ihrem Mann eingehakt hat.

Maria musste zu Hause bleiben, wo sie vermutlich gerade ihre Jugend und die strengen Regeln unserer Mutter verflucht.

Das Schlusslicht bilden unsere Eltern, die mit stolzen Mienen über ihre Töchter wachen. Elisas Hochzeit hat uns zwar geholfen, etwas besseren Zugang zur Gesellschaft zu bekommen, aber was Isabel und mich betrifft, hegen sie zweifellos noch weit höhere Erwartungen.

Wie gewöhnlich studiere ich sofort den Kreis der Anwesenden, als würde ich feindliches Gelände betreten und müsste alle denkbaren Gefahrenherde schnellstmöglich identifizieren. Zu meinem Leidwesen kann ich nirgends den Kopf mit den blonden Haaren ausmachen, der alle in seiner Umgebung überragt. Sollte Nick Preston sich diesen Abend etwa entgehen lassen? Bei einem zweiten Rundblick entdecke ich auch von seiner Verlobten keine Spur.

Ich schaue zu Isabel, die neben mir steht. Plötzlich läuft mir ein Prickeln über den Rücken, all meine Sinne sind mit einem Schlag geschärft, und ich spüre das Blut durch meine Adern surren.

Er ist da.

Langsam drehe ich mich um, bis ich ihn sehe.

Wo auch immer Nick Wahlkampf betrieben hat, seinen gebräunten Teint und dieses lässige Lächeln, das ihn nur noch attraktiver macht, hat er jedenfalls nicht verloren.

Er sieht wirklich entschieden zu gut aus.

Nick hält mitten im Gespräch inne und neigt den Kopf, bis sich unsere Blicke begegnen. Sein Lächeln wird noch ein wenig breiter, und einen Wimpernschlag lang tritt ein Leuchten in seine Augen, bevor er mir erneut sein Profil zuwendet und das Wort wieder an die Umstehenden richtet, die ihm förmlich an den Lippen hängen.

Meine Haut glüht auf. Ich kann meinen Blick nicht von ihm lösen.

Obwohl er mich nicht direkt ansieht und nichts an seinem Benehmen darauf hindeutet, dass er nicht bloß höflich und aufmerksam gegenüber seinen Begleitern ist, gilt dieses Lächeln, das so viel strahlender ist als noch Sekunden zuvor, eindeutig mir. Das weiß ich genau, und ich bin unvorstellbar froh darüber, mich heute Abend für das rote Kleid entschieden zu haben.

Elisa schlängelt sich an mich heran und flüstert mir ins Ohr: »Sei lieber vorsichtig bei dem.«

In dem einen Jahr, das wir inzwischen von Havanna fort sind, hat meine kleine Schwester geheiratet und ist Mutter geworden. Und während früher auf Kuba in ihren Ermahnungen zur Vorsicht stets ein Hauch Missbilligung mitschwang, verbirgt sich inzwischen dahinter eine Lebensklugheit, die den Eindruck erweckt, als wäre sie die Ältere.

»Bin ich«, versichere ich wahrheitswidrig und verfolge, wie Nick Preston die Gruppe verlässt und auf mich zukommt.

In den fünf Wochen seit unserer letzten Begegnung habe ich ständig über diesen Augenblick nachgedacht, habe ihn mir im Kopf immer und immer wieder ausgemalt und mich dabei gefragt, ob er jetzt da oben im heimatlichen Connecticut oder bei der Arbeit in Washington D. C., oder wohin sonst es ihn verschlagen hat, vielleicht auch an mich denkt.

Bei jeder Veranstaltung, die ich besucht habe, jedem Polospiel, jedem Mittagessen für einen guten Zweck, jeder Musikdarbietung habe ich nach ihm Ausschau gehalten.

Und jetzt ist er da.

Ich bin mir zwar vage der anderen Menschen im Raum bewusst und auch meiner Familie, die irgendwo hinter mir stehen muss, aber in diesem Moment schrumpfen sie alle zu einem fernen Hintergrundsummen. Nick Preston besitzt diese erstaunliche Fähigkeit, einen ganzen Raum zu beherrschen, eine Fähigkeit, die für ihn im privaten wie im politischen Leben gewiss höchst vorteilhaft ist.

»Sie sehen hinreißend aus heute Abend«, sagt er zur Begrüßung.

Ich grinse, und das Schwindelgefühl, das dieses Kompliment hervorruft, dürfte alle Hoffnung, möglichst erfahren und gewandt zu wirken, zunichte machen. »Vielen Dank.«

Ich fürchte, meine Schwärmerei für ihn ist in den letzten Wochen noch gewachsen.

»Alles Gute zum Valentinstag.«

»Alles Gute zum Valentinstag«, erwidere ich mechanisch. Keiner von uns sagt ein weiteres Wort, und ich bin mir sicher, wir stellen beide ein ähnlich verlegenes Lächeln zur Schau.

Hinter mir zischt jemand in dringlichem Ton meinen Namen, und als ich mich umdrehe, sehe ich Isabel, die mir einen dieser Blicke zuwirft, die wir entwickelt haben, um Wichtiges zum Ausdruck zu bringen, ohne es aussprechen zu müssen. Schwesterliches Einfühlungsvermögen eben. Ich reagiere mit einem betont unverfänglichen Lächeln, so als wäre alles in schönster Ordnung, was natürlich albern ist, da jeder, der mich kennt, am Ausdruck in meinen Augen ablesen kann, wie groß die Versuchung ist.

Ich drehe mich zu Nick zurück.

Er tritt so dicht an mich heran, dass seine große Gestalt mich vom Rest des Raumes abschirmt.

»Ich habe schon den ganzen Abend die Tür im Blick behalten« murmelt er. »Habe mich ständig gefragt, wann Sie endlich kommen.« Seine Stimme umschmeichelt mich wie Seide. »Nun kennen Sie auch eines von meinen Geheimnissen.«

Meine Wangen werden ganz heiß, und ich senke den Kopf. »Alle schauen uns an.«

Vielleicht werden die Leute den heutigen Abend vergessen haben, sobald der nächste Skandal die Runde macht, sofern Nick sich nur lange genug am Arm seiner Verlobten zeigt. Vielleicht werden die Einzelheiten dieses Abends vergessen sein, wenn einfach nur genügend Zeit vergeht. Ganz sicher ist nur, dass der Ruf des Senators am Ende weniger Schaden leiden wird als meiner und das, obwohl er doch derjenige ist, der verlobt ist.

Liebt er sie überhaupt? Liebt sie ihn?

»Macht Ihnen das etwas aus?«, fragt er, als hätte er eben erst bemerkt, welche Aufmerksamkeit wir erregen.

»Dass die Leute mich so vehement verabscheuen? Nicht sonderlich viel. Wenn ich nur Orte aufsuchen würde, an denen ich gern gesehen bin, käme ich derzeit kaum noch aus dem Haus.«

»Sie sind offenbar noch unerschrockener, als ich dachte«, antwortet er mit einfühlsamer – viel zu einfühlsamer – Stimme.

»Sie müssen mich nicht bedauern.«

»Tue ich auch nicht. Nicht im Geringsten.«

»Lügner.«

Er lächelt. »Also, wenn Sie mich fragen, glaube ich, dass man Sie in Wahrheit weniger verabscheut als vielmehr fürchtet.«

»Ein harmloseres Geschöpf als mich kann man sich doch wirklich nicht vorstellen«, erwidere ich spöttisch.

»Das ist wohl eine Frage der Perspektive. Ich jedenfalls bin da anderer Meinung.«

Mich erfüllt gleichermaßen der Drang, in schallendes Gelächter, wie der, in Tränen auszubrechen. »Sie sind im Krieg gewesen.«

»Das stimmt.«

»Erzählen Sie mir bloß nicht, ich wäre Furcht einflößender als ein Sturmangriff.«

Seine Mundwinkel zucken nach oben. »Vielleicht nicht gerade Furcht einflößender. Aber Sie besitzen die Fähigkeit, einen Mann auf eine Art in Selbstzweifel zu stürzen, wie ich es im Cockpit nie erlebt habe.«

»Und das ist bedrohlich?«

»Extrem.«

Wir machen uns beide nichts vor. Wie sollten wir auch? Das hier ist Begrüßung und Abschied in einem.

Meine Schwestern und meine Eltern sind bereits weitergegangen, und ich werde später wahrscheinlich noch so einiges zu hören bekommen wegen dieses Zwischenfalls.

»Was tun wir überhaupt?«, frage ich ihn.

»Sie meinen … jetzt hier?«

»Ja.«

»Wenn ich das bloß wüsste.«

»Wir sollten besser damit aufhören.«

»Das sollten wir wohl«, pflichtet er bei.

»Ich habe Schwestern, deren Ansehen auf dem Spiel steht. Und in dieser Sekunde verrenken wieder mal sämtliche Anwesenden ihre Hälse, um aufzuschnappen, was wir reden.«

Bedauern blitzt in seinen Augen auf. »Das tut mir leid.«

»Ich weiß.«

»Haben Sie damals nicht davon gesprochen, dass man die letzten Momente der Freiheit in vollen Zügen genießen soll?« Er sieht mich fragend an. »Lust auf einen Tanz?«

Trotz des wehmütigen Gefühls, das mich erfüllt, muss ich lachen. »Irgendwie scheint Tanzen alles zu sein, was wir jemals tun.«

»Von allen Dingen, die wir tun könnten, dürfte es das ungefährlichste sein – wenn auch nicht unbedingt das amüsanteste«, gesteht er, und sein neckisches Grübchen bildet sich.

Ich zögere. »Ein Tanz. Dann ist Schluss.«

»Ein Tanz«, stimmt er zu.

Und schon streckt sich mir wieder seine Hand entgegen, und es fühlt sich wie das Selbstverständlichste auf der Welt an, meine Hand hineinzulegen. Nick führt mich auf die Tanzfläche, und ein neues Lied beginnt.

Eduardo tanzt bereits mit einer attraktiven Rothaarigen. Er hält den Blick lächelnd auf Nick und mich gerichtet und verbeugt sich gespielt förmlich.

Ich werde Eduardo klarmachen müssen, dass er diesen Teil seines Plans vergessen kann. Ich werde die Gefühle, die ich gegenüber Nick hege, nicht zur Förderung unserer Ziele auf Kuba missbrauchen.

Nick folgt meinem Blick, bis auch er Eduardo bemerkt. »Wir führen beide recht komplizierte Leben, habe ich recht?«

»Was ist schon unkompliziert in diesem Klima?«

»Auch wahr. Allerdings begreifen das nicht alle.« Er wendet seine Aufmerksamkeit von Eduardo ab und schaut sich im Saal um. »Manchen Leuten genügt es völlig, Partys wie diese zu besuchen und so zu tun, als wäre es allen vergönnt, ein solches Leben zu führen.«

»Den Fehler haben wir auf Kuba gemacht. Zumindest eine Weile lang. Wir haben bitter dafür bezahlen müssen.«

»Was würden Sie tun, wenn die Dinge anders lägen? Wenn Castro weg wäre?«

»Ich würde nach Hause gehen«, antworte ich ohne Zögern. »Hier gehöre ich nicht hin. Ich gehöre nach Havanna, zu meinen alten Freuden und den Verwandten, die noch dort leben. Und zu Magda, unserem Kindermädchen. Palm Beach ist nur ein Zwischenstopp. So eine Art reinigendes Fegefeuer.«

»Ich bin noch nie auf Kuba gewesen, obwohl ich es schon immer gern besucht hätte. Es soll wunderschön sein, habe ich gehört.«

»Es *ist* wunderschön. Die Strände, die Berge, das Leben auf dem Land, in der Stadt, die vielen alten spanischen Gebäude …« In meiner Erinnerung sehe ich die Insel genau vor mir, sehe, wie die Sonne über dem Malecón aufgeht. »Näher kommt man dem Paradies nicht. Nicht auf Erden jedenfalls.« Ich schüttle das Bild ab. »Vor uns liegt noch viel Arbeit.«

»Und Sie wollen Ihren Beitrag dazu leisten?«

»Ja. Würden Sie das nicht auch tun? Es ist schließlich meine Heimat.«

»Demnach fühlen Sie eine Verantwortung dafür?«

»Nicht nur das, es verlangt mich danach. Schließlich bin ich in den Genuss einer Schulausbildung gekommen. Leider sind danach alle Ambitionen auf ein Studium an dem abgeprallt, was meine Mutter unter den Aufgaben einer Frau versteht, weshalb ich den erhofften Weg nicht weitergehen konnte. Dennoch sollte ich etwas mit diesen Kenntnissen anfangen, meinen Sie nicht?«

»Unbedingt.«

Die Ernsthaftigkeit in seiner Stimme überrascht mich. Immerhin ist mir nicht entgangen, dass auch in den Vereinigten Staaten eine Menge Frauen kaum weniger beschränkt in ihren Möglichkeiten sind als ein viel zu großer Teil der kubanischen Frauen.

»Vielleicht gelingt es mir ja eines Tages, Kuba zu besuchen. Dann können Sie mich auf der Insel herumführen.«

Ich erwidere sein Lächeln nach bestem Vermögen. Eine schöne Vorstellung, aber eine Verabredung, zu der es niemals kommen wird. »Vielleicht.«

Die letzten Klänge des Lieds schweben durch den Ballsaal, dann ist es vorbei, und er lässt mich los.

Er zögert, als hätte er wie ich ein Problem damit, einfach so wegzugehen. »Ich danke Ihnen für den Tanz.« Sein Lächeln ist verschwunden.

Meines ebenfalls. »Es war mir ein Vergnügen«, gebe ich zurück.

»Viel Glück – bei allem. Ich hoffe, Ihr Wunsch geht in Erfüllung, und Sie können nach Hause zurückkehren.«

Nick ergreift noch einmal meine Hand, seine Lippen versprechen meinen Knöcheln einen Kuss, dann wendet er sich ab.

Ich folge meinen Schwestern, begleitet von funkelnden Blicken, denen ich nicht ausweichen kann, und von Tuscheleien, die längst kein diskretes Flüstern mehr sind. Irgendwann werden sie abklingen, irgendwann wird diese Unbesonnenheit vergessen sein.

Und ich werde ihn vergessen.

6

Ein scharfes Klacken reißt mich aus meinen Träumen. Ich fahre hoch und bin in der Dunkelheit meines Zimmers einen Moment lang so verwirrt, dass mir jede Orientierung fehlt.

Es klackt noch dreimal in schneller Folge. Dann trägt der Wind einen gezischten Namen zu meinem Fenster herauf, einen Namen, der sehr nach meinem klingt.

»Beatriz«, ruft es jetzt noch deutlicher.

Die Situation kommt mir vertraut vor und entführt mich prompt wieder aus der Gegenwart zurück in mein altes Zimmer in Miramar und in die Zeit, als Alejandro von meinen Eltern bereits verstoßen worden war und ich mich immer nachts wegschlich, um ihn zu treffen und ihm Essen und Geld zu bringen. Es waren die Nächte, in denen ich gemeinsam mit ihm und Eduardo durch die Stadt zog und an ihren umstürzlerischen Aktivitäten teilnahm.

Ich werfe die Decke ab, streife den Morgenmantel über, der über dem Fußteil des Betts liegt, und kämpfe eine Weile mit dessen Gürtel.

Noch ein Klacken. Diesmal lauter.

»Beatriz.«

Ich husche ans Fenster und ziehe die Vorhänge zurück.

Direkt unterhalb meines im ersten Stock gelegenen Zimmers steht Eduardo. Fliege und Sakko des Smokings, den er noch vom Heart Ball an diesem Abend trägt, hat er abgelegt und die Ärmel seines blütenweißen Hemds bis zu den Ellbogen hochgekrempelt. Gerade holt er Schwung, um die nächsten Steinchen zu werfen.

Ich öffne eilig das Fenster. »Was ist?«, fauche ich gepresst.

Mein Zimmer liegt nach vorne, das meiner Eltern nach hinten, aber meine unmittelbaren Nachbarn sind Isabel und Maria, und dass sie etwas über nächtliche Besuche von Eduardo herumerzählen, ist wirklich das Letzte, was ich jetzt gebrauchen kann.

»Hast du schon geschlafen?«, fragt er leise zurück und tritt näher ans Fenster. Seinen aufmerksamen Blicken entgehen gewiss weder Nachthemd und Morgenmantel noch meine zerwühlten Haare oder die Reste meines Make-ups, die mir beim Abschminken entgangen sind.

»Es ist fast zwei Uhr morgens.«

»Soll das etwa spät sein?«, erwidert er grinsend. »Du wirst langsam alt. Es gab mal eine Zeit, da wärst du um zwei Uhr noch beim Tanzen gewesen.«

»Du bist aber bestimmt nicht gekommen, um mit mir tanzen zu gehen.«

»Nein, das nicht. Ich muss eine Lieferung abholen. Hast du Lust, mich zu begleiten?«

»Eine Lieferung? Um zwei Uhr morgens?«

»Es ist eine sehr vertrauliche Lieferung. Nicht ganz unbedeutend für unsere Absichten, Kuba betreffend.«

Vernünftig wäre es, »Nein« zu sagen und zurück unter die

Decke zu kriechen. Aber vernünftig bin ich bereits am Vorabend gewesen, als ich auf Abstand zwischen Nick Preston und mir geachtet habe, und diese Entscheidung bereitet mir noch immer Bauchschmerzen.

Außerdem ist gerade diesen kleinen rebellischen Ausbrüchen so ausgesprochen schwer zu widerstehen.

»Gib mir 'ne Minute.«

Fünfzehn Minuten später rauschen wir den Highway in Richtung Süden hinunter.

»Woraus besteht die Lieferung?«, frage ich Eduardo.

»Keine Ahnung. So was erfahre ich vorab nie. Sie kommt per Boot und wird von ständig wechselnden Leuten entgegengenommen. Die treffe ich dann in der Nähe der Docks. Wir beweisen, dass wir sind, wer wir zu sein behaupten, und sie räumen die Sachen von ihrem Kofferraum in meinen. Und schon gehen alle wieder ihrer Wege.«

»Hast du das schon öfter gemacht?«

»Ein- oder zweimal.«

»Hast du nachgesehen, woraus die Lieferung besteht?«

»Na klar.«

»Und woraus bestand sie bisher?«

Ich ernte nur Schweigen.

»Was tust du dann damit?«, versuche ich es anders.

»Darf ich nicht sagen.«

»Wozu dienen die Sachen?«

»Darf ich ebenfalls nicht sagen.«

»Was darfst du überhaupt sagen?«

»Wo bleibt dein Abenteuergeist? Du wolltest doch unbedingt auch mal an meinen sonstigen Aktionen teilnehmen. Tja, das ist eine der Sachen, an denen wir arbeiten.«

»Zusammen mit der CIA.«

»Nicht wirklich.«

»Sich die zum Feind zu machen, dürfte derzeit aber kein cleverer Schachzug sein.«

»Ich tue nichts, was unsere Pläne mit der CIA gefährdet. Aber manchmal sind Dinge in unserem Interesse, die nicht in ihrem sind, und umgekehrt. Man sollte stets auf alle Eventualitäten vorbereitet sein, Beatriz. Und überaus vorsichtig sein, wem man vertraut.«

»Willst du mich damit vor dir selbst warnen?«

Eduardo lächelt. »Niemals.«

»Und was soll ich nun hier? Du hast mich doch nicht aus purer Lust und Laune mitten in der Nacht aus dem Bett geworfen.«

»Nein, hab ich nicht. Bei meinem letzten Abholjob hat mich ein Streifenwagen angehalten. Es ist zwar nichts passiert, aber sie haben mehr Fragen gestellt, als mir lieb war. Sollte ich jetzt erneut angehalten werden, erklärt sich alles wie von selbst. Sie sehen dich an meiner Seite und denken, ich würde eine kleine Spritztour mit einer hübschen Frau unternehmen. Wer käme bei deinem Anblick schon auf den Gedanken, wir könnten etwas Ruchloses im Schilde führen?«

Ich betrachte, was ich rasch übergestreift habe: einfache Hose, unscheinbarer Pulli, bequeme Laufschuhe.

Seine Überlegung macht Sinn.

»Wir fahren zum Treffpunkt, nehmen die Lieferung in Empfang, bringen sie an ihren Bestimmungsort, und du liegst noch vor Sonnenaufgang wieder sicher zu Hause in deinem Bett. Und wenn deine Eltern dich morgen fragen, warum du so lange geschlafen hast, schiebst du es einfach auf die Nachwirkungen der gestrigen Feier und auf den vielen Sekt.«

»Das werden sie wohl kaum bemerken.«

»Umso besser. Worüber machst du dir dann Sorgen?«

»Über alles.«

Eduardo nimmt meine Hand und drückt sie.

»Vertrau mir.«

Um uns herum wird die Gegend immer schäbiger – ein Eindruck, den die trostlos leeren Straßen und die nächtliche Dunkelheit noch verstärken. Nach fast einer Stunde Autofahrt biegt Eduardo ein paarmal kurz hintereinander ab, und wir parken vor etwas, das aussieht wie ein stillgelegter kleiner Jachthafen.

»Warte hier«, flüstert er. »Und verriegle die Türen.«

»Ich dachte, du hättest gesagt, die Sache sei ungefährlich.«

»Ist sie auch. Aber das Viertel hier nicht unbedingt.«

Er greift an mir vorbei ins Handschuhfach, holt etwas heraus und drückt es mir in die Hand.

Meine Finger umfassen kaltes Metall. »Eine Pistole?«

»Wie gesagt, man kann in diesem Viertel nicht vorsichtig genug sein. Solltest du irgendwas Sonderbares bemerken – ich meine natürlich nur Sonderbares, das nichts mit mir zu tun hat …« Er schaut mir grinsend in die Augen. »Schieß!«

In mir keimt langsam der Verdacht auf, dass er mich nicht nur zur Tarnung mitgebracht hat, sondern auch als Verstärkung für Notfälle, und diese Vorstellung beunruhigt mich beträchtlich.

Sobald er ausgestiegen ist, verriegle ich die Türen und starre in die Dunkelheit auf der Suche nach Eduardos Silhouette. Wenig später entdecke ich ihn kurz im fahlen Lichtschein einer Laterne am Kai, dann ist er verschwunden. Und ich bin allein.

Das Geräusch eines Wagens, der irgendwo in der Ferne über den Highway fährt, dringt durch die Nacht, und ganz leise im Hintergrund ist das Plätschern der Wellen zu hören, die gegen den Kai schlagen.

Es ist viel zu still. Und zu dunkel. Viel zu viel, was dafür spricht, dass etwas schiefgehen könnte.

In was ist Eduardo da bloß wieder hineingeraten? Und wenn er dabei nicht mit der CIA zusammenarbeitet, mit wem dann? Hat er das ganz allein ausgeheckt, oder steckt ein ganzes Netzwerk von Exilkubanern dahinter?

Die Zeit kriecht dahin, und meine Handfläche wird feucht unter dem Gewicht der Pistole. So absurd die Vorstellung bleibt, ich würde tatsächlich abdrücken, so hat Eduardo es offenbar dennoch für notwendig gehalten, dass ich bewaffnet bin.

Das Knirschen von Reifen auf kiesigem Grund lässt mich zusammenschrecken und den Pistolengriff fester packen. Ich werfe einen raschen Blick aus dem Fenster und versuche zu erkennen, wer da eingetroffen ist.

Der Lichtschein vom Kai reicht längst nicht bis zum Parkplatz, daher ahne ich den Wagen eher, der neben Eduardos kleinem Cabrio hält, als dass ich ihn sehe.

Ich ziehe den Kopf ein, richte die Waffe auf die Wagentür und verfluche Eduardo dafür, dass er mich in diese Sache verwickelt hat. Was auch immer diese Sache sein mag. Ich bin ja bereit, mein Leben für etwas so Wichtiges wie Fidels Beseitigung aufs Spiel zu setzen, aber heute hier in dieser Nacht weiß ich nicht mal, worum es überhaupt geht! Hat es mit Kuba zu tun? Oder steht die kleine Zusammenkunft vielmehr mit Eduardo Lebensstil in Verbindung? Vielleicht Spielschulden, die beglichen werden sollen? Ein aufgebrachter Ehemann? Er hat behauptet, es ginge um Kuba, aber Eduardo ist durchaus bereit, es bei Bedarf mit der Wahrheit nicht allzu genau zu nehmen.

Ich hätte beharrlicher nachfragen sollen.

Angestrengt horche ich in die Dunkelheit. Zweimal öffnen sich Türen, dann treten Schuhe auf Kies, und die Türen schließen sich wieder.

Freund oder Feind?

Mein Herz hämmert, und die Pistole rutscht in meiner schweißnassen Hand, während ich jeden Moment damit rechne, dass die beiden Neuankömmlinge sich Eduardos Auto genauer ansehen und mich entdecken. Aber die Schritte entfernen sich, und schließlich ist es wieder still. Ich hebe den Kopf und kann zwei Gestalten ausmachen, die gerade vor dem Kai an der Laterne vorbeikommen.

Sie gehen in Richtung Eduardo.

Ich greife ins Handschuhfach, wo Eduardo die Waffe verstaut hatte, und ertaste eine Taschenlampe.

Bevor ich noch richtig überlegen kann, was ich da eigentlich tue, zieht meine linke Hand bereits am Türöffner, während die rechte die Pistole hebt.

So trete ich in die Nacht hinaus.

Nachdem ich leise die Wagentür hinter mir zugedrückt habe, suche ich gebückt zwischen den beiden Autos Deckung und lausche, ob etwas Verdächtiges zu hören ist.

Die Pistole ist erstaunlich schwer für so ein kleines Ding, und meine Hand zittert, als ich den Zeigefinger auf den Abzug lege.

Was, wenn ich versehentlich jemanden erschieße? Oder mich selbst?

Der Wagen neben Eduardos Cabrio ist eine viertürige Limousine, allem Anschein nach ein amerikanisches Modell. Ich schleiche hinüber und kauere mich hinter den Kofferraum.

Dort schalte ich die Taschenlampe ein und richte sie auf den Wagen.

Nummernschild aus Florida.

Um mich herum ist alles ruhig.

Muss man nicht einfach einen Blick riskieren?

Ich husche nach vorn zur Fahrertür.

»In was hast du mich da bloß wieder reinzogen?«, murmle ich vor mich hin.

Ich greife durch das offene Seitenfenster in den Wagen, ziehe den Riegel hoch und öffne die Tür.

Trotz des geöffneten Fensters mieft es im Innern nach Zigaretten und Schweiß. Außerdem liegt ein Hauch von billigem Parfüm in der Luft.

Mein Puls rast. Soll ich es wirklich probieren?

Ich leuchte den Innenraum ab, bis ich den gesuchten Hebel finde, und entriegle den Kofferraum.

Ohne die Taschenlampe auszuschalten, schiebe ich mich

wieder aus dem Wagen, gehe zum Kofferraum und öffne den Deckel.

Kisten. Stabile kleine Holzkisten.

Ich halte einen Moment inne und horche gespannt nach Schritten oder Stimmen.

Nichts. Meine Neugier ist einfach zu groß.

Ich hebe an einer der Kisten den Deckel und leuchte hinein.

Es dauert ein paar Sekunden, bis der Anblick der gebündelten roten Stangen Sinn ergibt und meinem Hirn der Name dazu einfällt. Als es endlich so weit ist, wünsche ich mir fast, ich hätte nichts davon erfahren.

Die Kiste ist randvoll mit Dynamit.

Ich bin schon auf halbem Weg zum Kai – Pistole in der rechten, Taschenlampe in der linken Hand –, als ich ganz in der Nähe Eduardos Stimme hören.

Dann lacht er.

Ich mache abrupt kehrt, schalte die Lampe aus und eile im schwachen Mondlicht zum Parkplatz zurück.

Er hat mir zwar nicht ausdrücklich befohlen, im Wagen zu bleiben, aber jetzt, da ich weiß, dass die Lieferung aus Sprengstoff besteht, will ich auf keinen Fall noch weiter in die Sache verstrickt werden.

Ich hätte nie mitkommen sollen.

Mit großen Schritten eile ich zu Eduardos Auto zurück, rutsche auf den Beifahrersitz und schließe die Tür. Angestrengt versuche ich, meinen Atem zu beruhigen.

Eine Minute später werden Stimmen laut, schwere Schritte

nähern sich. Eduardo geht neben den beiden Männern, die nach ihm eingetroffen sind, auf deren Wagen zu.

Ich presse meinen Körper in den Sitz und wende den Kopf ab, damit mein Gesicht im Dunkeln bleibt.

Die Kofferraumklappe des Cabrios schwingt hoch, gefolgt von einem Rumpeln, als die Kisten eingeladen werden. Ihr Gewicht lässt den Wagen spürbar in die Knie gehen. Der Kofferraumdeckel knallt zu, und wenig später klettert Eduardo neben mir auf den Fahrersitz.

»Na, hast du mich sehr vermisst?«, fragt er neckend.

Ihn vermisst? Im Augenblick würde ich ihn mit dem größten Vergnügen erwürgen!

Das Auto neben uns fährt davon.

»Wofür ist das Dynamit?«, frage ich.

»Herrgott, Beatriz«, erwidert er kopfschüttelnd. »Hätte ich mir eigentlich denken können, dass ich dich besser nicht mitbringe.«

»Ja, das wäre allerdings besser gewesen. Also, wofür?«

»Für eines dieser anderen Vorhaben, von denen ich dir erzählt habe.«

»Eins, von dem die CIA nichts weiß?«

Er nickt, dreht den Schlüssel im Zündschloss und setzt den Wagen zurück.

»Wofür brauchst du so viel Dynamit?«

Er stößt ein kurzes Lachen aus. »Na, wofür wohl?«

Auf Kuba haben wir nicht lange gezögert, ebenfalls Gewalt anzuwenden, um unsere Ziele zu erreichen. Wir wollten eine Revolution herbeiführen und waren bereit, dafür mit den verschiedensten Mitteln zu kämpfen. Aber das hier ist nicht

Kuba. Und wenn Eduardo vorhat, den Sprengstoff in den Vereinigten Staaten einzusetzen oder hier irgendeinen Plan auszuhecken, in den die CIA nicht eingeweiht ist – nun, dann wäre das nicht sonderlich geschickt.

»Du denkst doch hoffentlich nicht daran, es hier zu benutzen.«

»Ich selbst werde überhaupt nichts tun. Ich spiele lediglich den Mittelsmann. Mit anständiger Bezahlung.«

»Aber es ist doch für Kuba, oder?«

»Es gibt viele Wege, die Amerikaner aufzurütteln und in den Kampf reinzuziehen.«

»Wir dürfen uns die Amerikaner nicht zum Feind machen«, warne ich. »Das können wir uns nicht leisten.«

»Lass die Amerikaner mal ruhig meine Sorge sein. Konzentrier du dich nur darauf, Fidels Interesse zu wecken und ihn dir warmzuhalten.«

Sobald wir zu Hause ankommen, springe ich aus dem Wagen. Ich bin wütend auf Eduardo, wütend auf mich, weil ich mitgekommen bin, und will einfach nur zurück ins Bett. Er ist schon damals in Kuba viel zu leichtsinnig gewesen und hat ganz offensichtlich nichts daraus gelernt.

Ich dagegen habe die Lust an überflüssigen Risiken längst verloren.

»Beatriz.«

Ich zucke zusammen, als ich meinen Namen höre, dann erkenne ich meinen Vater am Ende der Einfahrt, und unsere Blicke begegnen sich. Er trägt einen seiner Geschäftsanzüge und steht mit den Autoschlüsseln in der Hand vor der Haustür.

Ist er bereits auf dem Weg ins Büro? Es muss etwa fünf Uhr morgens sein. Alle anderen im Haus schlafen um diese Uhrzeit noch tief und fest.

»Woher kommst du?«

Die Härte in seinem Ton überrascht mich am meisten. Streng ist er zwar immer gewesen, und gegenüber meinem Bruder habe ich ihn diesen Ton in der Vergangenheit so manches Mal anschlagen hören, aber mit seinen Töchtern – insbesondere mit mir – ist er stets wesentlich sanfter umgegangen.

»Ich …« Mir will keine Ausrede über die Lippen kommen.

»Mal wieder mit einem Verehrer unterwegs gewesen?«

Diese Erklärung ist natürlich die naheliegendste und überzeugendste.

Warum nur habe ich mir keine Ausrede zurechtgelegt? Es sollte mich doch nicht wundern, meinen Vater hier so früh am Morgen anzutreffen. Immerhin ist wiederholt die Rede davon gewesen, dass er oft schon vor Sonnenaufgang ins Büro fährt und dort bis spätabends arbeitet. Aber es ist etwas anderes, nur davon zu hören, wie extrem schwer er es derzeit geschäftlich hat, und mit eigenen Augen zu sehen, wie er sich stärker abmüht denn je.

Er ist inzwischen auch schon über sechzig. Bereits auf Kuba hatte er davon gesprochen, sich zur Ruhe zu setzen und Alejandro alles Geschäftliche zu übertragen. Jetzt muss er wieder von ganz vorne beginnen, da all die Früchte seiner jahrzehntelangen, aufopferungsvollen Arbeit dank Fidel zerstört sind.

»Ich war mit Eduardo aus«, schwindle ich. »Es gab da eine Party. Du weißt ja, wie er ist.«

»Ja, das weiß ich. Und genau das bereitet mir Sorgen.« Mein Vater stockt einen kurzen Moment. »Wir sind nicht mehr in Kuba, Beatriz. Hier kann ich dich nicht beschützen. Nicht dass ich ein großer Schutz gewesen wäre …«

Mein Bruder ist zwar nicht länger körperlich anwesend, aber in der Familie dennoch allgegenwärtig. Stellt womöglich auch die Besessenheit meines Vaters, unbedingt wieder zu Geld und Einfluss kommen zu wollen – und zwar zu mehr Geld und mehr Einfluss als je zuvor –, in Wahrheit nur den Versuch dar, Wiedergutmachung zu leisten dafür, dass es ihm in Kuba nicht gelungen war, seinen einzigen Sohn zu retten?

»Schon gut«, antworte ich und schließe ihn in die Arme, als hätten sich unsere Rollen umgekehrt und ich wäre der Elternteil, der sein Kind tröstet. »Ich bin vorsichtig«, füge ich hinzu, obwohl wir beide wissen, dass das eine Lüge ist.

Ich bin wahrscheinlich noch keinen einzigen Tag in meinem Leben wirklich vorsichtig gewesen.

»Es ist gefährlich, Beatriz.«

»Ich weiß.«

»Nach der Sache mit Alejandro – deine Mutter würde es nicht ertragen, dich um diese unmögliche Uhrzeit aus dem Haus schleichen zu sehen. Die Familie hat auch so schon genug durchmachen müssen. Mach es nicht noch schlimmer.«

»Tu ich nicht.«

Mein Vater seufzt. »Ich habe Eduardo immer schon gemocht. Er stammt aus gutem Haus. Aber du wirst sehen, Menschen schrecken vor nichts zurück, um ihren Vorteil aus dem zu ziehen, was du ihnen geben und für sie tun kannst. Das gilt umso mehr, wenn ihre Verzweiflung groß genug ist.«

»Ist Eduardo deiner Meinung nach verzweifelt?«

Mein Vater schenkt mir ein trauriges Lächeln. »Sind wir das nicht alle?«

7

Die Saison in Palm Beach läuft weiter. Aus Februar wird März, und noch folgt ein gesellschaftliches Ereignis dem anderen. Zu den intimeren, die von Familien veranstaltet werden, die alle seit Jahrzehnten gemeinsam hier ihre Winter verbringen, werden wir nie eingeladen, weshalb wir auch keinen Einlass finden in den exklusiven inneren Zirkel von Leuten, dem Menschen wie Nick Preston angehören. Ich weiß gar nicht, ob er noch auf der Insel ist, oder ob er schon oben im Norden Wahlkampf betreibt, jedenfalls kreuzen sich unsere Wege nicht mehr.

Nach Ostern zieht es viele weiter zum nächsten Zentrum von Partys und Wohltätigkeitsveranstaltungen, diesmal in den kühleren Gefilden des Nordens, wo die Temperaturen im Sommer erträglicher sind, während Florida mit seiner alljährlichen Hitzewelle nun keinen Reiz mehr ausübt. Die prächtigen Villen werden mit Holzläden verrammelt, in die Obhut von Verwaltern gegeben, und weiße Laken bauschen sich über all den kostbaren Möbeln, bis rechtzeitig vor dem Winter und dem Start der nächsten Ballsaison das große Reinemachen beginnt. Einige wenige Familien gibt es, die das ganze Jahr über in Palm Beach bleiben, allerdings nimmt der Trubel auf der Worth Avenue doch beträchtlich ab, und das lokale gesellschaftliche Leben, das über Monate hinweg wie unter einem

Mikroskop beäugt wurde, gerät auf einmal zur Randnotiz. Die Klatschspalten der Zeitungen berichten derweil über dieselben jungen Schönheiten und dieselben Familien, bloß jetzt in anderem Umfeld und in Verbindung mit neuen Skandalen.

Der Verdruss meiner Mutter darüber, dass wir noch lange über die standesgemäße Wintersaison hinaus in Palm Beach bleiben müssen, belastet die Atmosphäre zu Hause. Ihre Nörgeleien schwirren durch den Raum, und mitunter führt ihr Zorn auf Fidel sogar zu Vorwürfen gegenüber unserem Vater, der darauf beharrt, dass wir uns kein zweites Haus leisten können und er uns deshalb nicht in den Norden gehen lassen kann, um den Kontakt zu den alteingesessenen Familien aufrechtzuerhalten. Seine Geschäfte verlangen eben, dass wir hierbleiben, und während er versucht, es zu neuem Vermögen zu bringen, verblasst die Erinnerung an Kuba immer mehr.

Für meine Mutter zählt alleine der gesellschaftliche Status der Familie, wobei sie die Rückgewinnung unseres sozialen Standards nicht annähernd so geschickt betreibt wie mein Vater die seines geschäftlichen Reichs. Seine Welt wird von Zuckerrohr und Grundbesitz beherrscht, von den Geldern, die er in der Schweiz und anderswo anhäuft, und von seinem Misstrauen gegenüber dem Staat, das durch Fidels dreiste Enteignungsaktionen nur noch vertieft wurde. Und während die Verunsicherung meiner Mutter angesichts unseres gesellschaftlichen Abstiegs und das Verlangen meines Vaters nach immer mehr Reichtum schon krankhafte Züge annehmen, raubt mir die beinahe religiöse Besessenheit der beiden und die kurz vor dem Siedepunkt stehende Stimmung im Haus immer stärker den Atem.

Und nun, zeitgleich mit den großen Regenfällen Ende April verändert sich abrupt alles erneut. Die Welt, in die meine Mutter so verzweifelt Aufnahme zu finden gehofft hatte, ist einfach ohne uns weitergezogen. Die Mehrzahl ihrer Töchter ist weiterhin ohne Ehemann, und Palm Beach hat sich, verglichen mit der Hochsaison, in eine Geisterstadt verwandelt.

Sobald Maria von der Schule nach Hause kommt, sitzen wir drei im Wohnzimmer, blättern in Zeitschriften oder lesen ein Buch, während unsere Mutter ihren Nachmittagscocktail trinkt und unsere Zukunft plant. Neun Tage in Folge hat es geregnet, und wir mussten viel zu viel Zeit eingepfercht im Haus verbringen. Warten macht dünnhäutig, was seinen Ausdruck findet in dem scharfen Ton, den unsere Stimmen angenommen haben, den funkelnden Blicken, die wir Schwestern uns zuwerfen, und dem immer eisiger werdenden Umgang unserer Eltern untereinander.

»Eine Cousine von mir lebt in Spanien«, verkündet meine Mutter eines Nachmittags von ihrem Stammplatz auf dem Sofa. »Die könntet ihr vielleicht besuchen fahren. Ihr Mann ist im diplomatischen Dienst. Bestimmt würdet ihr an Empfängen in der Botschaft teilnehmen. Und dann wäre da natürlich noch die Schwester eures Vaters. Mirta hat ihre Hilfe bereits angeboten. Ihr Mann ist ziemlich reich, wie ihr wisst.« Sie runzelt die Stirn, als wäre ihr gerade klar geworden, dass dieser Plan einen Haken hat.

Unsere Tante Mirta, die jüngere Schwester unseres Vaters, hat uns ein paarmal auf Kuba besucht, aber ich hatte stets den Eindruck, dass meine Mutter nicht viel von ihrem Mann hält. Ungeachtet all seines Reichtums mangelt es diesem Amerikaner in den Augen meiner Mutter am passenden Stammbaum. Nein, Reisen zu meiner Tante wird es auf der Suche nach dem richtigen Ehegatten bestimmt nicht geben.

»Ich möchte aber nicht weg«, wirft Maria ein.

»Keine Bange, du bist nicht gemeint«, beruhige ich sie. »Bis du in die Kategorie alte Jungfer fällst, vergeht noch eine Ewigkeit. Also genieß die Zeit.«

»An deiner Stelle würde ich mich nicht darüber lustig machen«, erwidert meine Mutter. »In deinem Alter war ich bereits verheiratet und hatte mein erstes Kind.«

Isabel verhält sich die ganze Zeit über mucksmäuschenstill, wohl in der Hoffnung, unsichtbar zu bleiben und nicht die Aufmerksamkeit unserer Mutter auf sich zu ziehen.

»Und zwei weitere waren unterwegs«, fügt meine Mutter nach kurzem Zögern hinzu.

Die Bemerkung ist erstaunlich. So dicht davor, von Alejandro zu sprechen, ist sie seit dessen Tod noch nie gewesen.

»In der nächsten Saison bist du wieder ein Jahr älter«, überspielt sie rasch die Situation und mustert mich mit einem besorgten Blick, als würde ich mit dreiundzwanzig schlagartig zu einer alten Frau voller Falten und grauen Haaren, die damit offiziell aus dem Rennen ist. »Männer haben gern eine jüngere Frau. Nicht eine, deren Blütezeit bereits vorbei ist.«

Meine Mutter war achtzehn, als sie meinen Vater heiratete.

Maria prustet los, und ich bin froh, dass sie das alles auf die leichte Schulter nimmt und sich bislang unserer wahren Lage noch nicht stellen musste. Denn unsere Eltern betrachten die Ehe tatsächlich als das einzige Ziel ihrer Töchter, womit für uns Erfolg allein in der Wahl des richtigen Mannes liegen kann, nicht etwa in Verdiensten, die wir selbst erwerben. Natürlich werden auch Maria die Folgen dieser Sichtweise irgendwann bewusst werden, spätestens dann, wenn sie an den Punkt kommt, einen eigenen Beruf erlernen zu wollen, oder wenn sie davon träumt, aufs College zu gehen – oder Jura zu studieren, wie ich es mir erhofft hatte.

Alice, die halbtags bei uns im Haushalt hilft, betritt den Raum, bevor meine Mutter mir noch detaillierter ausmalen kann, dass meine Blütezeit bereits hinter mir liegt.

»Verzeihung, Miss Beatriz. Mr. Diaz ist hier und möchte Sie gern sprechen. Er wartet draußen.«

Eduardo, mein Retter.

Wir haben uns nicht häufig gesehen nach dieser hochexplosiven Nacht. Eduardo ist »auf Reisen« gewesen, wo genau, blieb ein Geheimnis, aber in diesem Moment ist mir jedes politische Ränkespiel lieber als die Eheanbahnungsintrigen meiner Mutter.

Ich verziehe das Gesicht zu einem Lächeln, stehe auf und lege die Zeitschrift auf den Beistelltisch zurück.

»Ich sollte Eduardo nicht zu lange warten lassen«, erkläre ich mit vielsagendem Blick zu meiner Mutter. »Schließlich läuft mir die Zeit davon, stimmt's?«

Hinter mir, da wo Isabel auf dem Sofa sitzt, entfährt jemandem ein unterdrücktes Lachen.

»Du bist meine Rettung«, gestehe ich Eduardo wenig später, als wir gemeinsam den Strand entlanglaufen.

»Ehrlich? Klingt gar nicht schlecht. Bin ich damit auch dein Held?«

Ich lache. »So weit würde ich nun doch nicht gehen.«

»Mhm. Wovor habe ich dich denn gerettet?«

»Vor meiner Mutter und ihrem ständigen Lamentieren darüber, dass die vornehme Gesellschaft weitergezogen ist und wir noch immer in Palm Beach hocken.« Ich trage die Sandalen in einer Hand und hebe meinen Rock mit der anderen ein wenig an, während meine Zehen durch den feinen Sand streifen. »Es überrascht mich, dass du nicht auch weg bist«, fahre ich mit einem Seitenblick auf Eduardo fort.

»Wohin sollte ich schon gehen?« Er schaut aufs Meer hinaus und schiebt sich eine Haarsträhne aus dem Gesicht. Nach der Saison hat er sich die dunklen Haare wachsen lassen, deren Enden sich nun zu locken beginnen.

»Wie wär's mit New York?«

Er grinst verächtlich. Ihm sind die Spielregeln ebenso vertraut wie mir. »Willst du mich etwa verheiraten?«

»Würdest du denn heiraten? Ich meine, irgendwann musst du doch, oder?«

Er ist drei Jahre älter als ich und damit zwar noch in einem Alter, in dem sein Junggesellen-Status tolerabel ist, aber wirklich jung ist er auch nicht mehr, besonders in Anbetracht dieser unsicheren Zeiten. Grundsätzlich liegt die Sache bei Männern natürlich anders. Ehelosigkeit wird bei ihnen viel länger geduldet als bei Frauen, die nur allzu rasch zu alten Jungfern abgestempelt werden. Dennoch wird von uns allen letzten Endes erwartet, dass wir heiraten, Kinder bekommen und das gleiche Leben führen wie unsere Eltern vor uns.

»Aus Liebe?«, fragt er.

»Liebe, gesellschaftliche Stellung, Sicherheit …«

Eduardo verkrampft ein wenig, und umgehend regen sich bei mir Gewissensbisse. Wir sprechen sonst nie über unseren gesunkenen Lebensstandard, das verbietet uns der Stolz. Eduardo hat der Umbruch wirklich hart getroffen. Seine Familie lebte auf Kuba wie die Könige. Über Jahrhunderte hinweg hatte sie ein gewaltiges Vermögen an Grundbesitz, Handelsbetrieben, Fabriken und Pferdegestüten angehäuft. Angeblich ist es seinem Vater zwar noch in den letzten Tagen von Batistas Herrschaft – und unmittelbar bevor Fidel in Havanna einmarschierte – gelungen, einiges Geld außer Landes zu schaffen, aber der Großteil ihres Reichtums landete in den Händen des neuen Regimes.

»Ich wollte damit nicht sagen …«

»Würdest du?«, fragt er zurück.

»Mich an den Meistbietenden verkaufen?«

»Ja.«

»Manchmal denke ich, das würde alles viel einfacher machen«, gebe ich zu. »Zumindest für meine Familie. Meine Eltern wären ganz sicher begeistert.«

»Stimmt.«

Ich wechsle lieber das Thema. »Was tust du, wenn wir zurück in Kuba sind?«

Dieses Gedankenspiel zählt zu meinen Lieblingsbeschäftigungen.

Eduardo lächelt. »Ich mache es mir auf der Veranda unseres Hauses in Varadero gemütlich, zünde mir eine Zigarre an und schaue aufs Meer. Atme wieder. Genieße den Anblick der langbeinigen Tänzerinnen im Tropicana. Heirate irgendein Mädchen, das mich so nimmt, wie ich bin. Gründe eine Familie.

Seh den Kindern zu, wie sie im Wasser spielen, und weiß, dass sie von den Ängsten verschont bleiben werden, die wir durchleben mussten, dass sie in einer Welt aufwachsen, in der man was aufbauen und Wurzeln schlagen kann, ohne befürchten zu müssen, alles gleich wieder gewaltsam zu verlieren.«

»Du willst eine Familie gründen?«

»Das will ich.«

»Hätte ich gar nicht gedacht.« Wann immer ich glaube, Eduardo durchschaut zu haben, überrascht er mich mit einer neuen Seite von sich.

»Warum nicht?«

»Ich habe einfach angenommen, dass dir das zu viel wäre, dass du eine Familie in erster Linie als zusätzliche Belastung betrachten würdest.«

Ich bin mir jedenfalls ziemlich sicher, dass unser Vater mich, meine Mutter und meine Schwestern derzeit so sieht. Er liebt uns, aber vor allem sind wir *noch* etwas, für das er verantwortlich ist, das es durchzubringen gilt, um das er sich Sorgen machen muss.

»Kommt vermutlich ganz darauf an, aus welchem Grund ich heirate«, antwortet Eduardo. »Wenn ich jemanden heirate, um aus diesem Schlamassel rauszukommen, also etwa irgendeine junge Amerikanerin, die aus der richtigen Familie stammt und über die Art von Beziehungen verfügt, die mir lebenslang ein sorgenfreies Auskommen garantieren, dann wäre es wohl eher Last als Vergnügen. Versteh mich bitte nicht falsch. Geld macht tatsächlich alles einfacher, und ich bestreite gar nicht, mit dem Gedanken gespielt zu haben, diesen Weg zu gehen, nur …«

»Du bist ja ein richtiger Romantiker«, stelle ich verblüfft fest.

Er lacht verlegen auf. »Ist das nicht, worum sich letztlich alles dreht? Ich meine, warum tun wir überhaupt all diese Dinge, wenn nicht wegen der Romantik, die darin liegt?«

»Und ich dachte, dich würde vor allem antreiben, die Dinge zurückzubekommen, die man dir genommen hat«, gestehe ich ein wenig kleinlaut, da ich plötzlich fürchte, ihn die ganze Zeit falsch eingeschätzt zu haben. Während ich bislang pures Eigeninteresse für das Hauptmotiv seines Handelns hielt, verfolgt er in Wahrheit womöglich doch ganz andere, selbstlosere Absichten.

»So ist es ja auch. Aber da geht es nicht nur um Dinge, die man mit Geld kaufen kann. Wir haben noch viel mehr verloren. Sachen, die kein Preisschild haben, die sich nicht einfach neu kaufen und ersetzen lassen.«

»Ganz egal, wie sehr mein Vater sich genau darum gerade bemüht«, murmele ich vor mich hin.

»Ich würde da nicht zu scharf urteilen«, meint Eduardo und überrascht mich erneut. »Er trägt enorm viel Verantwortung auf seinen Schultern. Und ohne Alejandro …« Er lässt den Satz unbeendet. »Dein Vater ist kein junger Mann mehr, und er muss jetzt sicherstellen, dass es dir, deinen Schwestern und deiner Mutter nach seinem Tod an nichts fehlt. Was er in Kuba an Vorsorge getroffen hat, dürfte mehr oder weniger verloren sein. Kein Wunder also, dass er beunruhigt ist.«

Da zeigt es sich wieder: Eduardo verkörpert von uns allen vermutlich die gelungenste Mischung aus Pragmatiker und Träumer.

»Du bist zornig«, fügt er hinzu, und auch mit dieser Beobachtung hätte ich bei ihm nicht gerechnet. Er nimmt doch erheblich mehr wahr, als mir bisher bewusst war.

Leugnen ist zwecklos. Zorn ist mein ständiger Wegbegleiter.

»Ich hatte gehofft, wenn du mit der CIA zusammenarbeitest, würde dir das helfen«, sagt er. »Dass es deinen Zorn irgendwie erträglicher macht. Wenigstens so weit, wie das bei mir funktioniert hat.«

Ich bin immer davon ausgegangen, dass Eduardo mich in die Sache hineingezogen hat, weil ich dafür so empfänglich bin und weil mein Aussehen und mein Ruf ihm eine zusätzliche Waffe gegen Fidel in die Hand geben. Dass er mir damit auch helfen will, ist mir nie in den Sinn gekommen.

Hat er mich deshalb mitgenommen in der Nacht, als er das Dynamit abholte? Ist ihm aufgefallen, wie einsam und verloren ich mir in diesem Ballsaal vorkam, sobald der Tanz mit Nick beendet war? Oder bin ich für ihn doch bloß Mittel zum Zweck gewesen, sollte er ein Ablenkungsmanöver brauchen?

»Ein wenig geholfen hat es wohl schon«, antworte ich. »Hast du noch mal was von Mr. Dwyer gehört? Neuigkeiten aus Kuba?«

»Es kursieren Gerüchte«, erklärt er nach kurzem Zögern. »Aber heutzutage weiß man nie, was man glauben kann. Wie es heißt, wittert Fidel nach der Explosion der *La Coubre* inzwischen überall Verrat. Er ist überzeugt davon, dass die CIA gegen ihn aktiv ist.«

Anfang März ist mitten in Havannas Hafen der mit Waffen und Munition beladene französische Frachter *La Coubre* in die Luft geflogen. Zahlreiche Menschen starben, noch mehr wurden verletzt. Fidel hat den Vorfall als amerikanischen Sabotageakt bezeichnet und damit seine Liste ähnlicher Anschuldigungen weiter verlängert.

»Sind sie denn für die Explosion verantwortlich?«, frage ich. Auf der einen Seite scheint es durchaus plausibel, auf der anderen neige ich dazu, jedem Wort zu misstrauen, das aus Fidels Mund kommt.

Eduardo zuckt mit den Achseln. »Meinen Kontaktleuten zufolge nicht, aber wer ist sich bei der CIA da schon sicher? In all ihre Pläne bin ich natürlich auch nicht eingeweiht. Ich bin ihnen lediglich auf ganz bestimmte Weise von Nutzen – und leider längst nicht wichtig genug, um auf einer Augenhöhe mit ihnen zu sein.«

»Da haben wir uns ja wundervolle Freunde angelacht.«

»Derzeit will sonst ja niemand mit uns befreundet sein.«

»Vielleicht ist es dumm von uns, alle Hoffnung auf die Amerikaner zu setzen«, sage ich. »Es muss doch noch andere mögliche Verbündete geben.«

»Wen denn? Die Lage wird von Tag zu Tag komplizierter. Jetzt hat sich auch noch die Sowjetunion eingemischt, und ihr Verhältnis zu Fidel wird immer enger. Wir sind gefangen zwischen zwei Weltmächten. Folgerichtig wachsen die Bedenken, welche Auswirkungen eine direkte Intervention in Kuba auf die bestehenden Spannungen zwischen Amerikanern und Sowjets haben könnte. Die Situation ist völlig verfahren.«

Dazu kommt, dass die Kubaner schon viele Generationen lang Frust und Schmerz erleiden wegen fremder Mächte. Wie oft haben militärisch überlegene Reiche auf die eine oder andere Weise unsere Geschichte geprägt. Erst die Spanier, dann die Amerikaner, und nun droht Kuba gar der Schauplatz für einen Stellvertreterkrieg zweier Supermächte zu werden.

»Ob sie unseren Plan jemals aufgreifen?«, frage ich. »Werden sie wirklich irgendeine Verwendung für mich haben? Was meinst du?«

»Die CIA?«

Ich nicke.

»Denke schon. Letztlich dürfte alles eine Frage von richtigem Zeitpunkt und Gelegenheit sein. Wie lässt sich ein zufällig aussehendes Treffen zwischen dir und Fidel arrangieren? Wie bringen sie dich ins Land und holen dich wieder raus? Natürlich sind die Amerikaner nicht die verlässlichsten Verbündeten, aber sie werden deine Sicherheit nicht unnötig aufs Spiel setzen und damit riskieren, dass ihre eigene Reputation Schaden leidet. Angesichts der aktuellen Spannungen zwischen den beiden Ländern müssen sie sehr vorsichtig agieren.«

Aufgrund meiner Vorgeschichte und des Todes meines Bruders würden sie problemlos behaupten können, dass ich aus eigenem Antrieb gehandelt habe, dass Wut und Rachedurst meine Hauptmotive gewesen sind, nicht irgendwelche politischen Absichten.

»Bist du nervös?« fragt Eduardo.

»Ein wenig. Insbesondere wegen der Frage, ob ich eine Chance bekomme oder nicht.«

»Manchmal weiß ich nicht, was schlimmer ist: Das Gefühl, nichts getan zu haben, oder es versuchen – und scheitern.«

Mein Blick wandert zu den anderen Strandbesuchern, die sich als weit auseinanderliegende Tupfen gegen den Horizont abzeichnen. Ganz in der Nähe spielt eine Mutter mit zwei Kindern im Sand. Sie scheint kaum älter zu sein als ich.

Wie ganz anders mein Leben doch verlaufen wäre, hätte ich in diesem Land das Licht der Welt erblickt und nicht auf einer gespaltenen Insel, deren viele Lager in endlosen Wirren gefangen sind? Hätte ich dann denselben tief zufriedenen Gesichtsausdruck wie diese Frau? Oder steckt vielleicht doch mehr hinter dieser strandgebräunten Haut, den strahlend weißen Zähnen und dem perfekt dazu passenden Kinderpaar? Tragen wir womöglich alle unsere kleinen und großen Geheimnisse in uns, fechten wir alle unsere privaten Kämpfe aus? Glaubt sie womöglich umgekehrt beim Anblick von Eduardo und mir, wie wir hier den Strand entlangschlendern, ein glückliches Liebespaar vor sich zu haben, und beneidet mich um diesen hübschen Mann und um die Freiheit, die mir mein kinderloser Status gewährt?

»Es gibt schon ein paar Sachen, an denen wir arbeiten«, fügt Eduardo hinzu und lenkt meine Aufmerksamkeit von der Frau mit den Kindern ab.

»Sachen, über die du nicht sprechen willst.«

Wie über das Dynamit, das wir abgeholt haben.

»Es ist kompliziert, Beatriz. Bei manchem ist es einfach besser, wenn du nicht mit drinhängst.«

»Weil ich eine Frau bin?«

»Nein. Aber je weniger Menschen von unseren gemeinsamen Plänen wissen, desto besser. Fidel hat seine Spione überall.«

»Ich würde nie ...«

»Ich weiß, ich weiß. Aber wir müssen vorsichtig sein. Ich

versuche, dich aus alldem so weit es irgend geht herauszuhalten, damit du nicht zusätzlich in Gefahr gerätst. Genau wie Alejandro immer darauf geachtet hat, dass dir nichts passiert.«

»Und trotzdem förderst du meine Teilnahme immer wieder, nimmst mich mit, diese Kisten abzuholen, oder arrangierst das Treffen mit der CIA.«

»Weil ich weiß, wie viel dir das bedeutet. Ich weiß, wie sehr du deinen Bruder geliebt und wie vehement du gegen Batista gekämpft hast. Du glaubst an Kuba und an die Träume, die du für seine Zukunft hast. Außerdem bist du Beatriz Perez. Ist es dir jemals passiert, dass du etwas haben wolltest und es am Ende nicht gekriegt hast?«

»Ich bin mir nicht sicher, ob du der Einzige bist, der mich wirklich kennt und wirklich an mich glaubt, oder ob nicht vielmehr du in Wahrheit derjenige bist, der noch immer alles, was er haben wollte, auch gekriegt hat, und ich bloß das leichteste Mittel zum Zweck bin, um wieder einen Schritt weiterzukommen.«

Eduardo lacht. »Klingt eher so, als wärst du der einzige Mensch, der mich wirklich kennt.«

Er schlingt den Arm um meine Schulter, zieht mich an seinen muskulösen Oberkörper und legt den Kopf gegen meinen. Diesmal bilde ich mir ganz bestimmt nicht ein, dass die junge Mutter voller Neid in unsere Richtung blickt.

»Vielleicht ein wenig von beidem«, gesteht er schließlich und küsst mich aufs Haar. Die Zuneigung in seiner Stimme täuscht über die unverblümte Wahrheit in seinen Worten hinweg.

So ist das bei Eduardo. Wir sind uns in so vielen Dingen

ähnlich, dass es manchmal wirkt, als würde man in einen Spiegel schauen, und ich bin nicht immer darauf gefasst, mich dem Bild zu stellen, das mir dann entgegenstarrt.

8

Jetzt, wo die Saison vorbei ist, verlaufen die Tage eintönig, und die schwüle Hitze verstärkt unsere gelangweilte Trägheit noch. Wir leben gewissermaßen am Strand und verbringen den Sommer damit, zu picknicken und Sandburgen mit meinem Neffen zu bauen. Bälle und elegante Empfänge finden keine mehr statt, und abgesehen von Eduardos gelegentlichen Stippvisiten, bei denen er zwischen seinen geheimnisvollen Ausflügen zu ungenannten Orten die eine oder andere kleine Neuigkeit überbringt, verlaufen unsere Tage unerträglich stumpfsinnig.

»Wir überlegen, nach Miami zu ziehen«, verkündet meine Schwester Elisa irgendwann im Juli unvermittelt, als wir gerade auf einer großen karierten Decke am Strand sitzen und Miguel, um den sich gerade das Kindermädchen kümmert, beim Spielen zusehen. Über die letzten Monate hinweg hat sich mein Neffe rasant entwickelt, und aus dem schläfrigen Baby ist ein quirliger kleiner Junge geworden, dessen Sturheit und schelmischer Gesichtsausdruck eindeutig auf seine Perez-Gene verweisen. Er bezaubert derzeit die ganze Familie und sorgt in diesen schweren Zeiten für rare Momente des Trosts und der Hoffnung.

»Warum umziehen?«

Miami ist nicht weit weg, aber ich bin einfach daran gewöhnt, dass wir alle dicht beisammen wohnen. Ich habe mir immer vorgestellt, dass wir später einmal alle in Laufdistanz voneinander entfernt leben und uns problemlos zu einem kleinen Nachmittagsschwatz besuchen können.

»Es ist da nicht so teuer, und Juan hat über einen Freund von einem günstigen Immobilienangebot gehört. Außerdem hätte er es nicht so weit zur Arbeit.«

Meine kleine Schwester ist inzwischen eine Mutter und Ehefrau, die nicht länger nur das Wohl ihres Elternhauses in Erwägung zu ziehen hat. Solche Verschiebungen zählen natürlich zum ganz normalen Lauf der Dinge, und dennoch …

Ich bemühe mich zu lächeln. »Du wirst uns fehlen.«

Sie drückt meine Hand. »Ihr mir auch. Aber es ist ja nicht weit. Wirklich nicht.«

»Fühlt sich allerdings weit an.« Es ist nicht die Entfernung allein. Sie baut sich dort ein Leben auf, das sie auf Dauer fest mit Amerika verwurzeln wird. Ich freue mich für sie, aber zugleich ist sie damit diejenige, die ihrer Wege geht, und es kommt mir vor, als würde sie mich trotz unseres Altersunterschieds im Leben gerade irgendwie überholen.

»Geht's dir gut?«, erkundigt sich Elisa, die meine Reaktion sehr wohl zu deuten weiß.

»Klar.«

»Mhmm. Jetzt mal ehrlich. Nicht bloß das, was du jedem erzählst. Wie geht es dir in Wirklichkeit?«

Ich seufze. »Beschissen, im Großen und Ganzen.«

Ein Windstoß wirbelt Sand hoch, und Miguel beginnt zu weinen. Seine Nanny nimmt ihn sofort auf den Arm, während

Elisa alles mit aufmerksamem Blick beobachtet. Selbst als sie ihre Aufmerksamkeit wieder mir zuwendet, spüre ich, wie ein Teil von ihr auf den Sohn konzentriert bleibt.

Ich bin immer ein wenig überrascht, wie ungeheuer vernarrt sie in den Kleinen ist, wie selbstverständlich sie sich den neuen Lebensumständen angepasst hat, insbesondere wenn man bedenkt, wie rasch sie nach der Hochzeit Mutter wurde. Noch beeindruckender wird das Ganze, berücksichtigt man, welches Mutterbild wir als Kinder erfahren haben. Die Einzige, die uns bei aufgeschlagenen Knien getröstet und die Tränen fortgewischt hat, war unsere Nanny Magda. Während unserer gesamten Kindheit war unsere Mutter bloß irgendwo im Hintergrund anwesend. Ab und an kam sie in einem bezaubernden Kleid in den Raum gerauscht, bevor sie zu irgendeiner Abendveranstaltung entschwand und nur der Duft ihres Parfüms in der Luft zurückblieb.

»Du bist hier nicht glücklich, hab ich recht?«, fragt Elisa.

»Nein, bin ich nicht.«

»Glaubst du, dass du es jemals sein wirst?«

»In Palm Beach? Dauerhaft? Wie sollte ich? Ich habe mir das nicht ausgesucht. Ich wollte nie hierhin. Mein Zuhause ist woanders. Das hier sollte nur eine Übergangslösung sein, erinnerst du dich? Vater meinte, es würde eine Weile brauchen, bis sich alles geklärt hat. Ein paar Monate vielleicht. Aber jetzt kommt es mir so vor, als hätte das jeder vergessen. Du hast inzwischen eine eigene Familie. Unsere Eltern sind vollkommen darauf fixiert, noch mehr Geld anzuhäufen, die Firma aufzubauen und den Ruf der Familie wiederherzustellen. Was aber ist mit den Dingen, die wir nicht einfach neu kaufen können? Mir fehlt Magda. Mir fehlen die Freunde, die noch immer in Havanna leben. Mir fehlt unser altes Haus.« Ich kämpfe gegen den Kloß in meinem Hals an. »Ich würde gerne Alejandros Grab besuchen. Ich will mein Leben zurück. Ich will endlich wieder nach Hause.«

»Das Zuhause, an das du dich erinnerst, gibt es aber nicht mehr«, schränkt Elisa in dem gleichen einfühlsamen Ton ein, den sie auch gegenüber ihrem kleinen Sohn häufig benutzt. Sie klingt, als würde sie sich mit der Situation abfinden – ein Schritt, zu dem ich mich bislang nicht in der Lage sehe.

»Ich weiß. Nicht zuletzt das macht mich ja so wütend. Es fühlt sich an, als hätte Fidel gewonnen.«

»Man muss doch nicht aus allem einen ständigen Kampf machen, Beatriz. Warum begnügst du dich nicht mit deinem persönlichen Glück?«

»Bei dir hört sich das an, als wäre es die leichteste Sache der Welt, glücklich zu sein.«

»Dass es leicht ist, habe ich nicht gesagt. Bloß sollte man persönliches Glück auch nicht geringschätzen. Es ist nichts Schlimmes daran, sein eigenes Glück zu verfolgen. Alejandro hätte bestimmt nicht gewollt, dass du dich so quälst. Er hätte nicht gewollt, dass du dir das alles seinetwegen antust.«

Hält sie das wirklich für meinen Antrieb? Denkt sie im Ernst, ich würde hier die Märtyrerin spielen, weil diese Leute meinen Bruder ermordet haben? Elisa hat mich damals mit Alejandros Leiche im Arm entdeckt. Sie sollte meine Motive eigentlich besser als jeder andere verstehen.

»Erinnerst du dich an den Tag damals? Weißt du noch, was ich zu dir gesagt habe?«

Sie nickt.

»Fidel wird bezahlen für das, was er getan hat. Wo bliebe sonst die Gerechtigkeit? Ich kann nicht in einer Welt leben, in der ein Mann über Kuba herrscht, an dessen Händen das Blut so vieler Landsleute klebt.«

»Beatriz!«, zischt Elisa und schaut sich sofort aufmerksam am Strand um. Dann entspannt sich ihre Miene unvermittelt, und ihr scheint wieder bewusst zu werden, dass wir nicht länger in Havanna sind, wo jedes offene Wort aus Angst vor Verfolgung vermieden werden muss.

Im Gegensatz zu ihr habe ich mich, nicht zuletzt wegen meiner ständigen Klagen über unseren Aufenthalt hier, an die Freiheit, meine eigene Meinung zu sagen, schon sehr gewöhnt.

»Wie kannst du nicht mehr wütend sein? Wie kannst du das alles vergessen?«

»Ich habe nicht vergessen«, erwidert Elisa. »Ich werde niemals vergessen. Ich *kann* gar nicht vergessen. Aber ich kann es mir auch nicht leisten, in meiner Trauer zu verharren oder mich von meiner Wut auffressen zu lassen. Ich habe jetzt einen Sohn, der mich braucht. Diese Revolution hat ihm auch so schon genug genommen.«

»Entschuldige. Ich hätte nicht …«

»Schon gut. So bist du nun einmal, alles andere wäre Verstellung. Mir ist klar, wie du empfindest, wie du schon immer für Kuba empfunden hast. Aber ich mache mir Sorgen um dich. Du kannst nicht einfach aufhören zu leben, bloß weil wir nicht mehr zu Hause sind. Wer weiß, wie lange wir fort sein werden? Wir hoffen das Beste und beten dafür, eines

Tages zurückzukehren, aber mehr können wir im Augenblick nicht tun. Ich weiß, wie hart es dich trifft, dass unsere Eltern dich nicht studieren lassen. Es muss schwer sein, all die Tage irgendwie auszufüllen. Aber so solltest du es nicht tun. Fidel zu hassen ist kein Lebensinhalt.«

»Und was soll ich deiner Ansicht nach machen? Ich bin nicht wie du. Mir steht nicht der Sinn danach, zu heiraten und Kinder zu bekommen. Mein ganzes Lebens habe ich gehört, dass ich lediglich dazu tauge, die Rolle der bezaubernden Schönen zu spielen, und dass ich es mir gefälligst abschminken soll, selbstständig zu denken oder – Gott behüte – eine kontroverse Meinung zu vertreten. Und das habe ich satt. Ich habe keine Lust, am Ende an einen Mann zu geraten, der sich genau diese Rolle von mir wünscht. Ich weiß, wie sehr dir dein Leben gefällt, aber auf mich übt das Bild vom häuslichen Glück einfach keine wohltuende Wirkung aus. Es versetzt mich eher in Panik.«

»Bei dir klingt Ehe wie Gefängnis.«

Unsere Eltern haben jeden von uns streng behandelt, stellten extrem hohe Erwartungen an die Partien, die wir machen sollten, aber bei mir war es noch einmal etwas anderes. Ob nun zu Recht oder nicht, jedenfalls galt ich stets als die *schöne Perez*, und obwohl ich den Spitznamen eigentlich als Segen hätte begreifen können, empfand ich ihn eher als Fluch. Bis jetzt. Jetzt eröffnet mir dieser Ruf die Möglichkeit, meine angebliche Schönheit für etwas einzusetzen, das wirklich zählt.

»Ich betrachte sie nicht unbedingt als Gefängnis, aber auch nicht als etwas Erstrebenswertes.«

»Weiß Eduardo, dass du so denkst?«

»Eduardo?«, wiederhole ich lachend. »Ich bezweifle stark, dass es Eduardo im Entferntesten interessiert, wie ich über die Ehe denke.«

»Ihr beide seid ständig zusammen.«

»Wir sind gewissermaßen Freunde. Zumindest so weit, wie Eduardo überhaupt dazu neigt, Freundschaften einzugehen.«

»So wie er dich ansieht, scheint mehr dahinter zu sein.«

Da ist wieder dieser Unterton in ihrer Stimme, der andeutet, dass ich einen wichtigen Schritt verpasst habe und mir die Reife fehlt, die sie inzwischen längst erworben hat.

»Er sieht dich an, als … würde er dich gern haben wollen«, raunt Elisa mir zu und bekommt dabei ganz rote Wangen.

»Viele Männer sehen mich so an. Das hat nichts zu bedeuten. Wenn Eduardo mir sporadisch einen Blick zuwirft, in dem so etwas wie Interesse liegt, dann weil er ein Mann ist, nicht weil er irgendwelche verborgenen Gefühle für mich hegt. Ich glaube nicht, dass Eduardo überhaupt dazu fähig ist, sein Herz zu verlieren. Weißt du nicht mehr, wie er in Havanna war? All die Tänzerinnen aus dem Tropicana? Die verheirateten Frauen, über die alle tuschelten?«

»Wie du meinst«, sagt Elisa und runzelt die Stirn. »Aber wenn euch beide keine romantischen Anwandlungen so häufig zusammenbringen, was dann?«

»Wir sind eben befreundet.«

»Sonst nichts?«

»Sonst nichts.«

»Und das soll ich dir abnehmen? Du wirst niemals Ruhe geben mit dieser Sache, hab ich recht? Alles, was ich gerade zu dir gesagt habe, kümmert dich gar nicht weiter, stimmt's?«

»Ich möchte nicht, dass auch du dir noch Sorgen um mich machst.«

»Wie soll das gehen? Schließlich bist und bleibst du meine Schwester. Ich werde mir also immer Gedanken um dich machen.«

Ich mustere sie mit einem schiefen Grinsen. »Derzeit fühlt es sich aber eher so an, als wäre ich die kleine Schwester.«

»Manchmal komme ich mir in der Tat alt vor«, gesteht sie. »Das bleibt nicht aus, wenn man den ganzen Tag damit beschäftigt ist, einem Kind auf den Fersen zu bleiben, ihm zu sagen, dass es nicht alles, was so herumliegt, gleich in den Mund stecken soll, ihm sonderbare Essensreste aus den Haaren zu picken, überhaupt unablässig dafür verantwortlich zu sein, dass es ihm gut geht und ihm nichts passiert.«

Ja, Elisa verkörpert wirklich eine gänzlich andere Art von Mutterschaft als die, die wir als Kinder erfahren haben.

Ich muss lachen. »Du versuchst doch hier nicht etwa, mir ein Leben als Hausfrau und Mutter schmackhaft zu machen?«

»Es hat seine schönen Seiten.«

»Liebst du ihn denn? Juan?« Die Frage klingt irgendwie albern, aber mir fällt auf, dass dies etwas ist, das ich nicht über meine Schwester weiß.

Sie lächelt. »Lieben nicht alle Ehefrauen ihre Ehemänner?«

»Schön wär's.«

Dass dem nicht so ist, wissen wir beide.

»Er scheint ein anständiger Kerl zu sein«, sage ich vorsichtig.

»Das ist er auch.« Sie nimmt eine Handvoll Sand und lässt ihn durch die Fingern rieseln, während ihr Blick aufs Meer hinausgeht. Ich habe das Gefühl, dass sie eine Weile irgendwo ganz anders ist, und dann blinzelt sie plötzlich, als wollte sie sich aus ihrer Starre reißen, und ist wieder bei mir.

»Ja, ich liebe ihn«, erklärt sie in einem Ton, der Überraschung und Entschiedenheit gleichermaßen ausdrückt, so als wäre diese Vorstellung etwas Neues, an das sie sich erst noch gewöhnen muss. Und ich glaube ihr. Sie wirkt glücklich. Glücklich wie lange nicht. Womöglich haben Ehe und Sohn ja tatsächlich einige der Schatten vertrieben, die uns nun schon so lange verfolgen.

»Schön. Ich freue mich für dich. Du verdienst es, glücklich und in Frieden zu leben.«

»Du auch.«

»Leider dürfte ich von Natur aus kein besonders friedfertiger Mensch sein.«

Elisa lacht. »Stimmt.« Ihre Miene wird wieder ernst. »Aber ständig Krieg führen und immer nur kämpfen ist auch nicht gut.«

»Ich werde mich bemühen, daran zu denken.«

»Bitte, tu das. Und, Beatriz?« Sie ergreift meine Hand. »Was auch immer du vorhast, versprich mir, dass du dich nicht in Gefahr begibst. Ich würde es nicht ertragen, noch einen geliebten Menschen an diesen Irrsinn zu verlieren.«

Ihre Worte ähneln verblüffend der Mahnung meines Vaters, als er mich beim Zurückschleichen ins Haus erwischte, was einmal mehr belegt, welch unauslöschlichen Einfluss Fidel auf jedes einzelne Mitglied unserer Familie ausübt. Ich muss heftig schlucken, bevor ich antworte: »Versprochen.«

Wir schlendern vom Strand zurück. Miguel läuft aufgeregt plappernd zwischen uns, das Kindermädchen folgt zwei Schritte dahinter. Wir trennen uns an der Kreuzung, an der Elisa links zu ihrem Haus abbiegen muss, das nur wenige Minuten von unserem entfernt liegt. Ich werde sie schrecklich vermissen, wenn sie nach Miami zieht.

Ich wende mich nach rechts. Verglichen mit den benachbarten Villen unseres Anwesens in Havanna sind die Häuser, die ich hier passiere, sehr viel bescheidener. Außerdem waren wir in Miramar mit allen vier Nachbarn gut bekannt. Elisas beste Freundin Ana wohnte direkt neben uns. Hier kennt sich niemand. Manche der Häuser werden nur in der Saison bewohnt, andere von Leuten, die jeden Kontakt vermeiden, wenn wir vorbeikommen.

Wir haben uns alle mehr oder weniger darum bemüht, Anschluss zu finden – wobei meine Anstrengungen zugegebenermaßen die halbherzigsten gewesen sein dürften –, aber die Unterschiede zwischen uns und den Amerikanern um uns herum lassen sich nicht mit einem schicken Kleid oder dem richtigen Gesprächsthema beseitigen. Ich habe Dinge gesehen, die diese Mädchen überhaupt nicht kennen, habe eine Revolution durchgemacht. Da kann ich mir noch so viel Mühe geben, ich werde nie diese naive Unbekümmertheit an den Tag legen können, die ihnen in Fleisch und Blut übergegangen ist. Mir fehlt einfach die Unschuld, die sie zur Schau tragen. Vielleicht ist das ja der Grund, weshalb ihre Mütter sie auf sichere Distanz zu halten suchen und wir zu Unberührbaren geworden sind. Sie befürchten, wir könnten diese makellose, von allen Problemen der Außenwelt abgeschottete Exklave, die so herrlich frei ist von Armut, Existenzangst, Gewalt und Tod, bereits mit unserer schieren Anwesenheit besudeln.

Als wir noch jünger waren, hat unsere Mutter uns dazu angehalten, stets mit einem Lächeln im Gesicht in der Öffentlichkeit aufzutreten, höflich zu sein, über witzige Bemerkungen der Männer immer zu lachen und ihrer Eitelkeit zu schmeicheln. Sie hat mich dazu erzogen, möglichst freundlich und nachgiebig zu sein, weil mir dies ihrer Meinung nach am ehesten einen guten Ehemann einbringen würde. Inzwischen bin ich jedoch unnachgiebig wie Stahl und voller scharfer Kanten. Daher kann ich mir auch nicht vorstellen, dass einer dieser Amerikaner mich gerne zur Frau hätte und bereit sein sollte, sich über eine rein oberflächliche Beziehung hinaus mit all dem Ballast zu beschäftigen, den ich mit mir herumschleppe. Am Ende stünde sowieso unweigerlich die Erkenntnis, dass wir keinerlei Gemeinsamkeiten haben und im Großen und Ganzen Fremde geblieben sind. Nein, ich kann nicht behaupten, ein glühendes Interesse am heiligen Bund der Ehe zu verspüren.

Ich stolpere über einen Stein, da mein Blick fest auf einen Punkt in der Ferne gerichtet ist.

Dort parkt ein Wagen in unmittelbarer Nähe unserer Einfahrt. Ein unauffälliger schwarzer Wagen.

Ein Mann, der einen ebenso unauffälligen schwarzen Anzug und einen hübschen kleinen Hut trägt, lehnt am Kotflügel.

Mein Puls beschleunigt sich.

Er wendet sich mir zu, als hätte er mich bereits erwartet, und es überläuft mich eiskalt. Wie lange steht er schon hier? Hat er mich womöglich am Strand mit meiner Schwester beobachtet? Hat er gesehen, wie wir mit Miguel gespielt haben? Ihn irgendwo in einem Restaurant zu treffen oder über Eduardo Kontakt mit ihm zu halten, ist etwas ganz anderes, als ihn hier direkt vor dem Haus meiner Eltern stehen zu sehen. Der Anblick irritiert mich gewaltig. Schließlich ist Mr. Dwyer jemand, der seine Augen und Ohren überall hat, was man leicht vergisst, vor allem wenn man sich von seinem harmlosen Erscheinungsbild und seiner Fähigkeit, nirgends wirklich aufzufallen, in die Irre führen lässt und ihn vorschnell unterschätzt.

Mr. Dwyer begrüßt mich mit einem gespielten Lächeln, betont beiläufig und vertraut – so als wären wir Nachbarn, die sich an einem schönen Sommertag zufällig begegnen.

Ohne irgendwelche Begrüßungsfloskeln oder geheuchelten Fragen nach meinem Befinden kommt er sofort zur Sache.

»Castro wird New York besuchen, um vor der Generalversammlung der Vereinten Nationen zu sprechen.«

Mein Herz hämmert.

»Wir möchten, dass Sie nach New York kommen und ihn dort treffen. Wir werden dafür sorgen, dass Sie ihm irgendwo über den Weg laufen. Vielleicht auf einem Empfang oder in einem Restaurant. Das Außenministerium wird ihm ein umfangreiches amerikanisches Sicherheitsteam an die Seite stellen, weshalb wir über jede seiner Bewegungen ziemlich genau Bescheid wissen sollten. Was meinen Sie?«

Fidel mag nicht selbst den Finger am Abzug gehabt haben, als mein Bruder erschossen wurde, aber aller Wahrscheinlichkeit nach geschah es auf seine Anordnung. Der intelligente, wohlgebildete und charismatische Alejandro stellte mit seinen ausgezeichneten Verbindungen und seinem leidenschaftlichen Eintreten für Kubas Zukunft eine Gefahr für Fidels Regime dar. Er erschwerte Castros Bemühungen, die eigene Macht zu festigen und die unterschiedlichen Lager in Kuba auf seine Linie zu bringen. Die Ermordung meines Bruders diente als unmissverständliches Warnsignal an jeden, der es wagen sollte, sich gegen den Würgegriff aufzulehnen, in dem Fidel die gesamte Insel hält.

Kann ich dem Mörder meines Bruders gegenübertreten und lächeln? Kann ich mit ihm flirten und versuchen, ihm den Kopf zu verdrehen?

Nur wenn ich dafür auch zu sehen bekomme, wie alles Leben aus seinen Augen weicht – genau wie ich es bei Alejandro mit ansehen musste.

»Soll ich ihn gleich in New York umbringen?«, frage ich.

»Nein. Wir haben das in Erwägung gezogen, aber zurzeit sind unsere Beziehungen zu Kuba einfach zu angespannt. Bei einem Tod auf amerikanischem Boden wird uns die Öffentlichkeit niemals abnehmen, dass wir nichts damit zu tun haben. Und einen internationalen Zwischenfall, der den amerikanischen Gesamtinteressen in Lateinamerika schadet, gilt es unbedingt zu vermeiden.«

»Was versprechen Sie sich dann von New York?«

»Wir möchten, dass Sie seine Aufmerksamkeit erregen. Sie und Ihr Bruder standen Batista und dessen Politik ebenso ablehnend gegenüber wie Fidel. Kommen Sie mit ihm ins Gespräch, überzeugen Sie ihn davon, dass Sie durchaus offen sind für seine Vorstellungen von Kubas Zukunft. Ihre Vergangenheit zusammen mit Ihren nicht unbeträchtlichen weiblichen Reizen werden, so hoffen wir, genügen, um sein Interesse zu wecken. Schließlich kann Fidel bei Frauen selten widerstehen. Nachdem Sie einen ersten Kontakt hergestellt haben, werden wir Sie im nächsten Schritt zu gegebener Zeit nach Kuba schicken und dort ein weiteres Treffen mit ihm arrangieren. Sobald Sie dann sein Vertrauen gewonnen haben, können Sie ihn … nun ja, endgültig aus dem Spiel nehmen.«

Das klingt alles so einfach und ist dennoch so ungeheuer gewagt. Dieser Plan der CIA fußt auf einer Unmenge von Faktoren, die wiederum allesamt davon abhängen, wie gut ich mich als Schauspielerin bewähre.

»Und wie soll ich Fidel davon überzeugen, dass ich wegen Alejandros Tod keinen Groll gegen ihn hege? Dass ich ihm vertraue? Ich kann einem Mann ja so allerlei vorgaukeln, aber dass ich plötzlich dem Mörder meines Bruder schöne Augen mache, nimmt mir in Kuba bestimmt keiner ab.«

»Zweifelsfreie Beweise für eine Verwicklung Fidels in den Tod Ihres Bruders hat es nie gegeben. Wer sagt, dass nicht einer von Batistas Leuten dahintersteckt, einer, der nach der Flucht des Präsidenten im Land geblieben ist? Warum könnte der Mord an Ihrem Bruder nicht auch ein versuchter Schlag gegen die Revolutionäre gewesen sein? Ihr Bruder war zwar nicht Teil der Bewegung des 26. Juli, aber es gab damals so viele Gruppen unzufriedener junger Menschen. Kann Ihr Bruder in dem Chaos nicht versehentlich ins Visier von Batistas Leuten geraten sein?« Dwyer verzieht den Mund zu einem eisigen Lächeln. »Wir können zur Wahrheit erklären, was immer uns passt«, fährt er fort. »Wir reden Fidel ein, was immer wir ihm einreden wollen. Das ist wirklich kein Problem.«

»Wenn der Zeitpunkt kommt …« Die Worte bleiben mir im Hals stecken. Ich schlucke.

»Ihn zu töten?«, beendet Mr. Dwyer den Satz für mich.

»Ja. Helfen Sie mir dann? Ich weiß nicht …« Es laut auszusprechen, kommt mir irgendwie albern vor, weil ich *natürlich* nicht weiß, wie es ist, einen Menschen zu töten.

»Ja. Tun wir. Die Sache wird große Sorgfalt und Umsicht erfordern. Wir werden Ihnen dabei zur Seite stehen.« Er neigt den Kopf zur Seite und betrachtet mich noch einmal prüfend. »So, Miss Perez. Hier haben Sie die von Ihnen herbeigesehnte Chance, Ihren Bruder zu rächen und Ihr Heimatland zurückzugewinnen. Sind wir uns einig?«

Er streckt mir die Hand entgegen, und ich schlage ein.

»Sind wir.«

9

Mein erster Schritt zur Vorbereitung auf meinen Abstecher nach New York besteht darin, all die Sommerkleider mit ihren Blumenmustern und ihrem etwas weiteren Schnitt, die ich als Zugeständnis an die in Palm Beach herrschende Hitze zu tragen begonnen habe, beiseitezulegen. Dann durchforste ich meinen Kleiderschrank sowie den meiner Mutter und meiner Schwestern nach den elegantesten Teilen, die ich finden kann. Ich lasse mir sogar ein neues Kleid auf Maß anfertigen von einer Schneiderin, die ich im Zuge einer meiner Shopping-Exkursionen zum Festland entdeckt habe. Das Kleid ist eng anliegend, ausgesprochen sexy und perfekt dafür geschaffen, Fidels Aufmerksamkeit zu erregen.

Als meine Tarnung für das betreffende Wochenende hat Mr. Dwyer eine Einladung in die Hamptons erfunden, zu einer der vielen angesehenen Familien, mit denen seine Frau befreundet ist. Meine Mutter ist hocherfreut, dass ich mich nun in solch illustren Kreisen bewege, mein Vater beruflich viel zu eingespannt, um sich Gedanken darüber zu machen – und meine Schwestern sind zwar verwundert über die plötzliche Einladung und die Bekanntschaft, die ich bislang mit keinem Wort erwähnt habe, aber auch zu beschäftigt mit ihrem eigenen Leben, um lange über meine ungewöhnlichen Pläne zu grübeln.

Elisa hält der bevorstehende Umzug nach Miami in Atem, Isabel hat einen örtlichen Geschäftsmann kennengelernt, und Maria lassen Schule und Freundeskreis wenig Zeit. Diese Ablenkungen kommen wirklich gerade zum rechten Moment, und so helfen mir alle bei den Reisevorbereitungen, ohne dass die Umstände ihr Misstrauen wecken.

Der Flug nach New York verläuft durchaus angenehm. Wir landen auf dem Idlewild Airport, und ich nehme mir ein Taxi ins Midtown-Hotel, wo Mr. Dwyer für mich gebucht hat. Die Adresse zählt nicht unbedingt zu den besten der Gegend, dennoch ist das Haus recht ansehnlich. Jedenfalls sollte mein Ruf keinen großen Schaden nehmen, wenn ich versehentlich einem Bekannten über den Weg laufe und so herauskommt, dass ich allein in der Stadt abgestiegen bin.

Nachdem ich mein Zimmer bezogen und den Koffer abgestellt habe, gehe ich nach unten, wo Mr. Dwyer am ausgemachten Treffpunkt bereits auf mich wartet.

Die Hotelbar ist mit erschöpft wirkenden Geschäftsleuten und amüsierwilligen Männern gefüllt und macht einen eher deprimierenden Eindruck. In einer Ecke sitzt ein Mann am Klavier und klimpert lustlos vor sich hin. Das Hotel hat nichts Anrüchiges an sich, ist einfach nur ein wenig verwohnt, und während ich die Anonymität, die es bietet, zu schätzen weiß, würde ein anderer Teil von mir am liebsten auf Anonymität und Unkosten pfeifen und zum *Plaza* hinüberlaufen, in dem wir uns vor vielen Jahren mit unseren Eltern während eines Shoppingausflugs in die Stadt eingemietet haben.

Stattdessen nehme ich auf dem freien Platz gegenüber Mr. Dwyer Platz.

Er schaut nicht von seiner Zeitung auf, die auf der Seite mit dem Kreuzworträtsel aufgeschlagen ist. In der Hand hält er einen schwarzen Kugelschreiber, mit dem er sehr gemächlich und akkurat eine Reihe von Kästchen mit Druckbuchstaben füllt. Seine Handschrift ist gestochen scharf und nur einen Hauch zu raumgreifend. Sobald er fertig ist, legt er den Stift auf den Tisch und schaut zu mir auf.

»Hatten Sie einen angenehmen Flug?«

»Ja, alles ohne Probleme.«

»Schön«, sagt Mr. Dwyer. Seine Miene verfinstert sich. »Er ist in Harlem. In einem Laden, der sich *Hotel Theresa* nennt. Wir hatten ihn hier im *Shelburne* nur ein paar Straßenzüge von Ihrem Hotel entfernt einquartiert, aber da ist er sofort wieder mit seinem gesamten Gefolge hinausgestürmt.«

»Warum?«

»Irgendwas wegen einer Kaution für Schadensfälle. In der Presse ist von fünf lebenden Hühnern die Rede. Keine Ahnung, ob's stimmt. Wahrscheinlich wollte er uns bloß allen eine lange Nase machen. Er behauptet, wir würden ihn schikanieren. Hat sich sogar bei den Vereinten Nationen darüber beschwert.« Er verpasst Fidel brummend ein ordinäres Schimpfwort, dem ich nicht widersprechen würde.

»Das wird ihn im Volk wie einen Helden dastehen lassen«, bemerke ich nachdenklich. »Den Komfort und Luxus des *Shelburne* aufzugeben und lieber nach Harlem zu gehen …«

»Wie das wirkt, ist uns schon klar. Wir haben ja auch versucht, ihn im *Commodore* unterzubringen, aber darauf hat er sich nicht eingelassen. Der Kerl stolziert in New York City herum, und die Menschen umschwärmen ihn, als wäre er eine verfluchte Berühmtheit. Er empfängt die führenden Staatslenker der Welt in seinem Hotelzimmer in Harlem: Chruschtschow, Nasser, Nehru.«

Ich verspüre beinahe Mitleid mit den Amerikanern. »Fidel provoziert einfach gern Ärger«, bemerke ich. »Seine Methode funktioniert am besten, wenn es chaotisch, ohne festen Rahmen und außerhalb des eingespielten Systems zugeht. Unterschätzen Sie ihn nicht.«

Mr. Dwyer wirft mir einen scharfen Blick zu, der ziemlich unverhohlen zum Ausdruck bringt, dass er für mich und meine Landsleute derzeit nicht sonderlich viel Sympathie oder Nachsicht aufzubringen vermag.

»Überlassen Sie die politischen Aspekte des Besuchs mal ruhig mir. Sie konzentrieren sich ganz darauf, sein Interesse zu wecken.«

»Wann?«

»Morgen Abend. Er will es uns heimzahlen, dass er zum Lateinamerikagipfel nicht eingeladen wurde, und schart deshalb all seine Sympathisanten im *Hotel Theresa* um sich. Frauen werden ebenfalls dort sein, und einer unserer Leute wird dafür sorgen, dass Ihr Name auf der Gästeliste steht.«

»Sind Sie sicher, dass ich da unter meinem richtigen Namen erscheinen soll?«

»Darin liegt ja gerade der Reiz für Castro«, antwortet Mr. Dwyer. »Würden Sie sich als eine andere ausgeben, wäre zudem die Gefahr groß, dass jemand aus seinem Stab oder vielleicht sogar Fidel selbst Sie wiedererkennt. Sein Vertrauen zu gewinnen, dürfte sowieso schwer genug sein. Wenn die Sache mit einem Schwindel beginnt, könnte das der Operation ein Ende bereiten, bevor sie überhaupt in Gang gekommen ist.«

Die Kellnerin erscheint mit einem neuen Glas für Mr. Dwyer und erkundigt sich nach meinen Wünschen. »Einen Sidecar, bitte«, sage ich, während sie den zweiten Old Fashioned unmittelbar neben seiner gefalteten Zeitung abstellt, wo die Feuchtigkeit des beschlagenen Schwenkers sofort ins Papier dringt und die Buchstaben bei »Zwei waagerecht« verschwimmen lässt. Mr. Dwyer betrachtet verärgert die verlaufene Tinte.

»Irgendwelche Fragen?«, nimmt er das Gespräch wieder auf, als die Kellnerin außer Hörweite ist.

Allenfalls ein paar Hundert, nicht mehr. »Was genau tue ich morgen?«

»Sie reden mit ihm. Flirten ein wenig. Hinterlassen Eindruck. Dann kehren Sie nach Hause zurück. Erzählen Sie Ihrer Familie, was für eine herrliche Zeit Sie in den Hamptons verbracht haben. Das Geld, das wir uns bereit erklärt haben, Ihnen für diesen kleinen Ausflug zu zahlen, wird auf ein Konto überwiesen, das wir in Palm Beach auf Ihren Namen eingerichtet haben.«

Wir hatten uns auf fünftausend Dollar sowie die Übernahme sämtlicher Reisekosten verständigt. In diesem Zusammenhang ist die CIA mir bei der Eröffnung eines geheimen Nummernkontos behilflich gewesen.

»Anschließend werden wir nach weiteren Gelegenheiten suchen, wo Sie Fidel über den Weg laufen können«, erklärt er weiter. »Dass er demnächst erneut in die Vereinigten Staaten kommt, ist unwahrscheinlich, daher muss das in Havanna geschehen. Wobei die Erfolgsaussichten für einen solchen Versuch stark davon abhängen, ob es Ihnen gelingt, zuvor bereits eine gewisse Vertrautheit zwischen Ihnen beiden herzustellen. Wir melden uns, sobald wir Genaueres wissen.«

Mr. Dwyer zieht eine schmale silberne Geldklammer aus der Hosentasche und löst ein paar Scheine, die er auf den Tisch wirft. Das Geld reicht für die gesamte Rechnung. Er schiebt den Stuhl zurück, steht auf und klemmt sich seine Zeitung unter den Arm.

»›Narren‹ passt.«

Er schaut mich verwundert an. »Wie bitte?«

»Siebenundvierzig waagerecht. Das Wort, das Sie gesucht haben, lautet ›Narren‹.«

Der Anflug eines Lächelns huscht über sein Gesicht. »Tatsächlich. ›Narren stürmen blind voran, wo Engel auf leisen Sohlen gehen.‹ Sieh einer an.« Er zwinkert mir zu und verschwindet mit einem kurzen: »Viel Glück, Miss Perez.«

Ich leere mein Glas und widerstehe dem Drang, ein zweites zu bestellen. Meine Mutter hat uns stets eindringlich vor den Gefahren des Trinkens und der Völlerei gewarnt. Andererseits wäre sie sowieso mit nichts von dem, was ich hier tue, jemals einverstanden gewesen – also wenn schon, denn schon.

Die Kellnerin von vorhin tritt wieder an den Tisch und räumt Mr. Dwyers Glas ab.

»Der wird seine Frau nie verlassen«, sagt sie zu mir.

»Verzeihung?«

Sie beugt sich herab und beginnt, den Tisch abzuwischen. »Nehmen Sie mir die Bemerkung nicht übel, aber eine junge, hübsche Frau wie Sie verdient was Besseres als so einen

Mann. Ich sehe diese Sorte hier ständig kommen und gehen, und jeder hat irgendeine Geschichte auf Lager. Ihre Frau versteht sie nicht; sie sind bloß noch den Kindern zuliebe zusammen; es ist schrecklich eintönig, dauernd auf Achse zu sein, aber einer muss die Familie ja ernähren …« Sie schnaubt angewidert. »Alles Schweine, wenn Sie mich fragen.«

»Ich bin nicht … ich meine, der Mann ist nicht mein Liebhaber oder so. Nur ein guter, alter Bekannter.«

»Auch das sagen sie am Anfang alle. Sie sagen einfach alles, um sich an einen ranzumachen.« Ihre Augen verengen sich. »Sie sind nicht von hier, richtig?«

»Nein, bin ich nicht.«

»Passen Sie bloß auf. Diese Stadt verschlingt Sie schneller, als Sie gucken können. Hübsche junge Frauen wie Sie treibt's auf der Suche nach einem aufregenden Leben in Scharen her, und dann gibt's einen Riesenreinfall.«

Irgendetwas an der Art der Kellnerin, an ihrer mütterlichen Besorgnis erinnert mich an meine Nanny Magda. Wie mein Vater mir und meinen Schwestern erzählte, ist Magda nach unserer Flucht fortgezogen aus Havanna, um bei ihrer Familie auf dem Land zu wohnen. Obwohl ich gut nachvollziehen kann, wie sehr es ihr widerstrebt hätte, Kuba und ihre Angehörigen zu verlassen, fühlt es sich noch immer nicht richtig an, dass sie nicht gemeinsam mit uns hier in die Vereinigten Staaten ist.

»Vielen Dank, das ist sehr nett von Ihnen.«

»Möchten Sie noch was trinken?«, fragt sie.

Ich bestelle einen zweiten Sidecar. Der Anlass ist es wert.

Am nächsten Abend blicke ich von der weichen Rückbank eines Taxis aus gespannt auf Harlem, bis plötzlich die Fassade des *Hotel Theresa* vor mir aufragt. Ich habe den Tag damit verbracht, die nähere Umgebung meines Hotels zu erkunden, und stelle nun erstaunt fest, wie stark sich das Gesicht der Stadt mit jeder Minute Fahrzeit ändert. Das Hotel ist selbst mit meiner Mittelklassebleibe kaum zu vergleichen, die benachbarten Läden alles andere als fein. Aber von dem Bild, das sich mir hier bietet, ist Fidels Unterkunft nur ein kleiner und sicherlich nicht der aufwühlendste Teil.

Mir ist nie bewusst gewesen, wie sehr ich Amerika als sicheren Zufluchtsort empfinde, wie sehr ich es genieße, mir nicht Fidels Reden anhören zu müssen, befreit zu sein vom Joch der Angst, unter dem wir die letzten Wochen vor unserem Weggang aus Kuba verbrachten. Fidels Allgegenwart rief uns permanent all die Dinge in Erinnerung, die wir verloren hatten, die er uns geraubt hatte. Und nun ist er hier, womit er uns erneut etwas wegnimmt, nämlich das Gefühl, an diesem Ort vor ihm sicher zu sein.

Eine riesige Menschenmenge umlagert den Hoteleingang, viele mit Schildern in der Hand. Die Polizei hat Sperren errichtet, um den Aufmarsch ein wenig in geordnete Bahnen zu lenken, aber nach Ordnung sieht es hier wahrhaftig nicht aus. Es herrscht Chaos, und der Anblick dieser Leute versetzt mich zurück auf die Straßen von Havanna in den Tagen nach der Revolution, nachdem Präsident Batista im Schutze der Nacht in die Dominikanische Republik geflüchtet war und uns schutzlos in den Händen von Fidel und seinen Getreuen zurückgelassen hatte.

Die Energie ist erneut körperlich spürbar, die Erregung und Hoffnung ganz ähnlich der, mit der Fidel bei seinem Einmarsch in Havanna wie ein Messias empfangen wurde. Für diese Menschen ist er ein Held, eine Art Robin Hood, der von den Reichen nimmt und den Armen gibt. Keineswegs von Nachteil dürfte dabei sein, dass er mit seinen markanten Zügen gar nicht schlecht aussieht. Sein grüner Kampfanzug weist ihn als Soldaten aus, der Bart besitzt für manche etwas Exotisches, und so pflegt er mit großer Sorgfalt ein Image, das auf all jene anziehend wirkt, die gegen das Alteingesessene rebellieren.

Diese inbrünstige Verehrung ekelt mich an.

Diese Menschen müssen nicht unter seinem Regime leben. Sie sind frei in diesem Land hier, dürfen jederzeit gegen ihre Regierung demonstrieren. Dennoch feiern sie einen Mann, der uns genau dieser Freiheiten beraubt hat.

»Es heißt, sogar Chruschtschow sei hergekommen, um ihn zu treffen«, bemerkt der Taxifahrer mit einer gewissen Ehrfurcht in der Stimme. »Kaum zu glauben, was?«

Ich murmle nur etwas Unverbindliches und konzentriere mich weiter auf das, was sich vor meinen Augen abspielt.

Jemand hat eine kubanische Fahne gehisst, die nun vom Hotel weht, hier im Ausland fraglos ein provokanter Akt.

Zwar sieht man im Gewühl auch vereinzelt Gegendemonstranten, deren Transparente das Unrecht in Kuba unter Fidels Regime anprangern, doch erschreckend viele – viel zu viele – Amerikaner feiern Fidel. Ihr ausgelassener Jubel und ihre Unwissenheit empfinde ich als Schlag ins Gesicht. Wie kann man es ihnen bloß verständlich machen? Wie bringt man sie dazu, uns anzuhören?

Künstler scharen sich um ihn, mächtige Staatsführer rühmen ihn, intellektuelle Kreise hofieren ihn, Dichter und Schauspieler dinieren mit ihm, aber bei all ihrer aufklärerischen Haltung ersparen sie sich die Mühe, hinter diese grüne Tarnanzugfassade zu blicken. Wie romantisch würden sie diese Uniform noch finden, wenn sie begriffen, wie viele Menschen genau dieses Grün in den letzten Momenten ihres Lebens sehen mussten, zum Tode verurteilt ohne den geringsten Anschein von Rechtmäßigkeit? Würden sie Fidel weiter anhimmeln, wenn sie die Salven der Exekutionskommandos gehört hätten, die Schreie der Sterbenden, wenn ihnen der Geruch von all dem vergossenen Blut nicht mehr aus dem Sinn ginge? Warum schreiben sie nicht darüber Gedichte? Über unser langsames, nicht enden wollendes Sterben?

»Wo soll ich Sie absetzen?«, fragt mich der Fahrer.

»Da vorn ist gut.«

»Sind Sie sicher? Die Stimmung wird immer gereizter.«

»Mir passiert schon nichts.«

Er hält ein paar Häuser hinter dem *Theresa*, und ich bezahle. Beim Aussteigen schlinge ich mir den Mantel noch enger um, zum einen als Schutz gegen den für Ende September allzu eisigen Wind, der dem Rest der Stadt offenbar nichts ausmacht, zum anderen um mein Kleid zu verbergen.

Viele Jahre habe ich das Gefühl gehabt, irgendwo im Niemandsland zwischen Mädchen und Frau festzuhängen. Meine Mutter erwartete von mir, dass ich heirate – meine kleine Schwester ist schließlich bereits Ehefrau und Mutter –, und auch mein gesellschaftliches Umfeld drängte mich abrupt in den Rang einer Erwachsenen, auf den ich gar nicht vorbereitet war. Alle schienen zu glauben, dass ich mit dem achtzehnten Geburtstag automatisch irgendeine geheimnisvolle Schwelle überschritten hätte, die mich von nun an dazu befähigte, problemlos vom Haus meiner Eltern ins Haus meines Ehemanns zu wechseln.

In diesem Zwischenstadium habe ich lange geschwebt, habe mein Bild im Spiegel betrachtet und mich ein wenig hintergangen gefühlt von meinem eigenen Körper, der einfach irgendwann beschlossen hatte, Rundungen und Brüste entstehen zu lassen, die mich auf diese Lebensstufe katapultierten, ob ich es wollte oder nicht.

Oh, natürlich habe ich meine frisch entwickelten weiblichen Reize sofort zur Schau getragen, schließlich übten sie ja Macht aus. Dennoch fühlte ich mich dabei stets unwohl, so als wäre dies der Körper einer anderen, nicht meiner, als wäre dies bloß ein Handelsgut, das ohne meine Mitsprache zu Markte getragen wird.

Heute Abend jedoch ist alles anders.

Als ich heute Abend in den Spiegel geschaut habe, ist mir bewusst geworden, dass in meinem Fall der Schritt zum Erwachsenwerden womöglich nicht mit dem Anlegen von Brautkleid und Schleier erfolgt – was ich mir ja auch gar nicht wünsche –, sondern jetzt bei dieser freien Entscheidung, meine Weiblichkeit auszuleben und mich ihrer zu bedienen. Es geht darum, zu bekommen, was ich will, und nicht, was alle anderen für mich wollen.

Heute Abend fühle ich mich stark.

Die Absätze meiner Stöckelschuhe klackern auf dem Pflaster, bei jedem Schritt drehen sich Köpfe in meine Richtung.

So aus der Nähe wirkt die Menge noch größer. Eine Gruppe von Gegendemonstranten beschimpft zwei Touristen, die mit ihren Kameras herumfuchteln. Früher hätte ich an der Seite dieser Protestierenden gestanden mit einem Schild in der Hand, das Fidel einen Verbrecher nennt und seine Menschenrechtsverletzungen vor den Augen der Welt anprangert. Jetzt schenke ich den Demonstranten lediglich ein kurzes, verstohlenes Lächeln, während ich ihnen viel lieber für den Versuch gedankt hätte, dieser Farce ein wenig Vernunft einzuhauchen, und für ihren Mut, offen für ihre Überzeugung einzutreten.

Ein Polizist bahnt sich einen Weg durch die Reihen der Demonstranten und brüllt sie an. Ich wende den Kopf rasch zur Seite, als ein Reporter seine Kamera hebt, um die Szene im Bild festzuhalten. In Havanna sind meine Schwestern und ich ständig Ziel der Klatschpresse gewesen, und unsere Gesichter waren so bekannt, dass uns dieses umsichtige Verhalten zur zweiten Natur wurde.

Draußen vor dem *Theresa* stehen Sicherheitsleute, die in ihren schwarzen Dienstanzügen dem Klischee des Secret-Service-Agenten verblüffend nahe kommen. Zwischen ihnen drängeln sich weitaus zwielichtigere, vollbärtige Gestalten in grünem Drillich, die offenbar zu Fidels persönlicher Leibgarde zählen. Ich mustere rasch ihre Gesichter, erkenne aber niemand wieder.

Sobald ich im Innern bin, ziehe ich den Mantel aus und folge einem der Sicherheitsmänner durch die Halle. Die Leute starren mir nach, auf Englisch oder Spanisch geraunte Bemerkungen dringen an mein Ohr. Irgendwo im Hintergrund lacht ein Mann laut auf, und ein Kommentar über meine Figur bringt meine Wangen zum Glühen.

Gemeinsam mit dem dichter werdenden Strom von Gästen betrete ich einen zweiten Raum. Mein Puls beschleunigt sich, und ich recke das Kinn, wie um mir selbst Mut zu machen.

Hier sind weitere Männer in grünem Tarnanzug, was mir erneut auf schreckliche Weise in Erinnerung ruft, wie es nach Fidels Machtübernahme in den Straßen von Havanna ausgesehen hat. Die Atmosphäre ist aufgeräumt, dicke Rauchschwaden hängen in der Luft, überall stecken fette Havannas zwischen den Fingern. Es ist der Geruch meiner Kindheit, wenn mein Vater auf der Veranda unseres Hauses in Miramar rauchte, Maria im Hof spielte und der Koch in der Küche Paella zubereitete, während Isabel auf dem Klavier ständig den falschen Ton traf. Tränen steigen mir in die Augen, und daran trägt nicht nur der Qualm die Schuld.

Nach einer Weile gewöhnen meine Augen sich an das trübe Licht und den Rauch. Der Stau vor mir löst sich auf, und ich trete vor. Wie oft habe ich diese Begegnung im Kopf durchgespielt, habe mich für den Moment gestählt, da ich dem Mörder meines Bruders, der Geißel Kubas, persönlich gegenüberstehe. Und jetzt sitzt er da, das Ungeheuer, dessen Bild mich Tag und Nacht verfolgt, hingefläzt auf einen Stuhl und von Zigarrenqualm umhüllt, die unvermeidliche grüne Uniform zerknittert und schmuddelig, der Vollbart zerzaust, und das Schockierende ist nicht der brennende Hass, den ich zu spüren erwartet hatte, oder die mächtige Woge an Trauer, von der ich fürchtete, überwältigt zu werden, sondern vielmehr die vollkommene Banalität der ganzen Situation.

Ich empfinde gar nichts. Er könnte genauso gut ein Fremder auf der Straße sein. Und mir wird schlagartig klar: Offenbar habe ich ihm im Laufe der Zeit in meinem Kopf immer mehr Dinge zugeschrieben, bis er zu einem Zerrbild seiner selbst wurde, das vermutlich weitaus gerissener, intelligenter und außergewöhnlicher geriet, als er in Wahrheit ist. Für mich war er das Monster, das unter meinem Bett lauert, der Ghul im Kleiderschrank, die schreckliche Bestie, mit der man Kindern bei Ungehorsam droht. Und nun bleibt die Wirklichkeit weit hinter den Zerrbildern meiner Fantasie zurück.

Letzten Endes ist er einfach nur ein Mann, sonst nichts. Mit Fehlern behaftet und zweifellos gefährlich, aber doch nur ein Mann. Selbstsicher, überheblich und leicht auf Abwege zu führen von zwei hübschen Augen und ein paar reizvollen Rundungen.

Zwischen zwei seiner Kumpane hockt Fidel mit dem Rücken zur Wand an einem langen, reich gedeckten Tisch und hält Hof. Sein Publikum ist überwiegend männlich bis auf einige Frauen, die ähnlich verführerische Kleider tragen wie ich. Eine hübsche Brünette mit kinnlangen Haaren, die am dichtesten bei Fidel sitzt, taxiert mich eingehend wie eine neue Konkurrentin.

Fidel ist gerade mitten in der dramatischen Schilderung irgendeiner Episode – seiner überstürzten Abreise aus dem *Shelburne*, wie ich den wenigen Worten entnehme, die bis zu mir dringen. Dabei gestikuliert er wild und lächelt unablässig auf großspurige Art, während eine Zigarre zwischen seinen Fingern baumelt, die er kurz darauf in einem billigen Porzellanaschenbecher ausdrückt.

Ich straffe die Schultern, verlagere das Gewicht auf ein Bein, schiebe lässig die Hüfte heraus und lasse die Augen aufblitzen.

Heute Abend bin ich so weit.

Heute Abend gehört er mir.

10

Fidel schaut auf, als ich an den Tisch trete, und verstummt mitten im Satz.

Ich verkneife mir jedes Wimpernzucken, starre unverwandt zurück und schenke ihm einen ähnlich träge taxierenden Blick wie er mir. Nicht unbedingt überraschend leuchtet in Fidels Augen prompt erstes Interesse auf – ein leichtes Glimmen, könnte man sagen.

Seine vierunddreißig Jahre sind ihm deutlich anzusehen. Für einen Mann, der ein derart verheerendes Chaos angerichtet hat, ist er dennoch bemerkenswert jung. Gemessen an Männern wie dem amerikanischen Präsidenten Eisenhower oder dem sowjetischen Führer Chruschtschow verkörpert Fidel einen deutlichen Wandel, und sein Aufzug verstärkt diese Wirkung noch. Das Ironische daran ist, dass er zwar gerne wie einer aus dem Volk auftritt und den einfachen Soldat im grünen Drillich gibt – in Wahrheit aber aus ähnlichen Verhältnissen stammt wie ich.

Ein Lächeln umspielt Fidels Mund.

Jedes mögliche Wort der Begrüßung bleibt mir im Hals stecken. Ich unterbreche den Blickkontakt und suche die Reihen der Anwesenden nach etwaigen Bekannten ab. Da mein Bruder so stark um meinen Schutz besorgt war, sind meine Verbindungen zu den Rebellengruppen in Havanna eher sporadisch gewesen. Che bin ich ein- oder zweimal begegnet, aber glücklicherweise nimmt er an dieser Reise nicht teil.

Fidel macht eine leise Bemerkung zu dem Mann, der neben ihm sitzt. Beide lachen glucksend und studieren aufmerksam mein Kleid, meine Figur und den Hauch von nackter Haut, den der gewagte Schnitt preisgibt.

»Miss …«

Fidel lässt die Anrede lockend zwischen uns schweben wie ein Adliger, der einem Kleinbauern irgendeinen Leckerbissen vor die Nase hält.

Ich ziehe den Moment bewusst in die Länge, um meine Nerven zu beruhigen und um Fidel zu demonstrieren, dass es mir keine Probleme macht, ihn warten zu lassen.

»Beatriz Perez.« Ich spreche den Namen mit Stolz aus. Meine Familie ist sicherlich nicht ohne Fehler, aber ich entstamme einer langen Linie von Menschen, die gekämpft haben für die Dinge, an die sie glaubten, und genau daran halte ich in diesem Moment fest.

Seinem Gesichtsausdruck ist anzumerken, dass er mich einzuordnen versucht. Er weiß nicht sofort, wer ich bin, doch mein Familienname ist ihm zweifellos vertraut. Es ist schon sonderbar, jemanden ständig als persönlichen Erzfeind zu betrachten und dann herauszufinden, dass man selbst in dessen Leben allenfalls eine unbedeutende Randerscheinung darstellt.

Auch wenn er mich wahrscheinlich nicht kennt, so ruft mein Familienname bei ihm gewiss Bilder von meinem Vater, von dessen Reichtum und politischem Einfluss wach. Ob sich Fidel auch an meinen Bruder erinnert? Oder ist Alejandro auch zu unwichtig gewesen?

»Und was tun Sie in New York?«, fragt Fidel.

Was mir bei diesem Auftritt in erster Linie Sicherheit verleiht, ist die Tatsache, dass ich ein neues Kleid trage, dass die Schneiderin, die ich in Miami entdeckt habe, meisterlich mit ihrer Nähmaschine umzugehen versteht und dass meine Erscheinung daher keinen Deut hinter meinen Tagen als Königin von Havanna zurücksteht. Soll er doch ruhig glauben, uns gehe es bestens – trotz all seiner Bemühungen, uns zu zerstören.

»Freunde besuchen, einkaufen gehen«, antworte ich in einem manierierten Ton, der mir vor ein paar Jahren als sorglose Angehörige der feinen Gesellschaft noch ganz natürlich von den Lippen gekommen wäre. »Warum sonst reist man nach New York?«

Er setzt eine erstaunte Miene auf und verstärkt die stichelnde Schärfe in seiner Stimme merklich. »Und Ihre Suche nach neuer Garderobe« – sein Blick wandert langsam den tiefen Ausschnitt meines Kleids hinab – »hat Sie ausgerechnet nach Harlem geführt? Soweit ich gehört habe, laufen die Dinge für Emilio Perez derzeit nicht unbedingt günstig.« Er lacht leise, zufrieden mit seiner witzigen Anspielung. Die Männer neben ihm fallen sofort in sein Lachen ein.

»Nach Harlem bin ich gekommen, weil ich neugierig war«, erwidere ich und bemühe mich, meinen unbeschwerten Tonfall trotz des Bebens in meiner Kehle beizubehalten.

»Und weshalb neugierig?«

»Weil Sie Kubaner sind«, antworte ich. »Und weil unsere Absichten einst durchaus in dieselbe Richtung gingen.«

Meine Mitwirkung an den Studentengruppen, die den Protest gegen den ehemaligen kubanischen Präsidenten organisierten, schlug zwar weniger Wellen als die meines Bruders, aber unter den Kindern von Kubas Reichen waren regimekritische Positionen keineswegs ungewöhnlich.

»Tatsächlich? Und heute? Gehen unsere Absichten noch immer in dieselbe Richtung?«

»Keine Ahnung«, lüge ich.

»Ich bezweifle stark, dass Ihr Vater diese Meinung vertritt.«

»Mein Vater und ich haben unterschiedliche Vorstellungen von Kubas Zukunft. Er würde gerne im Gestern leben, und ich verstehe, dass das nicht geht, dass wir uns weiterentwickeln müssen. Über unsere engen Beziehungen zu den Amerikanern hinaus und auch über den erdrückenden Einfluss hinaus, den der Zucker und all das schon viel zu lange auf unser Land ausüben.«

Fidels Augen weiten sich interessiert. An der Aufrichtigkeit meiner Worte kann keiner der Zuhörer zweifeln. In diesem Punkt sind wir in der Tat gleicher Meinung, so schwer es mir fällt, das einzugestehen. Es sind Fidels Methoden, die ich absolut verabscheue, wohingegen ich seine Überzeugung teile, dass Kuba einen Wandel braucht.

Nur eben nicht diesen.

»Mein Bruder hat für Kubas Freiheit gekämpft«, füge ich hinzu. »Und ist dafür gestorben.«

Die Leidenschaft, die in meinen Worten lodert, hat den Raum mit einem Schlag zum Schweigen gebracht. Soll Fidel ruhig denken, ich wäre ein naives junges Ding, angetrieben vom Verlangen nach Rache, von meiner Wut auf Batista und dessen Verbündete. Soll er ruhig denken, ich hätte mich in Dinge verrannt, die zu hoch für mich sind.

Fidel hebt sein Glas zu Ehren der Männer, die im Kampf fielen, und etwas flammt in mir auf, heiß und beißend. Eines Tages, in nicht allzu ferner Zukunft, werde ich mit dem besten Champagner, der für Geld zu bekommen ist, auf seinen Tod anstoßen, und ich werde es genießen.

Auf ein Zeichen von Fidel hin reicht mir jemand ein Glas, und ich kippe das billige Zeug in einem einzigen unfeinen Schluck hinunter, wobei ich hoffe, dass der Schnaps mir den bitteren Geschmack nach Tod aus dem Mund spült.

»Setz dich doch zu uns«, sagt Fidel und deutet einladend auf einen Stuhl, den einer seiner Lakaien sofort frei macht.

Ich folge der Einladung und handle mir einen durchdringenden Blick von der Brünetten ein, obwohl einige Plätze sie von Fidel trennen. Ist sie eine seiner Geliebten? Von Konkurrentinnen im Ringen um Fidels Gunst hat Dwyer nichts erwähnt.

Fidel nimmt den Faden der Erzählung wieder auf, die er bei meinem Erscheinen unterbrochen hat. Sein Bauch wölbt sich vor, wenn er schallend über die eigenen witzigen Formulierungen lacht. Immer wieder streicht er sich mit der Hand über den Bart, schnellt sein Blick zu mir.

Ich höre die Stimme meiner Mutter im Kopf und halte den Rücken kerzengerade durchgedrückt. Wenn ich lache, tue ich es nicht zu laut; wenn ich lächle, achte ich auf eine Spur Zurückhaltung im Gesichtsausdruck, als würde ich mir ein genaueres Bild von ihm machen wollen, obwohl eigentlich er es ist, der ebendas gerade bei mir versucht. Mit Süßholzraspeln werde ich bei Fidel nicht weit kommen. Will ich ihm in Erinnerung bleiben, sein Interesse nach besten Kräften anstacheln, muss ich ihn behandeln wie irgendeinen ganz gewöhnlichen Mann, muss seiner Eitelkeit kleine Nadelstiche versetzen, bis sein Ego wie ein löchriger Luftballon in sich zusammenfällt und er sich fragt, was ich nur an mir habe, dass ich ihm nicht längst zu Füßen liege.

Männer wollen immer, was sie nicht haben können – oder besser nicht haben sollten.

Ich rede mit meinen Tischnachbarn, plaudere mit ihnen über Dinge, die in der Welt geschehen, höre mir an, wie Fidel das kriegerische Vorgehen im Kongo anprangert. Er wütet gegen die imperialistischen Belgier, und für mich wird es zunehmend schwerer, dem Gespräch zu folgen. Ich muss gestehen, dass sich mein Interesse an Weltpolitik weitgehend auf Kuba und dessen Probleme beschränkt. Mein Wissen über die Konflikte, die hier diskutiert werden, ist eher oberflächlich. Hält Fidel die Lage in Kuba etwa für geklärt und richtet seine Aufmerksamkeit nun auf andere Länder in der Hoffnung, Vorbild für Revolutionen überall auf der Welt zu werden?

Ich trage nur selten etwas zum Meinungsaustausch bei, was aber auch gar nicht anders von mir erwartet wird. Ganz offenkundig sitze ich hier, weil ich gut aussehe und an Fidels Lippen klebe.

Der Platz, der mir am Tisch überlassen wurde, ist komplett eingedeckt, und das Besteck, insbesondere das Steakmesser, nur wenige Zentimeter von meiner Hand entfernt, übt eine starke Anziehungskraft aus. Würde ich es jetzt packen, über den Tisch hechten und damit auf Fidel einstechen, wäre ich dann schnell genug, um seine Leibwächter zu überrumpeln? Hätte ich eine Chance?

Ich berühre das Messer.

Die Brünette starrt mich erneut an und kneift konzentriert die Augen zusammen, als würde sie angestrengt irgendwelche Überlegungen anstellen.

Ich beherrsche mich und ziehe die Hand wieder zurück.

Je später es wird, desto stärker lichten sich die Reihen. Männer und Frauen sitzen nun zusammen, und die Gesprächsthemen ändern sich. Mit jedem Glas Chivas Regal wird Fidels Blick dreister.

Sucht er den Triumph, mit einer von Emilio Perez' Töchtern geschlafen zu haben?

Ich …

Ich ziehe es in Erwägung.

Wie auch nicht?

Mr. Dwyer hat nie konkret festgelegt, wie nah ich Fidel bei diesem Treffen kommen soll. Ist das vielleicht von Beginn an sein Plan gewesen? Mit Fidel zu schlafen, wäre zweifellos eine sichere Methode, seine Aufmerksamkeit zu erregen. Doch angesichts meiner geringen Erfahrungen auf diesem speziellen Gebiet besteht die große Gefahr, dass nach diesem einen Mal nichts mehr käme, und da ich ihn nicht auf amerikanischem Boden umbringen soll …

Würde ich es über mich bringen, mit ihm zu schlafen?

»Geh nach Hause, Mädchen.« Die Brünette rutscht mit einem Glas Whisky in der Hand auf den Platz neben mir.

»Wie bitte?«

Sie verzieht ihre roten Lippen zu einem Lächeln und beugt

sich so dicht heran, dass mir der Duft ihres Parfüms in die Nase steigt. »Du magst ja eine kleine Berühmtheit in Cocktailpartykreisen sein, aber bildest du dir wirklich ein, mehr als flüchtiges Interesse bei einem Mann wie Fidel wecken zu können? Das ist ganz sicher mehrere Nummern zu groß für dich.«

Und so unmittelbar damit konfrontiert, sehe ich plötzlich, wie diese Frau sich bewegt, wie wirkungsvoll sie sich in Szene zu setzen versteht, wie jede Faser ihres Körpers pure Selbstsicherheit und Sinnlichkeit verströmt, und mir ist klar, dass sie recht hat. Das hier ist eine andere Liga.

Sie beugt sich noch ein Stück näher, bis ich ihren heißen Atem an meinem Hals spüre.

»Geh dahin zurück, wo du hergekommen bist, Beatriz Perez. Bevor du etwas tust, was du anschließend bedauerst.«

Sie steht auf, schenkt mir ein höflich distanziertes Lächeln und wechselt wieder an ihren alten Platz, wo sie ihren Tischnachbarn sofort in ein Gespräch verwickelt. Der Mann schlingt einen Arm um ihre Taille, zieht sie auf seinen Schoß und vergräbt den Mund an ihrem Hals.

Ich fühle, wie meine Wangen heiß werden, und wende mich ab.

Die Grundstimmung des Abends hat sich verändert. Die angeheiterten Männer beginnen zu flirten, die Frauen reagieren erfreut auf die verstärkte Aufmerksamkeit – oder tun zumindest so. Ich bringe es nicht mehr über mich, Fidel anzulächeln und auf die Einladung in seinen Blicken einzugehen. Jetzt, da der Moment gekommen ist und sich die Möglichkeit bietet, ist mir die Vorstellung, den Rest des Abends in seinen

Armen und in seinem Bett zu verbringen, einfach unerträglich.

Fidel ist daran gewöhnt zu bekommen, was er will. Ich kann nur hoffen, dass es mir gelungen ist, ihn ausreichend zu ködern, und dass es für unser Vorhaben nun das Beste ist, ihn eine Weile zappeln zu lassen.

Für heute jedenfalls bin ich mit meinen Kräften am Ende.

Ich verlasse die Party, ohne mich noch einmal nach Fidel umzuschauen. Während ich den bohrenden Blick der Brünetten im Rücken spüre, lege ich meinen besten Cinderella-Abgang hin, der heute allerdings ganz ohne verlorenen Schuh auskommen muss. Hätte Cinderella für ihre Schuhe bezahlt, was ich für meine bezahlt habe, hätte sie ohne Zweifel sichergestellt, mit beiden den Ball zu verlassen.

An der Skyline New Yorks vorbei bringt mich ein Taxi von Harlem zurück zu meinem Hotel in Midtown. Ein Tag in der Stadt bleibt mir noch, bis morgen Abend der Flieger nach Hause geht. Dann bin ich wieder in Palm Beach, wo ich meine Familie mit erfundenen Geschichten über mein mondänes Wochenende in den Hamptons ergötzen muss. Inzwischen finde ich aus dem Lügen kaum mehr heraus.

Was mache ich, wenn jemand meinen Eltern von meinem Auftritt im *Hotel Theresa* erzählt? Mein Vater hat Alejandro aus dem Haus gejagt, weil der sich, als Batista noch an der Macht war, am Angriff auf den Präsidentenpalast beteiligt hatte. Wie wird er reagieren, wenn er von meinem Umgang mit Fidel hört? Ich gelte zwar allgemein als sein großer Liebling, aber selbst die Zuneigung meines Vaters hat ihre Grenzen.

Wir erreichen das Hotel, und ich bezahle den Fahrer. Ich spiele kurz mit dem Gedanken, nach oben auf mein Zimmer zu gehen, doch die Aussicht auf den engen, karg eingerichteten Raum mit dem hässlich bezogenen Bett ist nicht sonderlich verlockend, daher steuere ich stattdessen lieber die Hotelbar an. In Fidels Gegenwart habe ich aus Angst, der Alkohol könnte mir die Zunge lösen und meine mühsam im Zaum gehaltenen Gefühle durchbrechen lassen, sorgsam darauf geachtet, nicht zu viel zu trinken. Nun aber brauche ich einen Drink, um meine Nerven zu beruhigen, die ein mächtiger Adrenalinstoß gerade gehörig ins Flattern bringt.

Ich suche den Raum nach der freundlichen Kellnerin von gestern ab. Wahrscheinlich bin ich überhaupt nur hergekommen, weil mich nach der schlichten Gesellschaft eines Menschen verlangt, der aufrichtiges Mitgefühl mit mir empfindet.

Ich kann sie nirgends entdecken.

Abends geht es in der Bar schon deutlich turbulenter zu als tagsüber. Nach dem brechend vollen Hotelsaal in Harlem mit all den Revolutionären und einem leibhaftigen Tyrannen wirkt eine Horde redseliger Geschäftsreisender allerdings nicht sonderlich Furcht einflößend. Ein wenig verunsichern mich die vielen neugierigen, gebannten und bisweilen heißhungrigen Blicke dennoch.

Ich entscheide mich für einen Platz an der Theke und warte, bis der Barkeeper, ein junger gut aussehender Kerl, der nur wenige Jahr älter sein dürfte als ich, zu mir herüberkommt und meine Bestellung entgegennimmt.

Er unterhält sich mit mir, während er meinen Drink mixt,

und stellt das Glas schließlich mit einem Lächeln und einem Augenzwinkern vor mir auf die Theke.

Der erste Schluck Alkohol trifft mich wie ein Faustschlag. In Wellen kehren die Bilder des hinter mir liegenden Abends zurück, und ich versuche, mir genau in Erinnerung zu rufen, was ich gesagt und gehört habe. Gewiss wird Mr. Dwyer einen umfassenden Bericht von mir erwarten, wobei Fidels intensive Beschäftigung mit der Lage im Kongo für die Amerikaner ebenso von Interesse sein dürfte wie seine offenkundige Absicht, den immensen »Erfolg«, den er auf Kuba erzielt hat, in allen möglichen Gegenden der Welt zu wiederholen, auch wenn unklar bleibt, auf welche Weise er das bewerkstelligen will.

Der Alkohol brennt meine Kehle hinab. Die Eiswürfel klappern gegen das dickwandige Glas. Ich trinke noch einen Schluck, und noch einen. Meine Mutter wäre außer sich, wenn sie mich jetzt sehen könnte. Die perfekte Haltung, die sie mir so gewissenhaft anerzogen hat, ist absolut unvereinbar mit dem gebeugten Rücken, mit dem ich hier in einer Ecke dieser tristen Bar über dem Tresen hänge. Ich trockne mir die Augen mit der billigen Papierserviette, die der Barkeeper unter mein Glas geschoben hat. Der Name des Hotels ist auf den Rand des weißen Quadrates gedruckt.

Vielleicht hätte ich doch mit Fidel aufs Zimmer gehen sollen. Vielleicht hätte ich ihn lieber töten sollen, solange ich die Chance dazu hatte.

Und auf einmal fühle ich mich unendlich einsam hier in dieser riesigen Stadt, weit weg von all den vertrauten Dingen, aus denen ich zu Hause Kraft schöpfe – dem Duft nach

Arroz con Pollo, der aus der Küche dringt, dem Klang des Gelächters, das von meinen Schwestern herüberdringt, dem Gefühl von Sand zwischen meinen nackten Zehen, dem Anblick dieses engelsgleichen Lächelns, zu dem mein Neffe fähig ist. Ich hätte niemals hierherkommen, hätte nie diesen Versuch unternehmen sollen. Ich will nach Hause. Und nach Hause meint in diesem Moment tatsächlich eher Palm Beach als Havanna.

Ein Mann, der einen schreiend orangefarbenen Anzug und eine protzige Uhr zur Schau trägt, stößt gegen meinen Ellbogen. Er rempelt mich ein zweites Mal an, erneut ohne jede Entschuldigung, und fuchtelt so wild mit den Armen, dass sein Drink überschwappt und den ganzen Tresen vollspritzt. Ich drücke meinen Körper noch dichter an die Wand und würde mich am liebsten unsichtbar machen in der kleinen Ecke, die ich mir hier geschaffen habe.

Endlich verschwindet der Mann und lässt mich ungestört in meiner Einsamkeit.

Prompt höre ich, wie der nächste den Barhocker neben mir zurückzieht, und wende dem neuen Quälgeist rasch den Rücken zu.

Eine Träne läuft mir über die Wange.

Jemand schiebt ein zusammengefaltetes weißes Stofftaschentuch weit genug über die Theke, dass es in mein Blickfeld gerät. Dem blütenweißen Tuch folgen ein gebräuntes Handgelenk, besetzt mit feinen Härchen, ein strahlend weißes Hemd, das kurze Aufblitzen eines Manschettenknopfs und der Duft nach Sandelholz und Orange. Ich strecke die Hand aus und zeichne mit zitternden Fingern das Monogramm auf dem Stoff nach, die eleganten Schwünge der Initialen, und als sich eine Handfläche auf meinen Rücken legt, überkommt mich Gänsehaut.

N. H. R. P.

Ich drehe mich um. Seine große Gestalt schirmt uns gegen den Rest der Anwesenden ab und bildet so in diesem Raum voller Fremder unsere ganz persönliche Nische. Die Anonymität dieses Ortes vertreibt alle ängstliche Zurückhaltung, und der Altersunterschied zwischen uns überlagert die Verlegenheit, die ich ansonsten womöglich über mein etwas mitgenommenes Aussehen empfunden hätte.

Ich lächle.

»Hallo, Nick.«

11

Ob ich mir ausgemalt habe, Nick Preston in der Stadt über den Weg zu laufen, wenn auch an einem weitaus glamouröserem Ort?

Schon möglich.

Natürlich habe ich das.

Auch er wirkt müde. Viel müder als der Mann, dem ich in Palm Beach begegnet bin. Anscheinend haben Wahlkampf und stundenlanges Händeschütteln ihren Tribut gefordert. Trotzdem sieht er noch immer genauso unverschämt gut aus, wie ich es in Erinnerung habe.

»Wofür steht das H?«, frage ich und fahre noch einmal über das Monogramm auf dem Taschentuch.

»Henry.«

»Schöner Name.«

»Nach meinem Großvater.«

»Wie haben Sie mich gefunden?«

Weiß er etwa, aus welchem Grund ich in New York bin?

»Ich habe eben den einen oder anderen Kontakt, der sich bisweilen als nützlich erweist«, antwortet Nick. »Ich habe an der Rezeption gefragt, und dort sagte man mir, Sie seien nicht auf dem Zimmer. Ich wollte schon eine Nachricht hinterlassen, da hörte ich jemanden etwas von einer atemberaubenden

Schönheit in der Bar sagen, und so …« Er lächelt. »Haben Sie schon gegessen?«

Ich schüttle den Kopf, streiche mit dem Taschentuch über mein unteres Augenlid und bemerke mit einigem Entsetzen den schwarzen Fleck, den mein verschmierter Lidstrich auf dem Stoff zurückgelassen hat.

Er hält mir die Hand entgegen. »Dann gehen wir jetzt essen.«

Noch immer reichlich verwirrt von seinem plötzlichen Auftauchen nehme ich seine Hand, und wir treten aus dem Hotel hinaus auf die stark belebte New Yorker Straße. Ich habe mich noch nicht an das hier herrschende Tempo gewöhnt, die hektische Art, in der jeder unterwegs ist, die enorme Energie, die alles ausstrahlt. Nicks Hand ruht weiter fürsorglich auf meinem Rücken und lenkt mich sicher an den auf uns zustürmenden Fußgängern vorbei.

Ich mustere ihn verstohlen aus den Augenwinkeln, bewundere seinen perfekt sitzenden Anzug, den lässig über den Arm geworfenen Mantel. Abgesehen von unserer ersten Begegnung auf der Terrasse haben wir noch nie so viel und so ungestört Zeit miteinander verbracht, und ich kann es kaum erwarten, die Freiheiten dieses Abends zu genießen.

Wir gehen ein paar Minuten schweigend, dann hält Nick vor einem unscheinbaren Restaurant, das eingezwängt zwischen einem Blumengeschäft und einer Bäckerei liegt.

»Macht von außen nicht viel her, hat aber mit die besten Steaks in der ganzen Stadt. Einverstanden?«

Mir entgeht nicht, dass es zudem, wie die Hotelbar, zu den Orten gehört, an denen er gute Chancen hat, nicht erkannt zu werden.

»Genau das Richtige«, antworte ich.

Ich gehe voran und warte, während Nick mit dem Maître d'hôtel spricht. Ein grüner Schein mit Präsidentenporträt wechselt den Besitzer, ein Handschlag wird ausgetauscht, und schon werden wir in den hinteren Teil des Raumes geführt zu einer ruhigen Nische mit gedämpftem Licht und hohen muschelförmigen Sitzbänken aus rotem Leder. Auf der cremefarbenen Tischdecke züngelt eine dicke Kerze in einem Windlicht.

Ich ziehe zum ersten Mal an diesem Abend in Nicks Gegenwart meinen Mantel aus und reiche ihn einem in der Nähe stehenden Kellner.

Nick studiert mich aufmerksam von Kopf bis Fuß.

Wieder überfällt mich dieses nervöse Prickeln, und ich rutsche rasch als Erste auf die rote Lederbank.

Sobald Nick neben mir sitzt, wirkt alles sehr viel enger.

Der Kellner bringt uns zwei stilvoll gebundene Speisekarten.

»Und, wie geht es Ihnen?«, fragt Nick, nachdem wir gewählt und bestellt haben. Noch bevor ich antworten kann, kehrt der Kellner mit unseren Getränken zurück. Nachdem er die Gläser vor uns abgestellt und sich erneut zurückgezogen hat, startet Nick einen zweiten Anlauf: »Haben Sie denn eine schöne Zeit in New York verbracht?«

»Ich weiß nicht, ob ich es ›schön‹ nennen würde. Aber hoffentlich zumindest eine gewinnbringende, auch wenn sich das erst noch zeigen wird.« Nach kurzem Zögern fahre ich fort. »Wie viel wissen Sie?«

»Genug.«

Angesichts seiner Stellung im Senat und der politischen Verbindungen seiner Familie überrascht mich das zwar nicht völlig, aber ein wenig unerwartet kommt es schon. Augenscheinlich gibt es Mitspieler in dieser Sache, von denen ich nichts weiß. Rangiere ich in der CIA-Zentrale womöglich unter einem Codenamen? Stecken dort die Anzugträger die Köpfe zusammen und diskutieren über meine Familie, meine mögliche Beziehung zu Fidel und meine Motive?

»Ich habe ein Talent dafür, in Schwierigkeiten zu geraten«, gebe ich zu.

Nick sagt nichts, trinkt von seinem Scotch und lässt mich dabei nicht aus den Augen. Seine Finger sind unberingt. Ist er inzwischen verheiratet oder noch immer verlobt?

»Beatriz…« Seine Stimme gerät ins Stocken, und sein hüpfender Adamsapfel verrät, wie kräftig er schluckt.

»Mir scheint allerdings, ich bin hier am Tisch nicht die Einzige, die dazu neigt, in Schwierigkeiten zu geraten«, bemerke ich und räume damit ein, wie stark es gegen alle Etikette verstößt, dass wir allein zusammen ausgehen.

»Touché«, gesteht Nick, erhebt sein Glas und stößt mit meiner Sektflöte an. »Auf die Schwierigkeiten.«

»Auf die Schwierigkeiten«, wiederhole ich und trinke einen Schluck. »Ich dachte, Senatoren sollten Risiken dieser Art tunlichst meiden.«

»Das erzählt man mir auch immer.«

Der Kellner tritt an den Tisch, serviert die Vorspeisen und verschwindet ohne ein Wort.

»Sie wirkten ziemlich aufgewühlt eben in der Hotelbar«, sagt Nick.

»Ich … Die Sache ist kompliziert.«

»Ärger?«

»Es ist nichts, was ich mir nicht selbst ausgesucht habe, und auch nichts, mit dem ich nicht selbst fertigwerde.«

»Sie mussten bestimmt eine Menge durchmachen in Kuba. Kaum vorstellbar, wie es für Sie gewesen sein muss, die Revolution so aus nächster Nähe zu erleben. Die Berichte, mit denen wir hier über die Lage unterrichtet wurden, zeichneten ein äußerst düsteres Bild. Aber seien Sie vorsichtig. Die Männer, mit denen Sie sich da eingelassen haben, sind nicht immer, wofür Sie sie halten, und sie verfolgen auch keineswegs immer die Absichten, die sie vorgeben zu verfolgen.«

»Keine Bange. Dieses Arrangement ist zum gegenwärtigen Zeitpunkt vorteilhaft, aber ich behalte die Augen stets offen.«

Einen Moment lang scheint er über diesen Punkt streiten zu wollen, aber bevor er etwas sagen kann, stelle ich die Frage, die mir seit Monaten nicht aus dem Kopf geht.

»Haben Sie inzwischen geheiratet?«

An seinem Finger ist zwar kein Ring, aber nicht alle Männer tragen einen, und da meine Familie in Palm Beach derzeit so weit von allem gesellschaftlichen Leben entfernt ist, bekommen wir vieles nicht mit, womöglich nicht einmal die Aufregung, die eine Hochzeit wie diese zweifellos verursacht hätte.

Er zuckt zusammen, als hätte die Frage ihn unvorbereitet erwischt. »Nein, ich … habe noch nicht geheiratet.«

Erleichterung erfasst mich. »Aber es ist doch bestimmt bald so weit, oder?«

»Wir haben noch kein Datum festgesetzt.« Er schenkt mir

ein schiefes Lächeln. »Nur zu, Sie können ruhig ganz direkt fragen. Freunde wollen eben wissen, was genau im Leben des anderen los ist.«

»Heißt das, wir sind jetzt Freunde?«

»Etwas in der Art.«

»Warum also die Verzögerung, mein Freund?«

»Sie möchte eine lange Verlobungszeit, möchte noch eine Pause, bevor sie all die Verpflichtungen übernimmt, die unsere Ehe nun einmal mit sich bringen wird. Was ich ihr nicht verdenken kann. Andererseits besteht auch ein gewisser Druck. Von beiden Familien. Irgendwann wird das Ganze wirklich so kompliziert wie die Fusion zweier Großunternehmen.«

Die Eheschließung meiner Eltern lief unter ähnlichen Bedingungen ab. Wenn viel Geld vorhanden ist, geht es eben um mehr als bloß Zuneigung.

»Meiner Familie wäre ein früherer Antrag lieber gewesen, damit wir noch vor den Wahlen hätten heiraten können«, fügt er hinzu. »Die Wähler finden verheiratete Politiker in der Regel sympathischer, vor allem welche mit eigener Familie.«

Tu das nicht. Spiel da nicht mit. So was hast du nicht nötig.

»Und warum haben Sie nicht früher um ihre Hand angehalten?«

»Wie sich herausstellte, verfüge ich über eine tief sitzende Abneigung dagegen, zu etwas gedrängt zu werden, das ich nicht will.«

Ich muss lachen. »Verstehe.«

Er verzieht das Gesicht. »Bei Ihnen kann ich mir auch kaum vorstellen, dass jemand Sie zu etwas drängen kann, das Sie nicht wollen.«

»Und trotzdem versucht man es immer wieder.«

»Haben Sie deshalb bislang nicht geheiratet? Ist deshalb aus keinem dieser Anträge je etwas Festes geworden?«

»Was haben Sie eigentlich noch alles über mich rausgefunden?«

»Viel zu wenig. Bislang hielt ich Geduld für eine meiner Stärken, aber bei Ihnen konnte ich es einfach nicht erwarten, Antworten zu bekommen.«

»Warum?«

Er nippt an seinem Glas, dann schaut er mich an. »Weil ich unbedingt wissen wollte, ob Sie mit jemandem zusammen sind. Obwohl ich überhaupt kein Recht dazu habe, war ich reichlich eifersüchtig auf jeden, der womöglich in Ihrer Gunst steht.«

Ich öffne den Mund, um etwas zu sagen, und schließe ihn wieder. Mir fehlen die richtigen Worte für derartige Gespräche. Ich habe keine Erfahrung darin, sofort eine originelle Erwiderung aus dem Hut zu zaubern. Flirten ist das eine, das hier ist etwas völlig anderes. Nicht die geringste Spur von Ironie liegt in seinen Zügen, nichts, was anzeigen würde, dass der Ernst in seiner Stimme und in seinem Blick nicht der Wahrheit entspricht.

Er schüttelt den Kopf. »Ich sollte solche Dinge nicht sagen. Entschuldigen Sie. Ich …«

»Nein, wahrscheinlich sollten Sie das nicht«, stimme ich zu und hole tief Luft. »Auch ich habe an Sie gedacht. Die ganze Zeit.«

Seine Hand erstarrt in der Luft, das Glas auf halbem Weg zu seinem Mund. »Beatriz.«

Da ist wieder diese Unzahl an Emotionen, gebündelt in meinem Namen. Es klingt wirklich wunderschön, wenn er ihn so ausspricht.

Bevor ich etwas sagen kann, kehrt der Kellner gemeinsam mit einem zweiten Mitarbeiter zurück. Sie räumen die Vorspeisenteller ab und servieren den Hauptgang: dicke, saftige Steaks.

»Ein ganz schönes Durcheinander«, stellt Nick fest, sobald wir wieder allein sind, und es schwingt darin kein Funken Bedauern mit.

»Stimmt«, pflichte ich bei. So neben ihm spüre ich in diesem Augenblick ebenfalls kein großes Bedauern.

»Normalerweise bin ich eher der langweilige Typ.«

Ich grinse. »Das fällt mir allerdings schwer zu glauben. Und sollte es tatsächlich stimmen, wäre es wirklich zu schade. Gar keine rebellischen Züge?«

Er lacht. »Leider nicht. Meine Geschwister sind die Wilden in der Familie. Ich bin der Älteste und jetzt, nach dem Tod meines Vaters, auch das Familienoberhaupt. Sie geraten ständig von einer Schererei in die nächste.«

»Und Sie laufen hinterher und helfen ihnen aus der Klemme?«

»Andauernd«, antwortet er und isst ein weiteres Stück von seinem Steak. Als er fertig gekaut hat, wandert sein Blick wieder zu mir. »Und Sie? Sind Sie die Wilde unter den Schwestern oder diejenige, die sich um alle anderen kümmert?«

»Das fragen Sie noch?«

Er lacht erneut.

»Ab und an sollten Sie sich ruhig auch so einen rebellischen Moment gönnen«, füge ich hinzu. »Eigentlich sind die gar nicht so übel.«

»Dann werde ich Ihnen das wohl mal glauben müssen.«

Ich möchte gerne, dass er mich besser versteht, hasse die Vorstellung, dass er in mir nur das frivole junge Ding sieht, für das so viele andere mich halten, – leichtsinnig, rücksichtslos und gefährlich. Aus diesem Grund sage ich noch mehr.

»Ich habe mich um meinen Bruder gekümmert. Meinen Zwillingsbruder.« Mir ist nicht ganz klar, wie viel er über mein Leben weiß. Über vieles hat er sich ganz offensichtlich informiert, aber mein Bruder zählt zu den Themen, über die meine Familie grundsätzlich nichts nach außen dringen lässt.

Nick unternimmt erst gar nicht den Versuch, die Stille mit bohrenden Nachfragen oder hohlen Allgemeinplätzen zu füllen, und wahrscheinlich ist es gerade dieses feste, verlässliche Schweigen, das mir den Mut verleiht, ohne den ich nicht weitersprechen könnte.

»Alejandro ist nach der Revolution in Havanna erschossen worden. Man hat ihn umgebracht, weil er eine Gefahr darstellte für Fidels Bestrebungen, die eigene Macht zu festigen. Meine Familie verfügte früher über großen Einfluss auf Kuba. Alejandro war ein bekanntes Gesicht, überall beliebt und engagierte sich in einer der anderen Gruppen, die gegen den damaligen Präsidenten Batista kämpften. Er war ein Risiko, und Fidel ist eben paranoid in dieser Hinsicht.«

»Arbeiten Sie deshalb mit der CIA zusammen?«

»Ja.« Ich sammle all meine Kraft. »Ich habe meinen Bruder gefunden. In den Anfangswochen nach der Revolution hatten wir uns kurz aus den Augen verloren. Damals war alles extrem chaotisch. Schon ein paar Jahre zuvor hatten meine Eltern alle Verbindungen zu meinem Bruder abgebrochen wegen dessen Beteiligung an einem Angriff auf den Präsidentenpalast, als Batista noch an der Macht war. Ich sah, wie der Wagen am Bürgersteig hielt und wie sie … Sie haben seine Leiche vor unser Haus in Miramar geschmissen, als wäre sie Müll.« Ich höre noch immer dieses ekelhaft dumpfe Geräusch, mit dem der Körper meines toten Bruders auf das Pflaster schlägt, spüre noch immer die Splittkörner, die sich in meine Haut bohren, als ich ihn in den Armen halte und sein Blut meine Hände verschmiert. »Ich habe geschworen, dass Fidel dafür bezahlt. Für das, was er Kuba angetan hat, und für das, was er meiner Familie angetan hat. Dafür, dass er meinen Vater so lange im Gefängnis eingesperrt hielt, bis wir schon Angst hatten, ihn ganz verloren zu haben, und für die Rolle, die er beim Tod meines Bruder gespielt hat. Es gab Tage, sehr viele Tage, an denen dieser Schwur das Einzige war, was mich weitermachen ließ.«

Nick streckt seine Hand aus, und unsere Finger verschränken sich.

Mein Mund wird ganz trocken.

Er drückt meine Hand noch einmal ermutigend, bevor er sie loslässt.

»Und die CIA wird Ihnen dabei helfen, Fidel zu beseitigen?«, erkundigt er sich leise.

»Ja. Zumindest hoffe ich das.«

»Was auch immer die Ihnen erzählen, letzten Endes zählt für diese Leute nur der eigene Vorteil. Sie sind aus deren Sicht eine entbehrliche Größe, und wenn es in ihrem Interesse liegt, werden die keinen Moment zögern, Sie einfach nur zu benutzen.«

»Vielleicht benutze ich ja auch sie.«

»Das ist kein Spiel.«

Ich lache hart auf. »Meinen Sie etwa, ich wüsste das nicht? Ich stamme aus einem Land, in dem Menschen willkürlich hingerichtet werden, nach Gerichtsverhandlungen, die eine Farce sind und keinerlei Achtung vor Recht und Gesetz kennen, und das alles nur, weil Fidel es so will. Und davor? Batista war keine Spur besser. Und davor? Ich entstamme einem Land mit einer langen Linie von Diktatoren. Glauben Sie mir, ganz egal wie schlimm Ihre CIA auch sein mag, ich bezweifle stark, dass es auch nur annähernd an die Dinge heranreicht, die ich erlebt habe.«

»Und dennoch wollen Sie nach Kuba zurück?«

»Kuba ist mein Zuhause. Und das wird es immer bleiben. Auch wenn ich nie aufhöre, mir zu wünschen, dass die Verhältnisse sich dort bessern und dass Kuba sich mehr zu dem entwickelt, was es meiner Ansicht nach sein könnte – lieben werde ich dieses Land immer.«

»Ich finde es beeindruckend, wie treu Sie Ihrem Land verbunden bleiben.«

»Aber?«

»Sehen Sie, ich verstehe Sie durchaus. Meine Familie wollte, dass ich in die Politik gehe, aber zur gleichen Zeit wollte ich das selbst aus meinen ganz persönlichen Gründen. Ich bin noch sehr jung gewesen, als ich in den Krieg zog. Es schien das zu sein, was ich tun *sollte*, und ich war gespannt darauf, ohne deshalb gleich euphorisch zu sein. Und als ich dann erlebt habe, was Krieg tatsächlich bedeutet, ich meine, außerhalb all der Bücher, die ich darüber gelesen, oder der Geschichten, die ich darüber gehört hatte, da begriff ich, wie wichtig Politik und Diplomatie in Wirklichkeit sind. Krieg sollte immer nur die allerletzte Option darstellen. Diese Sehnsucht nach etwas Besserem, von der Sie gesprochen haben – das kann ich vollkommen nachvollziehen, und ich hoffe, mit meiner Arbeit im Senat einen bescheidenen Beitrag dazu zu leisten. Gleichwohl …«

»Was? Sollte ich mein Leben nicht dafür aufs Spiel setzen? Sie haben doch selbst Ihr Leben riskiert, weil Sie an das glaubten, wofür Sie kämpften, oder etwa nicht?«

»Das stimmt.«

»Was ist der große Unterschied daran? Oder hat es damit zu tun, dass ich eine Frau bin?«

Eine Frau mag heute besser dran sein als meine Mutter in ihrer Jugend, aber der erzielte Fortschritt genügt noch immer bei Weitem nicht, und wie mir inzwischen klar geworden ist, bestehen selbst in Amerika, wo ständig mit missionarischem Eifer Demokratie und Freiheit beschworen werden, weiter überaus unterschiedliche Auffassungen von »frei«. In Kuba wie in den Vereinigten Staaten werden Frauen weiterhin vor allem nach den Leuten beurteilt, zu denen sie gehören, in der Regel also ihren Vätern oder Ehemännern, und nicht nach dem, was sie selbst sind oder geleistet haben.

»Nein, ein großer Unterschied dürfte da nicht bestehen«, gesteht Nick.

Der Kellner kommt, um die leeren Teller abzuräumen, und unterbricht den Moment.

Wir studieren die Dessertkarte so eingehend, als wünschten wir beide, dass dieser Abend kein Ende nimmt. Lang und breit beratschlagen wir, welcher Digestif es sein soll, und zu guter Letzt entschließen wir uns auch noch, ein Dessert zu bestellen.

Nick erzählt von seiner Arbeit im Senat, seinem Eintreten für eine solide Finanzpolitik und einen ausgeglichenen Haushalt. Er spricht darüber, wie stark es ihn beschäftigt, dass der Staat die Menschen genau dann zu wenig unterstützt, wenn sie dieser Hilfe am dringendsten bedürfen, und von seinen Hoffnungen, eine Lösung bei der Sozialversicherung zu finden, die älteren Menschen eine ausreichende medizinische Versorgung garantiert.

Es ist sonderbar, ihn mit so viel Leidenschaft und Hingabe über diese politischen Themen reden zu hören. Ich bin mehr an feurige Aufrufe gewöhnt als an wohl abgewogene Anliegen, und für ein prickelndes Gespräch taugt der Ausgleich des Finanzhaushalts wahrlich kaum. Dennoch ist unverkennbar, wie sehr die Politik ihn antreibt und wie sehr er davon überzeugt ist, dass es oft die kleinen Fortschritte sind, mit denen sich das Leben der Menschen am effektivsten verbessern lässt. Ich bin so sehr an die Gesellschaft von Männern gewöhnt, die nur Zerstörung und Umsturz im Sinn haben, dass es etwas Erfrischendes hat, jemanden mit wachsender Begeisterung darüber reden zu hören, Dinge aufzubauen, selbst wenn es nur langsam vorangeht.

Dafür bewundere ich ihn sehr.

Umgekehrt erzähle ich ihm von meinen Schwestern und von unserem Leben auf Kuba, während ich mir die Ananas schmecken lasse und der Brandy Alexander mein Hirn leicht umnebelt. Oder aber der Mann neben mir ist schuld an diesem nicht ganz schmerzfreien Schwindel, der mich erfüllt.

Nachdem wir unseren Aufenthalt im Restaurant so lange ausgedehnt haben, bis es späte Nacht ist, alle anderen Gäste gegangen und sämtliche Tische abgeräumt sind, begleitet Nick mich zurück zu meinem Hotel.

Es macht den Eindruck, als würden wir für den Rückweg deutlich weniger Zeit brauchen als zum Restaurant hin, und trotz der späten Uhrzeit hätte ich am liebsten einen Umweg durch die Seitenstraßen eingeschlagen, nur um noch etwas in seiner Gesellschaft bleiben zu können.

Unsere Unterhaltung ebbt ab, je näher wir dem Hotel kommen, dessen Fassade sich vor uns in die Höhe reckt.

Wird er schon verheiratet sein, wenn wir uns das nächste Mal begegnen?

Nick legt eine Hand um meine Taille und führt mich in die Lobby. Ich warte darauf, dass er mich loslässt und der Abend sein naturgegebenes Ende findet – sprich, ich unter der Decke meines Hotelbetts und er irgendwo anders in der Stadt.

Hat er womöglich eine eigene Wohnung hier? Ist er in einem vornehmen Hotel abgestiegen, oder wohnt er bei Verwandten, wenn er in der Stadt ist?

Eine Gruppe von Geschäftsleuten strömt aus der Hotelbar, und ihr dröhnendes Gelächter hallt durch die ansonsten verwaiste Lobby.

»Ich bring dich noch zu deinem Zimmer«, bietet Nick mit Blick auf die Männer an. Seine Hand greift fester um meine Taille.

Die Männer verfolgen uns, wie wir die Lobby durchqueren, und es fallen ein paar Bemerkungen darüber, was für ein verdammtes Glück mein Begleiter doch hat.

Ich spüre, wie Nicks Körper sich anspannt.

»Lass sie«, flüstere ich. Ein Streit in aller Öffentlichkeit ist das Letzte, was wir jetzt brauchen können.

Er nickt kurz und beschleunigt seinen Schritt, bis wir die Reihe von Aufzügen erreichen.

Der Fahrstuhlführer begrüßt uns, und ich nenne ihm meine Zimmernummer. Nick löst seinen Arm, um mir den Vortritt zu lassen. Schweigend fahren wir nach oben, dankbar dafür, dass sonst niemand einsteigt. Ich versuche, mich von dem nervösen Kribbeln in meinem Bauch abzulenken, indem ich beobachte, wie die Etagenknöpfe der Reihe nach aufleuchten.

Der Aufzug hält, und die Türen gleiten auf. Den Blick fest auf den Teppichboden gerichtet, trete ich in den Flur, und Nick folgt mir.

Hinter uns beginnt der Fahrstuhl erneut zu surren und setzt seinen Aufstieg fort. In der Ferne ist der Schrei eines Babys zu hören, der sich mit den Fernsehgeräuschen aus einem der Zimmer vermischt.

Ich krame in meiner Handtasche nach dem Zimmerschlüssel und ziehe ihn mit zitternden Fingern heraus.

Hätte ich den Mann doch nur vor einem Jahr kennengelernt, direkt nach meiner Ankunft in Palm Beach. Vor seiner Verlobung und bevor ich mich mit der CIA eingelassen habe. Hätte ich ihn doch überhaupt nie kennengelernt, dann wüsste ich jetzt auch nicht, was ich vermissen werde.

»Vielen Dank für den Abend.«

»Ich habe zu danken«, erwidert Nick.

Ich wüsste zu gern, was gerade in ihm vorgeht, aber er verbirgt seine Gefühle sehr geschickt. Das Schweigen hält an, bis ich endlich den Mut aufbringe, die Frage zu stellen, die mich schon den ganzen Abend lang beschäftigt.

»Warum hast du eigentlich nach mir gesucht?«

Er bleibt so lange stumm, dass ich schon fast nicht mehr mit einer Antwort rechne. »Weil ich dich unbedingt treffen wollte.« Er sagt das wie jemand, der sich ein großes, schreckliches Geheimnis von der Seele redet.

Gott steh mir bei, aber ich tue, was zu tun mir alle Welt immer unterstellt. Ich treibe die Sache auf die Spitze. »Warum?«

»Weil ich an dich denken muss. Unablässig. Weil ich mich frage, wie es wäre, dich zu küssen. Wie es wäre, wenn du mein wärst, und wäre es auch nur für einen Augenblick.« Seine Stimme bricht. »Und du?«

Mein Herz hämmert so laut in meiner Brust, dass es ihm kaum entgehen kann. Der Lärm, den mein rasender, sich beinahe überschlagender Puls macht, drängt sogar das Schreien des Babys, das Fernsehgeplapper und das Surren des Fahrstuhls in den Hintergrund.

Ich nicke. Dann will ich es auch aussprechen, weil es nicht richtig erscheint, hinter seinem Mut und seiner Offenheit zurückzubleiben.

»Ja«, sage ich und schlucke heftig. Meine Hand ist so fest geballt, dass der Schlüssel sich in meine Handfläche bohrt. Alles nur, um zu vermeiden, dass ich sie ausstrecke und ihn berühre. »Unablässig.«

Der Fahrstuhl setzt sich wieder in Bewegung, kommt zurück nach unten. Jeder könnte uns so sehen. Jeden Moment könnte die Fahrstuhltür sich öffnen und jemand in den Flur treten.

»Ich sollte jetzt besser auf mein Zimmer gehen.«

»Ja, du solltest jetzt besser auf dein Zimmer gehen«, pflichtet er mir bei, senkt dabei den Kopf, tritt dicht an mich heran und drückt mich sanft an seinen Körper.

Ich atme einmal, zweimal tief durch und werde ein wenig ruhiger.

Mit meiner freien Hand streife ich den Ärmel seines eleganten Burberry-Mantels hinab, bis meine Finger sich um den Aufschlag biegen, erst das edle Innenfutter spüren, dann die weiche Haut an seinem Handgelenk.

Er zuckt mir entgegen.

Mit bebenden Fingern presse ich ihm den Hotelschlüssel in die Hand.

Allein gehe ich weiter in Richtung meiner Zimmertür, lasse Nick hinter mir im Flur zurück.

Mein Blick ist fest auf die Tür gerichtet, mir schlottern die Knie – und dann höre ich endlich den Klang seiner Schritte, während der Fahrstuhl weiter von Etage zu Etage rauscht.

Ich schließe die Augen, als sich seine Hand auf meine Taille legt, ich den Duft von Sandelholz und Orange rieche und seinen Atem in meinem Nacken spüre. Ich öffne die Augen und sehe, wie seine gebräunten Finger den Schlüssel ins Schloss meiner Zimmertür führen.

12

Die Tür des Hotelzimmers fällt hinter uns zu.

Ich schaue ihn an.

»Wir sollten darüber reden«, erklärt Nick und legt den Schlüssel auf den Nachttisch.

»Ich möchte nicht reden.«

»Was willst du denn?«, fragt er.

»Dich.«

»Ich bin Politiker. Die Öffentlichkeit blickt aufmerksam …«

»Ich bin an die Blicke der Öffentlichkeit gewöhnt. Das kümmert mich nicht.«

»So einfach ist das in diesem Fall nicht«, warnt er. »Ich möchte dir keine Probleme bereiten.«

Ich will gar nicht hören, aus welchen Gründen das hier eine verflucht schlechte Idee ist. Ich weiß, dass mein Verhalten an diesem Abend an Schamlosigkeit kaum zu überbieten ist und dass ich kurz davor stehe, eine unsichtbare Linie zu überschreiten, nach der eine Rückkehr unmöglich ist. Ich will mir diesen Moment nicht von der Realität zerstören lassen.

Ich seufze. »Du denkst, ich bin viel zu jung für dich.«

Nick tritt zu mir, streicht zärtlich mit den Lippen über mein Haar. Seine Finger krallen sich in meinen Mantel, ziehen mich halb an sich, stoßen mich halb weg.

»Du bist in so mancher Beziehung ›viel zu‹ für mich. Viel zu jung dürfte da noch meine geringste Sorge sein.«

Meine Hand findet seine. Er lässt den Mantel los, und erneut verschränken sich unsere Finger.

»Das ist wirklich eine schlechte Idee«, flüstere ich und schmiege mich an seinen Körper.

»Eine ganz schlechte«, stimmt Nick zu, während seine Hände zu meinem Nacken wandern und seine Finger den Verschluss meiner Halskette ertasten. Die sanfte Ahnung seiner Fingerspitzen auf meiner Haut, dann zieht er den Schmuck ab und legt die Kette auf den Nachttisch. Als Nächstes widmet es sich meinen Ohrringen, und ich spüre seine Fingerknöchel an meinen Ohrläppchen.

Er beugt sich herab. Seine Lippen berühren mein Ohr.

Mein ganzer Körper erbebt.

Ich neige ihm das Gesicht zu und beschließe, nicht länger darauf zu warten, dass er mich küsst. Um ehrlich zu sein, male ich mir diesen Kuss aus, seit ich ihm das erste Mal begegnet bin.

Und die Wirklichkeit enttäuscht mich nicht.

Es gibt Küsse, und es gibt *Küsse*, und dieser zählt definitiv zur zweiten Kategorie.

»Ich dachte, du hättest keine rebellischen Züge«, flüstere ich, lehne mich zurück und löse rasch seine Krawatte, während er sich aus dem Mantel schält.

Jetzt, da ich seinen Geschmack im Mund habe und seinen Körper an meinem spüre, giere ich nach mehr.

Nick zieht mich dichter und raunt: »Vielleicht hat mir ja bloß der lohnende Anreiz gefehlt.«

Seine Finger gleiten über die nackte Haut in meinem Nacken hinab zum Reißverschluss meines Kleids.

Ich streife ihm die Krawatte ab, nestle mit unsicheren Fingern an den Knöpfen seines weißen Hemds, und bei jeder Berührung dröhnt mein Herz wie eine Dampframme.

Wenn man ein junges Mädchen aus gutem Haus ist, das jeden Sonntag neben den Eltern auf der harten Kirchenbank der Messe lauscht und aufwächst umgeben von Menschen, die nur zu gerne einen Grund finden, andere wegen eines Fehltritts an den Pranger zu stellen, dann wird einem eingebläut, die eigene Tugendhaftigkeit gegen solche Anflüge der Lüsternheit zu verteidigen. Keiner sagt einem, dass es sich bei dem richtigen Mann wahrhaft himmlisch anfühlt, dass es einen, wenn der Augenblick stimmt, in einem Maße lebendig werden lässt, wie man es nie für möglich gehalten hätte.

Keiner sagt einem, wie wunderschön es tatsächlich sein kann.

Ich dachte, ich wüsste, was Verlangen bedeutet, aber jetzt, wo sein Körper unmittelbar über meinem schwebt, da wird mir klar, was sich bei den Männern vor ihm nur vage angedeutet hat. Wie fade doch die geraubten Küsse irgendwelcher stürmischen Jungs gewesen sind, verglichen mit der Lust, die ich in seinen Armen verspüre.

Ist das Liebe?

Wer hat schon Zeit, sich um solche Fragen zu kümmern! In diesem Moment ist es das ganze Leben. Alles andere ist egal.

»Du bist so still«, sagt Nick.

Während er meine Schulter umfasst hält, drückt seine freie Hand die Zigarette im Aschenbecher auf dem Nachttisch aus. Mein Kopf ruht auf seiner nackten Brust.

Immer wenn ich später an diesen Augenblick zurückdenke, kommen mir der Geruch seiner Zigaretten, seine Haut, die so warm an meiner liegt, die kratzigen Bettlaken und das grelle Deckenlicht in den Sinn, das auszuschalten wir nicht die Zeit gefunden hatten. Doch weit mehr als von Gerüchen, Farben und Geräuschen wird meine Erinnerung davon geprägt, was ich in diesem Moment empfand, wie unsagbar glücklich ich mich fühlte – und das, obwohl mir da bereits klar war, dass die schmerzhafte Trennung unweigerlich folgen würde, dass ich in diesem Stück die Schurkin sein würde, die mit einem verlobten Mann ins Bett gestiegen ist, und dass am Ende – wie ich selbst Eduardo einst gewarnt habe – stets für alles die Rechnung fällig wird. Und dennoch … Ich bedaure nicht eine Sekunde, die wir zusammen verbracht haben.

»Ich bin glücklich«, antworte ich.

»Klingt, als würde dich das überraschen«, meint er nachdenklich.

»Vermutlich fällt es mir bloß schwer, irgendeinem ›Glück‹ zu trauen.«

»Kann ich verstehen.«

Trotz seiner Zeit als Soldat an der Front nehme ich ihm nicht ganz ab, dass er so etwas wirklich versteht. Zugleich gibt es da gewisse Dinge, von denen ich gar nicht weiß, wie ich sie erklären soll, und von denen ich auch nicht möchte, dass sie diesen Moment stören.

Meinen Körper mit ihm zu teilen, ist nicht schwer gewesen, bei allem anderen wird es deutlich komplizierter. Schon komisch, wenn man bedenkt, wie viel Zeit meine Mutter und Magda damit verbracht haben, über meine Tugendhaftigkeit besorgt zu sein und meine Jungfräulichkeit zu bewachen, als wäre es mit Abstand das Kostbarste an mir. Um mein Herz haben sie sich weit weniger Sorgen gemacht.

»Du hast ja noch Angst«, sagt er ein wenig verblüfft.

»Die habe ich.«

»Ich hätte gedacht …«

»Was? Dass ich mich doch auch vor Fidel und seinen Leuten nicht gefürchtet habe, weil ich ansonsten gar nicht erst hingegangen wäre?«

»So ungefähr.«

»Man kann die Angst vor etwas nur bezwingen, wenn man sich dieser Sache stellt«, erkläre ich. »Nur so verliert sie die Macht, die sie über einen hat.«

»Er hat keine Macht mehr über dich, Beatriz. Hier bist du sicher.«

Ich hätte fast laut aufgelacht über die Ernsthaftigkeit, mit der er das behauptet. Zum ersten Mal an diesem Abend komme ich mir wie die Ältere, Erfahrenere vor. »Ich weiß nicht einmal mehr, was ›sicher‹ überhaupt noch bedeutet«, sage ich. »Damals in Kuba war ich so damit beschäftigt, in einer künstlichen Blase zu leben, dass ich gar nicht bemerkt habe, welch ungeheurer Aufruhr überall auf der Welt herrschte, wie stark die Kräfte geworden waren, die alles einreißen wollten, was wir aufgebaut hatten. Nichts von dem um uns herum war wirklich echt. Alles bloß eine schöne Illusion, die wir blöd genug waren, für real zu halten. Den Fehler begehe ich nicht noch einmal.«

»Also glaubst du jetzt an gar nichts mehr?«

»Ich glaube an mich selbst.«

»Lässt du deshalb niemanden zu dicht an dich heran? Deshalb all die abgewiesenen Anträge?«

Ich zucke mit den Achseln.

»Tu das nicht. Stoß mich nicht auch noch fort. Lass mich zu dir.«

»Warum sollte ich? Ist das hier etwa nicht reinste Illusion? Was wäre gut daran, sich etwas anderes einzubilden?«

»Es muss keine Illusion sein«, wendet er ein. »Es könnte viel mehr sein. Real.«

Er ist ein guter Mensch. Diese Sorte findet man heute nur noch selten. Er ist ein guter Mensch, und er wird eines Tages bedeutende Dinge vollbringen.

Genau wie ich.

Ich drehe mich auf den Bauch, lege das Kinn auf seine Brust und folge mit dem Finger der Linie seines Kiefers.

»Wir sind beide, wozu unsere persönlichen Ziele uns gemacht haben. In diesem Punkt sollten wir uns nicht selbst betrügen. Wir streben beide bestimmte Ziele an, und die Wege, die wir dabei nehmen müssen, stehen fest. Das hier ist eine flüchtige Episode, nichts weiter.«

»Du willst einfach nicht, dass es mehr ist.«

»Es geht doch gar nicht darum, was ich will oder was du willst. Keiner von uns wäre jemals bereit, seine Pläne zu opfern, und unter einen Hut lassen sie sich nun einmal nicht bringen. Irgendwo da draußen lebt jemand, mit dem du verlobt bist.«

Er zuckt zusammen.

»Einen Skandal kannst du dir nicht leisten. Nicht jetzt. Bis zu den Wahlen sind es nur … Wie lange noch? Zwei Monate? Und ich bin nun mal der Skandal in Person.«

»Das muss aber nicht so sein, und das weißt du auch. Noch ist es nicht zu spät, diese verrückten Abmachungen mit der CIA aufzukündigen.«

»Mich sang- und klanglos aus dem Staub zu machen ist nicht meine Art.«

»Manchmal vergesse ich, wie jung du bist.«

Ich setze mich auf, und das Laken rutscht mir bis auf die Hüften herunter. »Lass das. Tu mich nicht einfach wegen meines Alters ab. Ich bin es dermaßen leid, mir ständig anhören zu müssen, dass ich die Welt um mich herum nicht wirklich begreifen kann, bloß weil ich eine Frau bin oder weil es mir an Reife fehlt.«

»Mit deinem Alter oder deinem Geschlecht hat das nichts zu tun. Nur passt das Bild von dir als intelligente und logisch denkende Frau in meinen Augen nicht zu einer Person, die sich freiwillig einer derart waghalsigen und riskanten Situation aussetzt.«

»Was vermutlich allein daran liegt, dass du nie erleben musstest, wie das eigene Land vor deinen Augen in die Brüche geht und du dir absolut hilflos und ohnmächtig vorkommst, weil du nichts daran zu ändern vermagst.«

Ich möchte, dass er diese Seite von mir, die womöglich meine wichtigste ist, zu verstehen lernt. Ich möchte, dass er die Entscheidungen, die ich getroffen habe, zu schätzen weiß. Ich möchte seinen Respekt.

»Nein, da hast du recht, das kenne ich nicht«, antwortet er. »Ich kann nicht nachempfinden, was du in Kuba durchmachen musstest. Aber ich begreife nicht, warum du es für nötig hältst, alles auf eigene Faust zu erledigen. Es gibt andere Leute, die das tun können, Beatriz. Du musst dein Leben nicht aufs Spiel setzen. Wenn mein Bruder mir erzählen würde, dass er vorhat, mit der CIA zusammenzuarbeiten, würde ich ihm auch davon abraten. Dwyer besitzt einen Ruf in diesen Kreisen.«

»Genau wie ich. Das ist schließlich nicht das erste Mal, dass ich mich an solchen Aktionen beteilige, und wohl auch nicht das letzte Mal.«

»Und deine Familie? Was halten deine Eltern von deinen Verwicklungen mit der CIA?«

»Die wissen nichts davon.«

»Begeistert wären sie aber nicht, oder?«

»Wahrscheinlich nicht. Sie waren auf jeden Fall nicht glücklich über meine Beteiligung an der revolutionären Bewegung in Kuba. Wenn ich allerdings nur tun würde, was meine Eltern von mir erwarten, hätte ich nicht viel Spaß im Leben. Und mit dir wäre ich jetzt ganz sicher nicht hier.«

Er besitzt immerhin so viel Anstand, fast zu erröten.

»Mein Verhalten ist gar nicht so ungewöhnlich, weißt du«, fahre ich fort. »Viele kubanische Frauen haben sich den Revolutionären angeschlossen und kämpfen für die Dinge, an die sie glauben. Ich bewundere ihre Entschlossenheit, auch wenn wir nicht unbedingt die gleichen Ansichten teilen.«

»Und ich mache mir Sorgen um dich, auch wenn es dich stört. Ich kann einfach nicht anders, Beatriz.«

Ich drehe mich um und verschließe ihm den Mund mit

einem weiteren Kuss. »Lass uns aufhören, über solche Sachen zu sprechen. Ich möchte nicht, dass wir uns über Politik streiten. Nicht jetzt.«

»Was möchtest du denn sonst?«, fragt er. »Was soll ich tun?«

Die Frage kommt zögerlich, und ich kann mir gut vorstellen, dass er ein Mann ist, von dem sich ziemlich viele Menschen ziemlich viele Dinge wünschen.

»Das.«

»Und was meint ›das‹ genau?«

»Ich möchte dich. Einfach nur dich. Keine Geldscheinbündel auf dem Nachttisch. Keine Unaufrichtigkeiten zwischen uns. Keine Versprechen, von denen wir wissen, dass wir sie nicht halten können.«

»Die Debütantinnen heutzutage sind auch nicht mehr das, was sie mal waren, wie?«

Ich verdrehe die Augen. »Hättest du's lieber, wenn ich alles dir überlasse?«

Er lacht. »Vielen Dank für das Angebot, aber ich komme schon damit zurecht. Wenn ich dich recht verstehe, lehnst du es also ab, meine Geliebte zu werden – auch wenn ich selbst einen solchen Vorschlag bislang gar nicht gemacht habe.«

»Nimm es nicht persönlich. Ich will von niemandem bloß die Geliebte sein.«

»Schließt das deine Pläne mit Fidel ein?«

»Über meine Pläne mit Fidel willst du lieber nichts wissen.«

»Er wird bald nach Havanna zurückkehren. Bleibst du dann hier?«

»Ich werde in Palm Beach sein.«

»Ich möchte dich wiedersehen.« Er stockt. »Darf ich dich wiedersehen?«

»Mein Rückflug geht erst morgen Abend. Willst du bis dahin bei mir bleiben?«

»Ja.«

Und auf einmal redet keiner von uns mehr über Politik.

Das zweite Mal fühlt sich ganz anders an. In erstaunlich kurzer Zeit ist eine Vertrautheit zwischen uns gewachsen, ein wissendes Verstehen, wie nur Intimität es begründen kann.

Bevor wir einschlafen, dreht er den Kopf auf dem Kissen zu mir und sieht mich an.

»Warum heute Abend? Warum ich?«

»Weil ich wollte, dass du es bist.« Ich hole tief Luft, starre zur Zimmerdecke, verfolge die Lichtstrahlen, die durch den Spalt im Vorhang von der Straße hochflackern. Dann gebe ich ihm die Frage zurück. »Warum das hier? Warum ich?«

»Weil ich wollte, dass du es bist.«

»Seit der Begegnung auf dem Balkon.«

»Schon vorher.«

»Wann?«, frage ich neugierig und auch ein wenig beschwipst nach der Flasche Champagner, die wir uns bereits vor einer Weile aus der Bar haben kommen lassen.

»Als ich dich das erste Mal im Ballsaal sah. Andrew kniete vor dir und gab ein lächerliches Bild ab, und du standst einfach nur im Raum, und ich habe gespürt, dass du zwar körperlich anwesend warst, aber nicht wirklich da, und ich wünschte mir, an dem Ort zu sein, wo du in Wahrheit bist – wo auch immer der sein mochte.«

»Es ist Wahljahr.«

Nicht unbedingt die Zeit für unbesonnene Aktionen.

»Richtig.«

»Und du wirst demnächst heiraten.«

Nick seufzt. »Auch richtig.«

Er rollt auf die Seite, schlingt seine Arme von hinten um mich und zieht mich zu sich heran. Ich schließe die Augen, lausche seinem Atem und fühle sein Herz, das an meinem Rücken pocht.

13

Der Traum fängt an, wie er immer anfängt. Ich schleiche mich aus unserem Haus in Havanna, im Täschchen an meinem Handgelenk das Geld, das ich aus Vaters Kassette gestohlen habe, um es meinem Bruder zu geben. Ich bin in Eile, mache mir Sorgen um Alejandro, frage mich, ob er in Sicherheit ist, ob es ihm gut geht.

Ein Stück abseits vom Haus stoße ich auf einen der Gärtner. Unsere Blicke begegnen sich. Angst überfällt mich. Wird er es meinen Eltern erzählen? Fühlt er sich eher meinen Eltern verbunden oder dem neuen Regime?

Der Gärtner löst als Erster den Blick und wendet sich wieder seiner Aufgabe zu, so als wüsste er, dass dort, wo ich bin, gewöhnlich auch Ärger nie weit ist, auf den er gern verzichten kann.

Ich bin jetzt fast am Haupttor zu unserem Anwesen und eile weiter.

Ein Wagen biegt um die Ecke. Er ist angesichts der zahlreichen Kinder, die in den umliegenden Häusern wohnen, mit viel zu hoher Geschwindigkeit unterwegs.

Reifen quietschen. Eine Tür öffnet sich. Ein lebloser Körper knallt auf das Pflaster.

Ich renne, verliere die Handtasche irgendwo auf dem Kiesweg unserer Einfahrt. Meine Beine fliegen, mein Herz hämmert.

Ich schreie.

Als kleines Kind bin ich Alejandro einmal ins Meer hinaus gefolgt. Eine Welle riss mich um, Wasser drang mir in die Lunge. Panik erfasste mich, während ich wild um mein Leben strampelte.

Genauso fühlt sich der Traum an. Ich bin am Ertrinken, kann mich nicht retten, kann aber auch nicht wegschauen.

Die toten Züge meines Bruders starren mich an.

Ich schrecke aus dem Schlaf. Mein Körper fühlt sich bleischwer an, meine Brust pumpt zum Zerreißen, mein Atem geht in harten Stößen.

»Du bist in Sicherheit. Es war nur ein Traum.«

Ich drehe mich um, weiß nicht, wo ich bin. Meine Augen brauchen einen Moment, um sich an das Halbdunkel zu gewöhnen. Ich bin überrascht, das Gesicht von Nick zu sehen, der mich besorgt mustert.

Er streicht mir beruhigend über den Rücken, während ich tief durchatme und mich darum bemühe, den Puls wieder unter Kontrolle zu bekommen.

»Kann ich dir was bringen?«, erkundigt er sich, und sein liebevoller Ton verschlägt mir kurz die Sprache.

Ich schüttle den Kopf.

»Möchtest du darüber reden?«

»Nein«, krächze ich.

Er setzt sich im Bett auf, öffnet die Arme, sodass ich mich an seinen Körper schmiegen kann, und irgendetwas in meinem Innersten scheint plötzlich einzurasten.

Es fühlt sich wie das Normalste auf der Welt an, meinen Kopf auf seine nackte Brust zu legen und zu spüren, wie er mich hält.

»Als ich aus Europa zurückkam, hatte ich solche Träume …« Er zuckt kaum merklich zusammen. »Hab sie noch heute manchmal.«

»Bessert es sich irgendwann?«, frage ich.

Er neigt sich zu mir und küsst mich auf die Stirn. »Ja, das tut es. Aber es dauert.« Er hält mich noch fester. »Ganz weg gehen sie nie.«

»Das habe ich mir schon gedacht.«

Den Rest der Nacht lassen wir einander nicht mehr los.

Meinen letzten Tag in New York verbringen wir nackt im Bett, trinken Champagner, essen kalten Hummer und ein großes Stück Filet Mignon. Wir reden weder über Politik noch über seine Verlobte, weder über Fidel noch über die Zukunft, aber ich erfahre so einige Dinge über ihn, die ich schon lange wissen wollte, und auch er wird in ein paar weitere Beatriz-Geheimnisse eingeweiht.

»Erzähl mir von deiner Familie«, sagt er.

»Meine Familie?«

»Es interessiert mich.«

»Viel Spannendes gibt's da nicht zu erzählen.«

»Und das soll ich dir abnehmen? Ich habe deine Schwestern doch selbst in Aktion erlebt.«

Ich lache.

»Wie war denn dein Bruder so?«, erkundigt er sich in etwas vorsichtigerem Ton.

»Lebenslustig. Als wir noch klein waren, hat er ständig irgendetwas ausgeheckt, wollte andauernd irgendwelche waghalsigen Sachen unternehmen. Gleichzeitig war er freundlich und hilfsbereit. Natürlich haben wir ihn auch alle reichlich verhätschelt, schließlich war er der einzige Junge bei vier Schwestern. Er hat es geliebt.«

»Es ist schön, wenn man sich mit seinen Geschwistern gut versteht. In diesem Punkt kannst du dich glücklich schätzen. Das ist nicht immer so.«

»Meine Schwestern sind für mich immer schon enge Freundinnen gewesen. Und Alejandro war mein bester Freund. Ich weiß nicht, wie ich es beschreiben soll, aber wir verstanden einander auf eine Art wie sonst niemand in der Familie. Vielleicht lag es daran, dass wir Zwillinge waren.«

»Er muss dir schrecklich fehlen.«

»Jeden Tag, jede Stunde. Es fühlt sich so falsch an, mit meinem Leben einfach fortzufahren, wenn ich zugleich weiß, dass er dazu nie mehr die Gelegenheit haben wird.«

Nick wischt eine einzelne Träne von meiner Wange. »Verzeih.«

»Erzähl von deiner Familie«, fordere ich ihn auf.

Nick lässt sich gegen das Kopfteil des Bettes sinken.

»Meine Familie ist groß und laut, steckt ständig voller Erwartungen und Pläne.«

»War das mit dem Senat auch einer dieser Familienpläne?«

»Das wäre sicherlich die einfachste Antwort, aber nein, das habe ich mir ganz allein eingebrockt. Hin und wieder verfluche ich mich deshalb, aber im Großen und Ganzen bin ich froh darüber. Meine Arbeit im Senat hat mir das Leben gerettet.«

»Wie das?«

»Als ich aus Europa heimkehrte, habe ich mich nicht mehr zurechtgefunden. Im Krieg war ich von Menschen umgeben, die alle für dieselbe Sache kämpften wie ich. Dort gab es echte Kameradschaft. Damit war Schluss, als ich nach Hause kam.«

»Und der Senat hat dir das Gefühl zurückgegeben?«

»Irgendwie schon.«

»Ich hatte nie den Eindruck, dass Senatoren untereinander beste Kumpels sind.«

»Manchmal ja, manchmal nein. Dennoch dienen wir mit unserer Arbeit alle einem gemeinsamen Zweck. Und das hat mir gefehlt, als ich zurückkam.«

»Warum unbedingt Politik?«

»Dafür spricht die ungewöhnliche Position, in der ich mich befinde. Ich entstamme einer Familie, deren Angehörige nie tagein tagaus für den eigenen Lebensunterhalt schuften mussten wie andere Menschen in diesem Land. Ich habe Beziehungen und finde allein schon dank meines Nachnamens leicht Gehör. Das alles möchte ich dafür nutzen, etwas Positives zu bewirken in dieser Welt. Als ich in Europa an der Front war, habe ich aus erster Hand erlebt, was es für Folgen haben kann, wenn man nicht offen für das eintritt, woran man glaubt. Wenn ich die Welt einmal verlasse, soll sie besser sein, als ich sie vorgefunden habe.«

»Stimmt es, was man sagt? Dass es dein Traum ist, eines Tages Präsident zu sein?«

Er wirft mir ein amüsiertes Grinsen zu. »Tja, wenn man sich schon Ziele setzt, warum dann nicht gleich ganz große? Derzeit konzentrieren sich meine Hoffnungen jedoch allein auf die Wiederwahl. Noch ist es nicht an der Zeit, sich um die Präsidentschaft zu bewerben. Abgesehen davon ist die Partei gerade in besten Händen.«

»Du bist eng mit den Kennedys befreundet, richtig?«

»Offenbar hast du dich gründlich über mich informiert.«

Ich lache. »Sagen wir mal, man schafft es schwerlich durch eine Saison in Palm Beach, ohne andauernd etwas über ›Nicholas Preston‹ zu hören. Es heißt, du und Kennedy seid gute Freunde.«

»Er ist ein toller Mann. Er wird ein ausgezeichneter Präsident sein und dieses Land in genau die Richtung führen, die es dringend braucht.«

»Und nach ihm?«

Nick lächelt. »Vielleicht ist dann eines Tages meine Zeit gekommen.«

»Dann sei mal besser vorsichtig. Künftige Präsidenten können sich keine Skandale leisten.«

»Nein, das können sie nicht.«

»Du braucht die passende Frau. Die passende Familie. Das passende Image.«

»Ja, daran arbeite ich.«

Ich schlucke. »Gibt es etwa noch andere? Andere Frauen wie mich?«

Obwohl ich Angst vor der Antwort habe, zwinge ich mich dazu, die Frage zu stellen, denn ich habe mir geschworen, bei dieser Sache die Augen stets weit offen zu halten. Er wäre sicherlich nicht der Erste, der neben einer offiziellen Frau noch mehrere heimliche hat.

»Ob es andere gegeben hat? Ja.«

Ich bin wenig überrascht, freue mich allerdings über die Offenheit zwischen uns.

»Im Moment gibt es keine anderen Frauen. Schon seit einiger Zeit nicht mehr.« Er seufzt. »Ich wünschte, wir wären uns ein Jahr früher begegnet. Ich wünschte, wir wären uns begegnet, bevor ich Versprechungen gemacht habe.«

»Wir sollten es nicht mehr wiederholen«, erkläre ich.

»Nein, das sollten wir wohl nicht«, stimmt er mir zu.

14

Wir verabschieden uns in meinem Hotelzimmer. Ein letzter Kuss. Nick schlingt seine Arme um mich. Der Körper, den ich inzwischen so gut kenne, drückt sich an meinen, während meine Hand sich um die Visitenkarte ballt, auf die er seine Privatnummer notiert hat. Kaum ist Nick verschwunden, fahre ich in die Hotelbar hinunter, wo ich mich mit Mr. Dwyer verabredet habe, um mein Treffen mit Fidel zu besprechen.

»Lief gut mit Castro gestern Abend, wie ich gehört habe«, sagt Dwyer zur Begrüßung, kaum dass ich mich an seinem Tisch setze.

»Ich denke schon.«

»Ihm hat Ihre Art gefallen.«

Meine Augen verengen sich. »Wozu brauchen Sie mich noch, wenn Sie sowieso Ihre Spitzel im Hotel hatten?«

»Spitzel habe ich überall, und ob ich Sie brauche, muss ich erst noch entscheiden.«

»Also gut, was als Nächstes? Was soll ich jetzt für Sie tun?«

»Sie haben Eindruck gemacht. Meiner Quelle zufolge war Fidel richtig verärgert darüber, dass Sie so früh gegangen sind. Verärgert darüber, dass er nicht dazu kam, ein wenig Zeit mit Ihnen allein zu verbringen.«

Es kriecht mir heiß das Genick hinauf. »Ich dachte …«

»Das war ein geschickter Schachzug. Wären Sie zu bereitwillig darauf eingegangen, hätte er bloß Verdacht geschöpft. Wäre die Sache zu leicht für ihn gewesen, hätte er Sie abgewiesen. Stattdessen haben Sie jede impulsive Aktion vermieden und ihre Rolle unbeirrt durchgespielt. Das war besser, als ich zu hoffen gewagt hätte.«

»Und was jetzt?«

»Wir warten den richtigen Zeitpunkt ab, bevor Sie es bei Fidel versuchen. In der Zwischenzeit hätte ich ein anderes Angebot für Sie. Ein lukratives.«

»Und das wäre?«

»Ganz offensichtlich ist der kubanische Spionageapparat ein beachtenswerterer Gegner, als wir dachten. Kurz gesagt, auch Fidel hat seine Spitzel überall. Ich möchte daher, dass Sie eine der Gruppen infiltrieren.«

»Ich bin keine Geheimagentin.«

»Was Sie für mich nur umso wertvoller macht. Sie bewegen sich in den richtigen Kreisen, sprechen mehrere Sprachen, fügen sich im Notfall unauffällig ein. Niemand wird in Ihnen eine Spionin vermuten, und Sie können an Orten verkehren, zu denen die mir verfügbaren Agenten keinen Zutritt haben. Wir wollen, dass Sie sich einer der Pro-Castro-Gruppen in Südflorida anschließen. Irgendjemand versorgt Fidel mit Informationen über unsere Pläne, seinem Regime ein Ende zu bereiten, und treibt dabei ein doppeltes Spiel mit einer Reihe von Exilkubanern, die zu Ihrem Bekanntenkreis zählen. Ich möchte wissen, wer dieser Jemand ist.«

»Und warum soll gerade ich in der Lage sein, Ihnen diesen

Namen zu verschaffen? Haben Sie nicht bereits Leute in die Gruppe eingeschleust?«

»Doch. Das Problem bei Doppelagenten ist leider, dass man selten weiß, wem man wirklich vertrauen kann. Bei Ihnen habe ich da weniger Sorgen.«

»Warum?«

»Weil Sie eine ganz neue Figur auf diesem Schachbrett sind, wenn Sie so wollen. Und weil man in meiner Branche lernt, stets misstrauisch zu sein, ich bei Ihnen jedoch fest davon überzeugt sind, dass Sie keinen Stein auf dem anderen lassen werden, bis Sie Ihren Bruder gerächt haben. Ich mag Menschen, die berechenbar sind.«

»Und ich bin berechenbar?«

»Ein älteres Motiv als Rache werden Sie kaum finden.«

Mit solch einem Auftrag ließe sich zweifellos die Wartezeit gut überbrücken, und wenn ich dabei tatsächlich etwas aufschnappen kann, das Dwyer hilft, Fidel zu stürzen, umso besser.

»Wie viel?«

»Hängt von den Informationen ab, die Sie uns beschaffen, aber es wird sich schon für Sie auszahlen. Beweist dieser kleine Ausflug nicht bereits unseren guten Willen?«

Sie haben mich großzügig entlohnt, das stimmt. Doch ähnlich wie mein Vater habe ich begonnen, die Vorzüge finanzieller Unabhängigkeit schätzen zu lernen.

»Einzelheiten klären wir dann im Verlauf der Entwicklung«, fügt Dwyer hinzu. »Ich weiß, wie sehr Ihnen an Vertraulichkeit gelegen ist, nicht zuletzt wegen des Rufs Ihrer Familie und deren Haltung zu Fidel. Ihr vermeintliches Konspirieren mit seinem Regime wird also streng geheim bleiben. Wir werden alles in unserer Macht Stehende tun, für Ihren Schutz zu sorgen.«

»Und unser eigentliches Vorhaben?«

»Wie gesagt, die Sache braucht Zeit, ist aber weiterhin von größter Bedeutung für uns. Im Übrigen wird Fidels Vertrauen in Sie nur noch wachsen, je enger Ihr Umgang mit seinen Unterstützern ist.« Er stockt eine Sekunde. »Ungefährlich ist es nicht. Die Arbeit als Informant hat ihre ganz eigenen Tücken. Sie werden gezwungen sein, über einen längeren Zeitraum hinweg Ihr Leben aufs Spiel zu setzen, und müssen Menschen, die Ihnen nahestehen, die Sie lieben, beharrlich belügen. Glauben Sie, dass Sie dazu fähig sind?«

»Da sehe ich kein Problem.«

Fidel verlässt New York erst einige Tage nach meiner Rückkehr nach Palm Beach. Höhepunkt seiner Reise in die Vereinigten Staaten ist die längste Rede, die je vor der UNO-Vollversammlung gehalten wurde. Viereinhalb Stunden lang verurteilt er die imperialistischen Amerikaner dafür, mit allen Mitteln den Sturz seiner Regierung zu betreiben. Er lobt die Sowjets und erntet für seine Worte den begeisterten Beifall von Chruschtschow, der Fidel später sogar eine sowjetische Maschine für den Rückflug anbietet, nachdem die amerikanischen Behörden Castros Flugzeug am Idlewild Airport wegen ausstehender Zahlungen an amerikanische Kreditgeber beschlagnahmt haben.

Es wird immer klarer, in welche Richtung der Wind weht auf Kuba, und ich erwarte, schon bald neue Instruktionen von Mr. Dwyer zu erhalten.

Die Anweisung erreicht mich dann auch prompt in Form eines Zettels mit einer Adresse, den mir ein unscheinbarer Mann im Royal Poinciana Plaza in die Tasche steckt, als ich dort mit meiner Schwester einen Einkaufsbummel mache.

Dwyers erster Spionageauftrag für mich besteht darin, ein Treffen mutmaßlicher Kommunisten zu besuchen. Ausgerüstet bin ich dafür mit einer Adresse, einem Namen, der mir dabei helfen soll, Einlass zu bekommen, sowie meinem Talent zur Improvisation.

Die Adresse liegt in einer ruhigen Wohnstraße von Hialeah und gehört zu einem hellgrünen Haus, bei dem der Rasen im Vorgarten schon in den Weg hineinwuchert. Drei Autos sind in der Einfahrt abgestellt.

Ich hole tief Luft und klopfe an die Haustür.

Irgendwo in der Ferne bellt ein Hund.

Die Tür öffnet sich, und ein junger Mann, der kaum älter als ich sein dürfte, blickt mich erstaunt an.

Ich hatte eigentlich mit einem Landsmann gerechnet und werde stattdessen von einem sommersprossigen Amerikaner mit rotem Zottelbart und blassem Teint begrüßt, der Jeans und ein extrem dünnes T-Shirt trägt.

»Sie wünschen?«, fragt er.

Ich habe mit Bedacht das schlichteste Outfit gewählt, das ich in meinem Schrank finden konnte: dunkle Hosen, eine weiße Baumwollbluse und flache, bequeme Laufschuhe. Seine Reaktion spricht allerdings dafür, dass ich damit noch immer weit übers Ziel hinausgeschossen bin.

»Claudia schickt mich«, antworte ich entsprechend der Anweisungen, die unterhalb der Adresse notiert sind, obwohl ich nicht die geringste Ahnung habe, wer diese Claudia ist, und sie vermutlich ebenso wenig, wer ich bin.

Hat Dwyer noch weitere seiner Spitzel in dieses Treffen eingeschleust? Wird mir jemand zur Seite springen, wenn ich in Schwierigkeiten gerate, oder bin ich wirklich ganz auf mich allein gestellt?

Der Mann nickt und tritt einen Schritt zurück, um mich ins Haus zu lassen.

Ich folge ihm vorbei an einer schlauchartigen Küche ohne Sitzgelegenheit in ein Wohnzimmer, in dem bereits vier andere warten.

»Claudia hat sie geschickt«, erklärt er und zeigt dabei mit dem Daumen auf mich.

Ich nehme auf einer Couch in der Ecke Platz und höre mir an, wie Jimmy – der Mann, der an die Tür kam – die Zusammenkunft eröffnet. Den anschließenden Wortmeldungen entnehme ich, dass er an einer der lokalen Unis studiert und dass die beiden Frauen in der Runde – Sandra und Nancy – Kommilitoninnen von ihm sind.

Wie Che sind sie Kommunisten, keine Kubaner, und ihre Gefolgschaft zu Fidel gründet nicht in gemeinsamen nationalen Wurzeln, sondern in ideologischen Überzeugungen.

Als Dwyer mir den Auftrag gab, hatte ich das Bild von gewaltbereiten Revolutionären vor Augen, die brutale Anschläge planen, nicht von Intellektuellen – oder Pseudointellektuellen –, die nur hohle Phrasen dreschen. Ist das hier im Ernst etwas, wovor die CIA sich fürchtet? Oder ist das nur ein Test, ob ich für sie von Nutzen sein kann?

Die anderen beiden Männer sind Brüder – Javier und

Sergio –, über die ich bei der Vorstellungsrunde erfahre, dass sie Kuba vor ein paar Jahren verließen, als Batista mit zunehmender Härte gegen all jene Studenten an der University of Havanna vorging, die Proteste gegen ihn organisierten. Wenn überhaupt jemand von den Anwesenden brauchbare Informationen über Fidel haben sollte, dann die beiden. Also blicke ich zu Sergio hinüber und lächle Javier an, während ich mich selbst vorstelle.

Ich nenne ihnen meinen richtigen Namen, berichte von meinen Aktivitäten in Havanna, bevor Fidel an die Macht kam, mache meine Gegnerschaft zu Batista deutlich und meinen Wunsch für ein Kuba, das frei von amerikanischem Einfluss ist. Die Amerikaner hören mit weit aufgerissenen Augen zu, als ich erwähne, dass mein Bruder an den Planungen zum Sturm auf den Präsidentenpalast beteiligt war. Von ihnen hat gewiss keiner jemals auch nur annähernd das Ausmaß an Gewalt erlebt, das wir während der Revolution durchleiden mussten.

Das Mienenspiel der Brüder dagegen verrät eine Ahnung, so als wären sie zumindest mit Batistas Schreckensherrschaft bestens vertraut. Dass Batista seine Tage inzwischen sorglos im luxuriösen portugiesischen Exil verbringt, ohne sich für seine Verbrechen, für all die unter ihm getöteten Menschen oder für die Art, wie er uns in die Hände von Fidel fallen ließ, verantworten zu müssen, ist eine weitere Ungerechtigkeit, mit der wir gezwungen sind, uns abzufinden.

Nachdem sich alle vorgestellt haben und ich mir ziemlich sicher bin, dass Claudia nicht auftauchen und mich als betrügerische Schnüfflerin enttarnen wird, wechselt das Gespräch zu anderen Themen, insbesondere zum neuen Handelsembargo gegen Kuba.

Präsident Eisenhower hat sämtliche amerikanischen Exporte nach Kuba eingefroren, mit Ausnahme einiger humanitärer Güter wie Medikamente und bestimmter Lebensmittel. Da das Land in so vielen Bereichen von den Einfuhren aus den Vereinigten Staaten abhängt, setzt Fidel die Entscheidung empfindlich zu. Aber wird sie wirklich genügen, ihn ins Wanken zu bringen?

Die Hialeah-Gruppe wettert fast eine Stunde gegen das Embargo, ohne Pläne oder Vorschläge auszuarbeiten, die erwähnenswert wären, und mir ist weiterhin unklar, worin die Gefahr bestehen soll, die Dwyer zufolge von diesen Leuten ausgeht. Das kubanische Brüderpaar beteiligt sich kaum an der Diskussion, und ich folge ihrem Beispiel, melde mich nur sporadisch zu Wort und konzentriere mich darauf, ein Gespür für die Strukturen innerhalb der Gruppe zu bekommen.

Wir verabreden, uns in einem Monat erneut zu treffen, und ich fahre mit meinem Wagen nach Palm Beach zurück.

Als ich in unsere Straße einbiege, lehnt Eduardo vor dem Haus meiner Eltern am Kotflügel seines schicken roten Cabrios.

»Wartest du schon lange?«, frage ich beim Aussteigen.

»Nicht besonders«, antwortet er, küsst mich auf die Wange und mustert dann mit leicht amüsiertem Grinsen meinen Aufzug.

»Was ist so komisch?«

»Ich bin nur verblüfft, das ist alles. Ich kann mich nicht

erinnern, dich jemals in solch einer … nüchternen Kluft gesehen zu haben.«

»Sehr lustig.«

Wenn er wüsste, wie übertrieben herausgeputzt ich mich trotz dieses schlichten Outfits auf dem Kommunistentreffen gefühlt habe.

Eduardo streicht mit dem Finger über den Ärmel meiner Bluse. »Ist es erlaubt zu fragen, oder gibt es da Dinge, von denen ich besser nichts weiß?«

Auch wenn der erste Kontakt mit der CIA über Eduardo zustande kam, hat Dwyer doch mehrfach betont, wie wichtig absolute Geheimhaltung ist, und da er selbst ihm offensichtlich nichts von dieser Sache erzählt hat, sollte ich das wohl auch nicht tun.

»Besser, wenn du nichts weißt«, antworte ich. »Lass mich raten: Du willst mich abholen, damit wir gemeinsam noch ein wenig Sprengstoff besorgen, richtig?«

Ich habe nie etwas erfahren über das Dynamit, das wir vor Monaten nachts transportiert haben. Nicht, wofür es gedacht war. Nicht, ob es eingesetzt worden ist.

»Du bist köstlich. Nein, eigentlich wollte ich mit dir reden.«

»Sollen wir ein bisschen am Strand spazieren gehen?«, frage ich.

Das ist zu einer Art Tradition geworden, wenn er in Palm Beach ist, und ich habe diese gemeinsamen Stunden mit ihm vermisst.

»Klar doch.«

Ich folge ihm den schmalen Pfad hinunter zum Meer, und wir tauschen ein paar unverfängliche Neuigkeiten aus. Am

Strand ziehen wir beide die Schuhe aus und schlendern barfuß durch den Sand.

»Wir war's in New York?«, fragt er.

»Verwirrend.«

»War es schwer? Fidel in die Augen zu sehen?«

»Schwerer, als ich es mir vorgestellt hatte. Am Anfang hat er so völlig normal gewirkt, wie er da mit all den anderen an einem Tisch saß. Vermutlich hat mir das ein wenig die Befangenheit genommen. Aber dann stürzte plötzlich alles wieder auf mich ein: Alejandros Tod, die Gewalt auf Kuba, die Angst, in der wir alle lebten, La Cabaña, einfach alles. Und während ich da saß und in sein selbstgefällig grinsendes Gesicht starrte, spürte ich, wie sich in mir ein Schrei aufstaute, und irgendwann hielt ich es nicht länger aus und musste weg.«

»Ich habe gehört, es lief gut. Er hätte angebissen.«

»Na, hoffentlich. Aber das ist schwer zu sagen.«

»Ich kann mir kaum vorstellen, dass er nicht interessiert war. Du bist wunderschön, Beatriz.«

»Er war so interessiert, wie Männer das eben sind. Aber ist sein Interesse auch groß genug, dass ich bei der nächsten Begegnung ganz nah an ihn herankomme? Keine Ahnung.«

Ich habe es satt, zu warten und mit dem Besuch von Treffen wie dem in Hialeah allenfalls minimale Fortschritte zu erzielen, während um uns herum die Welt in Aufruhr ist und Kuba weiter und weiter von mir fortdriftet.

»Mit ein wenig Glück wirst du das Versteckspiel ja bald hinter dir haben«, sagt Eduardo.

»Hat Dwyer dir etwas über ihre Pläne erzählt, mich nach Havanna zu schicken?«

»Nein. Im Augenblick ist die CIA mit anderen Dingen beschäftigt, mal ganz abgesehen von den bevorstehenden Präsidentenwahlen.«

»Und du? In letzter Zeit hast du dich ziemlich rar gemacht. Womit warst du denn beschäftigt? Eine Frau?«

Er lacht. »Ganz weit daneben.« Er streckt die Hand aus und streicht mir liebevoll übers Haar. »Weißt du denn nicht, dass du die einzige Frau in meinem Leben bist?«

»Wohl kaum«, erwidere ich schnaubend.

»Glaubst du mir denn wenigstens, dass ich dich vermisst habe?«

Ich lächle. »Das vielleicht.«

»Ich bin nur deinetwegen hergekommen. Wollte sehen, wie es dir geht. Ich habe mir Sorgen gemacht nach der Sache in New York.« Er hält an, schaut mir in die Augen, und seine Miene wird ernst. »Ich habe noch andere Dinge gehört, die man sich über deinen Aufenthalt in New York erzählt.« Sein Blick wird durchdringender. »Bist du wirklich mit ihm essen gegangen?«

Ich habe Mühe, meinen nichtssagenden Gesichtsausdruck zu bewahren. »Mit wem?«

Woher weiß er darüber Bescheid? Ist mir die CIA in New York etwa auf Schritt und Tritt gefolgt? Ehrlich gesagt, hatte ich diese Möglichkeit überhaupt nicht in Erwägung gezogen. Ich dachte, ein solch unbedeutendes kleines Rädchen wie ich würde in ihren Augen ganz sicher keinen derartigen Aufwand rechtfertigen. Oder hat mich sonst jemand zusammen mit Nick beobachtet?

»Du sollst bezaubernd ausgesehen haben. Angeblich konnte er gar nicht mehr den Blick von dir wenden.«

Ist es jetzt passiert? Habe ich mir meinen Ruf jetzt endgültig ruiniert? Weiß alle Welt, dass Nick Preston und ich die Nacht gemeinsam in meinem Hotelzimmer verbracht haben?

»Keine Ahnung, wovon du sprichst«, lüge ich.

»Steht es nun so zwischen uns? Nach all den Geheimnissen, die wir geteilt haben? Nach allem, was wir durchgemacht haben?«

Die Enttäuschung in seinem Blick trifft mich tief, dennoch geht es hier nicht nur um meinen Ruf, den ich zu verteidigen habe, sondern auch um Nicks.

»Es war nichts«, lüge ich erneut.

»Sei besser vorsichtig. Das ist ein einflussreicher Mann.«

»Ausgerechnet du willst mich jetzt zur Vorsicht mahnen?«, frage ich. »Wohin fährst du denn immer, wenn du Palm Beach verlässt? Was hast du mit dem Dynamit gemacht, das wir damals in der Nacht abholten? Mit wem arbeitest du noch zusammen? Welche Rolle spielst du in der ganzen Sache?«

Eduardo seufzt.

»Liebst du ihn?«, bohrt er nach, ohne auf meine Fragen zu reagieren.

Ich schaue nach unten auf den Sand. »Fidel?«

»Beatriz!«

»Sei nicht albern. Natürlich liebe ich ihn nicht.«

Jeder weiß, dass eine Affäre nur etwas Flüchtiges ist. Unter diesen Voraussetzungen wäre es wirklich idiotisch von mir, mein Herz zu riskieren. Schließlich habe ich mich bereits in eine ausweglose Sache verrannt. Zwei davon wären entschieden zu unbesonnen.

15

Der Oktober geht, und der November kommt, ohne dass die CIA sich meldet. Dennoch sammle ich weiter meine Aufzeichnungen von den Treffen mit der Gruppe in Hialeah in einer Schachtel in der hintersten Ecke meines Kleiderschranks. Die Informationen, die ich bisher zusammentragen konnte, sind für sich allein genommen kaum der Rede wert, aber vielleicht weiß Mr. Dwyer dank seiner größeren Erfahrungen auf diesem Gebiet ja mehr damit anzufangen.

Eduardo macht sich ebenfalls rar, und so bleibe ich mir selbst überlassen. Ich denke darüber nach, wo Nick gerade stecken könnte, helfe meiner Schwester Elisa bei der Einrichtung ihres neuen, großzügig geschnittenen Hauses in Coral Gables und frage mich, ob Isabel womöglich als Nächste unter die Haube kommt, da ihre Beziehung zu einem amerikanischen Geschäftsmann zunehmend an Fahrt gewinnt. Unsere Mutter verfolgt die Entwicklung mit größter Zufriedenheit und sonnt sich im Erfolg dieser vortrefflichen Heiratsaussichten, während sie sich zugleich mit der bevorstehenden Ballsaison und möglichen Eheoptionen für mich beschäftigt.

»Hast du gehört, wie Thomas seinen Cousin erwähnte, Beatriz?«, erkundigt sich meine Mutter von ihrem gewohnten Sitzplatz im Wohnzimmer aus.

Thomas ist Isabels Freund, dem es beim Werben um meine Schwester gelingt, sämtlichen Blumengeschäften von Palm Beach im Alleingang Hochkonjunktur zu bescheren. Ich kann mich nicht daran erinnern, jemals einem öderen Langweiler begegnet zu sein. Daher lässt sich auch unschwer erraten, dass sich meine Hoffnungen, was den Cousin betrifft, in äußerst engen Grenzen halten.

»Sein Cousin hat eine eigene Firma«, fügt sie hinzu. »Wirtschaftsprüfung, wenn ich mich nicht irre.«

Ich gebe ein unverbindliches Brummen von mir und konzentriere mich weiter auf den Fernseher. Unser Vater ist geschäftlich unterwegs, aber Isabel, Maria, unsere Mutter und ich sitzen noch am späten Abend dieses 8. November vor dem Fernseher im Wohnzimmer und warten auf die Ergebnisse der amerikanischen Präsidentenwahl.

Es ist merkwürdig, in einem Land zu leben, in dem Wahlergebnisse nicht von vornherein feststehen, und zu hören, wie aufgeregt die amerikanische Bevölkerung darüber spricht, wer ihr neuer Präsident sein könnte. Bis zur Revolution war meine gesamte Kindheit und Jugend von Batistas Präsidentschaft geprägt, dann, kurz vor seiner Flucht, ließ auch er eine Wahl durchführen, allerdings eine, die von Gerüchten über Wahlmanipulationen überschattet war. Wie alle wussten, hatte Batista schon im Vorfeld sichergestellt, dass einer seiner Handlanger ihn beerben würde.

Die heutige Wahl verfolgt keiner von uns mit größerer Spannung als Maria. Sie hockt auf der Couch mit Block und Stift in der Hand und kann es kaum erwarten, die ersten Ergebnisse mitzuschreiben. In ihrer Klasse behandeln sie gerade Staatsbürgerkunde, und jeden Tag erzählt sie uns nach der Schule etwas Neues, was sie soeben über die politischen Abläufe in Amerika gelernt hat. Um ehrlich zu sein, sind wir alle ein wenig sprachlos über die Begeisterung und die Leidenschaft, die sie für das Thema aufbringt. Womöglich hat sie sich dank ihrer Jugend am leichtesten in unser neues Leben hier eingefügt, obwohl wir uns ursprünglich alle Sorgen darum gemacht haben, welchen Tribut es gerade von ihr fordern würde. Ich versuche, mich daran zu erinnern, wie ich selbst mit fünfzehn war. Besaß ich damals auch diese Fähigkeit, mich nach Umbrüchen so schnell wieder zurechtzufinden, oder ist diese unbeschwerte Art, durchs Leben zu springen, eher eine spezielle Facette ihrer Persönlichkeit?

Der Rest von uns verfolgt die Wahlberichterstattung im Fernsehen, wo Chet Huntley und David Brinkley gerade die ersten Auszählungsergebnisse verlesen, mit unterschiedlichen Graden der Aufmerksamkeit. Meine Mutter etwa interessiert sich überhaupt nicht für Politik. Mein Vater hat im Vorfeld jede Meinungsäußerung zu dem Thema vermieden, und ich wäre nicht überrascht, wenn er zweigleisig gefahren ist und sich vorsorglich um gute Kontakte zu beiden Lagern bemüht hat. Nach unseren Erfahrungen in Kuba ist mir klar, dass für meinen Vater das Geschäftliche stets über allen ideologischen Fragen steht.

Wenn man den Presseberichten glauben kann, wird das Rennen zwischen Kennedy und Nixon tatsächlich extrem eng werden und ein Ergebnis erst in den frühen Morgenstunden des Mittwochs vorliegen. Mein eigenes Interesse an den Wahlen ist eher ganz spezieller Natur. Hängt die ausbleibende Kontaktaufnahme durch die CIA mit den Wahlen zusammen?

Wartet die CIA ab, um zu sehen, wer die neue Regierung stellt? Und wenn dem so ist, in welcher Weise wird der Wahlausgang unsere Pläne für Castro und Kuba beeinflussen?

Nixons Position ähnelt der von Präsident Eisenhower. Die Regierung unterstützt das kubanische Volk darin, ihre Ziele für ein modernes Kuba auf freiheitlichem Weg zu finden. Kennedy kritisiert diese Haltung, verurteilt Castros Regime als klar kommunistisch und prangert Eisenhowers – und Nixons – Weigerung an, etwas gegen Kubas Hinwendung zu den Sowjets zu unternehmen. Wenn ich Kennedy über Kuba sprechen höre, verspüre ich zugegebenermaßen ein gewisses Maß an Hoffnung. Es ist schon beruhigend zu sehen, dass jemand die politische Situation in meinem Heimatland als die Farce erkennt, die sie ist. Wird Kennedy aber auch die Pläne der CIA unterstützen, sollte er gewählt werden? Wird er militärische Maßnahmen gegen Fidel ergreifen? Die Hoffnung darauf genügt mir, um für Kennedy und seine Demokraten einzutreten. Dass er und Nick derselben politischen Partei angehören, erleichtert die Entscheidung natürlich zusätzlich.

Anderthalb Monate sind vergangen, seit ich Nick zuletzt gesehen habe. Seine Visitenkarte liegt in irgendeiner Schreibtischschublade, die Privatnummer ungenutzt. Was hätte ich auch sagen sollen? Dieser Flirt hat keine Zukunft, und es war ehrlich gemeint, als ich ihm sagte, dass ich keine Lust darauf habe, jemandes Verhältnis zu sein, geschweige denn jemands Ehefrau.

»Kennedy gewinnt Connecticut«, ruft Maria triumphierend und notiert das Ergebnis auf ihrem Block. »Und im landesweiten Vergleich liegt er auch vorn.«

Ihr Enthusiasmus bringt mich zum Lächeln trotz des wehmütigen Stichs, den ich zugleich verspüre.

Wie wird sie es verkraften, wenn wir nach Havanna zurückkehren? Selbst im günstigsten Fall ist es kaum vorstellbar, dass unser Land nicht eine schmerzhafte und tiefgreifende Übergangsphase durchmachen muss. Wird sie das gleiche Maß an Freiheit erfahren, das die Amerikaner in ihrem Land genießen? Wird ihre Stimme eines Tages in Kuba wirklich zählen?

Um uns herum ist alles im Wandel begriffen, hier wie zu Hause, und obwohl ich einst selbst so entschieden für Veränderung gekämpft habe, muss ich gestehen, dass ich mich inzwischen ein wenig davor fürchte. Grundsätzlich ist Wandel sicherlich gut, aber es gibt keinerlei Garantien, womit man am Ende tatsächlich dasteht, und unsere Erfahrung mit Fidel würde ich nicht einmal meinem ärgsten Feind wünschen.

Auch heute Abend scheint sich ein wachsender Trend zugunsten einer Wachablösung abzuzeichnen – weg mit dem Alten, her mit einer neuen Generation fotogener junger Männer aus privilegierten Verhältnissen und mit glanzvollen militärischen Biografien, die im Zuge von Kennedys Erfolg und der von ihm ausgelösten Welle der Euphorie ins Rampenlicht geraten. Nick würde perfekt in dieses Umfeld passen, und ich frage mich, wo er an diesem Abend wohl sein mag. Ob er in Hyannis Port neben seinem Freund Jack Kennedy sitzt und auf das Ergebnis der Stimmauszählung wartet, oder ob er daheim in Connecticut im Kreis seiner Familie an der Seite seiner Verlobten ist.

»Das Rennen wird immer knapper«, erklärt Maria, der inzwischen der Stift zwischen den Zähnen klemmt.

»Ich gehe schlafen«, verkündet unsere Mutter, tätschelt Maria den Kopf, nickt Isabel und mir zu und rauscht, eine Chanel-Wolke hinter sich herziehend, aus dem Zimmer. Da ich mich einer Unterhaltung über mögliche Ehekandidaten so beharrlich verweigert habe, handle ich mir einen strafenden Blick ein, von dem meine Schwestern verschont bleiben.

»Noch führt Senator Kennedy«, sagt Isabel, sobald unsere Mutter das Zimmer verlassen hat. »Wie sieht's denn bei den Wahlen zum Senat aus?«

Mir wird heiß. Um dem bohrenden Blick meiner Schwester zu entgehen, betrachte ich den Seidenbezug der Couch und zeichne mit den Fingern das Blumenmuster nach.

»Schätze, die kommen erst später«, antworte ich.

»Wenn er nicht gewinnt, würde das wahrscheinlich die ganze Situation vereinfachen«, flüstert Isabel.

»Ich hab nicht die geringste Ahnung, was du meinst.«

»Pst!«, mahnt Maria. »Ich kann nichts verstehen. Vizepräsident Nixon meldet sich zu Wort.«

Isabel ignoriert den Einwurf. »Beatriz.«

»Isabel«, gebe ich im selben Singsang zurück, wie ich es schon als Kind immer getan habe, um sie zu ärgern.

»Weißt du, was du da tust?«, fragt sie.

»In diesem Moment? Klar, ich sehe mir mit meinen Schwestern die Wahlberichterstattung an.«

»Die wirst du dir nicht mehr lange mit deinen Schwestern ansehen, wenn ihr beide nicht endlich ruhig seid«, zischt Maria durch ihre Zähne.

»Tu nicht so begriffsstutzig«, faucht Isabel und ignoriert Maria erneut.

Unter all meinen Geschwistern sind Isabel und ich diejenigen, die am häufigsten aneinandergeraten, da unsere Persönlichkeiten so verschieden sind. Elisa hat eine gewisse Lockerheit an sich, Maria ihre jugendliche Frische, und mein Bruder war wie eine zweite Hälfte von mir. Aber Isabel ist ungeachtet ihrer zurückhaltenden Art bemerkenswert stur, und wir sind stets wie Hund und Katze gewesen.

»Tu nicht so, als wüsstest du über meine Angelegenheiten Bescheid.«

»Ruhe«, schimpft Maria erneut.

»Ich hab's doch selbst gesehen – das mit dir und ihm in der letzten Saison«, erklärt Isabel mit hörbarem Missfallen in der Stimme.

»Das ist Monate her. Glaubst du etwa, ich würde für einen Kerl schwärmen, dem ich bloß ein paarmal in einem Ballsaal voller Menschen begegnet bin?«

»Und nächsten Monat? Wenn alle wieder nach Palm Beach zurückkehren?«

Habe ich daran gedacht, wie es sein wird, Nick wiederzusehen? Natürlich. Habe ich mich gefragt, ob er noch an mich denkt? Ob er die gemeinsamen Stunden inzwischen bedauert? Ob er sich bereits der nächsten Schwärmerei, der nächsten Affäre zugewandt hat?

Natürlich.

»Ich weiß wirklich nicht, worüber du redest. Du machst viel zu viel Wind um einen kleinen, beiläufigen Flirt.«

»Dein beiläufiges Flirten neigt nur leider häufig dazu, dem Rest von uns Scherereien einzubringen.«

»Also darum geht es hier! In Wahrheit machst du dir gar

keine Sorgen um mich, sondern bist nur um deinen guten Ruf besorgt.«

»Und wenn?«

»Lass mich raten. Dein heiß geliebter Verehrer möchte nicht mit irgendetwas Skandalösem in Verbindung gebracht werden.«

»Er ist Senator, Beatriz. Was hast du denn gedacht, was passieren würde? Seine Verlobte stammt aus den angesehensten Kreisen. Mach, was immer du willst, aber wenn du denkst, du könntest eine Affäre mit einem bekannten amerikanischen Politiker unterhalten und nicht den Preis dafür bezahlen, dann irrst du dich gewaltig. Wir alle werden die Konsequenzen deines Verhaltens zu spüren bekommen.«

»Ach ja, und dein Verhalten ist natürlich über jeden Tadel erhaben, was? Weiß denn dein Freund etwas über den Verlobten, den *du* auf Kuba zurückgelassen hast? Mit wie vielen Männern willst du dich noch verloben?«

Isabel läuft rot an.

»Seid ihr beide jetzt endlich still!«, schreit Maria. »Ich will mir die Wahlen ansehen.«

»Wen interessieren schon die Wahlen?«, keift Isabel zurück und springt beleidigt vom Sofa auf. Mit der Erwähnung ihres in Kuba zurückgebliebenen Verlobten habe ich eine unsichtbare rote Linie überschritten. Unsere Familie steckt voller Geheimnisse, Lügen und Wahrheiten, denen wir uns nicht zu stellen wagen, – und über die keiner spricht.

Isabel verlässt den Raum wort- und grußlos, und einen Moment lang spiele ich mit dem Gedanken, ihr zu folgen, werde aber vom Ausdruck auf Marias Gesicht zurückgehalten.

»Ich hasse diese Streitereien«, sagt sie.

Etwas verkrampft sich in meiner Brust. »Ich weiß. Aber manchmal streitet man sich eben am häufigsten mit den Menschen, die man liebt. Es bedeutet nicht, dass man sie nicht mag. Es bedeutet bloß, dass man nicht immer einer Meinung ist.«

»Es wäre einfacher, wenn wir alle einer Meinung sein könnten.«

Ich lache. »Aber auch viel langweiliger. Unterschiedlicher Ansicht zu sein, ist gar nichts Schlimmes, solange wir nur immer daran denken, dass wir letzten Endes auf derselben Seite stehen. In erste Linie sind und bleiben wir Perez.«

»Glaubst du, Isabel wird heiraten und ausziehen wie Elisa?«

»Gut möglich.«

»Wirst du auch heiraten und ausziehen wie Elisa?«

»Niemals.«

* * *

Ich wache davon auf, dass Maria mich schüttelt. Noch ganz benommen schaue ich in die begeistert strahlenden Augen über mir. Offenbar bin ich auf der hässlich geblümten Couch im Wohnzimmer eingeschlafen. Ich blinzele, gewöhne mich langsam an das dämmrige Licht im Raum und versuche zu erkennen, welche Tageszeit wir haben.

»Es ist vorbei.«

Die Wahlen.

Mein Herz beschleunigt sich. »Wer hat gewonnen?«

»Kennedy«, verkündet sie glücklich.

Nicks Freund wird also fünfunddreißigster Präsident dieses Landes, und dem amerikanischen Volk steht der Übergang von einer republikanischen Führung zu einer aus Demokraten bevor.

»Das ist gut«, murmle ich, und meine Augenlider werden wieder schwer.

»Er hat übrigens auch gewonnen«, flüstert Maria.

Zwei Gedanken gehen mir noch durch den Kopf, bevor der Schlaf mich übermannt. Zum einen, dass sogar meiner kleinsten Schwester die Gerüchte über Nick und mich bekannt sind. Und zum anderen, dass Isabel zwar recht hat und eine verlorene Wiederwahl die vagen Chancen auf eine Weiterführung der Beziehung zu Nick erheblich verbessert hätte, ich mich aber dennoch riesig über seinen Erfolg freue.

16

Jetzt nach den Wahlen richtet sich das Augenmerk der Leute auf Palm Beach und das »Winter White House«, wie es die Presse getauft hat. Alle suchen die Bekanntschaft mit den Kennedys, wollen Kontakt zum künftigen Präsidenten finden.

Plötzlich besitzt das noble Anwesen der Familie eine ganz neue Strahlkraft, sprechen die alljährlichen Winterbewohner der Stadt mit einem gewissen Stolz in der Stimme über ihre Nachbarn. In Palm Beach sind die Kennedys schon seit Jahrzehnten eine feste Größe, aber nun übernehmen sie ganz offiziell das Zepter in der amerikanischen Politik, und Palm Beach kann es kaum erwarten, ihren Triumph zu feiern. Als der frisch gewählte Präsident im vergangenen Monat am Flughafen von West Palm eintraf, begrüßte ihn dort eine enorme Menschenmenge, und auf den Bildern sah man Leute, die sich verzweifelt darum rissen, ihm die Hand zu schütteln und einen Blick auf den Mann zu erhaschen, der so viel Hoffnung im Land verbreitet.

Maria bettelte unsere Eltern an, doch auch hinzufahren, aber seit der Revolution bereiten große Menschenansammlungen meiner Mutter starkes Unbehagen. Vielleicht werden wir dem künftigen Präsidenten ja bei einer der gesellschaftlichen Ereignisse der Wintersaison persönlich begegnen, obwohl die

Kreise, in denen er und seine Familie verkehren, ein wenig exklusiver sind als die, in denen wir uns gewöhnlich bewegen. Wo er auch hinkommt, strömen die Menschen zusammen, um ihn aus nächster Nähe zu erleben, und sollte ihm nach geruhsamen Stunden am sonnenbeschienenen Strand sein, dann dürfte in Palm Beach daraus nicht viel werden, fürchte ich. Allgemein wird damit gerechnet, dass uns die bestbesuchte Saison seit vielen Jahren bevorsteht.

Morgens wache ich meist früh auf und gehe am Strand spazieren. Seit Elisa in Miami wohnt, bin ich noch mehr auf mich allein gestellt. Maria ist in der Schule, Isabel damit beschäftigt, Isabel zu sein, und Eduardo mal wieder unterwegs auf einer seiner »Geschäftsreisen«. Wir pflegen zwar keine Freundschaft, in der jeder ständig Buch darüber führt, wo der andere sich gerade aufhält, dennoch vermisse ich ihn mit jedem Tag mehr. Ich habe hier in Palm Beach keine richtigen Freunde, allenfalls gesellschaftliche Kontakte, und mir fehlen Menschen, in deren Gegenwart ich völlig ungezwungen ich selbst sein kann.

Die Treffen der Gruppe in Hialeah besuche ich weiterhin, habe jedoch den Eindruck gewonnen, dass es mehr oder weniger bloß ein Gesprächskreis von Leuten ist, die Männer wie Castro und Chruschtschow verehren, denen die Lektüre der Werke von Lenin und Marx Vergnügen bereitet und die gerne gegen den amerikanischen Präsidenten und den Kapitalismus wettern. Einerseits sind dies natürlich die Diskussionen, derentwegen ich mit meinen Eltern darum stritt, an die Uni gehen zu dürfen, andererseits zwingt mich die Ausgangslage dazu, meine eigene Meinung zu verheimlichen, und so kann ich dem mächtigen Drang zu widersprechen, wenn sie kommunistische Phrasen wie Heilsbotschaften verkünden, leider nicht nachgeben.

Am meisten interessiert mich noch immer das kubanische Brüderpaar und deren Rolle in der ganzen Sache. Genau wie ich beteiligen sie sich zwar an den Gesprächen, ereifern sich dabei aber weit weniger als die Amerikaner in der Runde. Ihrer Familie scheint irgendeine Art von Geschäft in Hialeah zu gehören, doch sie reagieren überraschend verschlossen, wenn ich mich nach Dingen erkundige, die nur im Entferntesten persönlicher Natur sind, und ich habe die Versuche mittlerweile weitgehend eingestellt aus Angst, ansonsten ihren Verdacht zu erregen.

Claudia ist bislang nicht in Erscheinung getreten, und ihr Name ist auch seit meiner Kontaktaufnahme mit der Gruppe nicht mehr erwähnt worden.

Die Mitglieder der Gruppe bezeichnen Kubaner, die in den letzten Monaten aus dem Land geflohen sind, immer wieder als Verräter oder »mieses Pack«, und ich kann meinen Zorn darüber nur schwer zügeln. Infolge der wachsenden Beschneidung ihrer Freiheiten durch Fidel mussten tatsächlich mehr und mehr unserer Bekannten aus Kuba fliehen. Einige haben sich gleich in Südflorida angesiedelt, andere sind weiter ins Land gereist, manche sogar nach Übersee. Wie Fidel selbst wohl diesen Exodus betrachtet? Freut er sich womöglich hämisch über jede prominente Familie, die Havanna verlässt?

Ich erreiche einen menschenleeren Strandabschnitt und lasse mich in den Sand fallen. Ich starre aufs Meer hinaus und höre dem Rauschen der aufschlagenden Wellen zu. So früh am Morgen ist es noch windig und kühl. Erst in einigen Stunden wird die Sonne ihre volle Kraft erreichen. Ein Pärchen schlendert, ins Gespräch vertieft, an mir vorbei. Ihre Körperhaltung und die leicht zueinander gebeugten Köpfe verraten eine Vertrautheit, die über Jahre gewachsen ist.

Ich ziehe die Knie an die Brust und verfolge, wie ihre Silhouetten langsam in der Ferne verschwinden.

Einige Hundert Meter hinter dem Pärchen kommt ein Mann in heller Leinenhose und weißem Hemd den Strand herauf. Mein Blick huscht kurz über ihn, bemerkt die ausgezogenen Schuhe, die in seiner Hand baumeln, und kehrt dann zu den Wellen zurück, in die ich so gerne meine Füße tauchen würde. Ich will gerade aufstehen, um der Versuchung nachzugeben, da fällt mir auf, dass der Mann angehalten hat und beharrlich in meine Richtung sieht. Plötzlich fügt sich alles zusammen, wie wenn Puzzlesteine unvermittelt an die richtige Stelle fallen: Der Schnitt seines Hemds, die breiten Schultern, der gebräunte Teint, die ernsten blauen Augen, der Körper, von dem ich jedes intime Detail kenne.

Ich blinzle.

Er ist noch immer da.

Während er mit einigen langen Schritten die verbliebene Distanz überwindet, stehe ich mit wackligen Beinen auf und klopfe mir den Sand von der Kleidung.

»Hallo«, sagt er.

Ich habe mich schon gefragt, wann er nach Palm Beach kommt, und manchmal sogar befürchtet, er würde die Saison in diesem Jahr vielleicht ganz auslassen. Aber jetzt ist er da.

»Hallo«, gebe ich zurück.

Eine Windböe weht zwischen uns hindurch. Dann tritt Nick dicht an mich heran, und seine Lippen berühren flüchtig meine Wangen, bevor er sich wieder löst.

Mein Herz klopft wie wild.

»Woher hast du gewusst, wo du mich findest?«

»Ich habe bei euch geklingelt. Ich weiß, das war dämlich. Deine Schwester Isabel hat mir erzählt, dass du gerne am Strand spazieren gehst.«

»Bist du meiner Mutter begegnet?« Bitte, bitte, nur das nicht!

Nick schüttelt den Kopf.

Gott sei Dank, wenigstens etwas. Ich will mir gar nicht ausmalen, was für ein Theater sie darum veranstalten würde, dass ein Senator aus reichem Haus mich sehen möchte.

»Ich wollte nicht warten, bis wir uns auf irgendeiner Party über den Weg laufen und alle uns anstarren und tuscheln und herumspekulieren. Außerdem kannte ich deine Pläne nicht, war mir nicht mal sicher, ob du die Saison überhaupt hier verbringst oder nach Kuba zurückgekehrt bist, oder ob du mittlerweile irgendwo anders lebst oder ob …«

»Ich freue mich, dich wiederzusehen«, platze ich dazwischen.

»Ich freue mich auch, dich wiederzusehen. Lust, ein wenig zu laufen?«

Es ist alles noch sehr ruhig, da die Saison offiziell erst in ein paar Tagen startet. Was kann ein unschuldiger Strandbummel da schon groß schaden?

Ich nicke.

Wir schlendern in östlicher Richtung weiter. Nick passt seine Schritte den meinen an.

Ich werfe ihm einen Seitenblick zu. »Gratuliere zur Wiederwahl.«

»Vielen Dank.«

»Das muss eine enorme Erleichterung gewesen sein.«

Nichts fühlt sich so falsch an, wie höfliche Konversation zu machen, wenn einem ganz andere Dinge auf der Zunge liegen.

Nick scheint meine Gedanken erraten zu haben und lächelt. »Das war es.«

»Und der Ausgang der Präsidentenwahl dürfte dir auch gefallen.«

Sein Lächeln wird breiter. »Allerdings.« Er schweigt einen winzigen Moment. »Unterhalten wir uns jetzt nur noch über unverfängliche Dinge wie Politik und Wetter?«

»Ist Politik unverfänglich? Ich dachte, es hätte die gleiche Brisanz wie Gespräche über Religion.«

»Stimmt. Also dann das Wetter. Heute ist wirklich ein besonders schöner Tag, findest du nicht?«

»Oh, sehr schön. Nein, ich will nicht über das bescheuerte Wetter sprechen.«

»Und worüber möchtest du sprechen?«

Über die Art, wie wir verblieben sind. Was er getan hat seit unserer letzten Begegnung. Ob er seine Verlobte wirklich liebt. Ob der Hochzeitstermin inzwischen feststeht. Ob eine andere mit ihm im Bett gelegen hat, seit wir uns getrennt haben.

»Das ist nicht fair, weißt du«, sage ich stattdessen. »Du hast heute nach mir gesucht, während ich nicht die geringste Ahnung hatte, dich zu treffen. Schon gar nicht heute und auf diese Weise. Also gib mir gefälligst etwas Zeit, zu dir aufzuschließen.«

Er bricht in schallendes Gelächter aus.

»Du hast gerade exakt beschrieben, wie ich mich fühle, seit ich dich in diesem Ballsaal gesehen habe. Tut mir schrecklich leid, aber da kannst du kein Mitgefühl von mir erwarten. Ich versuche mittlerweile seit fast einem Jahr, zu dir aufzuschließen.«

Erleichterung durchströmt mich. »Du hast mich vermisst?«

»Mehr als du dir vorstellen kannst.«

»Du hast aber nicht versucht, Kontakt aufzunehmen.«

»Mir war nicht klar, ob dir das recht ist. Du hast nie angerufen.«

»Ich hielt es für unvorsichtig. Außerdem wusste ich nicht, was ich sagen soll.«

»Ich dachte, unvorsichtig zu sein kümmert dich nicht.«

»Vielleicht bemühe ich mich ja, etwas mehr Rücksicht zu nehmen.«

»Sorgst du dich etwa um meinen Ruf?«, fragt er in leicht ungläubigem Ton.

Ich zucke mit den Achseln. »Du bist derjenige, der etwas zu verlieren hat.«

»Und was ist mit deinem Ruf?«

»Wie bereits gesagt, habe ich nicht vor zu heiraten. Solange mein Ruf meiner Familie also keinen allzu großen Ärger verursacht, interessiert es mich herzlich wenig, was die Leute über mich reden.«

»Weil das alles nur vorübergehend ist und du weiterhin planst, nach Kuba zurückzukehren?«

»Genau.«

»Ich suche hier irgendwie nach dem richtigen Weg. Ich

meine, auch wenn ich bislang keineswegs wie ein Mönch gelebt habe, bin ich doch noch nie mit jemandem zusammen gewesen, der so …«

»Jung ist?«, beende ich den Satz für ihn.

»Das auch, aber das ist es nicht allein.«

»Unschuldig?« Das Wort auszusprechen und dabei eine ernste Miene zu behalten, ist gar nicht so einfach. Trotz meiner geringen Erfahrung auf sexuellem Gebiet kann ich mir nur schwer vorstellen, dass jemand mich so bezeichnen würde.

»Nein, ich denke, ich möchte dein Leben nur nicht verkomplizieren.«

»Mach dir darüber mal keine Sorgen. Dafür hat Fidel schon zur Genüge gesorgt.«

»Ich möchte aber auch nicht nur die Ablenkung sein, die dir zu vergessen hilft. Die dir hilft, den Schmerz zu betäuben.«

»Das bist du nicht.«

»Und damit wären wir beide jetzt genau was?«, fragt er.

»Warum müssen wir das unbedingt klären? Kann das nicht einfach etwas Eigenes bleiben, etwas nur zwischen uns beiden?«

»Gibt es demnach jetzt ein ›uns‹?«

»Das musst du beantworten. Ich bin nicht diejenige, die verlobt ist. Und deiner Verlobten möchte ich auch ungern wehtun, obwohl es dafür inzwischen längst zu spät sein dürfte.«

»Ich weiß. Aber so verhält es sich gar nicht. Ich meine, das klingt jetzt natürlich schrecklich schäbig. Aber es ist eben nicht … Wir haben nie … Sie liebt mich nicht, und ich liebe sie nicht. Darum geht es also nicht. Auch ich will ihr nicht wehtun, möchte nicht für Klatsch sorgen, der sie in Verlegenheit bringt. Oder meine Familie. Oder dich.«

»Dann sollten wir besser nicht länger hier am Strand herumlaufen«, sage ich und füge leichtsinnigerweise hinzu: »Weißt du was anderes?«

* * *

Nick führt mich ein Stück weiter am Meer entlang, vorbei an Villen, deren Fenster noch bis zur Rückkehr ihrer Bewohner mit schweren Holzläden verschlossen sind. In der Nähe des *Breakers Hotel* halten wir vor einem leer stehenden Haus.

Meine Familie und ich leben in einer weniger vornehmen Gegend der Insel, wobei es schlechte Viertel hier im Grunde überhaupt nicht gibt. Alles, was diesseits der Brücke liegt, zählt zu einer Enklave der Reichen und Privilegierten.

»Wem gehört es?«, frage ich.

Eine großzügige Veranda und ein von Hecken umsäumter Pool liegen zum Meer hin, während das Haus ein wenig zurückversetzt ist. Über seine gesamte Rückfront hinweg zieht sich eine lange Reihe hoher Glastüren. Es muss herrlich sein, von dort oben den Sonnenaufgang zu beobachten.

»Mir«, antwortet er mit einem gewissen Stolz in der Stimme. »Ich habe es vor ein paar Monaten gekauft. Als es im vergangenen Oktober auf den Markt kam, habe ich meinen Anwalt beauftragt, ein Angebot zu machen.«

»Es ist bezaubernd.«

»Der Blick hat für mich den Ausschlag gegeben. Ich habe mir ausgemalt, wie ich hier draußen stehe und dem Rauschen der Wellen zuhöre. Da ich im Herbst gerade mitten im größten Wahlkampftrubel steckte, fand ich die Idee von etwas Ruhe und Frieden enorm verführerisch. Meine Familie besitzt zwar auch ein Haus auf der Insel, aber mit Entspannung und Ruhe ist es da nicht weit her. Es herrscht ein ständiges Kommen und Gehen von Verwandten. Sämtliche Gästezimmer sind dauernd mit irgendwelchen Besuchern belegt. Ich war der Meinung, dass es Zeit wird, mir was Eigenes zu suchen.«

»Kann ich nachvollziehen. Manchmal würde ich meinem Zuhause auch gerne entfliehen. Diese Morgenspaziergänge geben mir zumindest die Möglichkeit, mal einen klaren Kopf zu bekommen. Mit seiner Familie unter einem Dach zu wohnen, ist eben Fluch und Segen zugleich.«

»Das stimmt. Möchtest du dich mal drin umschauen?«

»Liebend gern«, antworte ich. Allerdings frage ich mich im selben Moment, ob ich es damit nicht bloß schlimmer mache. Wird mir dann nicht umso anschaulicher vor Augen stehen, wie er hier gemeinsam mit seiner Verlobten lebt?

»Sollte es irgendwann so weit sein, möchte Katherines Vater uns zur Hochzeit gerne ein Haus schenken«, fügt er hinzu, als hätte er erraten, welche Gedanken mir durch den Kopf gehen.

»Und wofür dann dieses Haus?«

Mit seinen gewölbten Decken und der eleganten Innengestaltung macht es nicht unbedingt den Eindruck eines Liebesnests, oder ist es das womöglich doch? Ein kostspieliges Haus, in dem eine Geliebte untergebracht werden soll?

»Eine Geldanlage. Ein Luxus, den ich mir gönne. Vielleicht verkaufe ich es wieder, wenn ich verheiratet bin, oder ich vermiete es an Leute, die zur Saison hier runterkommen.« Seine

Züge werden ernst. »Es ist nicht, was du denkst. Ich habe die Familie gekannt, der es früher gehört hat, und ich habe dieses Haus schon immer geliebt. Als ein Freund von mir beiläufig erwähnte, dass es zum Verkauf steht, war die Chance, es zu besitzen und gleichzeitig einen eigenen Ort zu haben, an den ich mich zurückziehen kann, einfach zu verlockend. Und ja, mag sein, dass ich mir vorgestellt habe, wie du neben mir auf dieser Terrasse stehst. Ich habe tatsächlich gehofft, dass sich dazu eine Gelegenheit bietet, sollte ich dir hier wieder begegnen. Seit New York ist kein Tag vergangen, an dem ich nicht an dich denken musste.«

Mir sind schon so einige höchst eindrucksvolle Schmeicheleien gesagt worden, aber die Aufrichtigkeit, die in seinen Worten durchklingt, berührt mich stärker als alles andere. Bei den vielen Täuschungen und Verstellungen, die mein Leben derzeit bestimmen, ist seine Ehrlichkeit eine willkommene Abwechslung, selbst wenn die tatsächliche Art unserer Beziehung doch wieder zu Diskretion und Verschwiegenheit zwingt.

Ich nehme seine Hand. »Zeig mir den Rest des Hauses.«

Hand in Hand schlendern wir von Raum zu Raum. Der Marmorboden fühlt sich kühl an unter meinen nackten Füßen. Das Mobiliar ist mit strahlend weißen Laken bedeckt.

»Es ist noch nicht komplett eingerichtet, daher wohne ich derzeit noch im *Breakers*. Die Arbeiten alle von Washington aus zu organisieren, erschien mir zu umständlich. Außerdem wollte ich möglichst schnell herkommen.« Er legt seinen Arm um meine Taille, streicht mit den Lippen über meine Schläfe. »Ich habe mich schrecklich nach dir gesehnt.«

»Sei besser vorsichtig«, necke ich ihn, auch wenn seine

Worte mir fast den Atem rauben. »Langsam hörst du dich an wie ein Mann, der erste rebellische Züge entwickelt.«

Er lacht. »Durchaus denkbar.«

Am Ende landen wir im Schlafzimmer, so selbstverständlich, als wäre dies von Beginn an unser Ziel gewesen. Der riesige Raum bietet einen grandiosen Blick aufs Meer. Durch die großen Fenster, die eine ganze Wandseite einnehmen, dringt das Geräusch der Wellen. Das erhöht auf einem Podest stehende Bett wirkt wie aus einem vornehmen Herrenhaus irgendwo in Europa. Ein einzelnes weißes Laken liegt über der Matratze.

Sollte ich später einmal etwas in meinem Leben bedauern, dann lieber Gelegenheiten, die ich ergriffen habe, als verpasste Chancen.

Ich lasse seine Hand los, setze mich auf die Bettkante, stütze mich nach hinten auf die Ellbogen und schaue zu ihm hoch.

Dann strecke ich einen Arm aus und ziehe ihn zu mir. Sekunden später pressen sich seine Lippen an meine zu einem Kuss, auf den ich Monate gewartet habe.

Der Kuss entspricht allem, was ich in Erinnerung habe, und wieder einmal ähneln wir einem Zug, der geradewegs dabei ist, vom Gleis zu springen. Ich möchte um keinen Preis von Bord.

Von nun an habe ich ein Ziel vor Augen, wenn ich zu meinen morgendlichen Spaziergängen aufbreche, und die Einsamkeit ist höchst willkommen, da ich ja auf dem Weg zu ihm bin. Nick hält sich diese Stunden in seinem Terminkalender bewusst frei. Die Laken über den Möbeln sind inzwischen verschwunden, doch das Personal kommt lediglich an wenigen Tagen die Woche und ist zu diesen Uhrzeiten praktischerweise stets abwesend. Ich wollte nie nur das Verhältnis von jemandem sein, und während wir beide es mit größter Sorgfalt vermeiden, meiner Rolle offen einen Namen zu geben, tun wir zugleich so, als wäre dies unser gemeinsames Heim und ich die Hausherrin an seiner Seite. Ich habe einen eigenen Schlüssel, und manchmal, wenn er nicht da ist, mache ich es mir auf einem der Sofas mit einem Buch gemütlich, lausche dem Meer und genieße die Aussicht und die Pause von meiner Familie. An anderen Tagen sitze ich hier und warte darauf, dass er von einem der zahlreichen Termine zurückkehrt, die er wahrnehmen muss.

Heute Morgen ist Nick früh fortgegangen, da er mit Kennedy und einigen von dessen Freunden im Palm Beach Country Club zum Golfen verabredet war. Jetzt schrecken mich die zuschlagende Haustür und die Schritte auf dem Marmor aus meiner Lektüre. Ich lege das Buch beiseite, stehe auf und sehe ihn in diesem Moment ins Wohnzimmer treten.

»Hallo, mein Schatz, ich bin zu Hause«, witzelt Nick, durchquert den Raum und gibt mir einen Kuss.

»Dein Drink ist schon fertig«, erwidere ich im gleichen Tonfall und reiche ihm seinen Old-Fashioned.

»Wie überaus heimelig.«

Ich lache. »Freu dich mal lieber nicht zu früh. An der Bar kenne ich mich noch ganz gut aus, aber die Küche ist für mich ein Buch mit sieben Siegeln, und das Kochen überlasse ich lieber geschickteren Händen.«

»Nur zur Klarstellung: Mir gefallen deine Hände sehr gut, und ich halte sie für äußerst geschickt.«

Ich nehme mit breitem Grinsen wieder meinen Platz auf dem Sofa ein, ziehe die Beine an und hocke mich auf die Fersen. »Wie war's beim Golf?«

»So was hab ich noch nicht erlebt.« Nick nippt an seinem Glas. »In ganzen Scharen kamen die Leuten an, nur um einen Blick auf ihn zu werfen oder zu versuchen, ihm die Hand zu schütteln. Es war ein richtiger Ansturm. Ich verstehe gar nicht, wie er das permanent aushält. Stell dir nur vor, wie es sein muss, wenn er mal was mit Jackie und den Kindern unternehmen will.«

»Sie lieben ihn eben.«

»Viele schon.« Nicks Mund wird vor Anspannung zu einem schmalen Strich. »Den Job des Secret Service macht es allerdings nicht einfacher. Bei diesen Menschenmengen und dem ständigen Gedränge steigt natürlich das Risiko für ihn.«

Für Kennedy und jeden in seiner Umgebung.

Ein paar Tage zuvor erst ist ein ehemaliger Postmitarbeiter verhaftet worden, der sich im Ruhestand als Attentäter versuchen wollte. Auf einen Tipp hin hielt die Polizei ihn bei einer Straßenkontrolle an und fand prompt das Dynamit, mit dem er einen Anschlag auf den künftigen Präsidenten plante. Der Vorfall hat uns allen auf ernüchternde Weise vor Augen geführt, dass auch die Sicherheitsmaßnahmen um Kennedy herum keineswegs unüberwindlich sind und dass Männer wie Nick allein schon wegen ihres politischen Amts in ständiger Gefahr schweben.

»Machst du dir Sorgen?«, frage ich.

»Er nimmt die Sache zum Glück nicht auf die leichte Schulter. Ebenso wenig wie der Secret Service. Doch Schwachstellen bleiben immer. Jack möchte ein Präsident des Volkes sein, möchte den Menschen das Gefühl geben, dass sie ihm und seiner Familie ganz nahe sind. Doch je stärker man sich öffnet, desto leichter finden auch die Falschen ihre Lücke.«

»Fürchtest du manchmal auch um deine eigene Sicherheit?«

»Ich um meine?«, wiederholt er ungläubig und schüttelt den Kopf. »Ich bin bloß irgendein unbedeutender Senator aus Connecticut. Ab und zu gehen in meinem Büro Drohungen ein, aber ich bezweifle stark, dass die ernst gemeint sind. Beim Präsidenten dagegen liegen die Dinge ganz anders.«

Ich schlinge meine Arme um ihn. »Ich habe trotzdem noch immer Angst um dich.«

»Mir passiert schon nichts.« Er stellt sein Glas auf dem Tisch neben mir ab und nimmt mich in die Arme. »So einfach wirst du mich nicht los.«

Nachdem sämtliche Familienfeiern glücklich überstanden sind, feiern wir am 26. Dezember unser ganz privates Weihnachten. Palm Beach erstrahlt in diesen Tagen an allen Ecken und Enden im Festtagsglanz, und die Kirchenbänke der St. Edward's Catholic Church sind bis auf den letzten Platz gefüllt. Jeder hofft, den nächsten US-Präsidenten persönlich zu Gesicht zu bekommen.

Nick schenkt mir ein kostbares Diamantarmband, das ich meiner Familie gegenüber nun irgendwie als Modeschmuck verkaufen muss. Ich habe ihm von einem Teil meiner CIA-

Einnahmen in einem Laden an der Worth Avenue eine Uhr gekauft und es sehr genossen, endlich nicht mehr von den finanziellen Zuwendungen meiner Familie abhängig zu sein. Meiner Mutter und meinem Vater mache ich weis, bei einer erfundenen Freundin zu übernachten, was Nick und mir das seltene Vergnügen beschert, die gesamte Nacht miteinander verbringen zu können. Spätabends wagen wir uns auf den verwaisten Strand hinaus, um im Meer zu schwimmen, und morgens wachen wir nebeneinander auf, haben reichlich Zeit für Zärtlichkeiten und ein gemütliches Frühstück im Bett.

Ich erkundige mich nicht nach den Einzelheiten seines Weihnachtsfests, und auch er berichtet von sich aus nichts Näheres. Wie mir zu Ohren gekommen ist, hält sich allerdings seine Verlobte inzwischen ebenfalls in der Stadt auf, und so stimmen Nick und ich unsere gesellschaftlichen Termine penibel aufeinander ab, um zu vermeiden, dass wir einander im herrschenden Veranstaltungstrubel versehentlich irgendwo über den Weg laufen.

Silvester verbringe ich zu Hause. Die letzte Silvesterfeier, die ich besucht habe, war die, auf der uns die Nachricht erreichte, dass Präsident Batista geflohen und unsere Familie Fidel hilflos ausliefert war. Seitdem steht mir nicht mehr der Sinn danach, das neue Jahr mit viel Lärm und Champagner zu begrüßen, da der Anlass für mich eher einen ernsten als einen fröhlichen Hintergrund besitzt.

Am nächsten Morgen lese ich in der Zeitung, dass Nick den Abend auf der Party der Coconuts verbracht hat, der ältesten und exklusivsten Veranstaltung, die Palm Beach zu bieten hat. Angeblich liegt die Organisation der Feier in der Hand eines geheimen Zirkels, dessen Mitglieder jeweils eine Handvoll Gäste einladen dürfen. Meine Mutter lamentiert schon seit Tagen darüber, dass wir nicht zu den Auserwählten zählen, und ich kann mir lebhaft vorstellen, wie geschockt sie wäre, wenn sie wüsste, dass ich mit einem dieser Coconuts ein paar Meter weiter am Strand quasi zusammenlebe und nicht gewillt bin, diese Beziehung zu meinem gesellschaftlichen Aufstieg zu nutzen.

Nach dem Jahreswechsel kehrt Nick für die Arbeitswoche an seinen Schreibtisch in Washington zurück und pendelt an den Wochenenden nach Palm Beach. Ich behalte meine Morgenspaziergänge bei und verbringe viele Stunden für mich allein. Wir haben bestimmte Uhrzeiten verabredet, zu denen Nick täglich im Strandhaus anruft, und dank der Freiheit, die uns dieser ganz private Ort gewährt, bleibt das frühere Gefühl, unendlich weit voneinander getrennt zu sein, jetzt aus. Auch wenn ich einst von einem gemeinsamen »Liebesnest« nichts hören wollte, so weiß ich inzwischen doch die Annehmlichkeiten, die es mit sich bringt, zu schätzen, und Zweckmäßigkeit siegt über Stolz. Dennoch sind selbst die Mauern einer solchen Villa nicht in der Lage, uns den Rest der Welt mit all ihren Problemen vom Leib zu halten.

An einem Dienstag ruft Nick abends an, und seine Stimme klingt äußerst besorgt.

»Was ist los?«, frage ich.

»Wir haben unsere Botschaft in Havanna geräumt. Das Personal ist bereits an Bord eines Fährschiffs und auf dem Heimweg. Präsident Eisenhower hat beschlossen, sämtliche diplomatischen und konsularischen Beziehungen mit Kuba abzubrechen.« Er verstummt, als würde er abwägen, ob es von Vorteil ist, mir noch mehr anzuvertrauen. Die Grenze zwischen Liebhaber und Politiker bleibt hauchdünn. »Es gehen Gerüchte um, dass Piloten in Miami Übungen abhalten, bei denen sie nachts ohne Licht landen. Das alles geschieht unter größter Geheimhaltung.«

Mein Herz schlägt schneller. »Planen sie etwa eine Invasion?«

Ist Eduardo deshalb ständig so beschäftigt und kommt gar nicht mehr nach Palm Beach?

Ich bin auf zwei weiteren Treffen mit den Kommunisten in Miami gewesen, aber dies ist das erste Mal, dass ich von amerikanischen Plänen für eine Invasion auf Kuba höre. Vertrauen sie mir womöglich noch immer nicht genug, oder verfügen sie einfach nicht über die nötigen Informanten in Kreisen der Exilkubanern?

»Keine Ahnung«, antwortet Nick.

»Du könntest es rausfinden.«

Er schweigt.

»Glaubst du, es wird Krieg geben?«, frage ich.

»Ich weiß es nicht. Die ganze Situation hat sich enorm verkompliziert, seit Fidel auf gut Freund mit den Sowjets macht. Damit wird er zu einer größeren Bedrohung für uns, aber auch zu jemandem, den wir nicht zu ruppig anpacken sollten.«

»Wäre eine kriegerische Lösung denn so schlecht?«

»Setz deine Hoffnungen nicht auf Krieg, Beatriz. Krieg ist eine entsetzliche, eine grauenvolle Angelegenheit, und was dabei herauskommt, würde dir am Ende womöglich nicht mal gefallen.«

»Allzu viel Wunschdenken kann ich mir nicht mehr leisten«, erwidere ich. »Um Fidel zu stürzen, führt an einem gewaltsamen Akt mittlerweile kein Weg mehr vorbei.«

»Das ist es ja, was mir Angst bereitet«, antwortet Nick düster.

17

An einem klaren, kalten Freitag im Januar, an dem Schnee in den Straßen liegt, wird Fitzgerald Kennedy zum fünfunddreißigsten Präsidenten der Vereinigten Staaten vereidigt, und die Nation jubelt. Nach Kennedys Amtseinführung tauscht Nick Sand gegen Schnee und verbringt deutlich mehr Zeit in Washington. Zwischen seiner Arbeit und seinen gesellschaftlichen Verpflichtungen bleiben nur noch wenige gemeinsame Stunden, auf die wir uns konzentrieren. Immer häufiger beschäftigt mich die Frage, wie lange ich dieses heimliche Spiel noch aufrechterhalten kann.

Durch Nicks Abwesenheit bin ich weitgehend mir selbst überlassen, und oft schlendere ich in meiner Freizeit allein durch das Strandhaus, nicht zuletzt um den Hochzeitsvorbereitungen zu entfliehen, die im Hause meiner Eltern das alles beherrschende Thema sind. Vor einer Woche hat Isabels Verehrer um ihre Hand angehalten, und seitdem bereiten meine Mutter und sie die Hochzeit mit derselben Gründlichkeit und zielgerichteten Entschlossenheit vor, mit der Generäle einen kriegsentscheidenden Schlachtplan ausarbeiten würden. Wenn ich sehe, wie meine Mutter über der Einladungsliste brütet und eine prominente Familie nach der anderen einfügt, muss ich mir auf die Zunge beißen. Schließlich ist jedem klar, dass die meisten dieser Menschen beim Anblick der Namen auf der elfenbeinfarbenen Karte nur verächtlich schnauben und die Einladung dann komplett ignorieren werden.

Wir reden zwar nicht offen darüber, aber der Reichtum von Isabels künftigem Ehemann gründet auf einer Kette von Eissalons – womit er einem Berufsstand angehört, den meine Mutter früher keiner Beachtung für wert gehalten hätte. Heute sieht sie in dieser Partie jedoch einen Glücksfall, und der protzige Diamantring an Isabels Hand gibt meiner Mutter etwas, mit dem sie vor ihrem kleinen Kreis von Freundinnen angeben kann.

Bald sind also nur noch Maria und ich zu Hause übrig, und die nicht eben diskreten Versuche meiner Mutter, mich mit dem Cousin von Isabels Bräutigam zu verkuppeln, werden von Tag zu Tag nachdrücklicher. In diesem Zusammenhang erkundigt sie sich auch immer häufiger danach, wo ich gewesen bin, und zeigt ein vollkommen ungewohntes Interesse daran, was ich tagsüber so tue.

So platzt meine Mutter auch, ohne anzuklopfen, in mein Zimmer, als ich mich gerade für ein Treffen mit Mr. Dwyer fertig mache.

Ich werfe einen raschen Blick auf meine Uhr. Wenn ich pünktlich sein will, muss ich in einer Viertelstunde los. Mr. Dwyer ist nicht unbedingt der Typ, den man gerne warten lässt.

»Wohin willst du?«, fragt meine Mutter und mustert erstaunt den knielangen Rock, die cremefarbene Bluse und die flachen Laufschuhe.

Nicht ganz mein üblicher Stil.

»Mittagessen mit Freunden«, antworte ich.

»Jemand, den ich kenne?«

»Ich denke nicht.«

Ich tupfe etwas Parfüm hinter die Ohren und an meine Handgelenke.

»Thomas kommt zu Besuch«, erklärt sie. Thomas ist Isabels Verlobter. »Sie wollen gemeinsam die Hochzeitpläne durchgehen. Ich hätte gerne, dass du dabei bist.«

»Ich kann mir nicht vorstellen, dass ihnen an meiner Meinung gelegen ist, immerhin haben Isabel und ich nicht wirklich den gleichen Geschmack.«

Die Garderobe meiner Schwester wird von unauffälligen Beigetönen beherrscht.

»Mir geht es nicht um deine Meinung. Mir geht es darum, dass du einen guten Eindruck auf Thomas machst.«

»Warum? Was spielt es für eine Rolle, was er von mir hält? Er heiratet doch nicht mich, er heiratet Isabel.«

»Es ist fast Februar, Beatriz.«

»Das stimmt.«

»Die Saison ist vorbei, eh du dich versiehst, und was wird dann aus dir? Wieder ein Jahr verloren, ein Jahr älter, ein Jahr unverheiratet. Der Cousin von Thomas würde so gut zu dir passen.«

»Warum? Weil er Geld hat? Weil ich einen Ehemann brauche? Wir sind ihm noch nie begegnet. Du weißt nicht das Geringste über ihn.«

»Ich weiß, dass du wahrscheinlich eine Chance bei ihm hättest. Wenn du so weitermachst wie jetzt, wird kein Mann dich haben wollen.«

»Was soll denn das nun wieder heißen?«

»Meinst du etwa, mir ist nicht aufgefallen, wie häufig du inzwischen deine ausgedehnten Spaziergänge unternimmst? Wie oft du über Stunden verschwunden bist?«

Richtet sich ihr Verdacht jetzt auf meine politischen Aktivitäten oder auf meine Beziehung zu Nick?

»Vielleicht sollte ich besser mit deinem Vater darüber sprechen«, fügt sie scharf hinzu. »Er gewährt dir viel zu viel Freiheiten.«

Meine Eltern haben die Erziehung ihrer Kinder stets anderen überlassen, und so stehen wir uns nicht besonders nahe, aber der Zorn, der in ihrem Ton und ihren verzerrten Zügen zum Ausdruck kommt, überrascht mich doch.

»Was auch immer du im Schilde führst, du wirst damit aufhören«, fährt sie fort. »Ich werde nicht zulassen, dass du diese Familie ruinierst. Unser Ansehen und unser guter Ruf sind alles, was wir haben.«

Ich lache ohne jede Spur von Freude. »Das ist hier nicht Kuba. Und wir sind auch nicht die Familie, die wir mal waren. Siehst du denn nicht, dass wir bereits ruiniert sind?«

Ihre Wangen laufen rot an vor Wut. »Jetzt gehst du zu weit.«

»Ich muss los, sonst komme ich zu spät.«

Ohne ihr Gelegenheit zu einer Antwort zu geben, marschiere ich zur Tür hinaus und mache mich auf den Weg zu meinem Treffen mit Mr. Dwyer.

* * *

»Erzählen Sie mir, welchen Eindruck die Hialeah-Gruppe auf Sie macht«, fordert Mr. Dwyer mich auf, als wir uns im Schnellrestaurant in Jupiter am selben Tisch wie im Vorjahr gegenübersitzen. Ich bin selbst gefahren, da Eduardo sich weiterhin verdächtig rar macht.

Noch immer ein wenig durcheinander von der Auseinandersetzung mit meiner Mutter trinke ich einen Schluck Kaffee, bevor ich antworte. »Kinder, die Politik spielen.«

»Das haben wir auch einmal über Fidel gesagt«, meint Dwyer warnend.

»Mag sein, aber das ändert nichts an der Tatsache, dass sie nur herumhocken und sich über Dinge unterhalten, von denen sie keine Ahnung haben. Sie schwadronieren bloß in ihrer bombastisch aufgeblasenen Sprache herum, ohne jemals irgendwelche praktischen Überlegungen anzustellen. Das sind Kinder, die wenig von der Welt verstehen, wie sie jenseits ihres Bücherwissens existiert.«

»Diese Leute sind etwa in Ihrem Alter, Miss Perez.«

»Warum schicken Sie mich dorthin? Ist das nur ein weiterer Test?«

»Ganz und gar nicht. Von der Gruppe geht eine sehr reale Gefahr aus. In ihrer Unterstützung Fidels sind sie alle unerschütterlich. Haben Sie nicht den Feuereifer gespürt, mit dem sie bei der Sache sind?«

»Welchen Schaden sollen sie letztlich schon groß anstellen? Zwei amerikanischen Studentinnen, ein Junge …«

»Und die beiden Brüder?«

»Die Brüder sind schon interessanter«, gebe ich zu.

»Ganz richtig. Was können Sie mir über die erzählen?«

»Nicht viel.«

»Ach, kommen Sie, Miss Perez. Sie sind eine attraktive Frau. Zweifellos wird doch jemand Interesse gezeigt haben.«

»Haben sie nicht.«

»Vielleicht hätten Sie die beiden dann ein wenig mehr ermutigen sollen.«

»Ich verfüge über genug Erfahrung, um zu wissen, wann ein Mann interessiert ist. Die beiden sind es nicht. Ich habe bislang nicht einmal herausgefunden, warum sie dieser Gruppe überhaupt angehören, mal abgesehen von ihrem Hass auf Batista. Sie reden wenig, und sie scheinen auch keine freundschaftlichen Beziehungen zu anderen Gruppenmitgliedern zu unterhalten. Sind sie ...«

»Ja, die beiden sollen Sie beobachten.«

»Warum?«

»Was wissen Sie über Fidel Castros Vater?«

»Beantworten Sie eine Frage eigentlich immer mit einer Gegenfrage, oder bekomme ich irgendwann von Ihnen auch mal direkt eine Erklärung?«

Er lächelt. »Das ist Teil Ihrer Trainings, Miss Perez. Um Sie auf bedeutendere und interessantere Dinge vorzubereiten. Also, was wissen Sie über Fidel Castros Vater?«

»Nicht viel mehr als das, was allgemein bekannt ist. Er ist genau wie mein Vater mit Großgrundbesitz und Zucker reich geworden.«

»Richtig. Der Vater dieser beiden Jungs – Javier und Sergio – hat für Fidels Vater gearbeitet. Fidel ist natürlich älter als sie, dennoch kennen sie ihn von klein auf. Sie haben immer zu ihm aufgeschaut. Ich halte sie für treu ergebene Anhänger.«

»Keiner der beiden hat je erwähnt, dass sie Fidel kennen. Nicht ein Mal. Die anderen in der Gruppe reden von ihm, als wäre er eine Art Messias, aber die Brüder haben nie etwas von ihrer persönlichen Beziehung zu ihm durchblicken lassen.«

Dwyer lächelt. »Schon merkwürdig, nicht? Man sollte denken, sie würden ihre neu gefundenen Freunde nur zu gern über diese Verbindung informieren. Und dennoch schweigen sie beharrlich.«

»Was führen sie Ihrer Meinung nach im Schilde?«

»Ich denke, sie rekrutieren im Auftrag von Fidel. Derzeit gehören sie der Hialeah-Gruppe an, aber sie sind auch schon an anderen Orten in Erscheinung getreten. Fidel möchte den Kommunismus über die ganze Welt verbreiten. Wo ließe sich da besser ansetzen als an ein paar ausgewählten Orten in den Vereinigten Staaten, um von dort aus unser ganzes Land mit seinen Ideen zu verseuchen?«

»Wenn sie für Fidel rekrutieren, verfolgen sie dabei aber eine sonderbare Strategie, denn sie neigen weder zu schwülstigen Ansprachen noch zu mitreißenden Versprechungen. Ihnen fehlen all die Techniken, die Fidel so erfolgreich anwendet, um die Menschen auf seine Seite zu ziehen.«

»Schon wahr. Also, was steuern sie stattdessen zur Gruppe bei? Ein guter Informant sieht alles und versteht sich darauf, hinter der äußeren Schale die eigentlichen Beweggründe einer Person auszumachen und zu begreifen, auf welche Weise sie ihre Ziele zu erreichen sucht.«

Ich denke darüber nach. »Sie erzählen, wie brutal die Verhältnisse unter Batista waren, zeichnen ein Bild von Kuba vor der Zeit Fidels. Ihren Geschichten zufolge war es ganz schrecklich um das Land bestellt, als Batista noch herrschte.«

»Und sind diese Schilderungen authentisch?«

»Klar, das wissen Sie doch. Dennoch ist Fidel ganz sicher nicht der große Heilsbringer, als den sie ihn hinstellen. Sein politischer Stil ist nicht viel besser.«

»Was steuern sie also zur Gruppe bei?«

»Den authentischen Bezug«, antworte ich und muss dabei an den jugendlichen Feuereifer der anderen denken.

»Genau. Ihre Geschichte ruft Kräfte wach. Es ist nicht irgendeine heimliche Beziehung, in der sie zu Fidel stehen, von der die Gefahr ausgeht. Sie haben doch selbst gerade diese Sache erlebt – mit unserem Präsidenten und den Attentatsplänen dieses Verrückten, den man in Palm Beach verhaftet hat. Eine einzige Person, mehr braucht es nicht. Sie versuchen, Zwietracht zu säen in diesem Land, wollen die amerikanischen Kommunisten radikalisieren. Und daran arbeiten nicht nur diese beiden Brüder. Es rekrutieren noch andere für Fidel, müssen Sie wissen.«

»Die geheimnisvolle Claudia?«

»Ah, Claudia«, erwidert er lächelnd. »Nein, Claudia spielt eine völlig andere Rolle.«

»Als Ihre Spionin?«

»Etwas in der Richtung.«

»Was erwarten Sie denn nun von mir? Was soll ich gegen die Brüder unternehmen?«

»Da bin ich im Augenblick noch unschlüssig. Für sich genommen sind die beiden bloß zwei kubanische Aufwiegler. Ich müsste wissen, ob sie Teil eines größeren Netzwerks sind.

Ob es Versuche gibt, die Hialeah-Gruppe zu erweitern, und ob bereits Aktionen geplant sind, die wir unterbinden müssen. Sie sollen meine Augen und Ohren sein. Perspektivisch möchte ich Ihre Rolle in der Hialeah-Gruppe gerne zu mehr ausbauen. Schenkt man Ihnen Vertrauen?«

»Ich denke nicht. Man akzeptiert mich, da ich Kubanerin bin. Und sie nehmen es mir ab, wenn ich über meinen Hass auf Batista spreche. Zumindest dieser Teil ist ja auch echt.«

»Aber sie vertrauen Ihnen nicht?«

»Ich bin keine Kommunistin.«

»Nein, das nicht. Ich hätte da allerdings noch einen gut gemeinten Rat für Sie, Miss Perez. Die besten Spitzel sind die, deren Tarnung einen wahren Kern enthält, an den sie sich bei Bedarf stets klammern können. Droht ihr falsches Spiel aufzufliegen, wird beispielsweise ihre Identität infrage gestellt, dann gelingt es ihnen oft, die heikle Lage zu überstehen, indem sie sich ganz auf diesen wahren Kern konzentrieren. Und bei Ihnen ist dieser Kern Ihr Bruder. Sorgen Sie dafür, dass die beiden Ihnen vertrauen.«

»Und wenn sie das nicht tun?«

»Dann habe ich Sie unterschätzt. Ein guter Agent tut, was immer getan werden muss, um einen Auftrag zu erledigen. Offen gesagt, haben wir bereits Versuche unternommen, an Fidel heranzukommen, und sind damit gescheitert. Ich habe aus diesen Rückschlägen meine Lehren gezogen. Ich werde nie wieder jemanden losschicken, der den Job vermasselt. Sie wollen Ihre Chance bei Fidel? Dann müssen Sie sich vorher beweisen.«

18

Nick und ich feiern den Valentinstag nachträglich ganz für uns. Ich vermeide mit Absicht jeden Blick in die Klatschspalten, da ich dort gewiss auf ein Bild von ihm mit seiner Verlobten beim Heart Ball stoßen würde. Ich selbst habe eine Erkältung vorgeschoben, um meine Familie nicht zu der Veranstaltung begleiten zu müssen. Zuerst dachte ich schon, meine Mutter würde auf meiner Teilnahme bestehen, aber dann war ihre Angst, ich könnte in der Öffentlichkeit einen kränklichen Eindruck machen, offenbar doch zu groß.

So können Nick und ich das anschließende Wochenende zusammen verbringen und feiern die seltene Gelegenheit mit meinem Lieblingschampagner und einem Bad im Meer bei Mondlicht, sobald alle Besucher den Strand verlassen haben.

Ich würde gerne behaupten, dass wir eine rundum glückliche, unbeschwerte Zeit verleben, aber die Stunden verfliegen nur so, und als der Sonntagnachmittag immer näher rückt, spüre ich eine Veränderung bei Nick. Plötzlich ist er nicht mehr zum Flirten und zu Zärtlichkeiten aufgelegt, sondern wird still, und seine Miene verfinstert sich. Seine Stimmung ist ansteckend, und eine gewisse Schwermut befällt uns beide. Ich freue mich die ganze Woche über auf die Wochenenden, an denen er ins Haus kommt, aber kaum sind wir endlich wieder zusammen, graut es mir unweigerlich bereits davor, wie wenig Zeit uns bleibt und wie bald alles erneut vorbei ist.

»Was machst du eigentlich, wenn ich nicht hier bin?«, erkundigt er sich und fährt mit dem Finger meinen nackten Rücken hinab, während ich auf dem Bauch neben ihm im Bett liege.

»Wie meinst du das?«

»Wenn ich in Washington bin. Womit verbringst du deine Tage?«

In einer Beziehung, wie wir sie führen, neigt man eigentlich nicht dazu, sich allzu genau nach dem zu erkundigen, was der andere so treibt. Ist er eifersüchtig, oder ist es eine völlig harmlose Frage, die dazu dienen soll, sich meinen gewöhnlichen Tagesablauf besser vorstellen zu können?

»Worauf genau willst du hinaus?«

»Auf nichts. Reine Neugier.«

»Wie würde es dir gefallen, wenn ich dich das Gleiche fragen würde? Was tust du, wenn wir nicht zusammen sind? Wie war es zum Beispiel auf dem Heart Ball?«

»Du hast gewusst, dass ich mit ihr da hinmuss.«

»Sicher. Und ich habe dir keine einzige Frage darüber gestellt und es dir auch niemals zum Vorwurf gemacht.«

»Was du hättest tun können.«

Ich studiere seinen Gesichtsausdruck und versuche zu erkennen, was ihn zu diesem Nachbohren bewegt. Ungeachtet aller gegenteiligen Beteuerungen hört es sich an, als würde weit mehr als reine Neugier dahinterstecken.

»Bist du eifersüchtig?«, frage ich und komme damit auf meinen ursprünglichen Verdacht zurück. »Ist es das? Hast du Angst, ich könnte einen anderen treffen?«

»Nein, ich habe keine Angst vor einem anderen.«

»Wovor dann?«

Seine Hand hört auf, meinen Rücken zu streicheln. »Warum besuchst du ein Haus in Hialeah, in dem bekanntermaßen Kommunisten verkehren, die mit Fidel Castro sympathisieren?«

Mir wird flau. »Keine Ahnung, worüber du sprichst«, bringe ich hastig hervor.

»Wirklich? Ich dachte, wir lügen einander nicht an. Ich dachte, zumindest zwischen uns würde Aufrichtigkeit herrschen.«

»Herrscht sie ja auch.«

»Du lügst mich gerade an.«

Das stimmt. Aber begreift er denn nicht, wie gefährlich das Ganze ist und dass ich hier nur versuche, ihn vor einem politischen Skandal zu bewahren und mich zu schützen?

»Die Aktion ist auf Dwyers Mist gewachsen, hab ich recht? Erneut eine Zusammenarbeit mit der CIA. Womit haben sie dich in der Hand?«

»Niemand hat mich in der Hand.«

»Warum tust du es dann? Etwa aus reiner Freundlichkeit? Erzähl mir wenigstens, dass du einen reellen Vorteil davon hast und nicht so dämlich bist, dein Leben zu riskieren, nur weil Dwyer es sagt.«

Wie leicht ihm dieses »dämlich« über die Lippen kommt, erregt einen gewaltigen Zorn in mir.

»Ich erhalte Geld dafür.«

»Wie viel?«

»Genug.«

Die Überweisung geht monatlich auf dem Konto ein, das die CIA auf meinen Namen eröffnet hat, und so ist mein Notgroschen inzwischen auf einen beruhigenden Betrag angewachsen. Ich weiß nicht einmal genau, wofür ich das Geld eigentlich spare, nur dass die Revolution mich gelehrt hat, wie wichtig es ist, finanziell abgesichert zu sein.

»Warum ist es dir so wichtig, an Geld zu kommen?«, fragt er.

»Die Frage kann auch nur jemand stellen, der sich nie im Leben um finanzielle Dinge sorgen musste.«

Seine Familie hat vor langer Zeit ein Vermögen mit Stahl und dem Ausbau von Bahnstrecken gemacht, und nach allem, was man so hört, bräuchte Nick Preston keinen einzigen Tag in seinem Leben zu arbeiten und bliebe dennoch ein reicher Mann.

»Und wenn dir jemand mehr dafür bezahlen würde, um aufzuhören?«

Ich schrecke zurück, als hätte er mir eine Ohrfeige verpasst. »Lass das!«

»Was? Deinetwegen besorgt zu sein?«

»Es ist ein Riesenunterschied, ob du besorgt bist, oder ob du mich behandelst, als wäre ich käuflich.«

»Käuflich sind wir alle, Beatriz. Man muss nur den richtigen Preis finden.«

»Und was ist dein Preis?«

»Hast du das wirklich noch immer nicht erkannt?«

»Die politische Karriere.«

Er wirkt fast ein wenig enttäuscht über meine Antwort. Enttäuscht über mich. »Wohl kaum.«

»Wie auch immer, meinen Preis kannst du dir jedenfalls nicht leisten.«

»Und Dwyer kann?«

»Zum gegenwärtigen Zeitpunkt sind Dwyer und ich eben auf derselben Seite.«

»Zum gegenwärtigen Zeitpunkt«, wiederholt er. »Aber du scheinst zu vergessen, dass auch *wir* auf derselben Seite stehen.«

»Tun wir das? Macht nicht den Eindruck.«

»Ich versuche, auf deiner Seite zu sein. Ich versuche, deinen Standpunkt zu verstehen. Aber es ist nicht leicht. Deine Ansprüche sind extrem kräftezehrend. Du tust ständig so, als wärst du mit deiner leidenschaftlichen Empörung dem Rest von uns irgendwie überlegen; als hättest du das Recht, auf alle anderen herabzusehen, bloß weil sie nicht Kubaner sind oder sich nicht denselben Gefahren aussetzen wollen wie du. Aber nicht alle von uns maßen sich an, aus purer Wut direkt neben einem Pulverfass mit dem Feuer zu spielen. Wir müssen innerhalb der vorhandenen Rahmenbedingungen handeln, müssen Veränderungen dort erreichen, wo sich die Möglichkeit dazu bietet.«

»Hier geht es darum, Menschenleben zu retten. Ich kann doch nicht danebenstehen und zusehen, was mit meinem Land passiert. Das Gefühl wird mit jedem Tag unerträglicher. Es ist Zeit zu kämpfen!«

»Liegt nicht darin gerade das Hauptproblem? Du wolltest eine Revolution, und du hast eine bekommen. Jetzt bist du unzufrieden mit dem, was die Revolution angerichtet hat.«

»Fidel habe ich nie gewollt.«

»Aber er ist es nun mal geworden. Trotzdem, stellen wir uns ruhig vor, man würde ihn loswerden. Was dann?«

»Dann haben wir endlich eine Chance.«

»Glaubst du wirklich, dass die CIA sich dafür einsetzt? Dafür, den Kubanern eine Chance zu geben? Glaubst du, sie stürzen den Mann aus reiner Menschenfreundlichkeit? Du bist eine intelligente Frau, Beatriz. Wie kann dir entgehen, auf welchen Deal du dich da eingelassen hast? Sie wollen Fidel aus dem Weg haben, weil er amerikanische Zuckergesellschaften verstaatlicht hat und amerikanische Handelsgeschäfte gefährdet. Sie wollen ihn loswerden, weil er nicht nach ihrer Pfeife tanzt, wie Batista das getan hat. Weil sie verhindern wollen, dass die Sowjets einen Verbündeten unmittelbar vor ihrer Haustür bekommen. Weil sie verhindern wollen, dass der Kommunismus sich in Lateinamerika und der restlichen Welt weiter ausbreitet. Diese Menschen treibt kein uneigennütziger Idealismus an, und ihnen geht es auch nicht um Kuba. Im Grunde geht es keinem wirklich um Kuba. Das einzige Entscheidungskriterium ist Amerikas Rolle in der Welt. Und dafür nehmen sie nur allzu bereitwillig in Kauf, dass du es nicht überlebst. Du läufst in deinen Tod – und das nur, weil du nicht über deinen Hass hinausblicken willst. Du gehst Risiken ein, die kein vernünftiger Mensch jemals eingehen würde.«

»Wenn ich so zu Fahrlässigkeit neige, warum bist du dann hier, bei mir? Warum gehst du nicht einfach fort? Warum kehrst du nicht zu deiner Verlobten und deinem sorglosen Leben zurück?«

»Glaubst du etwa nicht, mein Leben wäre tausendmal leichter, wenn ich jetzt nicht hier bei dir wäre? Wenn ich jetzt in Washington, D. C., säße und die Arbeit erledigen würde, die man von mir erwartet, für die man mich gewählt hat, statt hier mit dir zu streiten? Glaubst du vielleicht, ich bin stolz auf den Mann, der aus mir geworden ist? Kannst du dir nicht denken, dass mir beim Anblick meines Spiegelbilds jedes Mal schlecht wird? Ich habe mein Treuegelöbnis gebrochen, bevor ich es auch nur gegeben habe.«

»Dann geh doch.«

»Ich kann nicht.«

»Warum?«

»Weil ich unbedingt bei dir sein möchte. Mehr als alles andere. Zugleich hörst du niemals auf, mich auf Distanz zu halten. Du willst uns einfach keine echte Chance geben, hab ich recht? Du überbrückst nur die Zeit, bis du nach Kuba zurückkehren kannst. Ich bin für dich … na, was? Ein angenehmer Zeitvertreib?«

»Unsinn. Und ich hatte eben auch keineswegs den Eindruck, dass ich dich auf Distanz gehalten habe.«

»Ich spreche nicht von deinem Körper, Beatriz.« In seiner Stimme liegt eine Schärfe, die ich nicht kenne, wenn er mit mir spricht. »Ich meine all das andere. Die Geheimnisse, die du vor mir hast. Das Doppelleben, das du führst.«

»Der Rest gehört dafür dir.«

»Tut es nicht.« Sein Mund ist nur mehr ein schmaler Strich. »Wie weit geht diese Operation überhaupt? Bist du womöglich sogar an den Vorbereitungen für diese Invasion beteiligt, von der überall getuschelt wird?«

»Nein«, antworte ich und stocke kurz. »In diese Dinge hat Eduardo mich möglichst wenig einweihen wollen.«

»Andererseits ist Eduardo doch derjenige, der dich erst in diesen ganzen Mist mit der CIA reingezogen hat, oder?«

»Die Sache ist kompliziert.«

»Ach ja?«

»Sind wir jetzt wieder an dem Punkt, an dem deine Eifersucht durchkommt?«

»Wir sind wieder an dem Punkt, wo ich mir Sorgen um deine Verwicklungen mit der CIA mache. Du musst damit aufhören, zu diesen Treffen in Hialeah zu gehen. Du musst aufhören, Dwyer zu vertrauen.«

»Warum begreifst du nicht? Ich kenne das gar nicht anders. In Kuba sind Eduardo, mein Bruder und ich ständig zu Treffen gegangen und haben uns gegen Batista engagiert. So war mein Leben schon vor Castro. So wird mein Leben auch morgen noch sein. Mein Bruder ist nicht mehr da, um diese Arbeit fortzusetzen. Jetzt liegt es an mir, den gemeinsamen Kampf weiterzuführen.«

»Beatriz …«

»Ich sollte besser gehen. Das alles überfordert mich. Ich kann diese verschiedenen Teile meines Lebens nicht konsequent voneinander abschotten. Ich möchte dich nicht anlügen, aber genauso, wie manche Dinge für mich tabu sind – deine Verlobte etwa oder dein Job –, so ist dieser Punkt eben für dich tabu.«

Ich will aufstehen, aber sofort greift er nach mir, und mehr braucht es nicht, um mich zögern zu lassen.

»Verzeih, ich weiß, wie wichtig dir das ist. Ich habe einfach Angst um dich. Der CIA ist nicht zu trauen.«

»Ich kann nachvollziehen, dass du dir Sorgen machst, aber

ich weiß, was ich tue. Ich werde stets wachsam bleiben, das verspreche ich.«

Ich strecke mich wieder neben ihm auf der Matratze aus, blicke hinauf zur Decke und spüre, wie mich jede Lust zum Streiten verlässt.

Ich lege den Kopf auf seine Brust, atme seinen Duft ein und hoffe, dass sich irgendetwas ändern wird.

Meine Lippen finden seine für einen hitzigen Kuss. Unsere Körper umschlingen sich.

Sex ist unkompliziert. Es sind all die anderen Dinge, die so schrecklich schwierig sind.

19

Nach dem Valentinstag sehen wir uns immer seltener. Nick verbringt weniger Wochenenden in Palm Beach, die Abstände werden größer. Häufig bleibt er in Washington, kümmert sich um seine Senatsarbeit, ist eingebunden in die politischen Projekte von Präsident Kennedy.

Meine Mutter konzentriert all ihre Kraft weiterhin auf Isabels Hochzeit und darauf, mich erbarmungslos mit nicht sonderlich feinfühligen Verkuppelungsversuchen zu traktieren, die in erster Linie auf den Cousin von Thomas abzielen. Ich verlasse das Haus, wann immer es geht, und teile meine Zeit auf zwischen den Kommunistentreffen in Hialeah und meiner Freiwilligenarbeit in den Camps, die von der Diözese Miami eingerichtet wurden, um die wachsende Zahl von Kindern unterzubringen, die zum Schutz vor Fidels Regime aus Kuba herübergeschickt werden.

Bei meinen Gängen durch ein solches Auffanglager bin ich jedes Mal erschüttert über diese jungen Gesichter, in deren Blicken ich so oft Maria, Isabel, Elisa und mich selbst wiedererkenne. Alle bemühen sich nach Kräften, dic Situation für diese Kinder so angenehm wie möglich zu gestalten, aber natürlich ist an solch einer Lage nichts wirklich angenehm.

Und wenn ich dann in diesen Treffen in Hialeah hocke

und mir all die kommunistische Phrasendrescherei anhören muss, kommen mir unwillkürlich die Gesichter dieser Kinder in den Sinn. Am liebsten würde ich diese verwöhnten Studenten, die all ihre Vorstellungen von Krieg nur aus Büchern haben, in diesen Momenten anschreien und ihnen erklären, dass Krieg genau *so* aussieht und nichts mit ein paar von Marx hingekritzelten Worten zu tun hat, sondern dass er in den gehetzten Blicken dieser Tausenden von Kindern liegt, die unbegleitet das Meer überqueren mussten und die nun zusammengepfercht in Camps leben und darauf warten, mit ihren Familien wiedervereint zu werden. Kinder, die darauf warten, nach Hause gehen zu dürfen, die darauf warten, dass Schluss ist mit dieser Revolution.

Das ist der Punkt, den Nick nicht versteht, wenn wir über Politik streiten. Für ihn ist Politik eine Sache, mit der er sich befasst. Sie ist sein Beruf, aber sie definiert ihn nicht. Für mich ist nichts von alldem bloße Politik. Es ist mein Leben.

Ende März begleite ich meine Eltern und Isabel zu einer Party, die einer der Geschäftsfreunde meines Vaters gibt. Ich kann es in diesem Jahr kaum erwarten, dass die Saison endlich ausläuft, die Leute alle nach Norden ziehen und wir hier unsere Ruhe haben. Obwohl ich weit weniger Veranstaltungen besucht habe als gewöhnlich, wollten die Gerüchte um Nick und mich nicht verstummen, und ich freue mich darauf, eine Weile von all den prüfenden Blicken verschont zu bleiben.

Nick ist an diesem Wochenende wieder in Washington geblieben, um letzte Absprachen wegen einer bevorstehenden Abstimmung zu treffen.

»Hübsches Armband«, bemerkt Isabel auf der Fahrt zu dem Wohltätigkeitsabend.

Vielleicht war es töricht, das Armband anzuziehen, das Nick mir zu Weihnachten geschenkt hat, und so zu tun, als wäre es ein hübscher Modeschmuck und nichts weiter, aber ich konnte einfach nicht widerstehen. Da er jetzt so viel Zeit in Washington verbringt, fehlt er mir sehr, und die Telefongespräche helfen nur wenig, die Distanz zwischen uns zu überbrücken. Vielleicht hat Nick ja recht. Vielleicht erzeugen die Geheimnisse, die wir voreinander haben, eine Kluft, die wir nicht zu schließen vermögen.

»Ist das neu?«, bohrt Isabel weiter und spricht dabei gerade so laut, dass die Gefahr besteht, von unseren Eltern gehört zu werden. Diesen Trick haben alle Schwestern schon als Kinder bis zur Perfektion beherrscht, um eine andere in Schwierigkeiten zu bringen oder zum Einlenken zu zwingen.

Ich schenke ihr ein strahlendes Lächeln, das viele Zähne zeigt und bissiger kaum sein könnte. »Bist du heute Nacht etwa noch ausgegangen? Ich könnte schwören, Schritte auf dem Flur gehört zu haben.«

Isabel ist in letzter Zeit immer unvorsichtiger geworden und schleicht sich zu allen möglichen Uhrzeiten aus dem Haus, stellt sich dabei allerdings für eine Perez bemerkenswert ungeschickt an. Sie kontert meinen stechenden Blick, unterlässt aber jede weitere Bemerkung über mein Armband, und die restliche Fahrt verläuft weitgehend schweigend. Nur unsere Mutter kann sich ein paar monologisierende Einwürfe über den bevorstehenden Abend nicht verkneifen, während unser Vater stumm neben ihr sitzt. Sein Verhältnis zur Familie wird zunehmend distanzierter. Als mein Bruder noch lebte, beteiligte mein Vater sich stärker am Familienleben. Doch nun ist er ausschließlich von Frauen umgeben, und sosehr er uns sicherlich auch alle liebt, behandelt er uns doch wie Menschen, die ihre eigene geheimnisvolle Welt bewohnen, in die man sich besser nicht einmischt.

Wir treffen mit der obligatorischen Verspätung ein, obschon sich dadurch gar keine Wirkung mehr erzielen lässt, da inzwischen jeder diesem ungeschriebenen Gesetz folgt. Folgerichtig sind alle zu spät und drängen doch alle zur selben Zeit in den Saal.

»Du siehst bezaubernd aus heute Abend.«

Die Stimme in meinem Ohr ist mir wohlbekannt, und beim Anblick von Eduardo in seinem Smoking wandelt sich mein aufgesetztes Lächeln in ein echtes.

»Ich wusste gar nicht, dass du heute Abend kommst«, sage ich, während wir Wangenküsse andeuten.

»Hatte ich auch nicht vor, aber dann haben sich meine Pläne geändert.«

»Ich habe dich ja schon seit Monaten nicht mehr gesehen.«

Er grinst. »Hab ich dir etwa gefehlt?«

»Allenfalls ein winziges bisschen«, frotzele ich zurück. »Ist alles in Ordnung?« Ich trete einen Schritt dichter an ihn heran und senke vertraulich die Stimme.

Meine Familie ist zwar bereits in der Menge untergetaucht und hat uns beide allein gelassen, aber ich könnte schwören, den Blick meiner Mutter zu spüren, der jede meiner Bewegungen aufmerksam verfolgt.

Eduardo nickt.

»Wo hast du gesteckt?«, frage ich beharrlich nach.

Er zögert kurz. »In Miami.«

Mir fällt sofort wieder ein, was Nick mir erzählt hatte.

Es gehen Gerüchte um, dass Piloten in Miami Übungen abhalten.

»Du gehst nach Kuba, richtig?«, flüstere ich.

Eduardo antwortet mir nicht. Sein Blick ruht auf dem Armband an meinem Handgelenk.

Es war töricht, es heute Abend anzulegen. Töricht, dem Bedürfnis nachzugeben, nur weil ich ihn so vermisse und diese Verbindung zwischen uns brauche. Das Geschenk wäre derzeit besser zu Hause in meinem Schmuckkasten aufgehoben.

Ich weiche zurück und lasse den Arm sinken.

Eduardo schließt die entstandene Lücke rasch wieder. Er packt meine Hand und fährt mit den Fingerkuppen über die Diamanten. »Überall wird von dir gesprochen«, erklärt er leise.

Ich wende den Blick ab und schaue mich im Raum um. Er hat recht. Tatsächlich sind einige Augenpaare auf uns gerichtet. Liegt es daran, wie nah unsere Körper einander sind? Hält man uns für ein Liebespaar? Und was kümmert es sie überhaupt? Trotz seiner Beliebtheit nimmt Eduardo in diesen Kreisen eine ähnlich unbedeutende Rolle ein wie ich. Außerdem machen gerade bestimmt weit aufregendere Skandale die Runde.

»Was habt ihr …« Meine Stimme bricht ab.

Die Leute starren nicht bloß Eduardo und mich an. Neben den Blicken, die sie uns schenken, wandert ihre Aufmerksamkeit auch immer wieder zu einem Paar auf der anderen Seite des Saals, und so pendeln ihre Köpfe hin und her, als würden sie gerade einen besonders hart umkämpften Ballwechsel beim Tennis verfolgen.

Schließlich kann ich mich nicht länger beherrschen, schaue ebenfalls hinüber und entdecke eine hübsche Blondine zusammen mit ihrem gut aussehenden Verlobten.

Nicks Blick begegnet meinem über den Ballsaal hinweg, fällt dann auf die Stelle, wo mein Arm in Eduardos eingehängt ist, und eine Unzahl verschiedenster Empfindungen zeichnen sich auf seinem Gesicht ab – nicht zuletzt Schuldbewusstsein, Verwirrung und Wut.

* * *

Es braucht jedes Fünkchen Selbstbeherrschung, unterstützt von einem kräftigen Schuss des Trainings, das ich von Mr. Dwyer erhalten habe, um meinen Blick von Nick zu lösen. Ich setze mein falsches Lächeln wieder auf, packe Eduardos Arm fester und begleite ihn mit stolz erhobenem Haupt zum Balkon, um an die frische Luft zu kommen.

Eduardo hat sich nicht geirrt. Jeder im Saal beobachtet unseren Abgang, und nach diesem Debakel ist klar, dass ich mir um meinen guten Ruf ganz sicher nicht länger Gedanken machen muss.

Nick hat mich belogen.

Er hat behauptet, in Washington bleiben zu müssen. Er hat mir erzählt, an diesem Wochenende nicht nach Palm Beach kommen zu können.

Er hat mich belogen.

»Beatriz.«

Ein gewisses Mitgefühl schwingt in Eduardos Stimme mit. Mitgefühl und Besorgnis.

»Alles in Ordnung?«, fragt er.

»Mir geht's gut.«

Und es *wird* mir gut gehen.

Ich wusste, dass es irgendwann so weit kommen würde, dass ich ihn nicht auf Dauer würde halten können. Ich wusste das alles, aber es tut dennoch weh.

»Überall wird darüber geredet«, drängt Eduardo weiter.

»Das ist mir jetzt auch klar.« Ich bin nicht auf Nick wütend, ich bin auf mich selbst wütend. Ich hätte es wissen sollen. Ich *habe* es gewusst. Ich bin nur viel zu sehr damit beschäftigt gewesen, trautes Heim zu spielen. Ich habe den Kopf in den Sand gesteckt in einer Phase, in der ich hätte aufpassen sollen.

»Stimmt es, was man sich erzählt?«, fragt Eduardo.

»Und was tust du so in Miami?«, frage ich zurück.

»Beatriz.«

»Was willst du? Bei Castro hast du meine volle Unterstützung. Mein ganzes Leben gehört dir deshalb nicht.«

»Ich dachte, wir wären in erster Linie Freunde«, erwidert Eduardo. »Ich mache mir einfach Sorgen.«

»Wir sind Freunde. Und wenn du ein wahrer Freund bist, dann fragst du mich nicht länger aus.«

»Ich möchte nicht, dass dir was passiert.«

»Mir geht's *gut*. Was läuft da unten in Miami?«

»Du bist ein unglaublicher Dickschädel.«

»Früher hast du das mal für eine meiner reizvollsten Eigenschaften gehalten.«

»Früher habe ich so manches gedacht.«

»Miami?« Für Anfälle von Liebeskummer ist jetzt nicht die Zeit.

»Du hast doch schon eine Ahnung, hab ich recht?«, meint er mit leicht spöttischem Unterton. »Woher? Bettgeflüster?«

»Flugzeugübungen werden abgehalten. Für eine Invasion.«

»Ja.«

»Gehörst du auch zu den Piloten?«

Er lacht. »Um Gottes willen, nein. Viel zu viel Verantwortung.«

»Aber du hängst da mit drin?«

»Ja. Ebenso wie dein guter Mr. Dwyer.«

»Und Präsident Kennedy? Ich nehme mal an, ihr habt erst sein Einverständnis eingeholt, oder?«

Die Umfragewerte des Präsidenten sind bestens, seine Popularität steigt und steigt. Den Menschen gefällt das Bild, das er abgibt – der junge, blendend aussehende Idealist mit dieser wunderschönen, stilvollen Ehefrau und den beiden liebenswerten Kindern. Mir gefällt vor allem der Präsident selbst. Grundsätzlich bin ich Idealisten gegenüber zwar eher misstrauisch, aber der pragmatische Zug, der in Kennedys Kurs ebenfalls zu erkennen ist, gibt mir Hoffnung. Außerdem ist selbst er am Ende nur eine Einzelperson mit einer Einzelmeinung. Der Apparat, der die politische Maschinerie in Amerika am Laufen hält, besteht vorwiegend aus Leuten wie Mr. Dwyer. Und die pfeifen notfalls auf Ideale und krempeln ohne Bedenken die Ärmel hoch, um loszulegen. Sollte also dem Präsidenten der Mumm fehlen, das zu tun, was getan werden muss, um Fidel zu stürzen, dann wird gewiss einer seiner Berater in die Bresche springen.

»Angeblich unterstützt Kennedy das Vorgehen«, antwortet Eduardo. »Allerdings könnte ich mir denken, dass dein Senator weit besser über die Absichten des Präsidenten informiert ist.«

»Er ist nicht mein Senator.«

»Da hab ich aber was anderes gehört«, entgegnet Eduardo.

»Na, dann hast du eben falsch gehört.«

»Ärger im Paradies?« Er betrachtet erneut das diamantene Band an meinem Handgelenk. »Ganz schön kostspielig.«

»Wofür? Für eine Mätresse?«

»Nenn dich nicht auch noch selbst so.«

»Warum? Sagen sie das nicht alle über mich?«

»Was hast du denn anderes erwartet, Beatriz?«, fragt Eduardo zurück. »Immerhin ist das da neben ihm seine Braut.«

»Jetzt erzähl mir bloß nicht, dass es irgendwelche tief verborgenen moralischen Grundsätze bei dir verletzt, wenn jemand eine Affäre hat. Die Hälfte der hier Anwesenden schläft mit jemandem, mit dem er nicht verheiratet ist, und alle wissen davon. Und dich selbst haben deswegen auch noch nie Gewissensbisse geplagt.«

»Es geht nicht um Moral. Es geht um Stolz.«

Ich lache auf und tue so, als würde mein Stolz derzeit gar nicht im Dreck liegen. »Meinst du etwa, ich wollte hier häusliche Wurzeln schlagen?«

»Etwa nicht?«

»Warum denkt alle Welt bloß immer, dass ich heiraten will?«, fauche ich und ermahne mich gleich darauf, leiser zu sprechen. »Und dass ich unverheiratet automatisch nichts wert bin.«

»Es geht nicht bloß ums Heiraten. Du solltest einfach nicht

die zweite Wahl von jemandem sein. Möchtest du nicht selbst lieber die erste sein?«

»Ich will überhaupt keine Wahl von jemandem sein. Ich will selbst die Auswahl treffen.«

»Und du hast dir ihn ausgewählt?«, fragt er ungläubig.

»Ich habe meine Wahl getroffen«, erkläre ich. »Und meine aktuell gültige Entscheidung lautet Kuba.« Ich trete einen Schritt zurück. »Ich sollte jetzt besser in den Saal zurückkehren, bevor das Gerede noch schlimmer wird.«

Das ist die Gefahr, vor der Isabel mich vorhin im Wagen warnen wollte. Sind die Tuscheleien womöglich schon meinen Eltern zu Ohren gekommen?

»Bevor er noch wütender wird, meinst du wohl. Ich habe doch gesehen, wie er uns beide angestarrt hat. Der Mann ist eifersüchtig.«

Sein selbstgefälliger Ton versetzt mich in Rage.

Unbeirrt fährt er fort: »Er will sich nicht zu dir bekennen, aber er will auch nicht, dass dich ein anderer bekommt.«

Ich stoße ein wütendes Lachen aus. »Und wenn schon? Was würde ihn in dieser Hinsicht von allen anderen Männern unterscheiden? Dich eingeschlossen.«

Ich bin verletzt, und der Anblick von Eduardo, wie er in seinem eleganten Smoking mit diesem arroganten Gesichtsausdruck vor mir steht, erregt in mir den unbändigen Wunsch, ihn ebenfalls zu verletzen.

»Steckt das etwa hinter der ganzen Sache hier?«, höhne ich in gespieltem Erstaunen. »Du willst mich, weil du denkst, er hat mich?«

Eduardo tritt heran und legt mir eine Hand auf den nackten Unterarm. »Du hast nicht die geringste Ahnung davon, was ich will.«

Warum klingt das auf einmal wie eine Herausforderung?

Er lässt mich genauso abrupt frei, wie er mich gepackt hat. »Wir werden uns eine Weile nicht sehen. Ich verlasse Palm Beach.«

»Wohin gehst du?«

»Kann ich nicht sagen.«

»Wohin gehst du?«, wiederhole ich.

Wir sehen einander offen in die Augen.

»Meine Wahl lautet Kuba«, fahre ich fort. »Nur Kuba. Wohin gehst du?«

»Guatemala«, murmelt er leise nach kurzem Zögern.

»Und dann?«

»Darüber kann ich nicht sprechen, Beatriz.«

Also doch Kuba. An den Zeitungsberichten und all dem Geraune über einen bevorstehenden Umsturzversuch ist tatsächlich etwas dran. Überraschenderweise ruft diese Nachricht bei mir eher sorgenvolle Ängste statt freudige Erwartung hervor.

»Bist du sicher, dass das eine kluge Entscheidung ist?«

Was versteht er schon von militärischem Kampf? Was sie da auf Kuba gegen Batista unternommen haben, ist nicht zu vergleichen mit einem richtigen Kriegseinsatz, und wenn ich mir Eduardo in seinem maßgeschneiderten Smoking so anschaue, sehe ich einfach keinen Soldaten in ihm. Und was ist mit seinen Mitstreitern? All den anderen Männern, die unsere Insel zurückerobern sollen? Hat die CIA sie dafür ausgebildet? Oder hat man ihnen einfach ein paar Gewehre in die Hand gedrückt und viel Glück gewünscht?

»Du wirkst besorgt«, antwortet Eduardo nur.

»Du bist kein Soldat.«

Ein Anflug von Belustigung klingt in seiner Stimme durch. »Nimm ein wenig Rücksicht auf mein Ego, Beatriz.«

»Du weißt, was ich meine.«

Es war abzusehen, dass Eduardo den Einwand nicht ernst nimmt.

Er legt die Hände um mein Gesicht und hebt mein Kinn ein wenig, sodass unsere Augen fast auf einer Höhe liegen.

»Die Zeiten, da wir andere unsere Kämpfe austragen ließen, sind vorbei. Wenn ich jetzt nicht kämpfe, wenn ich meinen Landsleuten jetzt nicht zur Seite stehe, werde ich mir das für den Rest meines Lebens zum Vorwurf machen.«

»Und wenn du stirbst? Was hast du dann von vermiedenen Selbstvorwürfen?«

»Wenn ich sterbe, dann wenigstens für eine Sache, an die ich geglaubt habe.« Seine Finger streichen über meine Wange. »Wärst du denn traurig, wenn ich sterbe? Würdest du mich beweinen?«

Sein Ton ist beiläufig, spöttisch wie meiner zuvor, spielt mit mir, wie ich es mit ihm getan habe. Wir sind uns so ähnlich, viel zu ähnlich. Fast würde ich sagen, das ist alles nur ein Spiel für ihn, wäre da nicht … wäre da nicht etwas in seinem Blick, das dagegen spricht.

»Natürlich würde ich weinen.«

»Weil wir Freunde sind.« Eduardo zeichnet mit seinem Daumen den Schwung meiner Unterlippe nach und wischt mir eine Träne aus dem Mundwinkel. Diesmal habe ich mich zu weit vorgewagt und prompt alles verloren, was mich mit

Nick eine Weile verband. Elisa wohnt jetzt in Miami, Isabel wird demnächst heiraten, Nick ist niemals mein gewesen, und nun zieht Eduardo auch noch in den Krieg. Ich bleibe allein zurück. Vollkommen allein.

Ein Zittern durchläuft mich.

»Bemitleidest du dich gerade selbst?«, fragt er und lächelt voller Zuneigung.

»Das tue ich.«

»Du hast es nie gemocht, außen vor gelassen zu werden. Wenn Alejandro und ich zu irgendwelchen Abenteuern loszogen, hast du uns immer so lange bearbeitet, bis wir dich mitgenommen haben, selbst wenn es höchst undamenhafte Aktivitäten waren, selbst wenn es an Orte ging, wo deine Mutter ihre Töchter ganz sicher nicht sehen wollte.«

»Eine feine Dame zu sein hat mich noch nie sonderlich gereizt.«

Er lächelt. »Nein, das stimmt. Aber versuch bitte, während meiner Abwesenheit wenigstens dem schlimmsten Ärger aus dem Weg zu gehen. Ich werde mir Sorgen machen um dich.«

»Pass auf dich auf«, antworte ich.

»Das werde ich.«

Keiner von uns bewegt sich. Sein Daumen berührt weiter sanft meine Unterlippe.

»Bald werden wir in Havanna sein«, verspricht er.

»Wir werden im Tropicana zusammen tanzen«, ergänze ich.

Ich schließe die Augen, lasse mich von meiner Fantasie davontragen und gebe der albernen Hoffnung nach, dass wir die Zeit zurückdrehen können und alles wieder so herrlich einfach ist wie damals. Als ich die Augen öffne, ruht Eduardos durchdringender Blick auf mir, und inzwischen bin ich alt und erfahren genug, um zu begreifen, was dieser Blick in Wahrheit bedeutet.

»Hast du dich jemals gefragt …«

Er lässt den Satz unvollendet, lässt die Worte zwischen uns schweben, all ihre Möglichkeiten …

Hast du dich jemals gefragt, wie es zwischen uns hätte sein können?

Vielleicht.

»Wir haben uns noch nie …«

»Doch, ein Mal«, unterbreche ich ihn und wundere mich selbst darüber, wie deutlich meine Erinnerung nach all den Jahren noch ist, wie klar das Bild der beiden Kinder vor mir steht, die Erwachsensein spielen, und der Moment, da ich ihm den Kuss geraubt habe.

In einem anderen Leben.

Eduardos Lippen dehnen sich zu einem breiten Lächeln beim Gedanken an diesen regnerischen Tag, als die Welt noch eine völlig andere war.

»Ein Mal«, gibt er zu.

Sein Daumen streicht noch einmal über meine Unterlippe, verharrt wenige Millimeter darüber.

»Hast du dich eigentlich nie gefragt, was ich seitdem alles dazugelernt habe?«, fügt er hinzu und klingt dabei einerseits so amüsiert, als wäre dies alles bloß eins dieser Spiele, wie wir sie schon als Kinder gespielt haben, andererseits ist dahinter jedoch ein Ernst spürbar, der den unbekümmerten Tonfall und das neckische Lächeln Lügen straft.

Die Worte wollen mir einfach nicht über die Lippen kommen. Ich habe das Gefühl, neben mir zu stehen und die Situation in der Rolle einer Zuschauerin zu erleben. Schließlich bringe ich immerhin ein unsicheres Nicken zustande. Seine Augen werden dunkel, seine Lippen legen sich auf meine, während sein Arm mich umfasst und meinen Körper gegen seinen presst.

Er küsst wie jemand, dem die Zeit davonläuft. Als wüsste er genau, dass der Kampf, in den er zieht, ihm seine verbleibende Lebenszeit rauben wird. Er küsst ohne Schuldgefühl, ohne jede Zurückhaltung, und was über seine phänomenalen Fähigkeiten vor dem Schminkspiegel der Damentoiletten so geraunt wird, ist offenkundig kein bisschen übertrieben. Es macht *Spaß*, ihn zu küssen. Eine vitale Kraft steigt in mir auf wie ein Lachen, das im Innern anwächst, und dann platzt sie hervor, und der Spaß wird abgelöst von dem überraschenden Gefühl, wie mein Körper zu reagieren beginnt und wie die Eindringlichkeit dieses Kusses alles andere vergessen macht.

So abrupt Eduardo mich gepackt hat, so unvermittelt lässt er mich auch wieder los. Ich erwarte, in seinen Augen die gleiche Verwirrung zu sehen, wie sie in meinem Innern herrscht, doch sie strahlen nur Wissen um das Unvermeidbare aus. Mir wird klar, dass er mich schon weit länger begehrt, als mir je bewusst gewesen ist, und diese plötzliche Erkenntnis trifft mich wie ein Keulenhieb.

In einem anderen Leben hätten wir wahrscheinlich ein traumhaftes Paar abgegeben.

Voller Selbstzufriedenheit lächelt Eduardo mich an. »Du hast offenbar nicht richtig aufgepasst.«

Ich muss mich erst wieder fangen und zu Atem kommen. Zweimal hole ich tief Luft, dann hat sich mein Kopf ausreichend geklärt. »Du bist so gut, wie man sich erzählt.«

»Du bist so gut, wie ich es mir immer schon gedacht habe«, erwidert er mit einem sanften Lächeln.

Also kein spontaner Impuls.

»Nein, ganz sicher nicht«, antwortet er, und erst jetzt bemerke ich, dass ich den Gedanken laut ausgesprochen habe.

»Das ist nicht ... Ich will mein Leben nicht ...«

Das ist nicht, was ich in dir sehe. Ich will mein Leben nicht noch mehr verkomplizieren.

Beide Aussagen wären vor wenigen Minuten noch wahr gewesen, doch nun hat er mich geküsst, und mir ist klar geworden, dass ich ihn unterschätzt habe. Da meine Aufmerksamkeit allein auf Kuba und Nick gerichtet gewesen ist, habe ich Eduardo stets nur als Freund wahrgenommen, als meinen Verbindungsmann zur CIA, während er in Wahrheit so viel mehr hätte sein können.

Auch er weiß darum, wie der befriedigte und zugleich beschwörende Ausdruck in seinen Augen verrät.

»Denk mal darüber nach bis zu meiner Rückkehr«, sagt er nur.

Dann ist er weg, ohne sich noch einmal umzudrehen, und ich bleibe allein auf dem Balkon zurück. Ich schlinge die Arme um meinen Körper, schmecke seinen Kuss noch auf meinen erhitzten Lippen, spüre aber auch wieder die quälende Last von Nicks Lüge. Gleichzeitig weiß ich, dass Nick nicht nur verfolgt haben wird, wie wir auf den Balkon hinausgetreten sind, sondern auch, wie Eduardo gerade mit dem unverwechselbaren Rot meines Lippenstifts im Gesicht wieder zurückgekehrt ist.

Ich flüchte mich in die Damentoilette des Ballsaals und schließe mich in einer der Kabinen ein, um einen Moment zur Ruhe zu kommen.

Es gelingt mir, die Tränen zu unterdrücken.

Ich kann den Abend unmöglich auf diesem Fest verbringen, kann nicht riskieren, Nick noch einmal über den Weg zu laufen oder seiner Verlobten gegenübertreten zu müssen. Gewiss lassen sich meine Eltern überreden, vorzeitig wieder aufzubrechen. Ich hätte schon gemeinsam mit Eduardo gehen sollen.

Den Abend eine Katastrophe zu nennen, wäre noch eine Untertreibung.

Draußen vor der Kabine kommen und gehen Frauen, aber keine spricht über mich oder den Vorfall bei unserem Eintreffen.

Sobald um mich herum eine wohlige Ruhe eingekehrt ist, kein Wasser mehr aus den Hähnen rauscht und das Geschnatter der Stimmen aufgehört hat, hole ich tief Luft, drücke den Rücken durch und öffne die Tür.

Zwei Schritte später bleibe ich wie erstarrt stehen, während hinter mir krachend die Kabinentür zufällt.

Im Wartebereich des Toilettenraums sitzt Nicks Verlobte auf einem Stuhl, den Blick fest auf mich gerichtet.

Ich blicke mich um, suche nach einer Verbündeten, einer meiner Schwestern, einer Ablenkung, irgendetwas … aber da ist niemand. Wir sind unter uns.

»Ich habe Sie schon eine ganze Weile einmal kennenlernen wollen«, sagt sie zur Begrüßung. Ihr Tonfall ist vornehm, ihr Gesichtsausdruck unergründlich. »Was einer gewissen Neugier geschuldet sein dürfte, fürchte ich. Nick hat eigentlich nicht vorgehabt, die Feier heute Abend zu besuchen, aber als ich von Ihrer Teilnahme hörte, habe ich mir erlaubt, dieses kleine Treffen, sagen wir, zu organisieren. Obwohl es zugegebenermaßen bislang nicht ganz meinen Erwartungen entsprechend verlief. Dass er seine Empfindungen so schamlos vor aller Augen zeigt, war absolut unangebracht.«

Sie scheint etwa in meinem Alter zu sein, womöglich ein wenig jünger. Ihr Teint ist frisch und zart, ihr Haar wie gesponnenes Gold. So zu einer eleganten Frisur hochgebunden bringt es ihre mit Smaragden und Diamanten besetzten Ohrringe perfekt zur Geltung, deren Grün wiederum hervorragend zur Farbe ihrer Augen und ihres seidenen Abendkleids passt.

In einem der Spiegel erhasche ich einen Blick auf mich selbst.

Die Frisur zerzaust von Eduardos Händen, die Lippen geschwollen nach seinem leidenschaftlichen Kuss, die Augen gerötet dank der Unehrlichkeit von Nick Preston und dazu ein Gesichtsausdruck, aus dem die blanke Panik spricht.

Die Frau erhebt sich von ihrem Stuhl.

»Ich bin Katherine Davies. Nicks Verlobte. Er ist ganz schön verrückt nach Ihnen, was? Natürlich sind mir die Gerüchte längst zu Ohren gekommen. Männer benehmen sich schließlich nie so diskret, wie sie selbst glauben. Das Strandhaus hat er nur ihretwegen gekauft.«

»Ich …«

Zum wahrscheinlich ersten Mal in meinem Leben fehlen mir die Worte.

»Die Sache muss Ihnen nicht unangenehm sein, dazu besteht kein Anlass. Er ist nicht der erste Politiker, der sich eine Mätresse leistet, und ich bin mir sicher, er wird auch nicht der letzte sein.«

Die Anspielung in ihren Worten ist unüberhörbar: *Ich bin mir sicher,* Sie *werden nicht die Letzte sein.*

»Ich bin nicht seine Mätresse.«

»Na ja, seine Verlobte sind Sie jedenfalls nicht, daher trifft es doch ›Mätresse‹ im Augenblick am besten, meinen Sie nicht?«

Ihr scharfer Ton verfehlt seinen Zweck nicht. Ich fühle Scham. In dieser Konstellation fällt mir unweigerlich die Rolle der Bösen zu.

»Ihnen wehzutun, lag nie in meiner Absicht«, erkläre ich steif. »Das tut mir leid.«

»Ach bitte, ersparen wir uns doch diese Leier. Das haben wir beide nicht nötig. Sie haben mir nicht wehgetan, obwohl ich gestehen muss, dass die kleine Szene heute Abend doch etwas peinlich war. Wahrscheinlich sind Sie sogar stolz darauf, es hier unten in Palm Beach zu einer Art Lokalberühmtheit gebracht zu haben, aber einige von uns verfügen über ein hohes gesellschaftliches Ansehen im gesamten Land, für das wir sehr hart gearbeitet haben. Nick wird einmal ein höchst bedeutender Mann sein. Skandale kann er da nicht gebrauchen.«

»Ich weiß.«

Sie lächelt. »Na, sehen Sie, dann stehen wir doch auf derselben Seite. Männer haben eben so ihre Triebe. Mit Frauen wie Ihnen tun sie Dinge, die sie mit ihren Ehefrauen nie tun würden. Solche Bekanntschaften sprechen irgendwelche niederen Wesenszüge in ihnen an, und das ist so weit ja auch alles schön und gut, bloß werde ich es nicht zulassen, dabei zum Gespött der Leute in dieser Stadt zu werden. Beschränken Sie Ihre Beziehung also auf die vier Wände Ihres Schlafzimmers, und wir werden keine Probleme miteinander haben. Stellen Sie die Sache dagegen noch einmal in aller Öffentlichkeit zur Schau, werden Sie erfahren, was für ein mächtiger Feind meine Familie sein kann. Einen schönen Abend noch.«

Mit hochgerecktem Kopf wendet sie sich ab und rauscht zur Tür hinaus.

20

Ich gehe nicht ins Strandhaus.

Unser Strandhaus.

Ich schaffe es nicht.

Über eine Woche lang lodert der Zorn über Nicks falsches Spiel in mir, lasten mir die Konfusion und das Bedauern über den Kuss mit Eduardo zu schwer auf der Brust, will die Scham über die persönliche Konfrontation mit Nicks Verlobten nicht weichen. Erst fast zwei Wochen nach der Feier betrete ich das Strandhaus, da ich weiß, dass er wegen einer Senatsabstimmung in Washington sein muss. Ich lege das Diamantarmband und den Schlüssel aufs Bett, in dem augenscheinlich seit Wochen niemand mehr geschlafen hat.

Eine Nachricht hinterlasse ich nicht.

Was gibt es auch groß zu sagen? Mit uns war es vorbei von dem Moment an, da wir uns das erste Mal begegneten und wenige Minuten später seine Verlobung bekanntgegeben wurde.

Ich bin nicht dazu gemacht, die Geliebte von jemandem zu sein, ein Verhältnis, und selbst *meine* Unbesonnenheit hat ihre Grenzen. Mein Herz an einen Mann zu verschenken, mit dem ich niemals ein Paar sein werde, erscheint sogar mir ziemlich idiotisch.

Ich schlüpfe unbemerkt durch eine der Verandatüren aus

dem Haus und gehe den Strand entlang, wo sich die salzige Gischt mit den Tränen auf meinem Gesicht vermischt. So ist es am besten. Die Saison nähert sich ihrem Ende, und für weitere Aufenthalte in Palm Beach wären Nick sowieso die Ausreden ausgegangen. Sicherlich wird er bald einen Termin für seine Hochzeit festsetzen müssen. Solange ihr Leben noch frei von Ehefrauen und Kindern ist, werden Männern ihre kleinen Abschweifungen verziehen, aber haben sie erst einmal Familie, ändert sich alles, und in dieser Konstellation sehe ich einfach keinen Platz für mich.

Unsere Affäre hat ihr natürliches Ende erreicht.

Ich kehre nach Haus zurück, wo meine Eltern im Wohnzimmer vor dem Fernseher sitzen, neben ihnen nicht nur Isabel, sondern auch Maria, die eigentlich in der Schule sein sollte.

»Wo bist du gewesen?«, fragt meine Mutter, als ich ins Zimmer trete.

»Am Strand«, antworte ich und wische mir verstohlen über die Wangen. »Bin ein Stück spazieren gegangen.« Meine Tränen sollten inzwischen getrocknet sein, und mein etwas mitgenommenes Aussehen werden sie hoffentlich auf Wind und Meer schieben. »Warum bist du nicht in der Schule?«, frage ich Maria.

»Ruhe«, wirft Isabel dazwischen und deutet auf den Fernseher.

Ich folge ihren Blicken, während Maria aufspringt und die Lautstärke am Gerät höherdreht.

Mir stockt der Atem.

Die Gerüchte sind wahr. Es hat eine Invasion auf Kuba gegeben.

Hoffnung ist schon eine eigentümliche Sache. Wenn man von ihr erfüllt ist und sie fest gepackt hält, dann bedeuten die mit ihr verbundenen Aussichten einfach alles. Man kann über Tage, Wochen, Monate, Jahre hinweg von ihr zehren und sich einreden, dass alles gut wird, weil man am Ende ja genau das bekommen wird, was man sich ersehnt hat, und dass alles andere bloß vorübergehende Rückschläge sind, die man überwinden wird. Denn worin sonst läge letztlich der Sinn aller Bemühungen, wenn nicht in einem Happy End?

Die Hoffnung ist eine wirklich bezaubernde Lüge.

Die ersten Berichte sind spärlich, die Informationen düster. Die Invasion an der Playa Girón – der Schweinebucht, wie die Amerikaner sie nennen – ist komplett fehlgeschlagen. Es hat über hundert Tote und über tausend Gefangene gegeben.

In den Folgetagen weiß ich mit meiner Verzweiflung kaum wohin. Ich verbringe meine Zeit damit, so viele Informationen wie möglich über die Lage auf Kuba zu sammeln, während mein Vater mit Bekannten und Geschäftsfreunden telefoniert, um in Erfahrung zu bringen, was in unserer Heimat los ist, und meine Mutter und meine Schwestern knien in St. Edward's und beten.

Verwest Eduardos Leichnam gerade irgendwo an den Stränden der Playa Girón, oder sitzt er in einer von Fidels Gefängniszellen?

Die Vorstellung, er könnte tot oder schwer verletzt sein, bricht mir das Herz.

Gespannt warten wir auf jede neue Nachricht, die aus Kuba heraussickert.

Einige Tage nach der fehlgeschlagenen Invasion hält Präsident Kennedy eine Ansprache an die Nation.

Wir versammeln uns in demselben Wohnzimmer, wo wir damals mit so viel Ungeduld die Wahlnacht verfolgt haben. Jetzt ist Maria still und in sich gekehrt. Auch unser Vater schaut mit finsterer Miene zu und fühlt sich einmal mehr von einem Politiker verraten. Und ich …

Ich bedaure, wie ich mit Eduardo auseinandergegangen bin. Mehr aber noch erfüllt mich Wut. All die Hoffnung, die ich in Präsident Kennedy gesetzt hatte, ist verpufft. Habe ich ihm vielleicht zu sehr vertraut, nur weil er ein Freund von Nick ist? Oder neigen wir einfach von Natur aus dazu, uns vorschnell an Zeichen der Hoffnung zu klammern?

Ist Kuba für uns auf immer verloren?

Kennedy offeriert schöne Worte, aber wir brauchen jetzt keine Worte, wir brauchen Waffen. Flugzeuge und Panzer. Wir brauchen Männer, die bereit sind zu kämpfen. Männer, die für diese Art der Kriegsführung ausgebildet und entsprechend vorbereitet sind. Keine Männer, die nur hingeschickt werden, um dort zu sterben oder in Gefangenschaft zu geraten, chancenlos unterlegen an Zahl, an Waffen und im Stich gelassen von den Amerikanern.

Was wir brauchen, ist ein militärisches Eingreifen der Vereinigten Staaten.

»Wir werden nie zurückgehen, oder?«, fragt Maria mich, als sie sich abends zum Schlafen fertig macht.

Und in meiner Mutlosigkeit und Trauer gestehe ich, was schon lange an mir nagt. »Ich weiß es nicht.«

Die Tage vergehen. Nacht für Nacht wälze ich mich aus Sorge um Eduardo und Kuba im Bett und finde keinen Schlaf. Ich habe mit eigenen Augen gesehen, wie die Verhältnisse dort im Gefängnis sind. Gewiss werden Dwyer und seine Kollegen ihre Attentatspläne jetzt vorantreiben. Das müssen sie einfach. Welche Möglichkeit bleibt sonst? Kuba einfach Fidel überlassen?

Sämtliche Berichte über die fehlgeschlagene Invasion legen die Vermutung nahe, dass Fidel über die bevorstehende Landung bestens informiert war. Einmal mehr muss ich an Dwyers Bemerkungen denken, wonach Fidel in den Vereinigten Staaten überall Spione hat, die ihn regelmäßig mit Nachrichten versorgen.

Sind wir von jemandem aus den eigenen Reihen verraten worden?

Für diese Woche ist ein Treffen der Hialeah-Gruppe angesetzt. Vielleicht kann ich ja da etwas aufschnappen.

Zu Anfang habe ich den Sinn solcher Geheimdienstaktionen angezweifelt, doch nach den letzten Ereignissen auf Kuba habe ich die Rolle der CIA durchaus zu schätzen gelernt. Und wenn ich in der Lage bin, einen nützlichen Beitrag zu leisten, wie könnte ich mich da weigern? Meine Landsleute liegen tot an einem kubanischen Strand oder schmachten in Fidels Gefängnis. Da kann ich doch nicht nur danebenstehen und nichts tun.

In Palm Beach ist die Saison vorbei. Die exklusiveren Gesellschaftskreise haben sich nach Newport, New York oder was weiß ich wohin verzogen, und der Strand ist um diese frühen Stunde meist menschenleer. Ich schlendere zu meiner gewohnten Stelle und bleibe abrupt stehen, als ich unmittelbar neben der Palme, unter der ich sonst immer sitze, einen Mann bemerke.

Zorn und Nervosität steigen in mir auf, und der spontane Impuls, einfach umzukehren und nach Hause zu gehen, ist groß. Aber Feigheit zählte noch nie zu den vielen Fehlern, die ich habe, und so ignoriere ich den Drang fortzulaufen und marschiere stattdessen geradewegs auf ihn zu. Ich halte erst an, als er mich mit einer simplen Armbewegung berühren könnte.

Er sieht grässlich aus.

Dünner, als ich ihn in Erinnerung habe, mit Ringen unter den Augen und einer – nein, *zwei* – Knitterfalten in seinem für gewöhnlich so makellos gebügelten Hemd.

Wir mustern einander schweigend, und ich habe das Gefühl, dass er mich ebenso aufmerksam studiert wie ich ihn, beide offenbar auf der Suche nach Zeichen von – ja, wovon eigentlich? Ich weiß es selbst nicht. Zwei Wochen sind vergangen seit diesem furchtbaren Abend, als ich ihm zusammen mit seiner Verlobten begegnete, doch es fühlt sich viel länger an.

Er bricht das Schweigen als Erster.

»Du hast mich verlassen.«

»Du hast mich angelogen«, erwidere ich.

»Ich weiß. Es tut mir leid. Ich wollte dich nicht verletzen, wollte dich nicht verlieren. Das entschuldigt nichts und ändert auch nichts an dem, was ich falsch gemacht habe. Aber das war der Grund, warum ich es getan habe.«

»Weil du mich nicht verlieren wolltest, hast du mich angelogen? Merkst du nicht selber, wie schwachsinnig sich das anhört? Dass du verlobt bist, war mir bekannt, und ich habe meine Stellung in deinem Leben durchaus verstanden. Zumindest dachte ich das. Und dann lügst du mich an.«

»Ich wollte dich nicht verlieren, indem ich das fragile Gleichgewicht, das im Moment zwischen uns besteht, noch weiter erschüttere. Kürzlich erst dieser Streit zwischen uns, und dann die komplizierte Lage auf Kuba. Ich wollte die Dinge einfach nicht noch verschlimmern.«

»Mich anzulügen, ist da aber nicht die Lösung.«

»Das ist mir inzwischen auch klar.«

Eine Frau mit einem Hund geht vorbei und betrachtet uns interessiert. Eduardos warnende Worte kommen mir in den Sinn.

»Sich hier zusammen sehen zu lassen, ist jedenfalls gar keine gute Idee. Die Leute reden sowieso schon.«

»Ich weiß«, antwortet er.

»Ich sollte besser nach Hause gehen.«

»Bitte geh nicht.«

»Was willst du? Warum bist du hier?«

»Ich bin gekommen, um mit dir zu reden. Um die Sache wieder in Ordnung zu bringen. Eigentlich hatte ich vor, dir erst mal Zeit zu lassen. Dass du stinksauer bist, konnte ich mir denken, aber dass es zwischen uns aus sein könnte, habe ich erst begriffen, als ich ins Haus kam und deinen Schlüssel und das Armband auf dem Bett liegen sah. Verdiene ich es nicht mal, dass du es mir persönlich sagst?«

»Es funktioniert einfach nicht.«

»Weil du überhaupt nicht willst, dass es funktioniert. Du

möchtest dieses Gespräch ungern in aller Öffentlichkeit führen? Also schön, lass uns ins Haus gehen. Rede mit mir.«

Tränen steigen mir in die Augen. Ich wische sie fort. »Du hast mich verletzt.«

»Glaubst du etwa, ich weiß das nicht? Glaubst du, es hätte mich nicht geschmerzt, diesen Ausdruck auf deinem Gesicht zu sehen und mitzuerleben, wie du …« Mit einem Fluch bricht er ab und legt eine kurze Pause ein. »Ich schlafe kaum noch. Ich sitze in Besprechungen, und mein Kopf ist immer nur halb bei dem, was man mir erzählt, weil er halb hier bei dir ist. Ständig muss ich an dich denken, frage mich, ob du vielleicht schon fort bist. Ich habe einen Fehler begangen. Den möchte ich wieder gutmachen. Bitte gib mir wenigstens eine Chance dazu. Lass uns reden.«

Vernünftig wäre es, der Sache hier und jetzt ein Ende zu bereiten und zu verschwinden. Und doch …

Nick streckt die Hand aus, und ich nehme sie. Ungeachtet aller Bedenken begleite ich ihn zu seinem Haus.

Wir treten über die Veranda ein, und erneut sind alle Möbel mit weißen Laken verhängt. Der vertraute Anblick der Räume, in denen wir so viel Zeit miteinander verbracht haben, versetzt mir einen Stich. Als er mich das erste Mal herbrachte und ebenfalls Laken über sämtlichen Möbeln hingen, schien alles so voller Möglichkeiten. Jetzt wirkt alles verlassen und leblos.

Ich setze mich auf die Kante der Couch, auf der wir uns einst geliebt haben. Nick entscheidet sich für den Sessel gegenüber und wartet darauf, dass ich etwas sage.

Ich beginne mit einer schlichten Ausrede, da es immer leichter ist, sich an Oberflächliches zu halten, als sich mit tiefer liegendem Schmerz auseinanderzusetzen. »Die Leute reden über uns. Ich habe nicht geglaubt, dass es mich stören würde, aber du hast recht – inzwischen ist alles reichlich kompliziert. Ich muss an meine Familie denken. Mein Verhalten könnte ihnen schaden.«

»Ich weiß, dass es gerade schwierig ist. Deshalb kam ich ja auch nach Palm Beach, ohne dir Bescheid zu geben. Katherines Vater hatte von den Gerüchten über uns gehört und war verärgert. Er wollte, dass ich mich bei dieser Veranstaltung sehen lasse, um dem Klatsch ein Ende zu bereiten. Ich habe nicht damit gerechnet, dass du da sein würdest.«

Schwer zu entscheiden, ob es das besser oder schlimmer macht.

»Wir haben erst sehr spät eine Einladung erhalten.«

Ich spiele mit dem Gedanken, ihm zu erzählen, dass seine Verlobte mir gegenüber ganz offen eingestanden hatte, unser Zusammentreffen arrangiert zu haben. Aber was würde eine solche Enthüllung bringen? Sie wird seine angetraute Ehefrau, während ich bloß das Weibsstück bin, das irgendwelche niederen Wesenszüge in ihm anspricht, wie sie es so freundlich formulierte.

»Ich habe immer verhindern wollen, dass du in diese Auseinandersetzung hineingezogen wirst, dass jemand dich meinetwegen angreift. Schließlich bin ich derjenige, der verlobt ist und in der Öffentlichkeit steht. Ich muss dafür geradestehen.«

»Es ist nicht deine Schuld. Wir wussten beide, dass es nur vorübergehend ist. Wie sollte es auch anders sein?«

»Und was ist mit dem anderen?«, fragte Nick.

»Was meinst du?«

»Ich soll dich nicht anlügen. Dann sei du mir gegenüber gefälligst auch aufrichtig. Hier geht es doch nicht nur um den allgemeinen Klatsch. Du hast deine Verbindungen zur CIA noch immer nicht gekappt, richtig?«

»Wie käme ich auch dazu? Frag doch mal deinen Präsident Kennedy nach den Gründen.« Mein Zorn über die fehlgeschlagene Invasion bricht heiß und scharf aus mir heraus. »Hast du davon gewusst?«

»Beatriz …«

»Also hast du.«

»Es steht hier mehr auf dem Spiel als meine Gefühle für dich.«

»Auch mehr als meine für dich.«

»Es geht dabei nicht um uns. Es ist nichts Persönliches. Hier geht's um Politik.«

»Für mich ist das persönlich. Bestimmt schön, wenn man so etwas einfach verdrängen und sich einreden kann, dass es nicht weiter wichtig ist, weil es ganz andere Leute betrifft und mit einem selbst im Grunde nichts zu tun hat. Aber einigen von uns ist dieser Luxus nicht vergönnt.«

»So habe ich das nicht gemeint.«

»Aber es ist doch so, oder? Du möchtest deine kubanische Mätresse gern ins Bett bekommen, das schon, nur soll sie nicht unbedingt eigene Ansichten zu diesem Thema haben, soll nicht ständig darauf herumreiten, dass ihr Land gerade zugrunde geht. Dass die Menschen in ihrem Heimatland sterben. Dass Kinder von ihren Familien getrennt und fortgeschickt werden.«

»Ich habe dich nie wie meine Mätresse behandelt.«

»Deine Verlobte sieht allerdings genau das in mir.«

Er wird bleich.

»O ja«, fahre ich fort. »Wir hatten bei der Feier eine hübsche kleine Unterhaltung in der Damentoilette. Es war natürlich sehr beruhigend zu erfahren, dass sie keine Einwände gegen unsere Affäre hat, solange ich nur der Befriedigung deiner – wie formulierte sie es noch? – ›niederen Wesenszüge‹ diene.«

Er stößt einen harten Fluch aus.

»Ich bin nicht wütend«, stelle ich sofort klar. »Ehrlich nicht. Aber ich kann auch nicht länger so tun, als bliebe unser Verhältnis von der Politik unberührt. Ich meine, wie konnte es dazu kommen?« Mein Ton wird jetzt schärfer. »Menschen sind tot oder verrotten im Gefängnis, weil deine Regierung uns Kubanern die Unterstützung verweigerte, als wir sie am dringendsten gebraucht hätten.«

»Und diesen Verrat willst du jetzt mir anlasten? Die gescheiterte Landung in der Schweinebucht?«

Im Augenblick ist mir nicht klar, ob das tatsächlich die schmerzlichste Enttäuschung ist, oder ob mir die Auseinandersetzung in diesem Punkt bloß am leichtesten fällt. »Wie konnte es dazu kommen?«, frage ich erneut.

»Wir haben Mist gebaut.«

»So viel ist offensichtlich. Eine Erklärung ist das nicht.«

»Ich wüsste nicht, dass ich dir eine schulde.«

Eine verletzendere Antwort hätte er mir kaum geben können.

»Du gehörst doch dem engeren Vertrautenkreise des Präsidenten an, oder nicht? Wie steht Kennedy denn zu der Invasion?«

»Für den Präsidenten ist die Situation äußerst verfänglich. Keiner glaubt derzeit der Behauptung, die CIA hätte nicht ihre Finger im Spiel gehabt, und je vehementer die Regierung es leugnet, desto katastrophaler die Folgen. Also muss er die Initiative übernehmen, muss eingestehen, dass uns ein Fehler unterlaufen ist, und versichern, dass wir alles in unserer Macht Stehende tun werden, um ihn zu beheben. Andernfalls würden wir vollkommen idiotisch dastehen.«

»Und das hat er vor? Seinen Fehler eingestehen und alles tun, um ihn zu beheben?«

»Keine Ahnung.«

»Also darauf läuft's am Ende hinaus, ja? Ein Fehler?«

»Du kannst doch nicht im Ernst glauben, dass es so gedacht war! Keiner wünscht sich den Sturz Castros stärker als Kennedy.«

»Ach was.«

»Ehrlich.«

»Warum hat er dann den Männern, die an der Playa Girón landeten, nicht mehr Unterstützung gegeben? Warum werfen die Vereinigten Staaten nicht all ihre Macht und ihren Einfluss in die Waagschale, um Fidel zu stürzen? Wir wissen doch beide, dass wir diese Diskussion überhaupt nicht führen müssten, wenn sie das täten.«

»Weil wir nicht den Eindruck erwecken dürfen, uns in die inneren Angelegenheiten anderer Staaten einmischen und jede Regierung einfach entmachten zu wollen, die uns irgendwie nicht gefällt.«

»Aber genau das tun die Vereinigten Staaten doch permanent überall in der Welt, oder etwa nicht? Und jetzt sag mir nicht, bei Kuba läge der Fall anders. Auch Fidel ist nicht das, was das kubanische Volk sich wünscht. Weißt du, wie viele Kubaner sich an seiner Bewegung des 26. Juli beteiligt haben? Ein paar Hundert. Ein paar Hundert Guerillakämpfer haben mein Land unter ihre Kontrolle gebracht.«

»Und keiner hat sich dagegen aufgelehnt. Seine Widersacher haben das Land verlassen. Und viele andere bereiten sich in diesem Moment darauf vor, ihrem Beispiel zu folgen. Die Schweinebucht war unser Versuch, euch bei der Rückeroberung eures Lands zu helfen. Und er ist misslungen.«

»Du kannst doch nicht uns die Schuld in die Schuhe schieben. Als wären wir allein dafür verantwortlich und die Vereinigten Staaten hätten nicht die ganze Zeit schon im Hintergrund die Strippen gezogen. Du hast ja keine Ahnung, wie die Lage unter Batista gewesen ist. Nicht den Funken einer Ahnung. Er hat dafür gesorgt, dass um ihn herum ein Machtvakuum entstand, sodass niemand ihm die Macht entreißen konnte. Und ihr habt ihm dabei geholfen – mit euren Waffen, eurem Zucker …«

»Willst du wirklich über das Zuckergeschäft reden?«

Ich zögere kurz. »Das alles ist zu viel für mich«, antworte ich schließlich. »Ich kann die Dinge, die mich stören, nicht so fein säuberlich getrennt voneinander betrachten. Ich kann nicht in deinem Bett schlafen, während du mit deiner Braut irgendwelchen gesellschaftlichen Verpflichtungen nachkommst, ohne dass ich dabei jeden letzten Rest an Selbstachtung verliere. Ich kann nicht so tun, als wäre ich nicht wütend auf dich für die mangelnde Hilfe, die dein Kongress meinem Land gewährt, für das schreckliche Chaos, das deine Regierung angerichtet hat.

Weder kann ich die Augen verschließen davor, wie dein Präsident mit dieser Situation umgegangen ist, noch davor, dass du eng mit ihm befreundet bist.«

»Dabei geht es doch nur um Politik. Diese Fragen müssen unsere Beziehung doch überhaupt nicht beeinflussen, wenn wir es nicht wollen.«

Ich schließe für einen Moment die Augen. »Genau darin liegt das Problem. Für mich geht es hier eben nicht nur um Politik. Das ist mein Leben. Ist das Leben meines Bruders gewesen. Er ist im Kampf für ein besseres Kuba gefallen. Wie könnte ich je davon ablassen?«

»Und wenn sich deine Hoffnungen niemals erfüllen? Was dann? Willst du als trauernde Witwe eines Landes enden, das es so nur in deinen Träumen gegeben hat?«

Ich bin müde. Furchtbar müde. Vor allem bin ich es in diesem Augenblick müde, jemandem etwas erklären zu müssen, der das nie begreifen wird. Es nicht begreifen kann. Er war zwar im Krieg, aber dann ist er dort wieder weg und in eine friedliche Heimat zurückgekehrt. Er weiß gar nicht, wie das ist, sein ganzes Leben im Krieg zu verbringen.

»Für mich ist dieser Kampf etwas ganz Persönliches. Mir bedeutet er alles.«

»Er ist gefährlich.«

»Das stimmt. Vermutlich am gefährlichsten für die Männer, die an der Invasion teilgenommen haben und deren Schicksal jetzt in Fidels Händen liegt. Ich habe die Zustände in diesen Gefängnissen mit eigenen Augen gesehen, habe erlebt, was Fidel Menschen antut, die er als Verräter betrachtet.«

»Diese Menschen sind aber nicht dein Bruder.«

»Sie könnten es aber genauso gut sein. Welche Haltung nimmt denn der Präsident in dieser Frage ein?«

»Er plant einen Deal.«

»Und Fidel?«

Er mustert mich. »Du darfst niemandem erzählen, was ich dir jetzt sage. Nichts davon darf in die Presse geraten. Das ist von größter Bedeutung. Leben hängen davon ab.«

Ich nicke.

»Sie glauben, dass Fidel offen für Verhandlungen ist. Bleiben all diese Leute auf längere Sicht seine Gefangenen, verschafft ihm das mehr Schwierigkeiten als Vorteile. Außerdem verfügt er mit ihnen über ein Druckmittel für Zugeständnisse, die er derzeit dringend benötigt. Die Männer werden nach Hause kommen. Wir werden nur irgendetwas opfern müssen, um sie zurückzuholen.«

Ich hole tief Luft, und dann plötzlich platzen die Worte aus mir heraus. »Eduardo hat auch an der Invasion teilgenommen. Ich weiß nicht, was ihm zugestoßen ist – ob er noch am Leben ist, ob er irgendwo in einer Zelle hockt …«

Nicks Gesichtsausdruck nach zu urteilen, ist diese Nachricht für ihn nicht neu. »Das tut mir leid. Ich weiß, wie wichtig er dir ist.«

Ich widerspreche ihm nicht.

Seine Augen verengen sich. »Ich habe gesehen, wie er dir an diesem Abend auf den Balkon gefolgt ist. Er will dich, hab ich recht?«

Die entscheidende Frage schwebt unausgesprochen zwischen uns.

Willst du ihn ebenfalls?

»Er ist ein Freund.«

»Bislang war er ein Freund, aber sein eigentliches Ziel ist das nicht.«

»Du kannst doch unmöglich eifersüchtig sein.«

»Warum nicht?«

»Wir haben keine Zukunft«, sage ich langsam und leise. Aller Zorn ist von mir gewichen, und die Worte sollen es ihm leichter machen – und mir vielleicht auch ein wenig.

»Meinst du etwa, ich weiß das nicht?«, erwidert er und lacht rau auf. »Und womöglich wird sich dann eines Tages, wenn er wieder aus dem Gefängnis ist, diese Freundschaft weiterentwickeln und verändern. Du wirst Eduardo mit anderen Augen betrachten und das in ihm erkennen, was in dieser Saison offensichtlich bereits allen anderen den Kopf verdreht hat. Und er passt ja auch perfekt zu dir, hab ich recht? Ihr teilt die gleichen politischen Ansichten, die gleiche Vorgeschichte. Dass der Mann ein lupenreiner Opportunist ist und Kuba nicht so rückhaltlos liebt wie du, sieht man zwar auf den ersten Blick, aber in diesen Zeiten gibt es sicherlich schlimmere Eigenschaften. Außerdem könnte das genau die richtige Ergänzung zu deiner gefährlich idealistischen Haltung sein. Wenn er dich wirklich liebt, wird er dich irgendwie davor bewahren, umgebracht zu werden.«

»Kommt jetzt wieder die alte Leier? Dass ich jemanden brauche, der mich beschützt?«

»Darin kannst auch nur du etwas Negatives sehen.«

»Du begreifst es einfach nicht, was? Aber wie auch? Dich tun die Leute ja auch nicht sofort ab nur wegen deines äußeren Erscheinungsbilds, schenken dir kein herablassendes

Lächeln und erklären, dass manche Unterhaltungen nichts für dich sind. Und das alles bloß, weil du eine Frau bist, zu jung, zu hübsch und zu behütet aufgewachsen, um die Welt da draußen zu verstehen. Du wirst nicht wie ein kostbares Gemälde oder eine zerbrechliche Vase behandelt oder wie eine Zuchtstute, deren Wert einzig in ihrer Schönheit liegt und dem, was sich dafür eintauschen lässt.«

»Und warum ist es etwas anderes, wenn du deinen Körper dazu benutzt, Fidel in die Falle zu locken?«

»Weil das *meine* Entscheidung ist.«

»Deine Entscheidung? Oder haben sie es dir bloß auf diese Weise schmackhaft gemacht – die CIA, Eduardo?«

»Diese Leute haben meinen Bruder ermordet. Dafür müssen sie büßen. Mein Vater unternimmt nichts. Das wenige Geld, das er sich abzuringen vermag, schmeißt er der Exilbewegung in den Rachen, ansonsten tut er gar nichts. Ihm ist Kuba egal. Seine Aufmerksamkeit gilt allein seiner Handelsfirma, die jetzt hier ist, und der Wiedererlangung von Wohlstand und Reichtum. Keiner unternimmt mehr irgendwas.«

»Vielleicht bedeutet das, was du als Untätigkeit wahrnimmst, gar nicht zwangsläufig, dass nichts passiert, Beatriz. Solche Dinge brauchen eben ihre Zeit. Du kannst da nicht reinstürmen und erwarten, dass sich alles über Nacht ändert, bloß weil du es unbedingt willst.«

»Ich *unternehme* immerhin etwas. Die Männer, die dafür an der Playa Girón kämpften und starben, haben etwas unternommen. Eduardo hat etwas unternommen. Du und deine Regierung, ihr seid diejenigen, die nichts unternehmen.«

»Hast du ihn an diesem Abend auf der Feier geküsst?«

Ich zögere. Die Leichtigkeit, mit der wir ständig Politisches mit ganz Persönlichem vermengen, widerlegt sein Argument, dass wir die beiden Bereiche trennen können. In Wahrheit sind sie unentwirrbar verknäult in diesem Knoten, den wir geschaffen haben.

»Ja.«

»Hast du mit ihm geschlafen?«

»Nein.«

»Aber daran gedacht hast du schon.«

»Nein, so war das nicht.«

»Hat es dir gefallen? Wie er dich geküsst hat?«

Es wird sehr still im Raum.

»Frag mich das nicht«, antworte ich schließlich.

»Herrgott, Beatriz«, entfährt es Nick. Er springt auf, macht ein paar Schritte durchs Zimmer und lässt sich am anderen Ende auf die Couch fallen. Die Ellbogen auf die Knie gestützt, verbirgt er das Gesicht in den Händen. »Ich werde gehen. Ich habe kein Recht zu alldem, und das weiß ich auch. Aber wenn ich mir vorstelle, wie sein Mund auf deinem liegt, seine Hände auf deinem Körper …«

»So ist es doch gar nicht gewesen. Und häng das gefälligst nicht alles mir an. Du hast uns ganz sicher genauso viel Mist eingebrockt wie ich.«

»Wer ist denn hier ›uns‹? Hat es dieses ›uns‹ jemals gegeben, oder gibt es nicht vielmehr nur ein paar heimliche Abende und verstohlene Treffen? Hat das, was wir hatten, jemals für mehr gereicht?«

»Wie sollte es für mehr reichen?«, kontere ich. »Wir hatten

von Beginn an klargestellt, dass es nur vorübergehend sein würde. Eine Affäre. Nichts weiter.«

»Wonach suchst du dann? Wer soll dich glücklich machen? Eduardo?«

»Es geht nicht um Eduardo. Es geht nicht mal um dich oder uns, sondern allein um mich. Ich bin nicht auf der Suche nach einem Mann.«

»Und warum hast du Eduardo dann geküsst?«

»Keine Ahnung. Er war da, und ich dachte, es wäre vielleicht einfacher mit jemandem, der mich versteht, der nicht so kompliziert ist. Er war drauf und dran, in den Kampf zu ziehen, und er hat mich begehrt, also habe ich ihn geküsst. Und ich war wütend auf dich. Wütend darauf, dass du mich angelogen hast und alles plötzlich so wahnsinnig schwierig ist. Ich wollte einfach nur einen Moment, wo etwas mal unkompliziert ist.«

»Unkompliziert? Du willst mir was von unkompliziert erzählen? Deinetwegen habe ich mich um meinen Ruf gebracht und würde es jeden Tag wieder tun, und du suchst nach einem unkomplizierten Moment?«

»Du wirst heiraten, daher war dies nie mehr als eine flüchtige Beziehung«, erkläre ich erneut, als würde sich diese Sichtweise in meinem begriffsstutzigen Hirn festsetzen, wenn ich sie nur oft genug wiederhole.

»Warum kann es nicht mehr sein? Ich liebe dich.«

Mit einem Schlag erstarrt alles zu einem Standbild.

Nach ein paar Sekunden holt Nick tief Luft. »Ich liebe dich, und es bringt mich noch um den Verstand, und wenn du mehr haben willst, musst du es nur auch aussprechen.«

Wir tänzeln schon so lange ängstlich um dieses Wort herum, als wäre es eine rote Linie, die wir nicht überschreiten dürfen. Es war eben bequemer, sich einzureden, dass es nur um Sex ging. Und doch ist es jetzt rausgerutscht.

Allerdings hat »Liebe« auch nicht mehr diesen magischen Klang, den sie hatte, als ich noch ein junges Mädchen war.

Geliebte, Ehefrau – der Unterschied kommt mir im Augenblick nicht sonderlich gravierend vor. Keines von beidem beinhaltet, dass er mich als gleichrangigen Partner betrachten wird. Denn er will, dass ich die einzige Sache aufgebe, die meinem Leben bislang Sinn verliehen hat. Und er selbst kann die politische Karriere, die er anstrebt, nicht mit jemandem wie mir an seiner Seite verwirklichen.

»Ich bin von Anfang an ehrlich dir gegenüber gewesen«, antworte ich mit einem Zittern in der Stimme. »Mir war noch nie danach, eine Familie zu gründen und ein beschauliches Leben zu führen. Ich habe keine Lust, ein hübsches politisches Beiwerk für dich abzugeben oder Dinnerpartys für dich abzuhalten. Das passt nicht zu mir, und so jemand möchte ich auch nicht werden. Ich wollte das nicht sein, als ich auf Kuba noch die heiß begehrte Tochter aus bestem Haus war, und jetzt, da sich die Situation grundlegend geändert hat, könnte ich es auch gar nicht mehr sein.«

»Schön. Kümmert mich alles nicht. Sei, wie du willst. Aber sei es *und* sei an meiner Seite.«

»Hör auf«, bringe ich heiser heraus. Ich schlucke und zwinge mich zu tun, was vernünftig und verständnisvoll ist, auch wenn es mir das Herz zerreißt. »Du solltest zurück nach Washington gehen.«

Er zögert und blickt sich suchend um, als müsste es da noch mehr Argumente geben, Beschwörungen, mit denen ich mich umstimmen lasse. Vergebens.

»Das wär's dann also, ja?«, fragt er schließlich.

Ich nicke.

Es gibt so vieles, was ich gerne sagen würde, und die unterschiedlichsten Gefühle stürmen auf mich ein, aber letzten Endes ist der Drang, möglichst schnell von hier wegzukommen, einfach zu groß. Ich bin noch nie vor etwas feige davongerannt, diesmal mache ich eine Ausnahme.

Immerhin habe ich auch noch nie zuvor jemanden geliebt. Mit uns ist es in der Tat unwiderruflich vorbei.

21

Ich habe mich mit einem Buch ins Wohnzimmer zurückgezogen, als Isabel den Raum betritt. Die Schärfe, mit der ihre Absätze auf den Marmorboden knallen, kann nur eins bedeuten: Sie ist mächtig genervt.

»Wie konntest du nur?«, faucht sie zur Begrüßung.

Ich schaue von meinem Buch hoch. Seit Nick und ich vor ein paar Tagen Schluss gemacht haben, ist Lesen für mich zu einer Art Zufluchtsort geworden.

»Was hab ich denn diesmal wieder angestellt?«, frage ich.

Bei Schwestern weiß man nie. Es kann ein Kleid sein, das ausgeborgt und nie zurückgegeben wurde, zerschrammte Sandalen, ein ausgespannter Freund – die Möglichkeiten sind wirklich endlos. Angesichts ihrer bevorstehenden Hochzeit ist Isabel dazu noch gereizter als gewöhnlich. Eigentlich hatte ich gedacht, dass die Aussicht, Mrs. Thomas Tinsley zu werden, sie mit der gelassenen Glückseligkeit einer angehenden Ehegattin erfüllen würde, doch das genaue Gegenteil scheint der Fall zu sein, und sie ist dünnhäutiger denn je.

»Ich habe gerade mit Thomas telefoniert«, antwortet sie.

Isabel kann manchmal schrecklich dramatisch sein.

»Diane Stanhope hat neulich gesehen, wie du in dieses Strandhaus gegangen bist, das Nick Preston gekauft hat.«

Meine Finger packen den Einband des Buches fester.

»Alle Welt redet darüber«, fährt sie fort. »Und jetzt weiß Thomas nicht, ob eine Verbindung mit unserer Familie überhaupt eine gute Idee ist.«

Sie presst die Worte mit einem unterdrückten Schluchzen hervor, und die blanke Panik in ihrer Stimme versetzt mir einen mitleidvollen Stich. In Kuba wurde zwar erwartet, dass wir heiraten, aber hier, wo Zukunftsabsicherung und Wohlstand keine Selbstverständlichkeiten mehr sind, bleiben nicht viele Alternativen. Damit ist die Ehe eine erheblich ernstere Angelegenheit geworden.

»Ich wusste gar nicht, dass Thomas so regen Anteil an meinem Liebesleben nimmt«, erkläre ich vorsichtig.

Eduardo hat mich gewarnt. Genau wie Isabel.

»Lianne Reynolds hat gesehen, wie ihr euch am Strand unter einer Palme in den Armen gelegen habt.«

»Wir haben uns nicht in den Armen gelegen.«

»Aber du bist seine Geliebte. All diese Dinge, die man sich über euch erzählt hat, sind wahr, hab ich recht? Von ihm hast du dieses Diamantarmband bekommen. Und das Strandhaus hat er bloß gekauft, damit ihr euch da … was? Treffen und *Sex* haben könnt?«

Wäre die Situation nicht so bitterernst gewesen, ich hätte laut lachen müssen über Isabels entrüsteten Ton bei dem Wort »Sex«. Wäre die Situation nicht bitterernst gewesen und hätte meine Mutter nicht in der Tür zum Wohnzimmer gestanden.

Die Augen meiner Mutter sind starr auf mich gerichtet. »Isabel, lass uns bitte allein«, sagt sie mit eisiger Stimme. Wenn mein Vater die Beherrschung verliert, kommt es zu einer feurigen Explosion, bei meiner Mutter dagegen zu unerbittlicher Kälte.

Isabels Gesicht wird aschfahl, während ich mich erhebe. Wahrscheinlich ist ihr klar geworden, dass sie gerade eine der Grundregeln unter Geschwistern verletzt hat: niemals vor den Eltern schmutzige Wäsche waschen.

»Beatriz«, flüstert Isabel und wirft mir einen entschuldigenden Blick zu.

Ich ignoriere ihn.

Was geschehen ist, lässt sich nicht ungeschehen machen.

Isabel geht hinaus, und nun stehen sich zwischen diesen vier Wänden nur noch meine Mutter und ich gegenüber. Wir sind fast wie ein Spiegelbild der jeweils anderen, bis hin zum bevorzugten Kleidungsstil. Der einzige offenkundige Unterschied sind die Lebensjahre, die uns trennen, aber so vorteilhaft, wie sie altert, scheint meine Mutter selbst der Zeit ihren Willen aufzwingen zu können.

»Du wirst ihn nie wiedersehen.«

Ich reagiere nicht.

»Wie konntest du uns das antun, Beatriz? Deinen Schwestern, deinem Vater, mir? Nach allem, was wir zusammen durchmachen mussten. Nach allem, was wir mit dir durchmachen mussten! Dass du leichtsinnig bist, habe ich ja gewusst, aber ich hätte nie gedacht, dass du so dämlich sein kannst. Er ist verlobt. Die Familie seiner Braut schwimmt in Geld, ist einflussreich, gehört seit Generationen den besten Kreisen an. Genau wie seine eigene Familie. Er ist US-Senator. Wie sollte das wohl ausgehen? Du hast damit alles ruiniert.«

»Du willst sagen, ich habe *mir* alles ruiniert, oder?«

Sich mit meiner Mutter zu streiten, bereitet nicht das geringste Vergnügen, und selbst die Treffer, die man landet, fühlen sich nie wie ein Erfolg an. Alles wäre so viel einfacher, wenn wir besser miteinander zurechtkämen, wenn wir nicht so grundverschieden wären – oder muss es heißen: einander nicht so ähnlich? Den Unterschied habe ich noch nie verstanden.

»Was willst du von mir? Geht es um einen Ehemann? Ein großes Haus? Ein Kind? Soll ich genau wie Elisa sein? Oder wie Isabel? Sag mir doch einfach, was du von mir erwartest, damit ich so sein kann.«

»Ich möchte, dass du reüssierst. Ich möchte, dass du noch erfolgreicher heiratest als deine Schwestern und die in dich gesetzten Erwartungen anschließend auch erfüllst.«

»Und wenn ich nicht um eines gesellschaftlichen Status willen heiraten möchte? Wenn ich einfach nur glücklich sein will? Was dann? Was, wenn ich gar keinen Mann brauche, der mich aushält? Wenn ich mir meinen Lebensunterhalt lieber selbst verdienen will?«

»Glücklich?«, wiederholt sie und schnaubt abfällig. »Was kannst du dir von deinem Glück schon groß kaufen, Beatriz? Meinst du, es wird für all die edlen Kleider und Schmuckstücke sorgen, die du schon dein ganzes Leben lang trägst? Für die großzügigen Villen? Meinst du etwa, irgendein Glück wird dich beschützen, wenn sie plötzlich an deine Tür klopfen und sich nicht abwimmeln lassen? Bleib mir doch weg mit deinem Glück.«

Dickköpfig. Eigensinnig. Unbesonnen.

Ich habe es schon tausendmal gehört, und es stimmt ja auch. Trotzdem kann ich ihre Behauptungen nicht unbeantwortet lassen, kann diese Worte nicht als Wahrheit akzeptieren und mich mit dem Platz im Leben zufriedengeben, den sie mir gerne zuweisen würde. »Warum genügt es nicht, glücklich zu sein?«

Warum haben wir einander nie wirklich verstanden? Warum kannst du mich nicht nehmen, wie ich bin, statt mich zu jemandem machen zu wollen, der ich nicht sein kann?

»Du bist schon immer selbstsüchtig gewesen«, zischt sie eisig. Ihre Worte treffen mich wie ein Peitschenhieb, weil ich – Gott steh mir bei – genau weiß, was sich längst angekündigt hat und nun unweigerlich kommen muss. »Dein Vater hätte nie so viel Nachsicht mit dir zeigen dürfen.«

Natürlich sollten Eltern unter ihren Kindern niemanden favorisieren, aber auch Eltern sind nur Menschen und für die gleichen Fehler und Schwächen anfällig wie wir alle. Ich bin immer der Liebling meines Vaters gewesen. Zwischen uns bestand eine unausgesprochene Übereinkunft, dass ich mir mehr herausnehmen, seine Geduld auf härtere Proben stellen durfte als meine Geschwister. Im Übrigen hat auch meine Mutter stets ihren Liebling gehabt.

Zusammengebraut hat sich dieses Unwetter schon lange. Während wir alle um das eine Thema herumtänzeln, das keiner in den Mund zu nehmen wagt, wächst die nervöse Anspannung, und die Atmosphäre lädt sich immer stärker auf.

»Alejandro könnte noch leben …«

Ich weiß, was kommt, und kann mich dennoch nicht schützen vor dem Schlag und der gewaltigen Woge an Schmerz, die er verursachen wird.

»Wenn du nicht gewesen wärst«, beendet sie den Satz.

Zwischen Müttern und ihren Söhnen besteht eine ganz besondere Art von Beziehung, besonders bei kubanischen Müttern.

»Du hast ihm diese Ideen in den Kopf gesetzt«, fährt sie anklagend fort.

»Alejandro hatte seine eigene Ideen.« Meine Stimme klingt gepresst.

Ideen, auf die er stolz war. Träume und Überzeugungen, für die er zu sterben bereit war. Ich wehre mich nicht dagegen, zu meiner Verantwortung in unserem Engagement zu stehen, gebe zu, eine Mitverschwörerin gewesen zu sein. Doch es wäre grundfalsch, Alejandro seine eigenen Wünsche und seine eigene Handlungsfähigkeit abzusprechen.

»Du hast ihn dazu gedrängt. Du bist immer schon eine Unruhestifterin gewesen. Selbst als Kind hast du unbedingt ständig Regeln verletzen und Ärger machen müssen. Und jetzt schau dir an, was du getan hast.«

»Ich habe ihn nicht umgebracht.«

Die Trauer kann ich nachvollziehen, sogar die Wut kann ich bis zu einem gewissen Grad verstehen, schließlich habe ich sie beim Anblick Fidels selbst empfunden. Nicht begreifen kann ich jedoch, dass dieser Zorn in ihren Augen glüht, wenn sie *mich* ansieht.

»Alles wäre anders gewesen, wenn du ihn nicht dazu gedrängt hättest, sich gegen seine Familie zu wenden. Wenn du ihn nicht zu diesem Wahnsinn ermutigt hättest. Er hat auf dich gehört. Er ist dir gefolgt. Es sind deine Ideen gewesen, mit denen du ihn gefüttert hast. Er ist immer ein guter Junge gewesen.«

Fast tut sie mir ein wenig leid. Meiner Mutter fällt es schwer, Menschen zu verstehen, die nicht sind wie sie. Es bereitet ihr Probleme, sich auf Veränderungen einzustellen. Sie kann das, was aus Kuba geworden ist, einfach nicht mit ihrer Welt der glänzenden Feste und exklusiven Geschäfte in Einklang bringen. In Wahrheit kümmert sie der alltägliche Kampf des Durchschnittskubaners herzlich wenig. Sie versucht nur, die ganz persönliche Enklave, in der sie lebt, zu schützen.

»Wir schicken dich nach Europa«, verkündet sie. »Du wirst bei meiner Cousine in Spanien wohnen.«

»Wie bitte?«

»Ich habe bereits alles mit deinem Vater abgesprochen. In Anbetracht der bevorstehenden Hochzeit Isabels würde deine weitere Anwesenheit hier bloß eine Störung darstellen. Ich werde nicht zulassen, dass du deiner Schwester diese große Chance zerstörst. Diese Ehe ist viel zu wichtig für sie. Für uns alle.«

»Ich versuche doch gar nicht, Isabel irgendwas zu zerstören …«

»Immerhin ist es dir schon fast gelungen. Sollte ihr Verlobter jetzt von seinen Heiratsabsichten zurücktreten, wird sie nie wieder etwas anderes finden. Sie wird als einsame alte Jungfer enden.«

»Wie ich? Wir sind nicht alle wie du. Nicht jeder von uns strebt danach, einen reichen Mann zu heiraten, nur weil wir unfähig dazu sind, aus eigener Kraft in der Welt zurechtzukommen.«

Ihre Hand schnellt vor und verpasst mir eine schallende Ohrfeige.

Meine Haut brennt, wo ihre Handfläche mich getroffen hat.

»Du glaubst, tun und lassen zu können, was immer du willst, und keine Folgen fürchten zu müssen, ganz gleich wie sehr du dich über die Interessen deiner Familie hinwegsetzt. Meine Eltern wollten, dass ich deinen Vater heirate, und das habe ich getan. Ich habe es getan, weil ich dem Ansehen meiner Familie nie Schaden zufügen wollte, so wie du das ständig tust, und weil ich nie auf die Idee gekommen wäre, die Wünsche meiner Eltern so respektlos zu missachten, wie du dir das permanent herausnimmst. Du *wirst* nach Madrid zu meiner Cousine gehen!«

»Und wenn ich mich weigere?«

»Dann wirst du dieses Haus verlassen mit nichts als den Kleidern an deinem Leib.«

»Ich brauche euer Geld nicht.«

»Offensichtlich hast du dich von diesem Mann schon wie eine Mätresse entlohnen lassen.«

Darauf gehe ich nicht ein. »Vater wird niemals zulassen, dass du mich rauswirfst.«

»Diesmal hast du den Bogen überspannt. Die Prestons sind eine einflussreiche Familie. Und die Familie von Senator Prestons Verlobter ebenfalls. Sie sind in der Lage, alles zu zerstören, was dein Vater sich hier mit so viel Mühe aufgebaut hat. Sie können die Zukunft deiner Schwester zerstören. Entweder du ziehst zu meiner Cousine, oder du trennst dich von dieser Familie.«

»Elisa würde nie die Verbindung mit mir lösen.«

»Sie vielleicht nicht. Aber Maria bleibt gar nichts anderes übrig. Und Isabel ist genauso wütend auf dich, wie ich es bin.

Ich werde niemals erlauben, dass du diese Familie in den Ruin treibst. Nicht nach allem, was wir durchgemacht haben.«

Am liebsten würde ich gehen. Hinausstürmen, Nick finden, alles zurücknehmen, was ich gesagt habe, und beteuern, wie gern ich die Rolle der Geliebten akzeptiere und in Palm Beach darauf warte, dass er sich gelegentlich aus Washington davonstehlen kann – von seiner Frau.

Es wäre so viel einfacher.

Es wäre einfacher, und es wäre falsch.

Ich kann diese Rolle nicht spielen.

Ich weiß zwar nicht, was ich in Spanien soll, aber im Augenblick fehlt mir jeder alternative Plan für meine Zukunft, und der Drang, sich all meinen Problemen durch Flucht zu entziehen, ist zu verlockend.

»Also schön. Du hast gewonnen. Wann geht's los?«

Ich sitze auf dem Flughafen Palm Beach und warte auf meinen Flug nach Spanien. Meine Mutter hat recht behalten. Tatsächlich legte mein Vater keinen Protest ein, als er erfuhr, dass ich zur Cousine meiner Mutter ziehen würde. Vielmehr war ihm deutlich die Erleichterung anzumerken. Ich habe Mr. Dwyer einen Brief geschickt, aber keine Antwort mehr bekommen, da meine Abreise so überstürzt erfolgte. Elisa und Maria waren traurig, als ich ihnen erzählte, was ich vorhabe, und ich bemühte mich, es ihnen als kleine Abenteuerreise nach Europa zu verkaufen. Der Abschied von Isabel verlief wortkarger, selbst ihre schuldbewusste Miene vermochte nicht, meine Verärgerung über sie zu mindern.

Ob Nick von meinem Wegzug erfahren wird?

Seit unserer Trennung habe ich nichts mehr von ihm gehört, und bei meinem letzten Spaziergang wirkte das Strandhaus verlassen und für die Sommerpause fest verriegelt.

Am Flughafen ist es deutlich ruhiger als in den Tagen, da Präsident Kennedy in der Stadt war.

Jemand nimmt im Wartebereich vor dem Gate direkt neben mir Platz, drückt seinen Arm gegen meinen, und ich rutsche ein wenig zur Seite.

»Wohin geht's?«

Beim Klang der vertrauten Stimme zucke ich unwillkürlich zusammen.

»Woher haben Sie gewusst, dass ich hier bin?«, frage ich und drehe mich zu Mr. Dwyer.

Er lächelt. »Inzwischen sollte Ihnen bekannt sein, dass es wenig gibt, was ich nicht weiß.«

»Hat Sie mein Brief erreicht?«

»Nein. Mir kamen nur Gerüchte zu Ohren. Madrid, richtig?«

»Es tut mir leid. Ich weiß, dass Sie mit mir gerechnet haben, was die Hialeah-Gruppe betrifft.«

Dwyer zuckt mit den Achseln. »Da schicken wir einfach jemand anderes hin. Sie hatten recht – die Quelle ist nicht so nützlich wie erhofft. Offenbar ist ihr Draht zu Fidel doch sehr vage.« Er wirft einen Blick auf seine Uhr. »Sie haben noch etwas Zeit, bis Ihr Flug geht. Sind Sie ganz allein? Niemand aus der Familie, der Ihnen Lebewohl sagt?«

Maria ist in der Schule. Elisa muss sich um Miguel kümmern. Außer den beiden gibt es niemand, den ich hier hätte sehen wollen.

»Ich bin allein.«

»Schön, dann lade ich Sie zu einem Drink ein.«

Ich zögere. Nicks warnende Worte über Dwyer und die CIA fallen mir wieder ein. Doch ich stecke sowieso schon so tief drin, dass ich am Ende zustimme und ihm in eins der Restaurants folge. Wir bestellen beide Martini, und die Kellnerin eilt davon.

»Eduardo ist am Leben«, erklärt Dwyer.

Ein Stein fällt mir vom Herzen. »Sicher?«

»Ja. Er sitzt im Gefängnis. In La Cabaña. Fidel wird über seine Freilassung im Zusammenhang mit der Auslieferung aller Gefangenen verhandeln.«

»Wurde er bei der Invasion verletzt?«

»Am Bein, glaube ich. Aber er ist wohlauf, und es geht ihm den Umständen entsprechend gut.«

»Vielen Dank für die Nachricht. Ich habe mir große Sorgen um ihn gemacht. Wir wussten nicht, was passiert ist.«

»Ich weiß, dass Sie sich nahestehen, und dachte mir schon, es würde sie interessieren.«

»Es gibt Stimmen, die behaupten, die CIA sei verantwortlich für das, was in der Schweinebucht geschehen ist. Würden Sie auch sagen, dass die Schuld bei Ihnen zu suchen ist?«

»Der eine oder andere ist gewiss dieser Ansicht.«

»Was ist passiert?«

Er nippt an seinem Martini. »Ich wünschte, ich hätte darauf eine Antwort. Die Sache war nicht annähernd so schmachvoll, wie sie jetzt oft hingestellt wird. Wir hatten einen Plan ausgearbeitet. Der Plan war zweifellos unzulänglich. Noch schlimmer war jedoch, dass Fidel ihn kannte. Er wusste, dass wir kommen, und traf entsprechende Vorbereitungen.«

»Demnach haben Sie einen Spion in Ihrer Mitte.«

Er lacht. »Mehr als einen, würde ich sagen. Aber wie könnte man absolut frei von Spionen sein? Wenn so viele Männer und Frauen für eine Behörde arbeiten, ist das kaum denkbar. Es könnte schließlich jeder sein.«

»Warum sind Sie hier?«

»Weil das nicht das Ende unserer Beziehung sein muss.«

»Wie bitte?«

Er lacht glucksend. »So war das nicht gemeint. Ob Sie es nun glauben oder nicht, Miss Perez, aber nicht jedem Mann verdreht Ihre Schönheit gleich den Kopf.«

»Das habe ich auch nicht angenommen.«

»Davon bin ich überzeugt. Jedenfalls habe ich gemeint, dass für eine Frau wie Sie, die so intelligent ist, über vielerlei gesellschaftliche Kontakte verfügt und, ja, die zudem bezaubernd aussieht, in unserem Dienst noch weitere Möglichkeiten offenstehen.«

»Zum Beispiel?«

»Unser Plan, Sie nach Kuba zu schicken, liegt derzeit natürlich auf Eis. Der Zeitpunkt ist ungünstig, unser Ansehen in der Öffentlichkeit ist gerade nicht besonders, und um ehrlich zu sein, ist auch der Präsident im Augenblick nicht übermäßig gut auf den Dienst zu sprechen. Außerdem müssen wir erst dringend gewisse Dinge in der Dominikanischen Republik klären.«

»Trujillo?«

Der dominikanische Präsident hatte dem ehemaligen kubanischen Präsidenten Batista bei dessen Flucht 1959 vorübergehend Zuflucht gewährt.

»Schwierige Zeiten für Diktatoren in der Karibik«, erwidert Dwyer mit ausdrucksloser Miene. »Wie es scheint, ist ihre Lebenserwartung eher kurz.«

Ich bin eher beeindruckt als schockiert.

»Aber keine Bange, Castro steht noch immer weit oben auf unserer Liste. Er hat gerade verkündet, dass Kuba nun ein sozialistischer Staat ist, und die allgemeinen Wahlen abgeschafft.«

»Davon habe ich gehört.«

»Gegner werden inhaftiert«, fährt Dwyer fort. »Und zu Hunderten exekutiert. Er hofft weiterhin, andere zu inspirieren und seine Art der Revolution in die Länder Lateinamerikas zu exportieren. In diesem Zusammenhang habe ich auch ein Angebot für Sie.«

»Und was genau beinhaltet dieses Angebot?«

Er nimmt etwas aus seiner Sakkotasche und schiebt es über den Tisch.

Ein Flugticket.

Ich überfliege die Angaben.

»Warum London?«

»Sie haben mich einmal gefragt, wer Claudia ist.«

Claudia war der Name, der mir Zutritt zu den Treffen in Hialeah verschaffte.

»Die Kubaner intensivieren momentan ihre Geheimdienstoperationen und bauen Gerüchten zufolge eine neue Geheimdienstabteilung auf, die nur dem Zweck dient, einen weltweiten kommunistischen Flächenbrand zu entfachen«, erklärt Dwyer. »Idealistische Präsidenten, halbherzige Kongressentscheidungen und Ähnliches stören sie dabei wenig. Und glauben Sie bloß nicht, die wären auf sich allein gestellt. Wir haben es in diesem Kampf nicht nur mit den Kubanern zu tun. Uns stehen zugleich die verfluchten Sowjets gegenüber.«

»Und Claudia?«, frage ich.

»Claudia ist für den kubanischen Geheimdienst aktiv gewesen. Dann kam sie in mein Team und hat für uns als Doppelagentin gearbeitet. Aus diesem Grund wurde sie umgebracht.« Dwyer verstummt für einen winzigen Moment. »Sie war jung, genau wie Sie. Stammte aus gutem Haus. Nicht ganz so edle Kreise wie Ihre, aber immerhin. Sie war eine gute Agentin. Batista hatte ihren Vater umgebracht. Sie glaubte an die Revolution, fand aber, dass Fidel deren Ziele verriet.«

Er reicht mir ein Foto.

Ich erkenne die Frau sofort. »Sie ist in Harlem gewesen an diesem Abend«, sage ich. Die sinnliche Brünette. »Sie hat mich vor Fidel gewarnt.«

Er lächelt fürsorglich. »Sie waren damals noch sehr jung und ganz neu im Geschäft. Ich habe jemanden vor Ort gebraucht, der Sie im Auge behält und darauf achtet, dass sie nicht vom Plan abweichen und irgendwas Unbesonnenes tun. Sie haben ihr übrigens gut gefallen. Sie sah in Ihnen ein vielversprechendes Talent.«

»Wann wurde sie umgebracht?«

»Vor einer Woche.«

»Das tut mir leid.«

»Es ist immer hart, Agenten zu verlieren. Zusätzliche Sorgen bereitet mir allerdings, dass nun, da Claudias Arbeit für uns aufgeflogen ist, auch ihre Quellen in Gefahr schweben. Es geht nie nur um einen Agenten allein. Da sind immer noch all seine Kontakte, die man zu verlieren droht.«

»Was wollen Sie von mir? Warum London?«

»Claudias ehemaliger Freund lebt dort. Sein Name lautet Ramon Martinez. Er ist Student, steht kurz vor dem Abschluss. Auch er hat für uns als Doppelagent gearbeitet, nur dass seine Informationen erheblich dürftiger und weit weniger verlässlich ausfielen.«

»Mit anderen Worten, Sie halten ihn für den Maulwurf, der Claudia ans Messer geliefert hat?«

»Richtig. Zum derzeitigen Zeitpunkt fehlt mir dafür allerdings noch der Beweis, und wir müssen in diesen Fällen sehr vorsichtig sein. Wir können es uns nicht leisten, Kontakte ganz abreißen zu lassen. Wir brauchen Leute, die sich gegen Castro wenden und uns mit Informationen versorgen. Zugleich versorgt aber irgendjemand auch Fidel mit Informationen über uns. Und die sind offenbar brisant genug, um ein Desaster wie die Schweinebucht zu verursachen. Ich muss wissen, wem ich vertrauen kann.«

»Was soll ich dabei tun?«

»Wir möchten, dass Sie in London ein Leben als Studentin aufnehmen. Schließen Sie Bekanntschaft mit Ramon. Erregen Sie sein Interesse. Versuchen Sie herauszufinden, auf welcher Seite er tatsächlich steht.«

»Ich … würde richtig studieren können?«

»Ja, sicher. Ich habe mir gedacht, dass politische Wissenschaften genau das Richtige für Sie wäre.«

»Und wie finanziere ich meinen Lebensunterhalt?«

Er lächelt. »Selbstverständlich wird Ihnen die Arbeit, die Sie in unserem Auftrag erledigen, angemessen vergütet. Zusätzlich zu den Summen, die wir Ihnen bereits ausgezahlt haben. Sie werden langsam zu einer wohlhabenden Frau, Miss Perez.«

Macht ganz den Eindruck, als ginge meine Reise nach London statt nach Madrid.

26. November 2016
Palm Beach

In Wahrheit schmeckt der Champagner nicht ganz so gut, wie all die Jahre erwartet. Natürlich ist die Flasche exquisit, ein hervorragender Jahrgang einer ihrer Lieblingsmarken und extrem teuer, aber dennoch ... Sie hat diesen Moment bestimmt Hunderte, ja Tausende Male in ihrem Kopf durchgespielt, doch dabei hat sie das Sektglas stets unter anderen Umständen und in anderer Gesellschaft geleert.

Nach so langer Zeit schmeckt der Sieg weniger köstlich, ist das aufregende Prickeln irgendwie schaler, da jedes Bläschen in Erinnerung ruft, welche große Opfer es sie gekostet hat, diesen Augenblick zu erleben.

So viele Mordkomplotte, Attentatsversuche, denkbar knappe Fehlschläge und Beinahetreffer, und endlich ist Fidel Castro tot. Die Zeit hat vollbracht, woran sie und viele andere gescheitert sind.

Nun, wenn sie ganz ehrlich ist, hat der Champagner früher vermutlich auch deshalb besser geschmeckt, weil sie ihn immer in wundervoller Gesellschaft getrunken hat. Heute hingegen ist sie allein. Siege bereiten nur halb so viel Spaß, wenn man sie nicht gemeinsam mit dem richtigen Menschen feiern kann. Das strahlende Bild ihrer Jugend steht ihr in bemerkenswerter Klarheit vor Augen, und Erinnerungen an champagnerselige Abende locken sie trügerisch wie Sirenengesänge.

Sie wirft einen Blick auf die Uhr, merkt sich die Stunde und weiß, dass dies die letzten Momente sind, in denen sie ganz in Ruhe ihren Gedanken nachhängen kann. Schon bald werden ihre Angehörigen anrufen, werden sich Freunde von überall aus der Welt bei ihr melden.

Sie rauscht in ihr Schlafzimmer, steuert geradewegs den begehbaren Kleiderschrank an und sucht in dem reichhaltigen Sortiment an kräftig leuchtenden Farben nach dem perfekten Kleid für diesen Anlass.

Er hat sie immer gerne in Rot gesehen.

Sie kleidet sich noch mit derselben Sorgfalt wie früher, trifft ihre Auswahl wohlbedacht und neigt dabei in ihren modischen Vorlieben zu demselben Überschwang wie als Zweiundzwanzigjährige. Ebenso viel Aufmerksamkeit widmet sie Frisur und Make-up. Sie hat nie viel anfangen können mit den Zeitschriftenartikeln, in denen Frauen empfohlen wird, sich »altersgemäß« zu kleiden. Schließlich weiß doch jeder, dass eine Frau gefälligst anziehen soll, wozu sie Lust und Laune hat.

Sie tupft sich Parfüm auf den Hals und hinter die Ohren, streift das Diamantarmband über, das so vortrefflich zu dem Ring mit dem kanariengelben Diamanten passt, den sie nun schon seit einer Ewigkeit täglich trägt, und schaut auf, als das Telefon klingelt.

Sie weiß natürlich sofort, wer am andere Ende der Leitung ist, hat sie doch bereits seit Jahrzehnten seinen Anruf erwartet.

Beim Klang seiner vertrauten Stimme muss sie lächeln.

»Hallo, Eduardo.«

22

Oktober 1962
London

Dwyer hält mich über die Situation der inhaftierten Schweinebucht-Kämpfer auf dem Laufenden, während sich die Monate hinziehen. Aus Monaten wird ein Jahr und schließlich sind anderthalb Jahre vergangen, seit ich Palm Beach verlassen habe. Angeblich arbeitet Präsident Kennedy daran, die Freilassung der Gefangenen zu erreichen. Uns bleibt nichts anderes übrig, als abzuwarten, während die beiden Regierungen verhandeln und dabei diese Menschen wie Figuren auf einem Schachbrett hin- und herschieben.

Mir ist nie bewusst gewesen, wie einsam Spione sind, wie anstrengend es ist, Tag für Tag eine Maske aufzusetzen, bevor man in die Welt hinaustritt. Doch obwohl es so einsam ist und so anstrengend, gefällt es mir. Mir gefällt, was es aus mir gemacht hat – eine unerschrockene, starke, eigenständige Frau.

Wahrscheinlich kann man sich nirgends so gut von einem gebrochenen Herzen erholen wie in London. Nach meiner Ankunft habe ich mich rasch in mein neues Leben eingefunden. Ich habe eine gemütliche kleine Wohnung in Knightsbridge angemietet und mein Studium aufgenommen. Die Seminare sind genauso interessant, wie ich es mir früher immer vorgestellt habe, und meine Kommilitonen ebenfalls.

Hier genieße ich endlich die Anonymität, nach der ich mich so lange gesehnt habe, und kann schlicht Beatriz sein, Studentin der Politikwissenschaften und sporadische CIA-Agentin.

Meine Eltern haben überrascht auf die Nachricht reagiert, dass ich nach London und nicht nach Madrid gezogen bin, waren aber wohl noch verblüffter über meine Versicherung, kein Geld von ihnen zu benötigen. Wahrscheinlich denken sie beide, dass Nick mich irgendwie abgefunden hat. Offen angesprochen werden diese Dinge jedoch nie, und im Grunde geht es sie ja auch nichts an.

Der Graben zwischen mir und meinen Eltern ist jedenfalls noch nie tiefer gewesen, was zum einen schlicht an der geografischen Entfernung zwischen uns liegt, vor allem aber auch eine Folge des Streits ist, den ich mit meiner Mutter hatte. Jetzt, da wir klar und deutlich zum Ausdruck gebracht haben, was wir von der anderen halten, und da viel zu viele Dinge gesagt worden sind, können wir unmöglich wieder zu dem zurück, wie es früher war. Und so besteht eine Art Nichtangriffspakt zwischen uns, bei dem wir einander weitgehend ignorieren und dankbar dafür sind, dass der Atlantik uns trennt.

Elisa dagegen schickt mir Fotos von Isabels Hochzeit, fleht mich in ihren Briefen an, nach Hause zu kommen, und lädt mich ein, bei ihr und ihrer Familie zu wohnen. Während ich Isabel wenig zu sagen habe und es bei einer nüchternen Gratulationskarte zu ihrer Eheschließung belasse, schreibe ich Elisa ausführlich zurück, berichte ihr von meinen Seminaren und von dem Spaß, den es mir bereitet, an den Wochenenden über Flohmärkte zu schlendern und nach weiteren Einrichtungsstücken für meine Wohnung zu suchen. Ich erzähle ihr von meinen Kommilitonen, von neuen Freundschaften und nächtlichen Ausflügen in Bars und Restaurants, wo es niemanden interessiert, wie mein Nachname lautet, und wo niemand mich um jeden Preis unter die Haube bringen will.

Von Ramon Martinez, dem Ex-Freund Claudias, oder den Instruktionen, die ich von Dwyer erhalte, erzähle ich natürlich nichts. Ich habe in meiner Wohnung ein Telefon installieren lassen, und wenn das dreimal klingelt, gehe ich zu einer Übergabestelle im Hyde Park, wo mir ein Fremder eine neue Nachricht von Dwyer zusteckt. Wenn ich indes eine Pflanze auf die Fensterbank stelle, arrangiere ich damit für den nächsten Tag ein Treffen im Hyde Park, um dort irgendeinem Agenten, mit dem ich nie mehr als ein beiläufiges »Hallo« wechsle, eine Information an Dwyer mitzugeben.

Den monatlichen Scheck von der CIA verdiene ich mir auf unterschiedliche Weise. Ich besuche Partys, observiere irgendwelche Zielpersonen und erstatte anschließend Bericht. Viele der Fähigkeiten, die ich mir als Teil der höheren Gesellschaft über die Jahre hinweg angeeignet haben, erlauben mir einen fast nahtlosen Übergang in meine neue Profession – etwa die Kunst, höfliche Konversation mit jemandem zu treiben und ihm dabei zugleich Vertrauliches zu entlocken, oder die Kunst, die Menschen um mich herum genau zu beobachten und die Erkenntnisse daraus dann zu meinem Vorteil zu nutzen.

Die Wermutstropfen, die mein Leben hier trüben, betreffen allein rein Privates.

Ich vermeide es, amerikanische Zeitungen zu lesen. In schwachen Momenten, wenn ich allein im Bett liege und die Zimmerdecke anstarre, stelle ich mir vor, dass Nick inzwischen ein verheirateter Mann ist, dass die beiden Nachwuchs haben. Dass er mich vergessen hat.

Natürlich gibt es Männer in meinem Leben. Männer, die mich zum Essen ausführen, mit denen ich tanzen gehe. Männer, die ich auf den Partys kennenlerne, die ich besuche. Doch trotz vereinzelter Küsse und anhaltend fruchtloser Flirtversuche bei Ramon fühlt es sich an, als wäre da, wo früher mein Herz gesessen hat, ein Loch in meiner Brust. Gewiss, ich amüsiere mich, habe Partys und viel mehr Freiheiten. Aber ich habe auch Sehnsucht – nicht länger nur nach Kuba, sondern auch nach Palm Beach, nach meinen Schwestern.

Nach Nick.

Den Informationen Mr. Dwyers folgend habe ich mich zu zwei Kursen angemeldet, die auch Ramon belegt hat. Zum Glück studieren wir beide politische Wissenschaften, daher fällt es nicht weiter auf, dass sich unsere Wege kreuzen, und da wir Landsleute sind, habe ich ihn zu Beginn der Operation vor etwa einem Jahr unter dem Vorwand »zwei Kubaner allein in London« gefahrlos direkt ansprechen können.

In meiner Zeit hier, von Sommer 1961 bis Herbst 1962, bin ich mehr und mehr zu der Überzeugung gekommen, dass Ramon die CIA tatsächlich hintergeht und all seine vertraulichen Informationen an Fidel weiterreicht. Er ist es wohl auch gewesen, der Claudia damals enttarnt hat. Mir fehlt bloß noch der Beweis.

Nach dem ersten Kontakt habe ich unsere Bekanntschaft nur ganz behutsam entwickelt, damit Ramon nicht misstrauisch wird, und bin mit meiner angeblichen Biografie stets so dicht wie möglich an der Wahrheit geblieben. Demzufolge hat meine Familie Kuba nach der Revolution verlassen und mich aufgrund von innerfamiliären Zwistigkeiten zum Studieren nach London geschickt. Ich habe vage einen Skandal angedeutet, der dabei eine Rolle spielte, ohne irgendwelche Einzelheiten preiszugeben, da er ansonsten mit einem kurzen Anruf allzu leicht hätte herausfinden können, dass ich eine Affäre mit einem bekannten amerikanischen Senator unterhalten habe.

Sollte Ramon wirklich ein Spion sein, ärgert es mich ein wenig, dass er bislang nie auch nur den geringsten Versuch unternommen hat, mich für Fidels Sache zu gewinnen. Andererseits liegt darin auch ein Vorteil für mich. Schließlich kann es mir nur recht sein, wenn er mich unterschätzt und seine Deckung deshalb vernachlässigt.

Aus einer monatelangen lockeren Freundschaft ist endlich so etwas wie ein Flirt geworden, der sich höchst aussichtsreich entwickelt.

Ich habe schon fast den Eindruck, dass er mir zu vertrauen beginnt.

Was für ein einfältiger Kerl.

»Irgendwelche Pläne für heute Abend?«, erkundigt er sich, als wir nach einem Kurs zusammen in der U-Bahn sitzen.

Wir wohnen beide an der Piccadilly Line. Ich muss bei Knightsbridge aussteigen, Ramon ein paar Haltestellen später bei Barons Court. Offenbar zahlt Kubas Geheimdienst DGI, die erst kürzlich gegründete *Dirección General de Inteligencia*, nicht ganz so gut wie die Amerikaner.

»Ein paar Sachen für die Uni machen, sonst nichts«, antworte ich, während er den Arm um mich legt und mich an sich drückt. Ich verstehe mich inzwischen darauf, nicht zusammenzuschrecken, sondern so zu tun, als würde mir seine Umarmung gefallen. Und so schmiege ich meinen Körper an seinen.

»Hättest du Lust, morgen Abend zum Essen vorbeizukommen?«, fragt er.

Einen Moment lang glaube ich, mich verhört zu haben. Ich bemühe mich schon seit Monaten darum, ihn mal zu Hause besuchen zu können, in der Hoffnung, dabei eine Gelegenheit zu finden, dort ein wenig herumzuschnüffeln. Je beharrlicher er mich auf Abstand hält, desto stärker bin ich davon überzeugt, dass er ein Mann mit Geheimnissen ist, und die anhaltenden Gerüchte über den stetig wachsenden Einfluss der Sowjets auf die DGI machen seine Geheimnisse nur noch verlockender.

»Mit Vergnügen«, erwidere ich.

»Wunderbar. Dann haben wir ein Date.«

Nachdem wir alles für den kommenden Abend abgesprochen haben, verabschiede ich mich von Ramon und laufe von der U-Bahn die letzten Schritte zu Fuß.

Kurz vor meiner Haustür wechsle ich die Bücher auf den anderen Arm, um in meiner Handtasche nach dem Schlüssel zu kramen. Ich lebe hier zwar einige Haltestellen entfernt vom weiter östlich liegenden Unicampus, aber ich mag diesen Abstand, mag die Rückzugsmöglichkeit, die meine Wohnung mir bietet, und natürlich den Blick auf den Hyde Park aus meinem Schlafzimmerfenster.

Ich steige in den zweiten Stock, schiebe den Schlüssel ins Schloss, öffne die Tür und trete ein.

Sofort bleibe ich wie angewurzelt stehen.

Ich weiß zwar nicht genau, was es ist, aber irgendetwas fühlt sich in der Wohnung nicht richtig an.

Und dann sehe ich ihn. In dem großen Sessel, wo ich bevorzugt meine Texte für die Seminare durchlese, sitzt Mr. Dwyer.

Leise schließe ich die Tür hinter mit.

»Verzeihen Sie diese kleine Verletzung des Protokolls.« Sein Ton straft seine Worte Lügen, denn er klingt überhaupt nicht wie jemand, dem etwas leidtut, sondern vielmehr wie ein Mann, der es gewohnt ist, dass sich die anderen seinen plötzlichen Launen und exzentrischen Einfällen anpassen.

Seit unserer letzten Begegnung sind fast anderthalb Jahre vergangen.

»Es hat sich etwas Dringendes ergeben, und so blieb keine Zeit, erst das übliche Prozedere zu durchlaufen. Und da ich aus anderen Gründen sowieso in der Stadt war, dachte ich, es wäre am besten, Ihnen gleich selbst einen Besuch abzustatten.«

»Wie sind Sie in meine Wohnung gekommen?«

Er lächelt. »Alte Gewohnheiten. Ab und zu muss ich testen, ob die Fingerfertigkeit noch da ist.«

»Was ist passiert?«

»Haben Sie die Nachrichten über die wachsende Zahl sowjetischer Waffen auf Kuba verfolgt?«

»Habe ich.«

»Die Lage ist offenbar noch ernster geworden, und ein sowjetischer Agent ist im Besitz von Geheimmaterial, das sich als äußerst nützlich erweisen könnte. Es handelt sich um einen Oberst der GRU, des militärischen Nachrichtendienstes der Sowjetunion, der die Vereinigten Staaten und Großbritannien regelmäßig mit Informationen versorgt. Angesichts seines hohen Rangs im sowjetischen Apparat müssen wir bei Kontaktaufnahmen extrem vorsichtig sein. Nun ist er im Rahmen seiner dienstlichen Aufgaben als Teilnehmer einer wissenschaftlichen Delegation nach Großbritannien gereist und hält sich derzeit hier in der Stadt auf. Wir möchten, dass Sie heute Abend eine Party besuchen, auf der er anwesend sein wird. Er wird Ihnen den Mikrofilm mit den Informationen, die wir benötigen, unbemerkt zustecken. Morgen früh gehen Sie dann in den Hyde Park und führen die Übergabe an uns auf gewohnte Weise durch.« Dwyer schiebt ein Foto von einem Mann in Uniform über den Couchtisch. »Sie werden ein rotes Kleid tragen und sich eine rote Blume ins Haar stecken. Wir haben uns die Freiheit genommen, ein wenig für Sie shoppen zu gehen. Die Sachen finden Sie in Ihrem Schlafzimmer. Der Oberst weiß, was Sie tragen werden, und wird nach Ihnen Ausschau halten. Wegen seiner exponierten Position ist er in seinem Vorgehen sehr, sehr vorsichtig, aber er ist auch Profi. Für Sie ist eine solche Aufgabe Neuland, das ist mir natürlich klar, aber wir würden Sie nicht damit beauftragen, wenn wir nicht überzeugt wären, dass Sie damit zurechtkommen. Sie haben bislang gute Arbeit in London geleistet, und das ist keineswegs unbemerkt geblieben.«

»Warum ich? Warum nicht einer Ihrer erfahreneren Mitarbeiter? Jemand, der eine entsprechende Ausbildung hat.«

»Gerade weil Sie nicht erfahren sind. Der Mann riskiert sein Leben dafür, uns zu helfen. Wenn die Sowjets rausbekommen, was er tut, richten sie ihn hin. Bei Ihnen muss ich mir keine Gedanken darüber machen, dass jemand Geheiminformationen über Sie hat. Nur eine äußerst kleine Gruppe von Menschen, für die ich meine Hand ins Feuer lege, ist in Ihre Tätigkeiten für mich eingeweiht.«

»Apropos Menschen, denen Sie vertrauen …«

»Von Eduardo habe ich nichts Neues gehört. Soweit ich weiß, geht es ihm gut. Kennedy arbeitet weiter an einem Abkommen, das ihm und allen anderen verbliebenen Gefangenen die Freiheit bringt.«

»Das dauert ja eine Ewigkeit.«

Eduardo und die anderen Männer sitzen mittlerweile seit fast achtzehn Monaten in ihren Zellen.

»So funktioniert Diplomatie nun mal. Aus genau diesem Grund bevorzuge ich meine Methoden.«

Im Augenblick bin ich in diesem Punkt ganz seiner Meinung.

»Übernehmen Sie den Besuch auf der Party?«, fragt er mich.

»Selbstverständlich.«

Ich ziehe das Kleid an, das sie für mich besorgt haben, und registriere halb belustigt, halb peinlich berührt, dass Dwyer nun auch noch meine Garderobe auswählt. Das Kleid ist elegant und *sehr* rot, womit es ganz sicher nicht zu den Outfits zählt, die man trägt, um unbemerkt zu bleiben.

Ich stecke mir die Blume hinters Ohr und studiere vor meinem Aufbruch ein letztes Mal das Foto, um mir das Gesicht des Russen einzuprägen.

Mit einem Taxi fahre ich zu der vornehmen Adresse in Mayfair. Nachdem ich am Eingang meine Einladung vorgezeigt habe, nehme ich von einem der Kellner, die überall mit Silbertabletts herumlaufen, dankbar ein Glas Sekt entgegen, um mir ein wenig Mut anzutrinken.

Der Kreis der Gäste scheint vor allem aus Intellektuellen und Diplomaten zu bestehen. Wie viele von ihnen wohl reine Tarnexistenzen führen und in Wahrheit ausländische Geheimdienstler sind?

Den Oberst kann ich nirgends entdecken.

Um es dem Russen zu erleichtern, meine Ankunft zu bemerken, drehe ich demonstrativ eine Runde durch den prächtigen Ballsaal. Diverse Augenpaare mustern mich neugierig und bewundernd.

Und plötzlich spüre ich dieses Starren, als wäre es mit Händen greifbar, spüre den Blick, der mir folgt und der sich anfühlt wie eine Fingerspitze, die mein Rückgrat hinabstreicht. Ich wende mich um und suche noch einmal den Raum aufmerksam nach dem Oberst ab, doch vergeblich. Der Mann von dem Foto ist nirgends zu entdecken. Dennoch spüre ich weiter diesen bohrenden Blick auf mir.

Wo steckt er bloß?

Dann verändert sich das Gefühl, und aus dem leicht angespannten Prickeln wird etwas vollkommen anderes. Nun ist es mir klar.

Natürlich ist es mir klar.

Schicksal, Timing und all das.

Ein Druck legt sich auf meine Brust, ein nervöses Flattern erfasst meine Magengrube, während ich erneut meinen Blick durch den Saal wandern lasse. Auf gewisse Weise ist dieser Moment völlig unvermeidbar gewesen, schließlich ist die Welt tatsächlich nicht so groß, und irgendwann mussten sich unsere Wege einfach erneut kreuzen.

Ein anderes Jahr. Ein anderer Ballsaal.

Ein Tuscheln durchläuft die Reihen der Gäste, sein Name wird geraunt. So mancher möchte ihn ansprechen, weil er sich einen persönlichen Vorteil erhofft, Frauen möchten mit ihm flirten, andere einfach nur irgendein pikantes Detail über ihn herausfinden, das sie weitererzählen können, und dann gibt es noch die, die sich unbedingt in dem Glanz dieses attraktiven, vermögenden und einflussreichen Mannes sonnen möchten. Diese Menschen kleben an jedem Mächtigen wie Seepocken an einem Schiffsrumpf, und er zählt nun mal zum inneren Kreis dieser Mächtigen, ganz egal ob er sich in Palm Beach aufhält oder in London.

Ohne mich von der Stelle zu rühren, schaue ich mich weiter im Saal um.

Wo ist er?

Ist seine Frau bei ihm?

»Beatriz.«

Beim ersten Klang dieser tiefen, rauen, mir so intim vertrauten Stimme überzieht Gänsehaut meine nackten Arme. Offenbar genügen achtzehn Monate nicht einmal annähernd, um ihn zu vergessen.

Ich drehe mich langsam um und wappne mich gegen den Schlag, der unweigerlich kommen muss, sobald ich in diese blauen Augen sehe und mein Blick auf den goldenen Ehering fallen wird, der inzwischen an seinem Finger steckt.

Und wie der Schlag kommt!

Die anderthalb Jahre haben ihm nichts anhaben können. Er wirkt erstaunlich unverändert, scheint noch derselbe, den ich seinerzeit in Palm Beach verlassen habe. Vielleicht war es ja auch albern zu erwarten, dass die Ehe ihn komplett verändert hat und mir jetzt ein vollkommen anderer Mensch in die Augen schaut. Jedenfalls kann ich nichts anderes erkennen als Nick. Denselben Nick, der meine Hand hielt, meinen Mund küsste, der mit mir lachte und an meiner Seite schlief.

Mein Nick.

Ohne Ring am Finger.

Gehört er vielleicht zu den Männern, die lieber keinen Ehering tragen?

Ich hole tief Luft und reiße mich zusammen.

»Hallo, Nick.«

23

»Du siehst bezaubernd aus.«

Seine Worte versetzen mich für einen kurzen Augenblick zurück nach Palm Beach, in unsere gemeinsame Zeit. Die Erkenntnis, dass einem ein bestimmter Mensch das Gefühl von Zuhause geben kann, ist nicht zwangsläufig angenehm – vor allem nicht, wenn derjenige unerreichbar bleibt.

Doch ich habe die Zeit gut überstanden, ebenso wie er, und ein Austausch belangloser Floskeln ist jetzt wirklich das Letzte, wonach mir der Sinn steht.

»Ich hätte nicht gedacht, dir in London zu begegnen«, bringe ich stotternd hervor.

Ist er in Begleitung seiner Frau hier?

Er lächelt. »Das ist nicht dein Ernst. Dass wir uns in London begegnen, soll dich überraschen?«

Ich akzeptiere den Einwand mit einem kaum merklichen Kopfschütteln. Dieses Gefühl der Unvermeidbarkeit hat unsere Verbindung schon immer geprägt.

Schicksal, Timing und all das.

»Nein, vermutlich nicht.«

Nick tritt einen Schritt näher und senkt die Stimme, sodass nur ich ihn hören kann. »Wollen wir etwas frische Luft schnappen? Dir scheint warm zu sein.«

Ich schwanke kurz. Bislang ist mir die Kontaktaufnahme zu dem sowjetischen Oberst, derentwegen Dwyer mich hergeschickt hat, nicht gelungen. Andererseits, was soll so ein kurzer, rein privater Moment schon groß schaden?

»Gerne.«

Während die Blicke aller Anwesenden auf uns zu lasten scheinen, folge ich Nick mit etwas eingezogenem Kopf auf den Balkon. Ungeachtet ihrer Neugier besitzen die Europäer letztlich allerdings eine weitaus lässigere Einstellung zu diesen Dingen als die Amerikaner.

Nick geht mit schnellen, entschlossenen Schritten vor mir her, und ich habe Zeit, den Anblick zu genießen: die breiten Schultern und die langen Beine, den muskulösen Körperbau und den exquisit geschnittenen Smoking.

Ich muss die Hände zu Fäusten ballen, um mich davon abzuhalten, ihn zu berühren. Sobald wir den Saal verlassen haben und mir die kühle Luft ins Gesicht schlägt, trete ich von ihm fort bis an den Rand des Balkons, beuge mich vor und stütze die Ellbogen auf die Brüstung.

Nick macht es mir nach, wobei unsere Arme eine gute Handbreit auseinander sind.

Ich warte darauf, dass er das Gespräch wieder aufnimmt, wo wir es unterbrochen haben, aber anscheinend genießt er unser stilles Zusammensein viel zu sehr. Mir erlaubt die Pause, mich ein wenig an seine Anwesenheit zu gewöhnen. Mein Körper neigt sich dichter zu ihm, und die Handbreit Steinbrüstung zwischen uns schrumpft, bis sein Ärmel mein Handgelenk streift. In ruhigem Gleichmaß heben und senken sich unsere Brustkörbe, arbeiten unsere Lungen.

»Das habe ich vermisst«, murmelt er schließlich. »Einfach bei dir zu sein. Überall sonst kommt es mir derzeit nur schrecklich anstrengend vor.«

»Die Welt ist derzeit eben anstrengend.«

»Das stimmt«, gibt er zu.

»Und gewiss gab es früher auch Momente, wo du mich anstrengend fandest.«

Ein vages Lächeln umspielt seine Mundwinkel. »Gab es, ja. Vor langer, langer Zeit. Und das kannst du ja auch sein. Bloß hat sich inzwischen herausgestellt, dass nichts anstrengender ist, als ohne dich zu sein.«

»Bist du glücklich?«, frage ich.

Mit keiner der beiden Antworten, die sich darauf geben lassen, käme ich ohne Schwierigkeiten zurecht. Wenn es ihm elend geht, wäre das schrecklich, aber wenn er mittlerweile über beide Ohren verliebt in seine Ehefrau ist, hätte ich damit genauso meine Probleme.

Er zuckt mit den Schultern. »Was spielt das schon für eine Rolle?«

Für Menschen wie uns keine große. Irgendwo zwischen konspirativen Absprachen und politischem Kalkül, zwischen nationalem Fortschritt und Regimeumsturz, zwischen Familie und Schicksal ist »glücklich sein« abhandengekommen.

»Warum hast du Palm Beach verlassen?«, fragt er.

»Du weißt doch warum. Ich konnte nicht bleiben.«

»Wirst du jemals zurückkehren?«

»Wer kann das schon sagen? Es fühlt sich nach zu Hause an und tut es gleichzeitig nicht. Irgendwie, als würde es zu jemand anderem gehören.«

»Bist du etwa nicht mehr Beatriz Perez?«

»Keine Ahnung. Manchmal habe ich das Gefühl, nicht zu wissen, wer Beatriz Perez wirklich ist.«

»Das glaube ich dir nicht. Du hast dich immer selbst am besten gekannt.«

»Ich bin ein wenig vom Kurs abgetrieben«, gestehe ich.

»London?«

»Auch.«

»Wahrscheinlich will ich gar nicht wissen, was dich an diesen Ort gebracht hat, richtig?«

»Gut möglich.«

»Ich habe sämtliche Geheimdienstberichte durchforstet, sämtliche Zeitungen gelesen, wollte schon deine Schwestern fragen, wenn ich ihnen auf irgendwelchen Veranstaltungen begegnet bin … und habe es schließlich auch getan.«

Elisa hat nie erwähnt, dass sie mit ihm gesprochen hat.

Er holt tief Luft. »Du hast mir gefehlt.«

»Du mir auch.«

»Schließlich habe ich irgendwo aufgeschnappt, dass du dir gerade Europa untertan machst und hier überall die Herzen eroberst.«

»Nicht ganz Europa«, erkläre ich lächelnd. »Nur einen kleinen Teil.«

»Zu bescheiden. Aber es war nicht nur von London die Rede. Ich habe Geschichten gehört über deine Ausflüge nach Paris. Oder Barcelona.«

»Ich bin eben nicht der Typ, der zu Hause am Küchentisch sitzt und sein gebrochenes Herz beweint.«

»Wurde dein Herz denn gebrochen?«

Ich muss mich mit aller Kraft davon abhalten, nicht auf seine Hände zu sehen, während das besagte Herz wie verrückt hämmert. »Nur so eine Redensart.«

»Natürlich, was sonst?«, erwidert er betont gelassen. »Hat es dir gefallen?«

»Europa zu bereisen? Oder Herzen zu erobern?«

»Beides, schätze ich.«

»Gelegentlich.«

»Und wenn nicht?«

»Dann hatte ich Sehnsucht.«

»Nach Kuba? Oder Palm Beach? Oder nach mir?«

Die letzte Frage stellt er wieder mit dieser lässigen Selbstsicherheit, die mich schon seit dem ersten Tag an ihm gleichermaßen amüsiert und ärgert.

»Nach allen drei, würde ich sagen.«

Mein Blick wandert zurück zu seiner linken Hand.

Auch kein hellerer Streifen am Ringfinger.

Ich halte die Ungewissheit nicht länger aus.

»Und deine Frau? Begleitet sie dich auf deiner Reise?«

Verwundert schaut er mich an. »Hast du nichts davon gehört?«

»Ich habe es mir zur Gewohnheit gemacht, amerikanische Zeitungen zu meiden.«

»Und ich habe mich schon gewundert, nichts von dir zu hören. Ich bin nicht verheiratet.«

Ich kann ein gewisses hoffnungsvolles Prickeln nicht unterdrücken. »Du bist noch immer nur verlobt?«

»Nein. Verlobt bin ich auch nicht.«

Für einen Moment bleibt meine Welt stehen. »Seit wann?«

»Seit mir klar geworden ist, dass ich nicht jemanden heiraten kann, den ich nicht liebe. Ich wäre einfach nicht glücklich in einer solchen Ehe. Das hat auch nichts mit der Angst vor dem Erwachsen- oder Sesshaftwerden zu tun, sondern mehr mit der Erkenntnis, dass meine Frau eine Partnerin sein müsste, ein Mensch, mit dem ich gemeinsam alt werden möchte, der in jeder Hinsicht zu mir passt. Es wäre nicht fair gewesen, jemandem etwas zu versprechen, solange ich weiter daran zweifle, ob ich es halten kann.«

»Klingt ganz schön anspruchsvoll.«

»Ehrlich?«, antwortet er ein wenig verlegen und schluckt. »Katherine war ein nettes Mädchen, aber sie hat in mir nur den Senator gesehen.«

»Eine Menge Frauen sehen vor allem den Senator in dir. Zu ihrer Verteidigung muss man aber auch sagen, dass es so klingt, als hättest du umgekehrt in ihr vor allem das standesgemäße Mädchen aus gutem Hause gesehen. Genau wie viele Männer mir nur hinterherlaufen, weil ich ein hübsches Gesicht und eine passable Figur habe.«

»Worte wie ›hübsch‹ oder ›passabel‹ können dir wohl kaum gerecht werden.«

Ich bezwinge die Tränen, die mir in die Augen steigen wollen, und bringe ein Lächeln zuwege. »Du hast schon immer über mehr Charme verfügt, als Gott einem einzelnen Menschen zugestehen sollte.«

Seine Mundwinkel verziehen sich zu einem Lächeln.

»Ist sie gut darüber hinweggekommen?«, erkundige ich mich.

»Ich denke schon«, sagt er. »Sie ist schon wieder verlobt

und scheint glücklich zu sein. Ich bedauere bis heute nicht, was zwischen dir und mir gewesen ist. Das könnte ich gar nicht. Allerdings bedauere ich die Tatsache, dass ich mich ihr gegenüber nicht unbedingt ehrenhaft verhalten habe.«

Keine Frage, im Zusammenhang mit dem turbulenten Scheitern unserer Affäre hat Katherine Davies einige Blessuren davongetragen.

»Und du?«, fragt Nick.

»Was soll mit mir sein?«

»Hast du auf deinen vielen Reisen jemanden kennengelernt?«

»Die Antwort kennst du doch.«

»Tu ich das? Na, vielleicht schon. Das Problem ist nur, dass ich in viel zu vielen Nächten nicht schlafen kann und mir diese Frage dann unablässig im Kopf herumschwirrt.«

»Warum bist du hier? Aus beruflichen Gründen? Oder wegen etwas anderem?«

»Du meinst, ob ich gewusst habe, dass du hier bist? Ob ich nur gekommen bin, um dich zu sehen? Um zu versuchen, dich zurückzugewinnen? Was denn sonst, Beatriz? Du hast mir gefehlt. Und ich habe mir Sorgen gemacht. Um dich.«

»Dafür hast du aber eine Weile gebraucht. Immerhin bin ich vor achtzehn Monaten aus Palm Beach fort.«

»Du willst mir doch jetzt nicht erzählen, dass du hier gesessen und auf meinen Besuch gewartet hast.«

»Nein, das habe ich nicht.«

In seinem Blick liegt weiter diese Frage, die zu stellen eigentlich so überflüssig ist.

Törichter Kerl.

»Ja, es gab andere.« Ganz egal, was oder was nicht zwischen uns ist, belügen werde ich ihn in diesem Punkt nicht.

»Sollte ich ernstlich besorgt sein?«

»Keine Ahnung. Solltest du? Fragst du als mein Freund oder …?« Ich breche herausfordernd ab.

»Als der Mann, für den seit unserer ersten Begegnung kein Tag vergangen ist, an dem er dich nicht geliebt hat«, beendet er für mich.

»Nick.«

»Ich weiß, ich weiß. Im Grunde ist alles beim Alten, hab ich recht? Wir wollen noch immer ganz verschiedene Dinge, verfolgen unvereinbare Ziele.«

»Und trotzdem bist du hier.«

»Und trotzdem bin ich hier.«

Ich habe geglaubt, mit der Zeit würde mein Verlangen nach ihm abklingen und das Trennende zwischen uns die Oberhand gewinnen. Ich habe geglaubt, wenn sie erst einmal keine neue Nahrung bekämen, würde meine Gefühle nach und nach erkalten.

Ich habe mich geirrt.

»Wir wollen noch immer ganz verschiedene Dinge«, bestätige ich.

»Mag sein«, antwortet er achselzuckend. »Aber wer weiß? Vielleicht geschieht das vollkommen Unerwartete, und plötzlich sieht alles ganz anders aus.«

»Und bis dahin?«

»Bis dahin bleibe ich dabei, dich zu wollen. Keine andere als dich.« Er küsst mich auf die Wange, und einen winzigen Moment lang liegt seine Hand in meiner Taille, bevor er mich rasch wieder loslässt. »Ich bin noch bis Montag in London und wohne im Ritz. Wenn du mich treffen möchtest, werde ich dort auf dich warten. Wenn nicht, habe ich verstanden. Dann reise ich nach Hause und werde dich nicht weiter belästigen.«

Mit diesen Worten wendet er sich ab und lässt mich allein auf dem Balkon zurück. Soll ich ihm folgen oder nicht?

Ein paar Minuten später kehre ich in den Ballsaal zurück. Noch immer gehörig verwirrt von dem unerwarteten Wiedersehen mit Nick, suche ich den Raum nach dem sowjetischen Oberst ab. Ich will nur noch rasch den Auftrag erledigen, für den man mich hergeschickt hat, und dann, so schnell es geht, nach Hause, um mit meinen Gedanken allein zu sein.

Wo steckt der Mann bloß?

Ich schlängele mich durch die Menge, trinke beiläufig ein zweites Glas Sekt und versuche mein Bestes, nicht so zu wirken, als würde ich nach einem geheimen Informanten Ausschau halten.

Dann sehe ich ihn.

Der Oberst steht halb verborgen mit dem Rücken zur Wand in einer Ecke und ist in eine Unterhaltung vertieft mit einer Frau, die ihre Hand auf den Ärmel seines Uniformrocks gelegt hat, und einem anderen Herrn, der beim Reden ausladend gestikuliert.

»Beatriz?«

Es versetzt mir einen Schlag in die Magengrube, ausgerechnet an diesem Ort diese wohl vertraute Aussprache meines Namens zu hören.

Schnell zaubere ich ein falsches Lächeln auf mein Gesicht und wirbele mit wild pochendem Puls herum.

»Ramon, was machst du denn hier?«, frage ich sofort, um ihm gar keine Gelegenheit zu lassen, mir die gleiche Frage zu stellen.

Wenn ich eins auf gesellschaftlichem Parkett oder als Agentin gelernt habe, dann die Fähigkeit, sich durch alles dreist einen Weg zu bluffen.

»Ich, äh, bin mit ein paar Freunden gekommen«, antwortet er stotternd. »Und … was machst du hier?« Inzwischen hat mir sein Gestammel ausreichend Zeit gegeben, mir eine passende Erklärung einfallen zu lassen.

»Mich hat ein Date mitgenommen.«

Ramons Blick verfinstert sich.

»Ich hab nicht gedacht, dass das zwischen dir und mir was Exklusives ist«, fahre ich rasch mit gespieltem Bedauern fort. »Ich bin davon ausgegangen, dass du auch noch andere triffst.«

»Tu ich ja auch«, antwortet er, doch sein schockierter Gesichtsausdruck besagt das Gegenteil.

Aus den Augenwinkeln bemerke ich, wie der Oberst sich von seinen Gesprächspartnern löst und den Raum durchquert.

Lass mich in Ruhe.

»Ich sollte besser zurück zu meinem Date«, erkläre ich in möglichst unbeschwertem Ton und beuge mich zu einem angedeuteten Wangenkuss vor, der Ramon einen kurzen Blick in meinen Ausschnitt erlaubt.

Ist er etwa auch wegen des sowjetischen Obersts hier? Observiert er dessen Auftreten, um Informationen zu sammeln, die Fidel später an die Sowjets weitergeben kann? Oder ist er aus einem vollkommen anderen Grund hier?

Meine Entscheidung ist gefallen. Alles muss schnell gehen, für Zweifel ist jetzt keine Zeit. Ich blicke noch einmal über die Schulter zurück, schaue Ramon in die Augen und rufe mir dabei all die aufgewühlten Emotionen, all die Angst in Erinnerung, die ich eben beim Wiedersehen mit Nick empfunden habe, um auf diese Weise möglichst glaubwürdig wie ein Mädchen auszusehen, das zwischen zwei Männern hin- und hergerissen ist – ein naives, albernes Mädchen, über das man sich weiter keine Gedanken machen muss.

Verwirrung legt sich über Ramons Gesicht. Verwirrung und eine Spur verletzte männliche Eitelkeit. Offenbar hat er nie auch nur in Erwägung gezogen, ich könnte anderweitige Interessen haben, während *er* mit mir flirtet, und ich hoffe, diese Fehleinschätzung, kombiniert mit der Überraschung, mich heute Abend hier zu treffen, reicht aus, ihn auf eine falsche Fährte zu locken.

Ich brauche diesen Mikrofilm.

Ich wende mich auf wackligen Beinen von Ramon ab und tue wie ein mächtig verunsichertes junges Ding, das sich auf seinen Stöckelabsätzen kaum halten kann.

Prompt gerate ich ins Stolpern, krache mit dem sowjetischen Oberst zusammen und schütte ihm mein fast volles Glas Sekt über die elegante Ausgehuniform. Ich fahre in gespieltem Entsetzen zurück und lasse mir in der Bewegung den Mikrofilm in die Hand drücken, wobei ich die Übergabe mit meinem Körper vor den Umstehenden abzuschirmen versuche. Während der Oberst seinen Uniformrock mit einem piekfeinen Taschentuch abtupft, stammele ich aufgeregt ein paar Entschuldigungen. Auch ohne mich noch einmal nach Ramon umzuschauen, spüre ich seinen Blick auf mir und hoffe inständig, mich geschickt genug angestellt zu haben, um ihn davon zu überzeugen, dass ich einfach nur ein harmloses junges Mädchen bin – das in diesem Moment allerdings mit einem gewissen Gefühl des Triumphs den Mikrofilm in seiner geballten Faust versteckt.

Mit einer letzten Entschuldigung schiebe ich mich an dem Oberst vorbei und freue mich schon darauf, endlich von dieser Party fort und in meine Wohnung zu kommen, um dort zu bleiben, bis ich den Auftrag morgen mit einem Besuch am toten Briefkasten abschließen kann.

Doch keine zwei Schritte weiter stößt mein Absatz gegen eine kaum wahrnehmbare Kante im Parkett, und diesmal gerate ich auch ohne jede Schauspielerei ins Stolpern.

Nick steht mit seinem Mantel in der Hand beim Ausgang und verfolgt gebannt die Szene, die ich gerade veranstalte. Seinen Gesichtsausdruck kenne ich von unzähligen anderen Gelegenheiten. Es ist die Maske, die er in der Öffentlichkeit aufsetzt, wenn er das unerschütterliche Bild des perfekten Politikers abgibt. Allerdings kenne ich ihn so gut und habe die private Seite von ihm so häufig erlebt, dass mir nicht entgeht, wie wenig er sich von dem ganzen Spektakel hat täuschen lassen, und fast tut er mir ein wenig leid.

Da verliebt sich dieser Mann in eine Frau aus feinstem Haus, und dann entpuppt sich die als bloße Spionin.

Ich rausche aus dem Raum und vermeide es sorgfältig, noch einmal Nicks Blick zu begegnen, denn ich fürchte, er könnte mich mit seiner Reaktion verraten.

Draußen ist es kühl geworden. Ich stehe vor dem Haus und betrachte die lange Reihe glänzend polierter Wagen, deren Chauffeure auf die Rückkehr ihrer Fahrgäste warten. Unauffällig lasse ich den Mikrofilm in meiner Handtasche verschwinden.

Wie bei meinem glücklichen Händchen an diesem Abend nicht anders zu erwarten, ist nirgends ein freies Taxi zu entdecken. Also raffe ich mit einer Hand meinen Rock und bereite mich auf den vor mir liegenden Fußmarsch vor.

»Fahrbarer Untersatz gesucht?«

Langsam wende ich mich zu Nick um. »In der Tat.«

Er lächelt. »Und wo genau soll mein Fahrer dich absetzen?«

Ich hole tief Luft.

Schicksal, Timing und all das.

»Am Ritz.«

Die Tür des Hotelzimmers schlägt zu. Nicks Smokingjacke fliegt zu Boden. Mein Kleid gleich hinterher.

Irgendwie fühlt es sich wirklich unbeschreiblich *richtig* an, nach Hause zu kommen.

Wäre ich auch in sein Hotel gegangen, wenn ich nicht aufgeschaut und ihn dort hätte stehen sehen? Und wenn es ein Taxi gegeben hätte, wäre ich dann in meine Wohnung gefahren und ganz allein in mein Bett gefallen?

Wer weiß …

Wenn ich irgendetwas in meinem bisherigen Leben gelernt habe, dann, dass alles in erster Linie eine Frage des Timings ist. Die Dinge geschehen, wie sie geschehen sollen, und viele bedeutungslos erscheinende Augenblicke reihen sich aneinander, um dich auf einen Weg zu führen, den zu gehen du dir niemals hättest vorstellen können, und das mit einem Mann, den du nicht halten und von dem du doch nicht lassen kannst.

Rücklings werfe ich mich auf die Matratze, und sofort ist Nick über mir. Wir haben das Licht im Zimmer ausgelassen, und ich bin froh darüber, denn so lernen unsere Hände und Lippen sich besser wieder kennen, während die Laken unter unserem Gewicht rascheln und der Rest der Welt samt all ihren Problemen sicher auf der anderen Seite der Tür weggesperrt bleibt.

Ich kann jetzt keine Realität ertragen, will nicht über den Mikrofilm nachdenken, der, verstaut in meiner Handtasche, irgendwo auf dem Boden liegt, will mich nicht fragen, was wir uns morgen sagen sollen oder was sein wird, wenn Nick wieder in die Vereinigten Staaten zurückkehrt.

Ich will diesen Abend. Um morgen kümmern wir uns später.

* * *

Als ich aufwache, dringen die ersten Sonnenstrahlen durch den Spalt im Vorhang von Nicks Hotelzimmer und werfen einen silbernen Lichtstreifen quer über die Bettdecke. Neben mir liegt Nick schlafend auf dem Rücken, die Beine weit von sich gestreckt, wie er es immer tut, wenn er tief schlummert, nachdem ich meinen Teil dazu beigetragen habe, dass er sich in den Stunden zuvor bis zur Erschöpfung verausgabt hat. Ich drehe mich auf die Seite, um diesen Moment zu genießen und ihn zu betrachten. Für uns sind gemeinsame Morgen stets etwas Besonderes gewesen, da es normalerweise Verheirateten vorbehalten ist, die ganze Nacht miteinander zu verbringen, und so kann ich nicht anders, als diese Gelegenheit bis zur letzten Sekunde auszukosten.

Von seinem blendenden Aussehen hat er nichts verloren, aber jetzt, wo ich ihn so ganz in Ruhe studieren kann, bemerke ich die feinen Veränderungen in seinem Gesicht. Falten haben sich eingegraben in dieser Trennungszeit.

Ich habe mir in all den Monaten nicht wirklich eingestehen wollen, wie sehr ich ihn vermisse.

Zu meinem größten Bedauern muss ich schließlich doch aufstehen. Ich bewege mich mit größter Vorsicht, um Nick nicht zu wecken, denn ich habe nicht die geringste Lust, gefragt zu werden, warum ich mich denn um diese frühe Stunde aus seinem Hotelzimmer schleiche und wohin es mich so dringlich zieht.

Ich bücke mich, sammle meine Kleidung auf und die achtlose fallen gelassene Handtasche, die ich kurz öffne, um mich zu vergewissern, dass der Mikrofilm noch da ist. Nach einem raschen Seitenblick auf die elegante Uhr, die auf dem Schreibtisch in der Ecke steht, beeile ich mich mit dem Ankleiden. Zu gern wäre ich noch nach Hause gegangen, um mir etwas Praktischeres für das Treffen anzuziehen, aber dafür bleibt keine Zeit mehr. Immerhin bedeckt der Mantel einen Großteil des roten Abendkleids. Was sich dagegen nicht retten lässt, ist meine Frisur, die über einen chaotischen Knoten auf dem Kopf nicht hinauskommt, und mein teils verschmiertes, teils verblasstes Make-up.

Ich schlüpfe aus dem Zimmer und laufe aus dem Hotel

direkt auf die Piccadilly. Zum Glück liegt das Ritz nicht weit vom Hyde Park, denn die Stöckelschuhe, die ich am Vorabend ausgewählt habe, machen selbst diesen kurzen Fußmarsch zu einer Prüfung.

Im Park herrscht am Morgen reger Betrieb. Viele Londoner brauchen offenbar eine Pause von all den hoch aufragenden Gebäuden und den gepflasterten Gehwegen, und es verlangt sie nach ein wenig Grün um sich herum. Mit langen Schritten strebe ich dem hinteren Teil des Parks zu, wo wir gewöhnlich die Übergaben abwickeln.

Sosehr mir die Energiegeladenheit dieser Stadt gefällt, ihre Freiheiten und die Anonymität, die sie gewährt, im Grunde bin kein Mensch für solch riesige Metropolen. Für einen kurzen Abstecher ist es schön, aber auf Dauer sehne ich mich nach Salzluft, Meeresrauschen und dem Anblick von Palmen, die sich in einer milden Brise wiegen. Havanna hat ungeheuer viele Vorzüge an einem Ort vereint, und ich liebte seine Geheimnisse, die kleinen Überraschungen, die sich an jeder Ecke entdecken ließen.

Ich komme an der Serpentine vorbei und richte den Blick auf unseren üblichen Treffpunkt. Die Bank bietet einen eher dürftigen Ausblick in den Park und ist daher meist unbesetzt. Der heutige Tag bildet da keine Ausnahme. Wir haben natürlich auch für alle Fälle einen Reserveplan, aber ich bevorzuge den gewohnten Ablauf bei der immer gleichen Bank mit der tiefen Kerbe in der dritten Querstrebe.

Ich setze mich auf das kalte Holz und schlinge den Mantel gegen die kühle Herbstluft fester um mich. London im Oktober ist zwar nicht das Kälteste, was mir je begegnet ist, aber als jemand, der eigentlich in tropischen Klimazonen zu Hause ist, genügen diese Herbst- und Wintermonate schon, mir in Erinnerung zu rufen, wie dünn mein Blut tatsächlich ist.

Minuten vergehen.

Keiner kommt.

Eine halbe Stunde.

Eine Stunde.

Meine Kontaktperson hat sich bislang noch nie verspätet. Nicht ein Mal.

Ich halte meine Handtasche fest an mich gedrückt.

Ist mir irgendein Fehler unterlaufen, was die Anweisungen von Dwyer betrifft? Ist irgendwas passiert? Hat er versucht, mich in meiner Wohnung zu erreichen, während ich mit Nick zusammen war?

Ich warte noch ein paar Minuten. Mittlerweile kommt mir der Park nicht mehr so beschaulich und sicher vor, und die Touristen und Spaziergänger wirken nicht mehr nur harmlos. Als mein Kontakt weiter nicht erscheint, stehe ich auf und mache mich auf den Heimweg.

Ich verlasse den Park zur Kensington High Street hin, biege einmal ab, zweimal, und laufe im Zickzack durch das Viertel zu dem Backsteinbau, in dem ich wohne. Mit der frühmorgendlichen Ruhe ist es inzwischen vorbei. Die Straßen sind deutlich belebter, und die Zahl der Blicke, die erstaunt das unter meinem Mantel hervorlugende rote Seidenkleid mustern, nimmt zu. An sich ist London eine Stadt, in der man sich nahezu alles erlauben kann. Aber diese Gegend wird vor allem von Wohlhabenden und Konservativen geprägt, sodass mein Aufzug, in dem man ohne Schwierigkeiten die Ausgehgarderobe vom Vorabend erkennt, entschieden mehr Aufmerksamkeit erregt, als mir lieb ist. Für die Rolle eines in jeder Menge leicht untertauchenden Spions besitze ich wirklich nicht das geringste Talent, aber vermutlich wird Dwyer das bei meiner Anwerbung bewusst gewesen sein, und er hat gerade nach einem völlig anderen Typ gesucht.

Erleichtert biege ich in den Straßenzug mit der langen Reihe Backsteinhäuser ein, deren vertrauter Anblick allein schon beruhigend wirkt. Ich trete in den Hausflur, steige zu meinem Stockwerk hinauf, schließe die Wohnungstür auf und lasse sie hinter mir ins Schloss fallen.

Nachdem ich den Mantel abgestreift und an den Haken neben der Eingangstür gehängt habe, will ich schon ins Zimmer weitergehen, als mich plötzlich das gleiche Gefühl befällt wie am Tag zuvor: Ich bin nicht allein. Rasch mache ich noch zwei Schritte, um Dwyer zu begrüßen und endlich den Mikrofilm loszuwerden, doch dann bleibe ich wie erstarrt stehen.

Mein Gespür hat mich nicht getrogen.

Ich bin nicht allein.

Aber es ist nicht Dwyer, der auf mich wartet.

24

»Ramon!«

Es dauert einen Moment, bis ich in der Lage bin, all die Gründe abzuwägen, aus denen er hier sein könnte, aber dann komme ich sehr schnell zu dem Ergebnis, dass jeder angenehme ausscheidet.

Ramon steht auf. Er trägt noch immer seinen Smoking vom Vorabend. Schon diese erste Bewegung verrät, dass ich einen völlig anderen Mann vor mir habe. Die Maske ist gefallen, und aus dem stillen Studenten ist ein bedrohlicher Gegenspieler geworden.

»Setz dich«, sagt er und deutet auf den zweiten Stuhl bei dem Tischchen, das mir als Esstisch dient.

Seine Fingerspitzen ruhen auf dem kalten schwarzen Metall einer Pistole, die darauf liegt.

Ich bewege mich nicht.

»Du hast mich ganz schön ins Grübeln gebracht, weißt du das?«, fährt er fort. »Als ich dich auf der Party sah, war mein erster Gedanke, dass du aus demselben Grund da sein musst wie ich. Aber dann hab ich das verworfen, weil … na ja, ich hab dich einfach nicht für eine Agentin gehalten. Mein Fehler, schon klar.«

Was soll ich nur tun?

»CIA? Oder MI6?«

Er wird mich umbringen. Genau wie er seine Freundin Claudia umgebracht hat. So profan endet mein großer Kampf gegen Fidel! Einer seiner Spitzel, ein Verräter an unserem Land, hält mich ein für allemal auf.

»Im Grunde auch egal, schätze ich«, meint er achselzuckend. »Wir wissen beide, warum du gestern Abend auf der Party warst.«

Hilflos lasse ich den Blick durch die kleine Wohnung wandern, suche nach irgendwas, das mich aus diesem Schlamassel retten kann.

»Gib mir den Mikrofilm«, befiehlt er und streckt fordernd die Hand aus. Seine Züge sind jetzt wie gemeißelt.

»Ich weiß gar nicht, wovon du sprichst«, erwidere ich und muss mich überhaupt nicht anstrengen, ins Stammeln zu geraten, da meine Angst nur allzu echt ist. »Ich hab dir doch erzählt, warum ich auf der Party war. Dieser Mann ... wir waren zusammen, als ich noch in den Vereinigten Staaten gelebt habe. Das zwischen uns läuft schon sehr lange. Wegen dieser Affäre hat meine Familie mich überhaupt erst nach London geschickt.«

Ich gehe zum Tisch und lege die Handtasche mit dem Mikrofilm auf den Stuhl ihm gegenüber.

Wie erhofft, verfolgt Ramon jede meiner Bewegungen genau. Mein knallrotes Täschchen wirkt auf ihn wie das rote Tuch vor der Nase eines Stiers.

Verstohlen blicke ich zur Waffe.

Leg sie auf den Tisch. Hol dir den Mikrofilm. Gib mir eine Chance ...

Er tut es nicht.

Ramon tritt zwar zu meiner Tasche, doch er lässt die Pistole weiter in seiner Hand baumeln. Er trägt die Lässigkeit eines Mannes zur Schau, der in Sekundenschnelle ohne jede Vorwarnung auf Killer umschalten kann und der zudem nicht den Eindruck macht, als würde er mich in irgendeiner Weise für eine Gefahr halten.

Suchend wandert mein Blick zur Kochnische und bleibt an dem Messerblock hängen, dessen Messer, da ich nie koche, noch scharf sein müssten wie am ersten Tag. Nur wenige Schritte, doch das Zeitfenster ist winzig, ein Wimpernschlag bloß, dann ist die Gelegenheit vorbei, und die Chance, dass es mir gelingt, ihn zu überwältigen, ist gleich null. Wenn ich scheitere …

Was macht es schon für einen Unterschied? Sterben werde ich so oder so.

Ramon öffnet meine Handtasche.

Ich stürze zum Messerblock.

Er wirbelt herum, als meine Hand gerade den größten Griff packt und die Schneide aus dem hölzernen Schlitz reißt. Adrenalin schießt mit Macht durch meine Adern.

Blitzschnell ist er bei mir, bekommt mein Handgelenk zu fassen und versucht, mir das Messer aus der Hand zu schlagen.

Bei einem physisch stärkeren Gegner wäre ich jetzt bereits tot, aber dank seiner schmächtigen Statur ist das Kräfteverhältnis fast ausgeglichen, auch wenn ich ihm, was die Kampferfahrung betrifft, ganz eindeutig unterlegen bin.

So schnell, wie alles begann, ist es auch vorbei. Meine Hand springt auf, und das Messer fällt klirrend zu Boden.

Ich werde sterben.

Ich bin mir nicht sicher, ob es mein ganzes Leben ist, das da blitzartig vor meinen Augen abläuft, aber einige Bilder flackern tatsächlich auf.

Der Malecón. Ein Sonnenaufgang in Havanna. Meereswellen, die über meine Haut spülen. Nicks Mund auf meinem Mund. Meine lachenden Schwestern. Unsere Nanny Magda, die mir erzählt, dass es auch schlechte Männer auf der Welt gibt. Und ihr Rat – in gedämpftem Ton, damit meine Mutter nichts mitbekommt: Wenn ich jemals in eine Situation gerate, wo mir jemand etwas antun will, soll ich ihn einfach dahin treten, wo es am meisten wehtut.

Also ramme ich Ramon das Knie zwischen die Beine, so fest ich kann. Unsere Blicke begegnen sich. Verblüffung, Wut und Schmerz spiegeln sich in seinen Augen. Sein Oberkörper krümmt sich, er hebt reflexartig die Hand, und ich greife rasch zu. Meine Finger bekommen kaltes Metall zu fassen und drücken mit aller Kraft dagegen.

Für ein paar Sekundenbruchteile halten unsere beiden Hände die Pistole umklammert. Dann löst sich ein Schuss.

25

Ich schiebe die Hand in die Manteltasche, um die Kampfspuren vor der Frau an der Rezeption zu verbergen und auch den Blutfleck neben dem Fingernagel, der mir beim Schrubben der Hände entgangen sein muss.

Das schöne rote Abendkleid ist von Ramons Blut und anderen, schwerer bestimmbaren Körperfetzen, auf deren genaue Untersuchung ich verzichtet habe, vollkommen ruiniert und inzwischen im Müll entsorgt. Davor habe ich bereits meinen Kontakt für Notfälle angerufen und ihn darüber informiert, dass meine Wohnung eine Grundreinigung benötigt, da sich um Ramons Leiche bereits eine beträchtliche Blutlache gebildet hatte. Seine Pistole war zwar mit einem Schalldämpfer ausgerüstet, dennoch könnten sich schon bald die ersten besorgten Nachbarn melden, um sich nach dem Lärm zu erkundigen, den unser Kampf verursacht hat.

Wie lange dauert es eigentlich, bis eine Leiche zu riechen beginnt?

Ich warte nicht auf die Ankunft der CIA-Leute, denn ihre entnervenden Fragen könnte ich jetzt nicht ertragen. Ebenso wie langes Grübeln darüber, wie viel Glück ich gerade gehabt habe. Dass mein Finger den Abzug einen Hauch früher erwischte als seiner, war schon reiner Dusel, doch dass der

Lauf im entscheidenden Moment gerade auf ihn und nicht auf mich gerichtet war ...

Also habe ich mich nur rasch umgezogen und mir mit mechanischer Gründlichkeit Blut und andere Spritzer von der Haut gewaschen.

Dann bin ich gerannt.

Zum Ritz. Zu Nick.

Ob die Polizei mittlerweile schon in meiner Wohnung auf mich wartet? Oder sind Dwyers Leute ihr zuvorgekommen? Und warum bloß ist niemand zur Übergabe im Park erschienen?

Den Mikrofilm trage ich jetzt direkt am Körper. Versteckt in meinem BH klemmt er gleich über meinem heftig pochenden Herzen.

Ich erkundige mich bei der Empfangsdame nach Nicks Zimmernummer und verfluche mich selbst, weil ich am Morgen nicht darauf geachtet habe. Es kostet mich große Anstrengung, meine Stimme möglichst ruhig zu halten und eine ausdruckslose Miene aufzusetzen.

Allerdings kann ich meine Hände partout nicht dazu bewegen, endlich mit dem Zittern aufzuhören.

Die Frau am Empfang ruft in seinem Zimmer an, und während ich ihren Teil des Gesprächs mitbekomme, versuche ich, mir Nicks Reaktion am anderen Ende der Leitung vorzustellen.

Ist er überrascht von meiner Rückkehr? Hat es ihn geärgert, dass ich heute Morgen ohne ein Wort verschwunden bin? Oder hat er meine Abwesenheit beim Aufwachen einfach mit einer gewissen Resignation hingenommen und sie als Zeichen gewertet, dass wir heute noch genau wie früher unmöglich ein Paar sein können?

»Dann schicke ich sie jetzt hoch, Sir«, sagt die Frau endlich zu meiner größten Erleichterung. Ich bin nicht nur hier, weil ich in Schwierigkeiten stecke, sondern vor allem weil ich *ihn* brauche.

Mit einem freundlichen Lächeln nennt mir die Empfangsdame Nicks Zimmernummer und deutet in Richtung Fahrstühle. Ich nehme die kleine Reisetasche, die ich bei der Flucht aus meiner Wohnung hektisch gepackt habe, steige in eine der Kabinen und winke ab, als ein Page mir mit dem Gepäck helfen will. Das Zittern lässt nicht nach.

Der Fahrstuhlführer drückt die Etagennummer für mich, und ohne weitere Gäste setzt der Aufzug sich in Bewegung.

Sekunden später gleiten die Türen zur Seite, und ich trete hinaus. Nicks Zimmer liegt am anderen Ende des Flurs. Ich klopfe an seine Tür, und prompt starrt mich der Blutfleck an, den ich an meiner Hand übersehen habe.

Jetzt habe ich einen Menschen getötet, und ich weiß nicht, wie ich mich dabei fühle.

Die Tür geht auf, und ich schrecke zusammen. Mir gegenüber steht Nick in einem für seine Verhältnisse reichlich verwilderten Zustand. Das weiße Smokinghemd hängt ihm halb aus der Hose, die blonden Haare sind zerzaust, und seine Züge wirken gehetzt.

Ich öffne den Mund zum Sprechen, will mich entschuldigen für mein wortloses Verschwinden am Morgen, aber bevor ich irgendetwas sagen kann, ist Nick bereits über die Schwelle gestürzt und reißt mich an sich.

Sein Mund presst sich auf meinen zu einem kurzen, leidenschaftlichen Kuss, doch kaum haben wir die Zimmertür hinter uns zugeschlagen, geben meine Knie nach, und der verzweifelte Druck in meiner Brust wird unerträglich.

Ich habe einen Menschen getötet.

Nick löst sich von mir mit derselben Heftigkeit, mit der er mich gepackt hat.

»Beatriz…« Seine Augen verengen sich, als er erkennt, in welcher Verfassung ich bin.

»Was ist geschehen?«, fragt er.

»Ich habe einen Mann getötet«, flüstere ich. »Da ist dieser Kubaner, der für ihren Geheimdienst arbeitet. Auf der Party gestern Abend sollte ich jemanden treffen, um von ihm etwas zu erhalten, und dieser Agent hat das mitbekommen. Er hat in meiner Wohnung auf mich gewartet, als ich nach Hause kam.«

Entsetzen flackert in Nicks Augen auf und ist sofort wieder verschwunden. »Bist du noch in Gefahr? Was ist aus der Leiche geworden?«

»Keine Ahnung. Ich habe Dwyers Leute informiert, damit die sich um alles kümmern. Eigentlich sollte ich heute Morgen jemanden von der CIA treffen – darum bin ich auch so früh aufgebrochen –, aber meine Kontaktperson ist nicht erschienen. Daraufhin wusste ich nicht genau, was ich tun sollte, und bin erst mal nach Hause. Dort war schon dieser Mann, Ramon, mit einer Pistole. Es kam zu einem Kampf.«

Ich erzähle Nick auch alles andere, es soll keine Geheimnisse zwischen uns geben. Bei jedem Wort rechne ich damit, dass er mich zu kritisieren beginnt, dass die Zuneigung in seinen Augen schwindet. Stattdessen wirkt er nur extrem ruhig, so als hätte er schon immer gewusst, dass es zu dieser Situation kommen würde. Tatsächlich finden jetzt all seine Warnungen vor der CIA, all seine Angst um meine Sicherheit ihre Bestätigung.

Nick hat sich nicht geirrt. Ich bin in ein heillos vertracktes Durcheinander geraten, und ich selbst weiß in diesem Moment nur eins: Ich habe einen Menschen getötet und spüre nicht die geringsten Schuldgefühle.

Vielmehr bin ich unbeschreiblich glücklich darüber, dass nicht *ihm* es gelungen ist, *mich* zu töten.

Nachdem ich alles berichtet habe, entschuldige ich mich für den Ärger, in den ich ihn hineinziehe. »Wenn es dir lieber ist, dass ich gehe, habe ich dafür vollstes Verständnis. Sollte die Sache publik werden, könntest du ganz schöne Scherereien bekommen.«

»Entschuldige dich gefälligst nie wieder dafür, zu mir gekommen zu sein! Ich bin für dich da. Und das wird immer so bleiben.«

Tränen treten mir in die Augen. »Danke.«

Ich schiebe die Hand in den Ausschnitt meiner Bluse und ziehe den Mikrofilm aus meinem BH.

»Ich muss den hier unbedingt meiner Kontaktperson übergeben. Es gibt da einen toten Briefkasten, den ich benutzen kann.« Ich hole tief Luft und vertraue ihm auch mein letztes Geheimnis an. »Ein sowjetischer Oberst hat mir diesen Mikrofilm gestern auf der Party zugesteckt.«

Nicks gesamte Haltung ändert sich schlagartig. »Ein sowjetischer Oberst?«

»Ja.«

»Ich war gerade beim Packen, als du gekommen bist. Es hat eine wichtige Entwicklung gegeben, und ich muss sofort zurück nach Washington.« Er zögert kurz. »Ein U2-Aufklärungsflugzeug hat Beweise dafür entdeckt, dass die Sowjets atomwaffenfähige Mittelstreckenraketen auf Kuba in Stellung gebracht haben.«

26

»Wie schlimm ist es?«, frage ich.

»Richtig schlimm. Diese Raketen können das Staatsgebiet der USA erreichen. Ich muss nach Washington, für den Fall …« Nick schließt mich in die Arme, und ich lasse mich für einen Moment erschöpft gegen ihn sinken. Die Welt um uns herum spielt verrückt, gerät zunehmend außer Kontrolle.

Versucht der Oberst womöglich, einen solchen Angriff zu verhindern? Die Vorstellung eines Atomkriegs …

Wird Fidel diese Waffen einsetzen? Oder die Sowjets?

Ich muss diesen Mikrofilm sofort an die CIA weitergeben.

Meine Familie, meine Schwestern, alle leben sie in Florida, gerade einmal neunzig Meilen entfernt von Kuba. Und auch in Kuba leben Angehörige und Freunde, darunter Eduardo, der irgendwo in seiner Zelle hockt. Zahllose unschuldige Menschen, deren Leben bedroht ist.

Was werden die Vereinigten Staaten als Vergeltungsmaßnahme dafür beschließen, dass Fidel die Stationierung der Nuklearwaffen auf Kuba erlaubt hat? Wie viele Menschenleben werden die wachsenden Spannungen zwischen unseren beiden Ländern kosten, angesichts von Politikern, die mit Krieg drohen und sich in kämpferische Posen werfen, ohne viel über die möglichen Zerstörungen auf beiden Seiten nachzudenken?

Ich wollte Krieg, wollte, dass die Amerikaner etwas unternehmen, aber nicht das. Daraus kann überhaupt nichts Gutes erwachsen. In der Schule haben wir gelernt, welch verheerende Wirkung die Atombomben hatten, die von den Amerikanern auf Japan abgeworfen wurden, und der Gedanke, die gleichen Verwüstungen könnten jetzt unseren Küsten bevorstehen, entsetzt mich zutiefst.

Wird Kuba zum Schauplatz eines Krieges zwischen den Vereinigten Staaten und der Sowjetunion?

»Glaubt man in Washington, dass die Sowjetunion die Raketen für einen Angriff auf die Vereinigten Staaten benutzen wird?«

»Ich weiß es nicht«, antwortet Nick mit finsterer Miene. »Ich hoffe, die Sowjets sind schlau genug, diese Waffen nicht einzusetzen, aber allein schon die Drohung, dieser Entschluss, die Raketen direkt vor unsere Haustür zu verlegen ... na ja, das ist schon extrem besorgniserregend, um es mal ganz vorsichtig zu formulieren.«

Was ist auf diesem Mikrofilm? Es ist bestimmt kein Zufall, dass Dwyer mich gerade jetzt darum gebeten hat, ihn zu besorgen.

»Was wird der Präsident tun?«

»Er plant eine landesweit übertragene Fernsehansprache und trifft sich im Vorfeld mit seinen engsten Beratern, darunter den ständigen Mitgliedern des Nationalen Sicherheitsrats.«

»Ich komme mit.«

»Nein, auf gar keinen Fall. Sollten die Sowjets einen Angriff riskieren, bis du hier sicherer.«

»Und die Leiche in meiner Wohnung?«

Er stößt einen scharfen Fluch aus, als ihm dieses zusätzliche Problem wieder einfällt.

»Außerdem ist meine ganze Familie in Florida«, fahre ich fort. »Und *du* bist in Washington. Ich will einfach nicht hierbleiben. Sollte es tatsächlich Krieg geben, möchte ich in den Vereinigten Staaten sein. Möglichst nah bei denen, die mir wichtig sind.«

»Es ist nicht sicher, Beatriz.«

»Hört der Streit um diesen Punkt denn nie auf? Entweder du nimmst mich mit, oder ich fliege allein, aber fliegen werde ich so oder so. Womöglich brauchen mich meine Schwestern. Womöglich brauchst du mich.«

Und womöglich die CIA.

Er zögert. »Sollte die Situation sich dramatisch verschärfen, reist du weiter an einen sicheren Ort, versprochen?«

»Versprochen.«

Keine Ahnung, ob auch nur einer von uns das für bare Münze nimmt, aber welches Vorhaben mir wirklich durch den Kopf geht, sage ich lieber nicht, obwohl er es sich leicht denken kann. Mir scheint es jedenfalls, verschiedene Lösungen für dieses Problem zu geben – nicht allein militärische.

Mr. Dwyer möchte mich als Waffe gegen Fidel einsetzen. Jetzt hätte er Gelegenheit dazu.

Nick arrangiert unseren Flug mit einer mühelosen Effizienz, wie sie nur viel Einfluss und noch mehr Geld ermöglichen. Da die rasanten politischen Entwicklungen in der Welt es mir nicht erlauben, noch auf ein Zeichen von Dwyer zu warten, verstaue ich den Mikrofilm in einem wattierten Briefumschlag und befolge den Backup-Plan, den wir für den Fall einer misslungenen Übergabe verabredet haben. Nick besteht darauf, mich zu begleiten.

Nach unserer Rückkehr ins Ritz organisiert Nick letzte Einzelheiten für unsere Abfahrt, während ich eine gründliche Dusche nehme und mir die letzten Blutspuren von der Haut schrubbe. Gegen die Kratzer und kleinen Schnitte, die ich mir im Kampf um das Messer mit Ramon zugezogen habe, lässt sich allerdings wenig machen. Anschließend packe ich die Sachen, die ich zuvor einfach in eine Tasche gestopft hatte, noch einmal neu und zähle das Geld, das aus einem Geheimversteck in meiner Wohnung stammt, wo ich es für Notfälle wie diesen deponiert habe. Mein Vater hat mir beigebracht, stets für alles gerüstet zu sein, abrupte Aufbrüche und Fluchten ins Exil eingeschlossen, und stets genug Bargeld griffbereit zu haben, um auf plötzliche Launen des Lebens reagieren zu können.

Bevor ich den Reißverschluss der Tasche zuziehe, fahren meine Finger zufällig über ein Spitzenkleid, und unwillkürlich kommt mir mein letzter Abend in Havanna in den Sinn, als ich für eine kurze Reise packte, aus der ein Exil wurde, das einfach kein Ende nehmen will. Seitdem prägt dieser Irrsinn das Wesen unserer Zeit, in der wir von einer Krise in die nächste stolpern – von der Revolution in die vernichtende Niederlage, bis an den Rand eines Atomkriegs.

Vielleicht ist es Ausdruck meiner Unbesonnenheit, dass ich jetzt mit Nick nach Washington zurückkehre. Vielleicht ist die Idee verrückt und es wäre vernünftiger, sie aufzugeben, aber wenn die letzten vier Jahre deines Lebens allein von Krieg und Konflikten bestimmt wurden, kannst du gar nicht anders, als deine Zeit für endlich zu halten und der Gegenwart jede noch so winzige Freude abzuringen, bevor man dir all die Dinge, die du am meisten liebst, erneut wegnimmt.

Nick ruft einen Wagen, der uns zum Flughafen bringt. Wir nehmen im Fond Platz und legen die Hände ineinander. Alles ist so rasend schnell gegangen. Zum Glück habe ich in meiner Wohnung daran gedacht, für alle Fälle den Reisepass einzustecken.

Ob die Polizei inzwischen die Leiche gefunden hat? Oder ist es Dwyers Leuten rechtzeitig gelungen, alle Spuren zu beseitigen?

»Du könntest sogar der Beihilfe beschuldigt werden, ist dir das klar?«, flüstere ich Nick zu und bin froh über das Fenster, das uns vom Fahrer trennt. »Sobald wir gemeinsam dieses Flugzeug besteigen …«

»Haben wir das nicht längst geklärt? Es kümmert mich nicht.«

»Sollte es aber.«

»Tut es aber nicht. Verglichen mit dem, was uns gerade von den Sowjets droht, ist es sowieso ohne jeden Belang. Außerdem spricht derzeit nichts dafür, dass die Leiche überhaupt von der Polizei entdeckt wird. Genauso gut könnte es die CIA geschafft haben, deinen kubanischen Agenten unbemerkt verschwinden zu lassen. Ich denke mal, dass Dwyer auf diesem Gebiet über einige Erfahrung verfügt.«

»Wie gut kennst du ihn eigentlich?«

»Dwyer?«

Ich nicke.

»Persönlich? Gar nicht. Aber in gewissen Kreisen eilt ihm dieser Ruf voraus. Als ich von deinem Umzug nach London hörte, habe ich mir schon gedacht, dass er dahintersteckt.«

»Er hat mir bei der Immatrikulation an der Uni geholfen. Einerseits war das Studium natürlich bloß Teil meiner Tarnung, um an den kubanischen Agenten heranzukommen, andererseits hat es mir aber auch gefallen. Richtig gut gefallen.«

»Politische Wissenschaften?«

»Was sonst?«

»Freut mich, dass du doch noch dazu gekommen bist.«

»Leider habe ich mir das wohl alles gründlich vermasselt.«

»Darüber würde ich mir jetzt keine Gedanken machen. Das kannst du später in aller Ruhe regeln. Bestimmt ist eine Beurlaubung möglich. Und vielleicht verpasst du ja auch gar nicht viel. Du kannst schließlich jederzeit wieder zurück. Wenn Dwyers Leute die Leiche entsorgen konnten, steht einer Fortsetzung deines Studiums eigentlich nichts im Wege.«

»Mag sein.«

Sich mit solch banalen Fragen zu beschäftigen, erscheint mir angesichts eines drohenden Atomkriegs ziemlich albern.

Wir sprechen nur wenig auf unserem Flug nach D. C. Zu sehr wird unsere persönliche Situation derzeit von der Politik und der aktuellen Bedrohung überlagert, und über diese Dinge kann Nick in der Öffentlichkeit nicht so einfach reden. Zu meiner Überraschung dämmere ich jedoch ein und hole im Arm von Nick ein paar der Stunden Schlaf nach, zu denen ich in der vergangenen Nacht nicht gekommen bin.

Ich träume von Nick. Er hält mich umschlungen, seine

Hände liebkosen mich, seine Lippen liegen auf meinen. Ich träume davon, wie ich mit Ramon kämpfe, sehe die Pistole in meinen Händen, kurz bevor sich der Schuss löst. Doch als ich diesmal auf meine Hände hinabsehe, ist es *mein* Blut, das daran klebt.

Sofort schrecke ich aus dem Schlaf, und Nick küsst mich beruhigend auf die Wange. Wie bedrückt er ist, lässt sich sowohl an den sorgenvollen Falten auf seiner Stirn ablesen als auch an der Anspannung, mit der seine Finger meine umschlossen halten. Wir sparen uns jede Mühe, die Art unserer Beziehung vor den anderen zu verbergen, da dies alles unter den gegenwärtigen Umständen völlig unerheblich wirkt.

Nach unserer Landung in Washington nimmt Nick mich mit in seine Stadtwohnung in Georgetown, wo er nur rasch den Anzug wechselt, bevor er sich mit einem flüchtigen Kuss verabschiedet und zur Arbeit eilt.

Sobald ich allein bin, rufe ich Elisa an, um ihr die Situation zu erklären und dabei möglichst wenige Einzelheiten preiszugeben.

Zuerst bombardiert sie mich mit Fragen über meine Beziehung zu Nick. Sie will wissen, wie wir uns wiedergetroffen haben, was genau passiert ist und warum ich ihn zurück nach Washington begleitet habe. Natürlich erzähle ich ihr nichts von meinen Aktivitäten jenseits des Studiums und halte mich auch zurück, was die brisanten außenpolitischen Entwicklungen betrifft. Ich bitte sie lediglich, einige wenige Vorsichtsmaßnahmen zu ergreifen.

Über die zunehmende Stationierung sowjetischer Waffen ist in der vergangenen Woche zwar bereits berichtet worden, aber die Nachricht, dass sie inzwischen sogar in der Lage sind, einen Atomschlag auf US-amerikanisches Gebiet auszuführen, macht die Sache sehr viel ernster.

»Du jagst mir Angst ein, Beatriz«, erklärt Elisa verwirrt. »Was soll ich denn deiner Meinung nach tun?«

»Es wäre einfach nur nicht schlecht, sich rasch mit ein paar Vorräten einzudecken«, antworte ich. »Der Präsident wird sich heute Abend im Fernsehen an die Nation wenden.« Ich muss schwer schlucken, als mir mein kleiner Neffe einfällt, den ich seit anderthalb Jahren nicht gesehen habe und von dem ich nicht einmal weiß, wie groß er inzwischen ist. Wie werden wir alle aus dieser Sache herauskommen? »Kauf einfach ein paar Vorräte ein. Und überlegt euch, wohin ihr gehen könnt, solltet ihr Florida ganz plötzlich verlassen müssen.«

Es braucht nicht viel Überredungskunst, Elisa zum Auflegen zu bewegen, damit sie den Rest der Familie anrufen und der sich ebenfalls auf die bevorstehenden Tage vorbereiten kann. Wir haben schon zu viele Schreckenszeiten erlebt, um bei solchen Warnungen noch lange nachzufragen. Wer einmal so kalt erwischt worden ist wie wir, der lässt so etwas nie wieder zu.

Ich verbringe die Zeit derweil mit einem kleinen Rundgang durch Nicks Wohnung. Ich streiche mit der Hand über die Anzüge in seiner Kleiderkammer, in deren Stoff der Duft seines Rasierwassers hängt, und lerne auch diesen Teil seines Lebens kennen. Die Mühelosigkeit, mit der wir stets in eine gewisse Häuslichkeit verfallen, sobald wir einmal zusammen sind, fasziniert und erschreckt mich gleichermaßen.

Mit den Dollars, die ich gleich nach unserer Landung auf

dem Flughafen gewechselt habe, besorge ich in einem nahe gelegenen Supermarkt ein paar Lebensmittel. Nicht zum ersten Mal bin ich erleichtert über die finanzielle Unabhängigkeit, die mir meine Abmachung mit der CIA verschafft.

Zurück in Nicks Wohnung bereite ich das Abendessen vor und setze mich vor den Fernseher, um mir die Ansprache des Präsidenten anzuhören.

Nur ein Tag nach unserer Abreise aus London wendet sich Präsident Kennedy um sieben Uhr abends an die Nation. Mit ernster Miene spricht er von seinem Schreibtisch im Oval Office aus. Er besitzt diese ruhige Art, die den Eindruck vermittelt, dass er sich trotz seiner vergleichsweise jungen Jahre von solchen Ereignissen nicht verunsichern lässt und das Ruder fest in der Hand hält. Ich beneide die Amerikaner um diesen verlässlichen Führungsstil, der in krassem Gegensatz steht zu Fidels hitziger Rhetorik und seinen unberechenbaren Ausbrüchen. Als ich noch jünger war, hat mir in meinem Kampf für radikale Veränderungen eine solch ungezügelte Leidenschaft gut gefallen, aber inzwischen ist mir der unaufgeregte, souveräne Stil Kennedys sympathischer, auch wenn ich ihm sein Verhalten beim Schweinebucht-Fiasko nicht verzeihen kann.

Mit zitternder Hand stürze ich den Drink hinunter, den ich mir auf dem Weg von der Küche eingeschenkt habe. Im Fernsehen informiert der Präsident gerade die Welt über die sowjetischen Raketenstellungen auf Kuba, in deren Reichweite unter anderem Florida und Washington, D.C., liegen. Es spricht vom Aufbau eindeutig offensiv ausgerichteter Militärbasen, von denen aus jederzeit ein Angriff mit Atomraketen auf die Vereinigten Staaten und die übrige Welt ausgeführt werden kann.

Fidel ist die unkalkulierbare Größe in dieser Sache. Ein Mann, der Konflikte liebt und Chaos sucht. Was bezweckt er damit, den Sowjets eine solche Position unmittelbar vor der Haustür der Amerikaner einzuräumen?

Die Sowjets verbreiten das Ammenmärchen, dass sie Kuba nur zu Hilfe kommen und einem schutzlosen Land bei der Verteidigung gegenüber einer haushoch überlegenen Militärmacht zur Seite stehen. Allerdings besteht kein Zweifel daran, dass sie in Wahrheit die Amerikaner reizen und herausfordern möchten, und dass Kuba für sie das ideale Mittel dazu ist, selbst wenn das Leben so vieler Unschuldiger dadurch in Gefahr gerät.

Während ich höre, wie Kennedy das sowjetische Vorgehen verurteilt und deren Bemühungen anprangert, sich in die inneren Angelegenheiten fremder Staaten einzumischen und das eigene Machtgebiet durch immer mehr Satellitenstaaten auszubauen, muss ich doch zugleich unwillkürlich an all die Aktivitäten der Vereinigten Staaten denken und an deren Mitverantwortung für den gegenwärtigen Zustand Kubas. Besteht womöglich der einzige Unterschied zwischen den beiden Supermächten darin, dass die Sowjetunion bei ihren Einflussnahmen so schamlos und ohne jede Rücksicht auf internationale Verurteilungen vorgeht, während die Vereinigten Staaten lieber still und heimlich unter Einbeziehung der CIA und ähnlicher Organisationen operieren, um zugleich auf der Weltbühne weiter die Rolle der unbescholtenen moralischen Instanz spielen zu können?

Mir fällt es schwer, in diesem Punkt derzeit große Unterschiede auszumachen, und prompt nagt eine gewisse Scham über meine eigene Verwicklung mit der CIA an mir. Bin ich damit mitschuldig an all den Dingen, die von amerikanischer Seite aus unternommen werden? Weichen äußere Zwänge und schiere Verzweiflung unsere moralischen Maßstäbe so weit auf, dass wir uns irgendwann selbst nicht mehr erkennen?

Dem Präsidenten zufolge verhängen die Amerikaner eine »Quarantäne« genannte Seeblockade, bei der jedes mit Kriegsmaterial beladene Schiff, das Kurs auf Kuba nimmt, an der Weiterfahrt gehindert und zurück in den Ursprungshafen geschickt wird. Gott sei Dank stellt Kennedy aber auch klar, dass es keine Versuche geben wird, humanitäre Hilfslieferungen an die kubanische Bevölkerung zu unterbinden. Wie zu erwarten bekräftigen die Vereinigten Staaten ihren Standpunkt, dass jeder Abschuss einer nuklear bestückten Rakete von Kuba aus als Aggression gegen die USA gewertet wird, ganz egal, welches Land Ziel dieses Atomschlags ist. Die Militärbasis in Guantanamo wird verstärkt und in Alarmbereitschaft versetzt, die dort lebenden Familien werden evakuiert.

Kennedy ruft die Organisation amerikanischer Staaten dazu auf, die Stationierung als Bedrohung der gesamten Hemisphäre zu verurteilen, und verlangt nach einer Sondersitzung des UN-Sicherheitsrats. Dort soll eine Resolution verabschiedet werden, die als Bedingung für die Beendigung der Quarantäne einen Abzug sämtlicher Atomwaffen fordert. Seine abschließenden Worte an Chruschtschow und den Rest der Welt drücken seine große Entschlossenheit aus, aber auch seinen erklärten Willen zum Frieden. Einmal mehr bereitet es mir Mühe, das Bild eines amerikanischen Präsidenten, der sich so unerschütterlich für den Erhalt des Friedens auf der Welt und die Verbreitung demokratischer Ideen einsetzt, mit dem Auftreten der USA in Einklang zu bringen, wie ich es so lange Zeit erlebt habe – nämlich dem eines Landes, das den damaligen Präsidenten Batista mit Waffen und vielem anderen mehr unterstützte und dabei so tat, als würde es von dessen Machtmissbrauch und Knechtung der kubanischen Bevölkerung nichts mitbekommen.

Am stärksten wühlen mich jedoch die Schlussworte Kennedys auf, die er direkt an die Kubaner richtet, von denen ihm viele auf der Insel über gewisse Radiofrequenzen heimlich zuhören werden. Wie sich meine Landsleute wohl dabei fühlen, gefangen zu sein zwischen zwei Supermächten, wieder einmal nur Spielball für die Großen? Kennedy betont, wie sehr die Amerikaner bedauern, was aus der Revolution geworden ist, und ich muss an die Erschießungskommandos denken und an die verlogenen Gerichtsverhandlungen, an all die Familien, die durch Gewalt und Tod auseinandergerissen wurden. Ich kann auf sein Bedauern verzichten. Es hilft weder meinem Bruder, der tot auf dem Pflaster lag, noch all den Männern und Frauen, die aus politischen Gründen zum Tode verurteilt wurden. Was wir brauchen, sind Taten. Eine Machtdemonstration von der Art, wie die Vereinigten Staaten sie zwar mit großer Selbstverständlichkeit zu zeigen bereit sind, wenn ihre eigenen Interessen bedroht sind, mit der sie sich aber plötzlich schwertun, wenn es um andere geht.

Ich dachte immer, vor allem meine Liebe zu Kuba würde

mir keine Ruhe lassen, doch in Wahrheit ist die Wut viel hartnäckiger. Die Liebe ist wie ein leichtes Summen im Hintergrund, das mal ansteigt und mal abfällt, die Wut dagegen schlägt dir ihre Krallen ins Fleisch und lässt nicht mehr locker.

Und plötzlich ertrage ich es einfach nicht länger, stehe von Nicks eleganter Couch auf und stelle den Fernseher ab.

Ein Kuss auf die Wange weckt mich. Nick streicht mir übers Haar. Es dauert einen Moment, bis ich meine Umgebung richtig einordnen kann – die Ledercouch, auf der ich liege, die Wolldecke, die meinen Körper umhüllt, die dunkle Stille von Nicks Washingtoner Wohnung und den Duft nach Sandelholz und Orange, sein Rasierwasser.

Ich setze mich abrupt auf, packe seinen Arm und spüre unter meinen Fingern sein Handgelenk, die feinen Härchen an seinem Unterarm. Er hat das Sakko ausgezogen, die Ärmel hochgekrempelt.

»Wie spät ist es?«, frage ich und taste mit der anderen Hand nach der Lampe auf dem Beistelltisch.

»Sehr spät. Oder früh. Alles eine Frage der Perspektive.«

»Du klingst müde.«

»Ich bin völlig platt.«

»Was kann ich tun?«

»Einfach bei mir sein.«

Nick hebt mich hoch. Ich schmiege mich an seinen Körper, fahre ihm mit den Fingern durchs Haar und küsse ihn gierig. Er trägt mich ins Schlafzimmer und setzt mich auf dem weichen Bett ab. Auch daran haftet sein Duft, und die Vertrautheit lässt mich wohlig aufseufzen.

Ich bin wütend auf die Welt, verspüre schreckliche Angst und habe ihn so sehr vermisst. All diese Empfindungen zerren mich in unterschiedliche Richtungen, drohen mich zu zerreißen. Soll ich der Vernunft folgen, meiner Familie, meinem Vaterland oder meinem Herzen?

»Ich liebe dich«, haucht Nick. Seine Lippen liebkosen mein Ohrläppchen. »Wahnsinnig.«

Und in der dunklen Stille der Nacht, während die Gefahr eines Atomkriegs an die Tür dieser entrückten Höhle klopft, die wir beide uns hier gegraben haben, da bringe ich endlich den Mut auf auszusprechen, was mein Herz schon so lange bewegt.

»Ich liebe dich auch.«

Trotz all des Irrsinns in der Welt um uns herum verfallen wir nach der landesweiten Ansprache Präsident Kennedys in eine gewisse häusliche Routine. Tagsüber arbeitet Nick im Senat, oder er konferiert mit dem Präsidenten und dessen Beratern. Wenn er abends erschöpft und sorgengeplagt zu mir nach Georgetown zurückkehrt, setzen wir uns zu einem späten Abendessen zusammen und unterhalten uns über die politischen Entwicklungen.

»Wie ist die Stimmung?«, erkundige ich mich und trinke einen Schluck Wein, als wir nach einem dieser Mitternachtsdinner ins Wohnzimmer umgezogen sind.

»Der Präsident ist sehr vorsichtig. Aber diese Treffen mit seinen Beratern …« Nick schüttelt den Kopf. »Im Augenblick wären wirklich kühlere Köpfe gefragt. Immerhin lässt Jack sich nicht mitreißen. Ihm ist bewusst, was auf dem Spiel steht, welchen Preis uns ein einziger unbedachter Schritt in die falsche Richtung kosten kann. Er setzt auf eine Seeblockade und hofft, damit Zeit gewinnen zu können.«

In solche Deals und Verhandlungen investieren Nick und all die anderen, die an eine diplomatische Lösung für diesen Konflikt glauben, gerade ihre gesamte Kraft. Inwieweit auch Castro und Chruschtschow bereit sind, Vernunft zu beweisen, wird sich erst zeigen müssen.

»Und wie geht's dir?«, frage ich, küsse ihn auf die Wange und drücke ihn an mich, bis ich sein Herz an meiner Brust schlagen fühle.

»Müde. Entsetzlich müde.«

Ich nehme Nick das Glas Scotch aus der Hand und stelle es auf den Tisch neben der Couch. Dann löse ich seine Krawatte. Er legt den Kopf in meinen Schoß und starrt an die Decke. Wie stark der Druck ist, der auf ihm lastet, erkennt man an den zusammenpressten Kiefern, der verkrampften Haltung und all den Verspannungen, die meine massierenden Finger in seinen Schultern spüren.

Wie es ist, auf verlässlichem Boden zu stehen, habe ich schon halb vergessen.

Mittlerweile telefoniere ich täglich mit Elisa. Sie erzählt, dass Maria jetzt in der Schule übt, wie man bei einem Raketenangriff Schutz unter dem Tisch sucht, und von den Sorgen und Ängsten meiner Eltern. Die permanente Unsicherheit wirkt wie der Vorbote auf etwas noch viel Schlimmeres – schließlich haben wir diese Abfolge ganz ähnlich schon einmal erlebt.

In den Zeitungen wird darüber berichtet, dass die Menschen sich mit Vorräten eindecken, dass es zu ersten Lieferengpässen und Panikreaktionen kommt. Die *Washington Post* beschreibt das politische Klima in Washington und erzählt von Frauen und Männern, die wie Nick regelmäßig bis spät in die Nacht arbeiten, von den Lichtern in den Regierungsgebäuden, die weit länger brennen als gewöhnlich.

Während einerseits die ersten Gerüchte kursieren, dass Menschen aus Washington flüchten, scheint das Leben andererseits weiter seinen ganz normalen Gang zu gehen. Wenn Nick morgens, noch bevor es hell ist, das Haus verlassen hat, schlendere ich durch die Straßen und beobachte verblüfft, wie scheinbar unbeeindruckt die Menschen ihr alltägliches Leben weiterführen und zur Arbeit oder in die Schule eilen, obwohl dieses Schreckgespenst über uns allen schwebt, dieses Bewusstsein, dass jeden Moment Schluss sein könnte. Irgendwie wirkt dieses Festhalten an gewohnten Umgangsformen aber auch beruhigend. Die Menschen lassen sich nicht davon abhalten, das Leben zu genießen, wo immer es möglich ist, und kommen zugleich den Verpflichtungen nach, die sie persönlich eingegangen sind.

Aus London habe ich nichts mehr gehört. Nichts von der CIA. Ihr Schweigen und die Unklarheit darüber, ob die Tötung Ramons irgendwelche Folgen für mich haben wird, erhöhen meinen aktuellen Sorgenberg um ein weiteres Stück. Mit Nick spreche ich nicht über Ramon. Er schleppt derzeit auch so schon viel zu viel mit sich herum.

Doch nachts wollen mir die Träume keine Ruhe lassen. Manchmal erblicke ich die Leiche meines Bruders, wenn ich zu Boden schaue, andere Male ist es die von Ramon. Habe ich jemandem den Bruder genommen? Den geliebten Freund? Bin ich in deren Leben jetzt der gleiche Erzbösewicht, der Fidel in meinem ist?

Nicks Augenlider flattern kurz, dann schaut er zu mir hoch. Sein Mund verzieht sich zu einem Lächeln, in seinen Augen funkelt neu erwachtes Interesse.

»Ich dachte, du wärst müde«, sage ich amüsiert.

»So müde nun auch nicht.«

Ich streife Nicks Krawatte ab und löse einen Knopf nach dem anderen an seinem weißen Hemd, bis sein Unterhemd freigelegt ist.

Meine Finger wandern weiter seinen Bauch hinab, und er seufzt leise.

In diesem Moment ist es an mir, mich um ihn zu kümmern, seine Sorgen zu mildern, seine Schmerzen zu lindern. Natürlich birgt unser tägliches Zusammensein die große Gefahr, falsche Hoffnungen zu wecken, doch angesichts eines unmittelbar drohenden Weltuntergangs ist mir das gerade ziemlich egal.

Zu gegebener Zeit werde ich für diese Liebesstunden die Rechnung begleichen müssen, aber bislang bedauere ich nicht eine Sekunde, die wir zusammen verbringen.

Vier Tage sind vergangen, seit der Präsident sich an das amerikanische Volk gewandt hat. Vier Tage der Ungewissheit, ob die Sowjets den Forderungen Kennedys zustimmen und die Waffen wieder abziehen. Vier Tage des Abwartens, ob ich etwas von der CIA höre, ob der Mikrofilm, den ich ihnen geschickt hatte, von Nutzen gewesen ist und ob die Polizei vielleicht doch noch an Nicks Wohnungstür erscheint, um mich zu verhaften.

Noch ist es nicht zu Kriegshandlungen gekommen, aber die latente Drohung zerrt weiter an uns allen. Nick erwähnt Ex-Comm-Sitzungen, macht vage Andeutungen über Gespräche mit den Sowjets, aber zu der Welt, in der er sich derzeit bewegt, bleibt mir der Zutritt verwehrt. Gleichzeitig sieht man ihm nur allzu deutlich an, wie sehr ihn das Ganze mitnimmt.

Ich halte mich beschäftigt, gewöhne mir einen festen Tagesablauf an, wenn er aus dem Haus ist. Allerdings vermisse ich das Leben als Studentin in London und würde lieber in Vorlesungen und Seminaren sitzen als hier in der Wohnung, wo ich bloß darauf warte, dass der Mann nach Hause kommt. Die Momente, in denen wir zusammen sind, zählen sicherlich zu den schönsten, die ich je erlebt habe, aber sobald er fort ist und ich allein mit meinen Gedanken bin, erwachen die Zweifel.

Einerseits scheint es albern, sich angesichts der Weltlage um solch banale Dinge zu kümmern, andererseits kann ich meine Bedenken nicht einfach komplett ablegen – auch wenn ich sie nicht nach außen dringe lasse, da die grundsätzlichen Probleme unserer Beziehung sicherlich das Letzte sind, worüber sich Nick inmitten dieser Krise den Kopf zerbrechen sollte.

Mir jedoch lassen sie keine Ruhe.

Ich gehöre nicht zu der Sorte Frau, die glücklich damit ist, reines Beiwerk im Leben eines Mannes zu sein – welche Frau ist das schon wirklich? –, und die zweifelhaften Chancen einer gemeinsamen Zukunft für uns machen mir mehr zu schaffen, als ich erwartet hätte. Dazu kommt die beträchtliche Ungewissheit, die meine eigenen Pläne für die Zukunft bergen.

Und irgendwann wird die Zeit in Washington sowieso vorbei sein. Im Dezember verlagert sich das gesellschaftliche Leben für die Wintersaison in den Süden nach Palm Beach. Kehrt Nick dann in das große Strandhaus zurück, und wenn er das tut, soll ich mit ihm gehen? Wie käme ich damit zurecht, meine Familie wiederzusehen? Elisa und Maria vermisse ich schrecklich, vielleicht sogar Isabel, aber bei meinen Eltern empfinde ich völlig anders. Ich bringe es einfach nicht fertig, meiner Mutter zu verzeihen, und an diesem Gefühl hat auch die Zeit nichts zu ändern vermocht.

Ich biege in Nicks Straße ein, schenke einem Passanten ein beiläufiges Lächeln und wechsle die Tüten mit meinen Einkäufen von einer Hand in die andere. Ich weiß zwar nicht, wann Nick heute mit seinen Sitzungen fertig sein wird und nach Hause kommt, habe aber trotzdem alles für ein Abendessen besorgt, auch wenn meine kulinarischen Bemühungen bisher nicht eben berauschend ausgefallen sind. Dennoch werde ich gerade irgendwie zu der Hausfrau, die ich nie sein wollte.

Ich hole den Wohnungsschlüssel, den Nick mir gegeben hat, aus der Handtasche, und bemerke plötzlich einen Mann, der unmittelbar vor mir auf den Eingangsstufen des Brownstone-Häuschen sitzt und seinen Hut in der Hand dreht. Sein Gesicht ist mir bestens bekannt.

Wie ich bereits geahnt habe, ist es gar nicht nötig, nach der CIA zu suchen.

Sie hat mich auch so gefunden.

27

Höflichkeiten mit Mr. Dwyer auszutauschen, macht keinen Sinn, und ich verspüre auch keine Lust dazu. Also grüßen wir uns nur flüchtig, und er wartet hinter mir darauf, dass ich uns in die Wohnung lasse. Mit leicht zitternden Fingern führe ich den Schlüssel ins Schloss, drehe ihn um und drücke die massive Holztür auf. Ich trete ein und stelle die Einkaufstaschen auf das runde Tischchen gleich hinter dem Eingang. Mr. Dwyer folgt mir und zieht die Tür zu.

»Sie können sich vorstellen, wie überrascht ich war, als ich erfuhr, dass Sie hier in Washington, D.C., sind und bei unserem hochverehrten und ach so tugendhaften jungen Senator Quartier genommen haben«, erklärt er in seinem gedehnten Tonfall und klingt dabei alles andere als überrascht.

Ich ignoriere die Bemerkung einfach. »Wie ist es denn in London weitergegangen?«, erkundige ich mich stattdessen. »Haben Sie Ramon gefunden? Ich meine, seine …«

»Seine Leiche in Ihrer Wohnung? Ja, haben wir. Und wir konnten sie entsorgen, bevor jemand gemerkt hat, was dort geschehen ist, was natürlich gut für Sie ist.« Sein Blick wird eindringlicher. »Wie genau ist es Ihnen gelungen, einen ausgebildeten kubanischen Geheimagenten umzubringen?«

»Keine Ahnung«, antworte ich. »Reines Glück vermutlich.«

»Das und ein gewisses Überraschungsmoment, könnte ich mir denken.«

»Stimmt. Haben Sie die Sendung erhalten?«

»Haben wir.«

»Was ist bei unserer verabredeten Übergabe dazwischengekommen?«

»Weltpolitik.«

»Dieser Vorfall in meiner Wohnung …«

»Sehr überzeugend geregelt. Sie haben sich genau richtig verhalten.«

»Ich habe einen Menschen umgebracht.«

»Das ist bedauerlich, aber so was geschieht nun mal. Wie ich Ihrem Bericht entnommen habe, waren Sie sich ziemlich sicher, dass er uns hintergangen und für die Kubaner gearbeitet hat und dass er es auch gewesen ist, der Claudia enttarnt hat.«

»Das *dachte* ich, aber einen Beweis, der eindeutig belegt hätte …«

Er stößt ein abfälliges Lachen aus. »Einen eindeutigen Beweis? Was glauben Sie, was wir hier tun, Miss Perez? Wir operieren nicht in der Welt der unterschriebenen Geständnisse und verbürgten Garantien. Wir vertrauen unserem Instinkt, machen das Beste aus den Informationen, die uns vorliegen, und ziehen unsere eigenen Schlüsse. Sie haben getan, was Sie tun sollten. Sie haben uns besorgt, was wir brauchten. Das Material, das Sie von dem sowjetischen Oberst bekommen haben, wird in den kommenden Tagen noch von größtem Nutzen sein. Ich bin ganz sicher nicht hier, um eine Untersuchung anzustrengen wegen Ihrer Entscheidung, Ramon Martinez umzubringen. Das war vollkommen gerechtfertigt.«

»Warum sind Sie dann hier?«

»Um an Ihr patriotisches Pflichtgefühl zu appellieren.«

»Wegen der Atomraketen.«

»Auch. Aber ohne Atomraketen wäre es eben irgendwas anderes. Fidel ist eine gefährliche Bedrohung geworden. Wenn man einen tollwütigen Hund in der Nachbarschaft hat, schläfert man ihn ein, bevor jemand gebissen wird. Wir müssen Fidel unschädlich machen. Nach dieser Sache in London bin ich davon überzeugt, dass Sie weit fähiger sind, als wir erwartet hatten. Wir sind jetzt so weit, Sie nach Kuba zu schicken.«

»Ich dachte, der Präsident würde in diesem Fall ein diplomatisches Vorgehen bevorzugen.«

Nick erzählt eher von internationalen Organisationen und Telefongesprächen auf höchster Ebene, nicht von Attentatsplänen.

»Einige Fraktionen innerhalb der Agency teilen die Ansichten des Präsidenten in dieser Frage nicht. Hier bietet sich eine Gelegenheit, uns dieses Problem ein für alle Mal vom Hals zu schaffen. Castro möchte seine ganz spezielle Form der Revolution gern in andere Länder Südamerikas und der restlichen Welt exportieren. Aus naheliegenden Gründen dürfen wir das nicht zulassen. Ebenso wenig wie wir es uns erlauben können, dass die Sowjets die geografische Lage Kubas künftig dazu nutzen, die Vereinigten Staaten oder andere Ländern in der Region permanent zu drangsalieren. Die Sowjets möchten ihre Vorherrschaft überall in der Welt ausbauen, und zu diesem Zweck suchen sie jetzt hier die Konfrontation.«

»Was bedeutet das für mich?«

»Wir möchten, dass Sie nach Kuba gehen. Unserer Einschätzung zufolge stehen die meisten Kubaner nicht hinter Castro. Gelingt es uns, sein Regime zu destabilisieren, ihn selbst auszuschalten, dann wird die ganze Sache rasch vorbei sein, und Sie und Ihre Familie können nach Hause zurückkehren.«

»Wird nicht jeder sofort einen Attentatsversuch vermuten, wenn ich ausgerechnet jetzt reise? Ich dachte, das wollten Sie vermeiden.«

»Die nukleare Bedrohungslage ändert alles. Fidel hat damit bewiesen, wie weit er zu gehen bereit ist. Wir dürfen einen solchen Schritt nicht unbeantwortet lassen.«

»Wie bald soll ich denn in Aktion treten?«

»Hängt von den Fortschritten bei den Verhandlungen ab. Wir sind bereit, dem Präsidenten noch ein paar Tage Zeit einzuräumen, zu einer friedlichen Lösung zu kommen, aber wenn ihm das nicht gelingt, werden wir Sie rüberschicken, ganz egal welchen Eindruck das vermittelt. Und sollte eine friedliche Lösung erzielt werden, brauchen wir Sie demnächst trotzdem. Schließlich wissen wir alle, dass eine solche Lösung nur vorübergehend wäre und die nächste Krise nicht lange auf sich warten lassen würde. Also, Sie wollen Ihre Chance, sich an Fidel zu rächen? Hier ist sie.«

»Was muss ich tun? Werde ich speziell geschult? Wie komme ich nahe genug an ihn heran, wenn ich auf Kuba bin?«

»Einer unserer Kontakte wird dafür sorgen, dass man Sie zu Fidel vorlässt. Wir verfügen über Leute im kubanischen Regierungsapparat, die kritisch zu Fidel stehen und unsere Linie unterstützen. Ich habe sie alle genau unter die Lupe genommen. So ein Fehler wie bei Ramon unterläuft uns nicht noch einmal.« Er legt die Fingerspitzen aneinander. »Wir bringen Sie auf einem Fischerboot heimlich nach Kuba. Bei Ihrer Ankunft erwartet Sie jemand, der Ihnen weiterhilft und Ihnen Zutritt zu Fidels Privatwohnung verschafft. Ab diesem Punkt kommt es nur noch darauf an, ihm irgendwie eine Pille in den Drink zu schmuggeln, und das war's.«

»Wie komme ich wieder raus? Ich meine, wenn man mich allein mit der Leiche Fidel Castros im Zimmer antrifft, wird man mich wohl verhaften.«

»Es gibt einen Rückholplan wie bei jedem anderen Agenteneinsatz auch.«

»Und wenn der Plan nicht funktioniert?«

»Dann bringt Sie wahrscheinlich jemand um. Entweder einer der Leibwächter oder Fidel höchstpersönlich.«

»Und dann? Steht bei meinem Scheitern schon der nächste Freiwillige in den Startlöchern?«

»Wir haben tatsächlich verschiedene Optionen vorbereitet, verfügen über weitere Agenten, die wir aussenden können.«

»Hat es schon vor mir welche gegeben?«

»Ja.«

»Frauen?«

»Eine Frau. Ja.«

»Und was hat Fidel mit ihr gemacht, als er ihre Absichten durchschaute?«

»Er hat sie laufen lassen«, antwortet Dwyer, und seine Miene verfinstert sich. »Unser Fehler war, einer Frau zu vertrauen, die trotz ihrer Einwilligung im entscheidenden Moment plötzlich Mitgefühl gegenüber Fidel empfand. Dieser Fehler passiert uns kein zweites Mal.«

»Weil Sie davon überzeugt sind, dass ich kein solches Mitgefühl besitze?«

»Weil ich Sie für eine Frau halte, die nicht vergessen kann, wenn sie betrogen wurde, und weil das, was Fidel Ihnen und Ihrer Familie angetan hat, wirklich abscheulich war. Wer könnte jemals einen ermordeten Zwillingsbruder vergessen?«

»Habe ich Ihnen eigentlich schon mal erzählt, wie sehr ich es hasse, manipuliert zu werden?«

Er lächelt. »Ach, und das ist jetzt der Fall?«

»Genau.«

»Außerdem hat uns die Sache in London gezeigt, dass Sie nicht zimperlich sind, wenn es darum geht, jemanden zu töten.«

Ich zucke zusammen.

»Wissen Sie, auch wenn Sie mir das jetzt nicht abnehmen, aber ich mag Sie«, fährt er fort. »Sie haben einen prima Job gemacht in London. Ich sehe keinen Grund, warum diese Zusammenarbeit nicht auch längerfristig funktionieren sollte, falls – oder sobald – es uns gelingt, Fidel auszuschalten. Sie erfüllen alle Voraussetzungen dafür. Sie sprechen mehrere Sprachen, verkehren wie selbstverständlich in einflussreichen Kreisen und verfügen über die Fähigkeit, in Gesprächen wichtige Dinge aufzuschnappen. Es müsste nicht einmal Kuba sein. Wir könnten Sie nach Europa schicken. Lebt da drüben nicht eine Cousine Ihrer Mutter, die mit einem Diplomaten verheiratet ist?«

Ich bleibe stumm.

»Abgesehen davon, dürfte die Situation auf Kuba, sollten

Sie Erfolg mit Fidel haben, eine ganze Weile ziemlich chaotisch sein. Zumindest solange noch Machtkämpfe ausgetragen werden und die Menschen sich an eine neue Führung erst gewöhnen müssen. Vertrauenswürdige Berichterstatter vor Ort zu haben, wäre für uns da gewiss nützlich.«

»Sie kennen mich nicht halb so gut, wie Sie sich einbilden, wenn Sie wirklich glauben, ich würde meine eigenen Landsleute ausspionieren, um den Amerikanern zu helfen.«

Er lacht. »*Den* Amerikanern? Schauen Sie sich doch um, Miss Perez! Sie leben quasi mit einem amerikanischen Senator zusammen. Wer hat Sie und Ihre Familie aufgenommen, als Ihr Leben in Gefahr war? Wo ist jetzt schon seit Jahren Ihr Zuhause? Glauben Sie im Ernst, Ihr Vater würde sein wachsendes Zuckerimperium hier aufgeben? Was ist mit Ihrer Schwester Isabel, die mit einem Amerikaner verheiratet ist? Oder Elisa mit ihrem Kind? Juan Ferrera ist noch nie in seinem Leben auf Kuba gewesen. Glauben Sie wirklich, er siedelt mit seiner Familie nach Kuba über, wenn Fidel weg ist? Wie viele Ihrer Freunde sind geflüchtet und haben sich im Ausland ein neues Leben aufgebaut? Glauben Sie ehrlich, alles würde wieder so werden, wie es früher gewesen ist? Und die Menschen finden sich ohne Gegenwehr einfach mit einer Rückkehr zu den alten Strukturen ab?«

»Ich bin mit diesen alten Strukturen nie einverstanden gewesen.«

»Mag sein. Vielleicht haben Sie sich das aber auch nur gerne eingeredet, während Sie zugleich vom Reichtum und Einfluss Ihres Vaters profitierten.« Dwyer stockt einen winzigen Moment, bevor er fortfährt. »In der heutigen Welt ist kein

Platz mehr für Idealismus. Bei diesem Machtkampf mit den Sowjets geht es nicht allein um Kuba. Der Kampf ist sehr viel weitreichender, und die Sowjets sind ein äußerst ernst zu nehmender Gegner. Sie denken doch wohl nicht, diese Leute werden ihren Traum von einem kommunistischen Regime in Kuba aufgeben? Nein, wir werden sie nicht mit einem Schlag und nicht allein in einem Staat bezwingen können, sondern nur in einem jahrelangen Prozess. Sie, Miss Perez, blicken vor allem auf Kuba, ich darüber hinaus auf die globale Situation. Sie haben die Möglichkeit, bedeutend mehr zu bewirken. Kuba ist ein kleiner Fleck auf der Weltkarte. Wenn Sie für mich arbeiten, können Sie noch viel mehr erreichen.«

»Jetzt schauen Sie etwas zu weit in die Zukunft. Noch habe ich Fidel nicht umgebracht, und es steht auch keineswegs fest, dass es mir gelingen wird.«

»Ob Sie Fidel nun erwischen oder nicht, der Kampf wird definitiv weitergehen. Da wäre es töricht, nicht in die Zukunft zu schauen. Zögern Sie, weil Sie sich auf Kuba konzentrieren wollen, oder liegt es an etwas völlig anderem?«

»Keine Ahnung, worauf Sie anspielen.«

»Könnte Ihre Beziehung zu Preston ein Problem für eine weitere Zusammenarbeit darstellen?«

»Was sollte daran ein Problem darstellen? Und woher wussten Sie überhaupt, dass Sie mich hier finden?«

Dwyer lächelt. »Wir wissen natürlich schon eine ganze Weile über Sie beide Bescheid. Dass wir es nie zum Thema gemacht haben, zeigt nur, wie sehr wir von Ihren Fähigkeiten, diese Mission zu erfüllen, überzeugt sind. Sollten Sie sich jedoch nicht länger in der Lage sehen …«

Die Drohung bleibt unausgesprochen und ist dennoch unüberhörbar.

»Was soll das? Erst mit einem Leckerbissen ködern und mir Aussichten auf dauerhafte Mitarbeit machen, nur um im nächsten Schritt die Peitsche zu zücken und Druck auszuüben?«

»Wenn Sie es so betrachten möchten, bitte schön. Senator Preston verfolgt höchst anspruchsvolle politische Ambitionen. Seine ehemalige Verlobte hätte dazu perfekt gepasst. Ihre Familie verfügt über exzellente gesellschaftliche Verbindungen, und hübsch ist sie auch. Warum hat ihre Verlobung nur so abrupt geendet?«

Ich zucke erneut zusammen.

»Die Öffentlichkeit liebt tugendhafte Kandidaten. Familienmenschen. Ihr Senator hat das richtige Aussehen, den idealen Stammbaum, und seine Abstimmungserfolge im Senat sind wirklich beeindruckend. Es wäre doch eine Schande, wenn irgendetwas den Ruf trüben würde, den er sich aufgebaut hat, und er seine Träume, irgendwann ins Weiße Haus einzuziehen, begraben müsste.«

»Mir zu drohen, würde ich lieber lassen. Schließlich könnte ich genauso gut der Presse erzählen, welche Rolle Sie in der ganzen Angelegenheit spielen.«

»Das könnten Sie«, gesteht er. »Doch dann wäre ich gezwungen, Einzelheiten über unsere Zusammenarbeit durchsickern zu lassen, und Senator Prestons Verwicklung würde gar keinen guten Eindruck machen. Übrigens ebenso das, was in London geschehen ist, oder Ihre Beteiligung an der Gruppe in Miami. Solche Skandale vermögen mit einem Schlag, die makellos glänzende Fassade zu zerstören, an deren Errichtung er so hart gearbeitet hat.«

Ich lache, ungeachtet des mulmigen Gefühls in meinem Magen, und obwohl mir eher zum Heulen zumute ist.

»In Washington gehen die meisten mit jemandem ins Bett, mit dem sie nicht verheiratet sind, das wissen Sie doch selbst am besten«, bluffe ich. »Zudem ist er inzwischen ein ungebundener Mann.«

»Ja, aber das gilt für Washington, wo über Ihre Beziehung vielleicht nur auf Partys getuschelt wird. Und ja, er ist jetzt ungebunden. Aber unterschätzen Sie nicht den Schaden, der entsteht, sobald solch ein wohlbehütetes Geheimnis den engen Kreis der Eingeweihten verlässt. Außerdem ist es nicht das Gleiche wie ein Techtelmechtel mit der bekanntesten Schauspielerin Hollywoods. Dafür zeigen die Leute noch Verständnis, selbst wenn sie es beim sonntäglichen Kirchbesuch verurteilen. Aber ein künftiger Präsident, der eine Affäre mit einer Attentäterin hat? Mit einer Frau, die Leichen in ihrer Wohnung zurücklässt? Ein Senator, der in Spionageaktionen verwickelt ist? Wer weiß, ob Sie nicht heimlich für Fidels Leute arbeiten? Schließlich haben Sie doch auch zu dieser kommunistischen Gruppe in Miami gehört. Wer weiß, ob Senator Preston nicht längst einer ausländischen Geheimagentin aufgesessen ist? Die Menschen glauben, was man ihnen erzählt, Miss Perez. Sie wollen von Politik und Regierungsfragen am liebsten möglichst wenig belästigt werden. Sie wollen einfach nur die Versicherung, dass die Menschen, für die sie ihrer Bürgerpflicht nachkommen und ihr Kreuzchen machen, anständige, gottesfürchtige Leute sind.

Meine Stimme kann in diesem Zusammenhang viel Gewicht haben.«

»Und Sie würden nicht zögern, diese Stimme zu erheben, sollte ich mich weigern, nach Kuba zu gehen.«

»Genau.«

»Sie sind bestimmt sehr gut in Ihrem Job.«

Er lächelt erneut. »Bin ich.«

Und ich bin ganz schön dämlich gewesen, mich meiner Gefühle wegen erpressbar zu machen.

»Nicholas Preston ist ein anständiger Mensch.«

»Gewiss. Und das wird er hoffentlich auch bleiben. Allerdings ist das letztlich ohne jede Bedeutung. Es zählt einzig und allein, ob er nützlich ist, ob seine Absichten mit unseren übereinstimmen …«

»Und ob Sie ihn kontrollieren können.«

»Kontrollieren kann man jeden, Miss Perez. Dafür muss man sich nur die Mühe machen, seine Schwächen herauszufinden. Ihre ist er. Seine sind Sie. Und bei Fidel ist es die Liebe zu Frauen und ein Ego von der Größe, dass es sein Urteilsvermögen trübt.«

»Und Ihre Schwäche?«

»Dass mir dieses Spiel viel zu viel Vergnügen bereitet.«

»Wie schaffen Sie das eigentlich? Belastet Sie nie das Wissen um all die Existenzen, die Sie zerstört haben, um all die Länder, deren Schicksal Sie so mal eben in die eine oder andere Richtung drehen?«

»So mal eben? Das wohl kaum. Wir sprechen hier nur von einem Land unter vielen, Miss Perez. Eine einzige Bedrohung aus einer sich fortwährend erneuernden Abfolge von Gefahren, die mich nachts wachhalten aus Sorge um dieses Land, dem zu dienen und das zu schützen ich einen Eid geleistet habe. Sie betrachten uns als die Bösewichte in diesem Stück, und für Exilkubaner wie Sie sind wir das womöglich auch, aber fragen Sie sich doch mal selbst: Ist Ihnen nicht aufgefallen, wie weit Sie zu gehen bereit sind, um Ihr Land, Ihre Angehörigen und alle sonst, die Sie lieben, zu beschützen? Was ist an den Dingen, die wir tun, so viel anders? Ich mache das ja nicht, weil ich irgendwelche bösartigen Absichten verfolge. Und auch all die Männer und Frauen, die in diesem Augenblick irgendwo mitten unter unseren Gegnern operieren, um vertrauliche Informationen zu sammeln und Pläne aufzudecken und so das Leben von Amerikanern zu retten, tun das nicht aus diesem Grund. Sie riskieren ihr eigenes Leben, das ihrer Familien, riskieren einfach alles, weil sie an das, wofür sie sich einsetzen, glauben. Es ist also keine politische oder ideologische Frage, sondern ein Gefühl der Verpflichtung dem eigenen Land gegenüber, eine patriotische Einstellung, die alles andere überwiegt. Es ist die Bereitschaft, enorme Opfer zu bringen und sich selbst größten Gefahren auszusetzen. Unser Land befindet sich im Kriegszustand. Die Sowjetunion will unserer Art zu leben ein Ende bereiten, will unsere Stellung in der Welt schmälern, um gleichzeitig überall den Kommunismus zu verbreiten. Es ist meine Aufgabe, dies zu verhindern, und ich schulde es den Männern und Frauen, die draußen hinter den Linien operieren, dass ich mich mit aller Kraft um ihren Schutz und ihre Sicherheit bemühe.« Er mustert mich fragend. »Hier also wäre Ihre Chance, Miss Perez. Was sind Sie bereit zu tun für Ihr Land, Ihre Familie, für das kubanische Volk? Oder auch für Senator Preston? Welches Risiko sind Sie bereit einzugehen für Kuba?«

Alles in allem eine richtig hübsche Rede, und das weiß er auch. Letztlich aber geben nicht seine schönen Worte den Ausschlag – ganz sicher nicht –, sondern der Umstand, dass diese Sache in meinem bisherigen Leben viel zu viel Raum eingenommen hat, um jetzt so kurz vor dem Abschluss einfach auszusteigen.

Am Ende ist es meine persönliche Entscheidung, und die habe ich schon vor langer Zeit gefällt.

»Es kann losgehen.«

28

Was mich an Politik immer am meisten verblüfft hat, ist die Unberechenbarkeit, die allem innewohnt. Manche Dinge laufen im Schneckentempo ab, so langsam, dass man Veränderungen gar nicht wahrnimmt und der festen Überzeugung ist, es würde überhaupt nichts geschehen. Und dann erfolgt der Wechsel ganz plötzlich, schlägt die Lage so rasch, so unerwartet um, dass die eigene Welt ins Taumeln gerät und man Schwierigkeiten hat, mit den Entwicklungen Schritt zu halten und zu begreifen, wie es zu solch einem abrupten Wandel kommen konnte.

Nach Präsident Kennedys öffentlicher Warnung vor einem drohenden Atomkrieg beginnt das große Warten. Wir warten und warten. Und dann, fünf Tage nach seiner Ansprache an die Nation, trifft die Nachricht vom Abschuss eines amerikanischen Aufklärungsflugzeugs über Kuba ein. Der Pilot, Major Rudolf Anderson, ist tot. Krieg scheint auf einmal unvermeidlich.

»Die Vorbereitungen zum Einmarsch auf Kuba laufen«, berichtet Nick an diesem Tag bei einem weiteren späten Abendessen.

»Glaubst du, es wird diesmal wirklich eine Invasion geben?«, frage ich.

»Keine Ahnung. Seine Berater flüstern dem Präsidenten alles Mögliche ein. Kennedy selbst bevorzugt friedliche Lösungen und Diplomatie. Gleichzeitig umgeben ihn viele ängstliche Stimmen, und wir können es uns tatsächlich nicht leisten, direkt vor den Augen der Sowjets Schwäche zu zeigen.«

Dies ist ein brauchbarer Aufhänger, um ihm von Mr. Dwyers Besuch zu erzählen, entscheide ich. Aus Sorge um den fragilen Burgfrieden, der zwischen uns herrscht, habe ich mich seit gestern nicht getraut, es ihm zu sagen.

»Sie wollen, dass ich nach Kuba gehe.«

Nick stellt ganz vorsichtig sein Glas ab.

»Sie?«

»Die CIA.«

»Dwyer gibt also keine Ruhe. Ich habe gar nicht gewusst, dass du noch in Kontakt mit ihm stehst. Was hat er denn über London gesagt?«

»Sie haben sich darum gekümmert. Ich bin aus dem Schneider. Alles geregelt.«

»Schön.«

Seit unserer Rückkehr nach Washington haben wir zwar nur wenig über den Zwischenfall gesprochen, bei dem ich Ramon umgebracht habe, aber die Erleichterung, die ich aus Nicks Stimme heraushöre, verrät mir, dass ihn die Frage nach möglichen Folgen ebenso beschäftigt hat wie mich.

»Dwyer hat gestern hier vorbeigeschaut«, erzähle ich.

»Er war hier, bei dieser Adresse?«

»Ja. Er hat vorne auf den Eingangsstufen auf mich gewartet, als ich vom Einkaufen zurückkam.«

»Schamgefühl kennt der Kerl nicht, was?«, brummt Nick und überlegt kurz. »Also wissen sie über uns Bescheid.«

»Ich denke, inzwischen weiß jeder über uns Bescheid. Wir haben uns ja auch nicht unbedingt diskret verhalten. Stört es dich?«

»Es stört mich nicht, aber es verkompliziert die Dinge.«

»Im Moment kann es wohl kaum noch viel komplizierter werden.«

»Da hast du auch wieder recht.« Konzentriert schneidet er in das Fleischstück, das ich viel zu lange gebraten habe, und muss die Klinge mehrmals vor und zurück führen, bis sich ein Stück löst. »Was war der Grund für seinen Besuch?«, fragt er.

»Sie wollen, dass ich nach Kuba gehe«, wiederhole ich.

»Natürlich wollen sie das. Aber was willst du?«

Wir schweigen uns eine Weile an.

»Abgelehnt hast du nicht, stimmt's?«

»Nein, hab ich nicht.«

»Begreifst du denn nicht, was für ein Fehler das ist?«

»Der wahre Fehler besteht darin, dass Fidel sich überhaupt so lange an der Macht halten konnte«, antworte ich gereizt.

»Sind das deine Worte oder die der CIA? Wie kannst du dich nach der Sache in London noch einmal in eine derartige Gefahr begeben? Du hast doch gesehen, was passiert, wenn man für diese Leute arbeitet. Wie hoch der Einsatz ist. Beim letzten Mal hast du Glück gehabt. Um ein Haar wärst du umgebracht worden. Glaubst du wirklich, du kommst heil nach Kuba und auch wieder raus? Glaubst du wirklich, du kannst Fidel Castro ausschalten?«

»Ich muss es versuchen. Die CIA denkt, ich habe eine

Chance. Warum wunderst du dich so darüber? Ich habe dir gegenüber nie einen Zweifel daran gelassen, wozu ich mich verpflichtet fühle.«

»Und was ist mit mir und dem, wofür ich eintrete? Was ist mit der Tatsache, dass es hier inzwischen um weit mehr geht als nur um Kuba? Die Sowjets haben Atomraketen auf uns gerichtet. Eins unserer Aufklärungsflugzeuge haben sie bereits abgeschossen. Die Situation ist auch so bereits explosiv genug, und zu einer für alle Beteiligten sicheren Lösung wird es nur kommen, wenn die kühlen Köpfe auf beiden Seiten sich durchsetzen. Dies ist nicht der Zeitpunkt für den Geheimdienst oder Dwyer, sich in die Verhandlungen über eine diplomatische Lösung einzumischen. Die CIA kommt schon viel zu lang mit all ihren nicht abgesprochenen Aktionen durch. Diese Leute sind entschieden zu mächtig und zu überheblich geworden. Mittlerweile bilden sie sich ein, selbst diejenigen zu sein, die Fakten schaffen und den Kurs bestimmen.«

»Womöglich hat der Präsident ja dazu beigetragen, indem er durch seine Untätigkeit ein Vakuum entstehen ließ, das die CIA nun füllt«, wende ich ein. »Und jetzt erwägt die Regierung offenbar selbst die Option einer Invasion auf Kuba. Sonderlich diplomatisch klingt das nicht. Warum sollte also nicht auch ich eine der Lösungsmöglichkeiten sein? Warum gibt es für dich annehmbare und weniger annehmbare?«

»Weil du dabei leichtsinnig dein Leben aufs Spiel setzt«, erwidert Nick mit beschwörendem Blick. »Du bist keine ausgebildete Agentin, und du bist auch keine Auftragskillerin.«

»Was macht dich da so sicher? Immerhin hab ich mich in London in der Rolle schon ganz anständig geschlagen. Du hast doch selbst im Krieg getötet. Warum ist das, was ich tue, dann was anderes?«

»Dies ist kein Krieg, Beatriz. Noch nicht.«

»Warum ist das kein Krieg?«, widerspreche ich. »Nur weil wir mit anderen Waffen kämpfen? Weil wir keine Flugzeuge und Panzer haben?«

»Bitte, sag mir, dass du das nicht ernsthaft in Erwägung ziehst. So verrückt kannst du doch unmöglich sein.«

»Ich bin nicht verrückt«, erkläre ich ruhig. »Du hast von Anfang an gewusst, dass ich das vorhabe.«

»Ich habe gehofft, du würdest begreifen, dass dein Leben zu kostbar ist für so etwas. Ich dachte, der Zwischenfall in London und die Erfahrung, einen Menschen getötet zu haben, hätten dich zur Vernunft gebracht.«

»Und ich habe gedacht, gerade du, der sich mit so viel Hingabe und Leidenschaft für die Dinge einsetzt, die ihm wichtig sind, würdest mehr Verständnis für mich aufbringen.«

»Nachvollziehen kann ich deine Entscheidung schon«, lenkt Nick nach kurzem Zögern ein. »Bloß ändert das nichts daran, dass ich schreckliche Angst um dich habe. Aber du lässt ja nicht zu, dass man sich um dich kümmert.«

»Ich bin weder ein kleines Kind noch alt und gebrechlich. Daher will ich auch nicht, dass sich jemand um mich kümmert.«

»Was willst du denn?«

»Dich, du dämlicher Kerl. Nur dich.« Ich strecke den Arm aus, bis meine Finger die warme Haut an seinem Nacken berühren, durch sein seidenweiches Haar fahren und ihn zu mir ziehen.

»Wann gehst du?«, fragt er, während seine Arme mich fest umfassen, sein Mund an meinem liegt. Offenbar hat er gewusst, dass meine Entscheidung längst gefallen ist.

»Sobald sie das Startzeichen geben«, antworte ich.

»Dann bete ich für einen schnellen Frieden.«

Ob es nun an Nicks Gebeten liegt, an Kennedys kühlem Kopf, am Bemühen der diplomatischen Kanäle oder an irgendwelchen Geheimoperationen, wie sie Menschen vom Schlage Dwyers durchführen, jedenfalls scheinen die Zeichen plötzlich auf Frieden zu stehen.

»Kannst du das fassen?«, fragt Elisa am Telefon, als die Krise vorbei ist.

Einen Tag zuvor haben die Sowjets zugesagt, die Raketen aus Kuba abzuziehen. Alle Pläne für einen Einmarsch wurden aufgegeben, und jetzt warte ich darauf, von Dwyer zu erfahren, was das für mich bedeutet. Sollte Kennedy seinen Scheinfrieden bekommen, dürfte die CIA ihre Absichten wahrscheinlich erst einmal auf Eis legen. Begeistert darüber wird Mr. Dwyer sicherlich nicht sein. Und irgendwie bin ich es auch nicht.

Zwar habe ich mir gewiss nicht den Ausbruch eines Atomkriegs gewünscht, aber ich hatte durchaus gehofft, dies wäre der Tropfen, der das Fass zum Überlaufen bringt, und nun würden uns die Vereinigten Staaten Fidel endgültig vom Hals schaffen. Doch wieder einmal wurden wir enttäuscht, und nichts hat sich geändert. Fidel kann seinen Kampf weiterführen.

»Ich dachte schon, wir würden sterben«, sagt Elisa.

»Der Gedanke ist mir auch ein- oder zweimal gekommen«, gestehe ich.

»Wirst du jetzt, wo die Krise vorüber ist, überhaupt in Washington bleiben?«, erkundigt sich Elisa. »Oder gehst du zurück nach London?«

»Ich weiß nicht. Darüber haben wir noch nicht gesprochen.«

»Was würdest du denn gern tun?«

»Keine Ahnung. London hat mir gut gefallen, aber richtig zu Hause gefühlt habe ich mich dort nicht. Um ehrlich zu sein, bin ich mir nicht mehr sicher, ob es so was wie *zu Hause* für mich überhaupt noch irgendwo gibt.«

Da die Ramon betreffende Mission abgeschlossen ist, besteht für mich eigentlich kein Grund mehr zurückzukehren. Das Studium hat viel Spaß gemacht, doch das könnte ich auch an anderen Unis, in anderen Städten fortsetzen. So eine Tarnexistenz ist eben kein richtiges Leben, das ist das Problem. Man streift es sich über wie eine zweite Haut und macht sich weis, es sei alles wahr, aber mit dem Ende einer Mission ist gewöhnlich auch mit der Tarnung Schluss, und plötzlich überfällt einen das Bedürfnis, sich neu zu erfinden.

»Schon komisch, wie das Gefühl vom eigenen Zuhause sich ändern kann, nicht?«, meint Elisa nachdenklich. »Havanna war mein Zuhause und ist es noch immer, aber irgendwie fühlen sich das Haus hier und das Leben, das Juan, Miguel und ich uns hier aufgebaut haben, auch gut an.«

»Schön, dass du glücklich bist, Elisa. Du hast gefunden, wonach du gesucht hast. Das freut mich.«

»Manchmal ist es eine Frage der eigenen Entscheidung, Beatriz. Wie sich die Dinge entwickeln, kann niemand voraussehen, aber man kann sich ein eigenes Leben aufbauen und glücklich damit werden.«

»Ich bin viel zu müde für so schwer verdauliche Kost, Elisa. Viel zu verwirrt.«

Sie lacht. »Geduld war noch nie deine Stärke, hab ich recht?«

»Du meinst also, ich sollte heiraten und Kinder bekommen?«

»Nein.«

»Meinst du etwa, ich sollte nach London zurückgehen?«

»Nein, auch nicht. Ich weiß nicht, was du tun sollst. Aber ich hätte gern, dass du glücklich bist. Seit unserer Flucht aus Havanna, seit Alejandros Tod, steckst du irgendwie fest. Du musst nach vorne schauen und weitergehen.«

»Vielleicht liegt genau darin die Schwierigkeit. Vielleicht stecke ich ja gern fest. Weil ich sowieso nicht weitergehen kann. Diese Sache mit Nick und mir … Ich passe einfach nicht in sein Leben. Und ich möchte ihm nicht schaden. Er ist ein guter Mensch, und auch seine Pläne für dieses Land, all die Dinge, die er gerne erreichen würde, sind von großer Bedeutung. Ich möchte ihn nicht um die Chance bringen, eines Tages Präsident der Vereinigten Staaten zu werden.«

»Dann musst du ihn gehen lassen.«

»Das will ich aber auch nicht.«

»Ich weiß«, sagt Elisa und seufzt. »Wie viel einfacher doch alles war, als wir noch Mädchen waren, stimmt's? Da konnten wir tun und lassen, was wir wollten, ohne uns große Sorgen um die Folgen machen zu müssen. Ich vermisse diese Zeit. Die Freiheit, die darin lag. Aber wir sind keine Mädchen mehr, und es kommt der Moment, an dem man sich entscheiden muss. Ich weiß, wie sehr du es hasst, in die Enge getrieben zu werden, aber irgendwann *musst* du einen Entschluss fassen. Alles andere wäre unfair ihm gegenüber.«

»Ich weiß.«

»Und du kannst immer nach Hause kommen. Denn auf dich allein gestellt bist du nicht, auch wenn du das glauben magst. Nur weil unsere Eltern so reagiert haben, heißt das noch lange nicht, dass ich ihre Einstellung teile. Du wirst hier stets ein Zuhause haben. Und Maria vermisst dich fürchterlich. Ebenso wie Isabel übrigens.«

»Na, bei ihr hege ich da so gewisse Zweifel.«

»Isabel ist auf ihre Art genauso dickköpfig wie du, aber sie vermisst dich wirklich. Ihr könnt doch nicht ewig wütend aufeinander sein.«

»Mal sehen.«

»Komm nach Hause. Besuch deinen Neffen. Dem fehlst du auch. Genau wie mir. Und Maria wirst du kaum wiedererkennen. Die ist jetzt richtig erwachsen und dürfte schon bald sämtlichen Männern den Kopf verdrehen. Außerdem fängt die Saison bald an. Bestimmt kehrt dein Senator Preston dann nach Palm Beach zurück. Ihr könntet euch auch hier treffen.«

»Und unsere Eltern?«

»Sie werden sich schon damit abfinden. Müssen sie doch. Schließlich bist du eine Perez!«

»Mutter macht mich für Alejandros Tod verantwortlich. Ihrer Meinung nach habe erst ich ihn in Kontakt mit den Rebellen gebracht. Ich weiß nicht, wie eine von uns unter diesen Umständen jemals zu einem Neuanfang bereit sein kann.«

»Was Alejandro zugestoßen ist, war *nicht* deine Schuld. Er hat sich aus freien Stücken mit den Rebellen eingelassen, und du hast ihm verlässlicher zur Seite gestanden als jeder andere von uns. Ihre Unterstellungen sind blanker Unsinn.«

»Unsinn oder nicht, was ändert das schon? Sie wird bei meinem Anblick immer sofort an seinen Tod denken und mich in Gedanken dafür verantwortlich machen.«

»Außer ihr gibt es niemanden, der so denkt, das versichere ich dir.«

»Vater ist dafür wütend über den Skandal, den meine Affäre mit Nick erregt hat.«

»Er hat sich tatsächlich geändert nach Kuba«, gibt Elisa zu. »Das Geschäftliche ist ihm immer schon wichtig gewesen, aber inzwischen ist es eine regelrechte Obsession geworden. Ich denke, er hat Angst, was als Nächstes passiert, und versucht, möglichst schnell genügend Rücklagen und Sicherheiten anzuhäufen, um für die nächste Krise gewappnet zu sein.«

»Soll unser ganzes Leben jetzt etwa daraus bestehen, sich von einem Schicksalsschlag zum nächsten zu quälen?«

»Ich hoffe nicht. Ich wünsche mir was Besseres für Miguel. Und für mich selbst auch.«

Mr. Dwyers Bemerkungen über meine Familie kommen mir in den Sinn.

»Du wirst Miami nicht mehr verlassen, hab ich recht?«

»Keine Ahnung. Ich würde liebend gern zurück nach Kuba. Ich möchte gerne den Malecón entlangschlendern, unser altes Haus wiedersehen, Ana treffen und Magda natürlich auch. Ich möchte schon nach Hause zurück, aber die Situation ist jetzt eine andere. Juan ist noch nie in seinem Leben auf Kuba gewesen. Für ihn ist es nicht sein Zuhause. Und Miguel … Seinetwegen hätte ich die meiste Angst. Zurückzukehren, nach allem was geschehen ist – das wäre furchtbar schwer. Zu viele alte Erinnerungen. Zu viele Gespenster der Vergangenheit.«

Wir haben nie darüber gesprochen, aber bei Elisa hat die Revolution offenbar etwas anderes bewirkt als beim Rest von uns. Irgendetwas in ihr hat sich unmittelbar nach Fidels Machtübernahme geändert. Den Tod unseres Bruder betrauert und beweint haben wir alle, doch ihre Tränen flossen bereits, bevor Alejandro umgebracht wurde. Ich habe sie in diesen Wochen regelmäßig nachts leise in ihrem Zimmer weinen hören.

»Komm nach Hause. Von mir aus erst mal nur zu Besuch. Deine Entscheidungen kannst du dann immer noch später treffen. Ich richte das Gästezimmer für dich.«

»Dem ständigen Gerede würde ich mit einer Rückkehr nach Südflorida ganz bestimmt kein Ende bereiten«, werfe ich ein.

»Welches ständige Gerede? Isabel ist verheiratet. Und auch wenn sie dämlich genug war, einen Kerl zu nehmen, dem sein Ruf mehr bedeutet als ihre Liebe – verheiratet ist sie trotzdem. Maria ist inzwischen viel älter und wird lernen müssen, sich mit ihren eigenen Stärken auf dem gesellschaftlichen Parkett zu behaupten. Und mich kümmert das Getuschel, ehrlich gesagt, nicht das Mindeste. Und sollte es unseren Eltern peinlich sein, dann ist das ihr Problem. Komm nach Hause.«

29

Die Krise um die Atomraketen ist beendet, und prompt wendet sich unsere Aufmerksamkeit anderen Dingen zu. Der profane Alltag drängt sich in unser Leben, und altbekannte Probleme schleichen sich nach und nach wieder ein. Als Kind war ich der Überzeugung, wenn man etwas nur fest genug will, hart genug dafür arbeitet und alle Hindernisse entschlossen aus dem Weg räumt – nun ja, dann kriegt man es auch. Inzwischen jedoch habe ich erfahren müssen, dass es nicht einfach eine Frage des Willens oder des Verlangens ist. Manche Dinge bleiben dauerhaft unerreichbar für uns, und wir können uns noch so sehr wünschen, es wäre anders, es gibt einfach gewisse Schlachten, deren Ausgang nicht in unseren Händen liegt, sondern vom Schicksal längst besiegelt wurde.

Sosehr ich es mir anders wünschte, auch wir können uns nicht aus diesen vorbestimmten Rollen lösen, und trotz bester Vorsätze schleichen sich in das Verhältnis zwischen Nick und mir schon bald wieder die altvertrauten Spannungen.

»Hast du was von Dwyer gehört?«, fragt Nick eines Novemberabends, als wir gemeinsam im Bett liegen. Die Raketenkrise ist inzwischen seit zwei Wochen beendet.

»Nein, nichts.«

Wenn ich von meinem täglichen Gang zum Markt oder in

den Lebensmittelladen nach Hause zurückkehre, überlege ich jedes Mal, ob Dwyer vielleicht heute wieder vor dem Eingang auf mich wartet. Doch die Treppenstufen sind stets leer.

»Du klingst enttäuscht.«

»Nicht enttäuscht … bloß …« Ich starre zur Decke hinauf. »Es hat sich eben gut angefühlt, etwas zu tun. Nicht vollkommen hilflos zu sein.«

»Fühlst du dich so? Hilflos?«

»Was sonst? In Fidels Gefängnissen schmachten noch immer die Menschen.« Ich vermeide es, Eduardos Namen auszusprechen, obwohl das auch nichts ändert. Er steht sowieso zwischen uns. »So viele meiner Landsleute leiden weiter unter Fidels Regime.«

»Das ist mir klar, und ich verstehe auch deinen Frust, aber du musst Geduld haben. Solche Dinge brauchen ihre Zeit. Wir tun alles, was in unserer Macht steht.«

»Tut ihr das? Euch bereitet doch nur Sorgen, die Vereinigten Staaten könnten den Sowjets gegenüber Schwäche zeigen. Ob sie den Kubanern gegenüber so wirken, kümmert Kennedy offenbar weit weniger. Was tut ihr denn für die Gefangenen der Schweinebucht-Aktion? Sie hocken weiter auf Kuba, vegetieren in Fidels Zellen vor sich hin, während der Druck, den Kennedy ausübt, doch recht bescheiden ausfällt.« Ich halte kurz inne. »Wir sind geduldig gewesen. Fast vier Jahre sind vergangen, seit Fidel die Macht übernommen hat. Erzähl mir also nichts von Geduld.«

»Es gibt noch andere Probleme auf der Welt, Beatriz. Andere Konfliktherde, andere Tragödien. Es geht nicht allein um Kuba.«

»Ein paar Menschen sind immerhin noch bereit, etwas zu unternehmen.«

»Wer? Die CIA? Die CIA ist bestimmt nicht die Antwort auf deine Probleme. Die Sowjets wussten schon eine Woche vor der Schweinebucht-Aktion über alles Bescheid. Und die CIA wusste, dass sie es wussten. Sie entschieden sich dafür, den Präsidenten nicht darüber zu informieren und die Sache durchzuziehen, auch wenn ihnen klar gewesen sein muss, wie sie ausgehen würde. Wenn du also auf jemanden sauer sein willst, dann fang besser bei deinem Mr. Dwyer und seinen Kumpanen an.«

»Was unternimmt Kennedy denn, um sie herauszuholen?«

»Solche Dinge brauchen Zeit, Beatriz«, wiederholt er.

»Fidel hat Traktoren verlangt im Austausch für die Männer. Was ist daran so schrecklich kompliziert?«

»Stimmt, hat er. Und inzwischen verlangt er 62 Millionen Dollar. Bislang. Keiner weiß, was Castro am Ende wirklich will. In erster Linie geht es ihm darum, uns Schwierigkeiten zu machen.«

»Dann müsst ihr eben größere Anstrengungen unternehmen.«

»Tun wir doch. Tun wir alle. Bobby Kennedy bemüht sich höchstpersönlich nach Kräften darum. Und viele andere genauso.«

»Ach ja?«

»Was soll das jetzt wieder heißen?«

»Nur dass Kuba und das kubanische Volk sich eher vergessen vorkommen. Ihr wart nur zu gerne bereit, Kubaner an die Playa Girón zu schicken, damit sie dort ihr Leben riskieren, um euch euer Castro-Problem vom Hals zu schaffen. Und nachdem ihr diese Menschen schon dort im Stich gelassen habt, bringt ihr es jetzt nicht mal fertig, die nötigen Anstrengungen zu unternehmen, sie wieder zurückzuholen.«

»Denkst du das wirklich? Hältst du das von mir? Glaubst du im Ernst, ich hätte Kuba den Rücken zugekehrt?«

Ich höre seiner Stimme an, was unausgesprochen bleibt.

Hätte dir *den Rücken zugekehrt?*

»Sie schmoren seit über anderthalb Jahren in ihren Zellen«, erwidere ich. »Sie leiden, sie sind krank.«

»Und wir arbeiten daran.«

»Tatsächlich? Dein Präsident Kennedy scheint derzeit jedenfalls weit mehr mit anderen Dingen beschäftigt zu sein. Nach allem, was ich so höre, tun die Angehörigen der Gefangenen erheblich mehr für deren Freilassung als die US-Regierung, die doch der eigentliche Urheber dieses Desasters ist.«

»Wie ich schon sagte, Jack muss sich nicht nur um Kuba Gedanken machen. Du kannst dir gar nicht vorstellen, mit wie vielen Problemen er gerade konfrontiert ist. Und mit den Planungen für diese Aktion wurde bereits begonnen, lange bevor er überhaupt im Amt war. Er selbst hatte Bedenken dagegen. Aber es war ein Lieblingsprojekt der CIA, und nicht zuletzt dein Mr. Dwyer hat alles dafür getan, dass es umgesetzt wird.«

»Er ist nicht *mein* Mr. Dwyer«, korrigiere ich gereizt.

»Nicht?« Nick stößt einen Seufzer aus. »Du bist ein wichtiger Teil meines Lebens, Beatriz. Glaubst du wirklich, ich würde mir keine Sorgen deinetwegen machen?«

»Tu nicht so, als wäre ich eine Art Problem, das du lösen musst. Noch ein Mensch, um den du dich kümmern musst.

Irgendein Dummchen, das einen Mann braucht, der aufpasst, dass ihm nichts passiert.«

»Das habe ich nie gesagt.«

»Aber genau das Gefühl gibst du mir. Als ob wir nicht auf Augenhöhe verkehren könnten, weil ich eine Frau bin und du der Mann bist.«

»So ist das nicht. Und du weißt, dass es nicht so ist. Ich habe einfach Angst um dich. Ständig. Du glaubst, es mit Fidel aufnehmen zu können, aber das wird dir nicht gelingen.«

»Eduardo hat es mir zugetraut.«

»Ist es das, worum es hier in Wahrheit geht? Eduardo?«

»Er sitzt im Gefängnis. Er kämpft für unser Land. Für mich gehört er zur Familie. Ich wäre ihm eine schlechte Freundin, würde ich mir in dieser Situation keine Sorgen machen.«

»Dagegen hat doch keiner etwas. Aber erzähl mir nicht, dass euch bloß eine harmlose Freundschaft verbindet.«

»Der Mann wurde gerade zu dreißig Jahren Haft verurteilt. Ich glaube kaum, dass ihn sein Liebesleben derzeit besonders interessiert.«

»Und wenn er entlassen wird? Zieht er dich dann wieder in seine Welt zurück?«

»Du kannst doch unmöglich eifersüchtig sein auf jemanden, der im Gefängnis sitzt.«

»Ich bin nicht eifersüchtig. Ich bin besorgt. Gewisse Gruppen von Exilkubanern stehen wegen verdächtiger Aktivitäten auf dem Boden der Vereinigten Staaten unter aufmerksamer Beobachtung. Und vor seinem Aufbruch nach Kuba tauchte Eduardos Name auf diesen Listen immer wieder auf. Diese Leute schmuggeln Dinge in unser Land. Waffen. Sprengstoff.

Gerüchten zufolge existieren bereits Pläne für Anschläge innerhalb der Vereinigten Staaten, die nach dem Werk von Castro-Unterstützern aussehen sollen und mit denen sie uns zu radikalerem Handeln antreiben wollen. Eduardo steckte da mittendrin. Ich möchte nicht, dass er dich mit ins Verderben reißt.«

In Anbetracht der nächtlichen Spritztour, bei der ich gemeinsam mit Eduardo die Lieferung Dynamit abgeholt hatte, überrascht mich diese Mitteilung nicht. »Die CIA vertraut ihm«, antworte ich nur.

Nick lacht. »Die CIA vertraut niemandem. Sie bedienen sich Eduardos, weil er gute Verbindungen hat, aber bilde dir doch nicht ein, dass sie ihn nicht zugleich permanent unter Beobachtung haben – genau wie sie *dich* permanent unter Beobachtung haben.«

»Also was? Wäre es dir etwa lieber, er würde in Kuba bleiben, nur weil er sich für sein Land einsetzt?«

»Natürlich nicht. Mir wäre es nur lieber, er würde sich von nun an aus unserem Leben heraushalten.«

»Dieser Mann ist der beste Freund meines Bruder gewesen. Wir sind zusammen aufgewachsen. Er gehört praktisch zur Familie.«

»Ich weiß. Und ich bewundere, wie treu du zu ihm hältst. Aber er verdient diese Treue nicht. Nicht, wenn er deine Sicherheit ein ums andere Mal aufs Spiel setzt. Daher bereitet es mir tatsächlich Sorge, was passieren wird, wenn die Gefangenen freigelassen werden und er in dein Leben zurückkehrt.« Nick schweigt einen Moment. »Wir haben nie darüber gesprochen, aber seien wir doch mal ehrlich. Du bist wieder hier, weil du London verlassen musstest und weil die Welt kurz vor der Vernichtung stand und keiner von uns einen klaren Gedanken fassen konnte. Aber inzwischen besitzt keiner dieser Punkte mehr Gültigkeit. Wie soll es jetzt also weitergehen?«

»Keine Ahnung. Ich habe vor Kurzem mit Elisa telefoniert, und sie hat mich beschworen, nach Hause zu kommen. Sie würde mich so vermissen.«

»Hättest du Lust, nach Palm Beach zurückzugehen?«

»Nur mit dir zusammen.«

Im Dezember kehren wir zum Start der Wintersaison nach Palm Beach zurück. Nick erweckt das riesige Strandhaus, das ich immer als unser gemeinsames Heim betrachtet habe, aus seinem langen Schlaf. Das Haus wurde zugesperrt und verrammelt, als sich unsere Wege nach dem Schweinebucht-Fiasko trennten. Alles ist noch genau so, wie ich es in Erinnerung habe, nichts an einem anderen Platz. Das Ganze wirkt wie ein Museum unserer glücklichen Tage. Die wenigen Kleidungsstücke, die ich hierher mitgebracht habe, hängen alle noch im Schrank oder liegen in den Schubladen der Kommode. Ich freue mich darüber, dass er in der Zwischenzeit nicht den geringsten Versuch unternommen hat, meine Spuren auszulöschen. All das sind Zeichen für die Bedeutung, die ich in seinem Leben habe, für den Raum, den ich in seinem Herzen einnehme.

Da die Raketenkrise vorbei ist, kann sich die Stadt ganz der Aufregung über die glamourösen Kennedys hingeben, wozu die vielen Frauen, die in leuchtend bunten Lilly-Pulitzer-Kleidern die Worth Avenue auf und ab flanieren, den passenden

Rahmen liefern. Die Gefahr eines sowjetischen Angriffs ist fürs Erste gebannt, also kann die Party wieder beginnen und auf das Dinner im *Ta-boo* folgt am nächsten Tag der Lunch im *Seminole Golf Club*.

Nick pendelt ständig zwischen Washington, D.C., und Palm Beach, und in seiner Abwesenheit verbringe ich die Tage vor allem mit meinen Schwestern. Es fällt verblüffend leicht, wieder in eine gewisse Alltagsroutine zu verfallen, und ich begegne der inzwischen verheirateten Isabel, als wäre nichts geschehen, und das obwohl wir uns doch so lange nicht gesehen haben. Erinnerungen an die Hochzeit, die ich als Schwester unbedingt hätte mitfeiern sollen, zu der ich jedoch nie eine Einladung erhielt, verdrängen wir einfach aus den Köpfen. Was meine Eltern betrifft, so achten beide Seiten darauf, einander zu ignorieren und geflissentlich aus dem Weg zu gehen – ein Arrangement, das überraschend gut funktioniert. Ich treffe Maria, wenn ich Elisa oder Isabel besuche, und vertrödele entweder mit ihnen den Tag oder nehme ein Sonnenbad auf der Terrasse unseres Strandhauses. Alles in allem ähnelt mein Leben wieder stark dem, das ich in Palm Beach geführt habe, bevor ich Nick verließ. Kurz vor Weihnachten kommt Nick zu mir nach Florida, und wir verbringen einen Großteil der Festtage eng umschlungen auf dem Sofa, betrachten den Baum, den wir geschmückt haben, und die Geschenke, die sich auf der roten Zierdecke darunter türmen. Diese häusliche Stimmung ist erneut wohltuend und beängstigend zugleich.

»Wir sollten wenigstens einmal über Weihnachten nach Connecticut hoch«, überlegt Nick laut und wickelt dabei eine meiner Haarsträhnen um seinen Finger.

»Ist es an Weihnachten nicht reichlich kalt in Connecticut?«

Ganz zu schweigen von anderen Auswirkungen, die ein Besuch dort haben würde.

Er lacht. »So entsetzlich, wie das bei dir klingt, ist es nun auch nicht. Kalt ist es schon, aber dafür hüllt der Schnee alles in einen weißen Mantel. Du solltest in deinem Leben wenigstens einmal weiße Weihnachten erleben.«

Werden wir überhaupt noch ein weiteres Weihnachten gemeinsam erleben? Irgendwie ertrage ich es nicht, so weit in die Zukunft zu schauen. Ich habe zwar noch immer nichts von Dwyer gehört, aber ich werde das Gefühl nicht los, dass für mich demnächst ein Date mit Fidel im Terminkalender steht und sich andere Zukunftspläne daher erübrigen.

Am ersten Weihnachtstag geht Nick seine Familie besuchen, und ich leihe mir eins seiner Autos und fahre nach Miami, zu Elisas Haus in Coral Gables. Sie veranstaltet eine große Feier, zum einen weil Weihnachten ist, zum anderen weil die Verhandlungen zwischen den Vereinigten Staaten und Kuba zu einem Abschluss gekommen sind.

Nick und ich reden zwar nicht darüber, aber es gibt noch einen weiteren Grund für den Besuch bei meiner Schwester.

Fidel hat endlich die restlichen Gefangenen der Schweinebucht-Aktion freigelassen. Eduardo ist wieder zu Hause.

Ich stehe in Elisas Wohnzimmer und bewundere ihren reich geschmückten Christbaum, als ich meinen Namen höre. Die Stimme ist sehr vertraut, und ich habe sie schon lange nicht mehr gehört.

»Beatriz.«

Eduardo macht einen Schritt auf mich zu und dann mit kurzer Verzögerung einen zweiten. Das Hinken ist neu.

Er ist dünner, als ich ihn in Erinnerung habe, allerdings nicht ganz so ausgemergelt wie befürchtet. Mein Vater hatte die gleichen eingefallenen Gesichtszüge, als man ihn nach seinem Gefängnisaufenthalt zu uns zurückbrachte, und er war nur etwa eine Woche fort. Eduardo hat über achtzehn Monate als Gefangener Fidels ertragen müssen.

Trotz des Gewichts, das er verloren hat, sieht er noch fast genauso aus wie früher. Noch immer bildhübsch. Noch immer wie Eduardo.

Ich schlucke unter Schmerzen. Ein dicker Kloß sitzt mir im Hals.

Währenddessen recken sich überall die Köpfe, neugierige Blicke richten sich auf uns, und ringsum wird getuschelt. Ich spüre, wie meine Wangen sich röten. Ich habe meinen Ruf weg – Geliebte eines bekannten Washingtoner Politikers und mutmaßliche Geliebte eines Gefangenen der Schweinebucht-Invasion. Spätestens morgen werden sie sich in der gesamtem Stadt die Mäuler über uns zerreißen.

Eduardo sagt nichts, aber das ist auch nicht nötig. Die Zeit konnte dem Band, das zwischen uns besteht, dieser Freundschaft, die sich früher so sehr nach Familie angefühlt hat, nichts anhaben. Ich weiß das leichte Neigen seines Kopfes, den fragenden Blick sofort zu deuten, und nicke.

Gemeinsam verlassen wir den Raum und gehen den Flur hinunter in Juans Arbeitszimmer, wo Eduardo die Tür hinter uns schließt.

Das Zittern in meinen Beinen ist inzwischen so stark geworden, dass ich mich rasch auf die Couch fallen lasse. Obwohl ich gewusst habe, dass Eduardo hier sein würde, und nicht zuletzt wegen dieses Moments gekommen bin, wirft mich sein Anblick heftiger aus der Bahn, als ich je gedacht hätte.

»Du siehst gut aus«, sagt er.

Mein Herz zieht sich zusammen.

»Bezaubernd wie immer«, fügt er hinzu.

Die Worte versetzen mir einen Stich, und irgendwie habe ich das Gefühl, dass genau das seine Absicht war.

»Ich habe an dich gedacht«, fährt er fort. »Jeden einzelnen Tag, den ich in diesem elenden Loch gehockt habe. Ich habe sogar den anderen von dir erzählt. Beatriz Perez. Zuckerkönigin. Zu schön, um wahr zu sein.«

»Wie ist es gewesen?«, frage ich. Etwas in mir drängt danach, seinen Schmerz aufzusaugen.

»Das willst du nicht wissen. Gibt es nicht bereits genug Leichen, die dich in deinen Träumen heimsuchen?«

»Wie ist es gewesen?«, wiederhole ich. Sein Leiden soll mir helfen, soll sich mir tief einprägen, und mit jedem Wort, das er mir entgegenschleudert, ist meine Entschlossenheit fester geworden. Vielleicht bin ich in all den Tagen und Nächten, die ich in den Armen meines Liebhabers lag, ja zu selbstzufrieden, zu behäbig geworden. Vielleicht ist mir Kuba und dessen Zukunft aus dem Blick geraten. Vielleicht habe ich an irgendeinem Punkt meinen Kampfeswillen verloren.

Eduardo wendet sich ab und schlendert zu einem der Bücherregale, die Juans eindrucksvollen Schreibtisch einrahmen. Mein Schwager wird von meinem Vater offenbar als Übergangsnachfolger für Perez Sugar favorisiert, der nach seinem Tod die Geschäfte weiterführen soll, bis sein Enkel Miguel volljährig ist. Ursprünglich einmal sollte Alejandro das alles erben. Bis der nicht mehr wollte, bis man ihn umbrachte. Jetzt ist die Reihe an Vaters Schwiegersohn Juan.

Mich selbst hat das Zuckergeschäft nie so fasziniert wie unseren Vater. Diese Industrie hat Kuba und seiner Bevölkerung enorm viel Schaden zugefügt. Am liebsten würde ich sämtliche Verbindungen dazu kappen, aber dagegen sprechen wohl zu viele rein praktische Erwägungen.

»Es war die Hölle«, antwortet Eduardo schließlich, ohne sich umzudrehen. »Meine Füße hatten kaum diesen elenden Strand berührt, da habe ich schon den idiotischen Anflug von Heroismus verflucht, der mich dazu verleitet hatte, einen solchen Schwachsinn mitzumachen. Ich hätte hier bleiben, Sekt trinken und weiter mit faden jungen Damen tanzen sollen, die einen Ehemann suchen.« Er vollführt eine Drehung und mustert mich mit einem höhnischen Grinsen, das mich dafür verurteilt, getanzt und Sekt getrunken zu haben, während er durch die Hölle ging.

»Was für eine verdammte Verschwendung«, murmelt er mehr zu sich selbst. »Es war ihnen klar«, fährt er dann zu mir gewandt fort. »Den Amerikanern. Sie müssen von Beginn an gewusst haben, dass wir zahlenmäßig und von der Bewaffnung her hoffnungslos unterlegen waren und dass wir ohne ihr Eingreifen und ihre Unterstützung nicht die geringste Chance hatten. Die wenige Hilfe, die wir bekamen, reichte hinten und vorne nicht. Sie haben uns einfach an diesem Strand ausgesetzt und in den sicheren Untergang geschickt. Und warum?

Weil sie so mit einem Schlag die Exilkubaner loswurden, die ihnen im Süden Floridas so viel Ärger bereitet haben. Weil sie sich so nicht selbst die Hände schmutzig machen mussten. Weil sie glaubten, so ihr lächerliches Saubermann-Image in den Augen der internationalen Öffentlichkeit bewahren zu können. Als ob der Rest der Welt nicht längst ganz genau wüsste, wozu sie fähig sind, was von ihren Versprechungen zu halten ist und wie sie am Ende doch immer ihr eigenes nationales Interesse über das von allen anderen stellen.« Seine Augen funkeln mich an. »Wie es gewesen ist?«, äfft er mich nach. »Du weißt doch, wie Fidel mit seinen Gefangenen umgeht. Du weißt, wie es gewesen ist.«

Das weiß ich tatsächlich.

»Vielleicht war es nicht ganz so schlimm, weil wir Verhandlungsmasse waren, weil wir einen gewissen Wert für ihn besaßen. Immerhin … Was hat er noch zuerst verlangt? Ein paar Traktoren für unsere Leben. Dann wollte er Geld. Einen Haufen Geld. Natürlich sollte ich dankbar dafür sein, dass ich denen hier das wert war und sie mich nicht einfach da drüben haben verrecken lassen. Kennedy und seine mächtigen politischen Freunde haben mir *das Leben gerettet*.«

Gleich ist es so weit. Es braut sich zusammen wie ein Gewitter über dem Wasser, und dann bricht es los. Ich erkenne ihn wieder, diesen Zorn, der in ihm lodert und wütet, bis er sich einen Weg nach draußen gebahnt hat.

Wir sind uns unglaublich ähnlich.

»Was für hervorragende Verbündete wir doch in diesen Amerikanern haben! Sie sagten, wir würden am Strand landen und von dort aus direkt nach Havanna marschieren. Unterwegs würden sich uns die Menschen in Scharen anschließen. Sie würden aus ihren Häusern strömen und uns als die großen Befreier begrüßen, so wie sie es damals bei Fidel und seinen Männern getan hatten.« Er schnaubt. »Wir hätten wissen sollen, dass das zu gut klingt, um wahr zu sein. Und als sie uns erzählten, dass der Himmel schwarz vor Flugzeugen sein würde, dass wir mehr Unterstützung bekämen, als wir überhaupt bräuchten, und wir am Ende gar nicht wissen würden, was wir damit anfangen sollten, da hätte uns klar sein müssen, dass dies alles nur weitere leere Versprechungen waren. Wir hätten niemals so dämlich sein dürfen, all unsere Hoffnung darauf zu setzen.«

Rechnet er mich inzwischen auch zu *den Amerikanern*, nur weil ich einen von ihnen liebe? Bin ich in seinen Augen eine Verräterin an meinem Land?

»Nach unserer Gefangennahme banden Fidels Schergen uns die Hände auf den Rücken und ließen uns marschieren. Dabei taxierten sie uns wie Vieh, das zum Schlachthof geführt wird.«

Es genügt Fidel und seinen Kumpanen nicht, uns das Land wegzunehmen, sie sind auch entschlossen, uns jeden Stolz zu rauben und unseren Willen zu brechen.

»Sie haben jedem von uns ein Preisschild verpasst, als wären wir bloße Handelsware. Die Unbedeutendsten unter uns waren gerade mal 25.000 Dollar wert. Andere mehr und, na ja, wie sich am Ende herausstellte, war ich schon verflucht teuer.«

»Eduardo …«

Seine Geschichte bricht mir das Herz.

»Hat er Bescheid gewusst?«, fragt er unvermittelt.

Sein scharfer Ton und das verächtliche Aufblitzen seiner Augen lassen mich zusammenzucken.

»Ich weiß nicht.«

Lügnerin.

»Du willst es nur nicht wissen«, sagt er eisig. »Was eigentlich schon Antwort genug ist, meinst du nicht?«

»Ich habe ihn damals verlassen. Als es passierte, kam es zum Streit, und ich habe ihn verlassen. Ich kann die Wut verstehen, die dich jetzt erfüllt. Denkst du etwa, es hätte mich nicht wütend gemacht mitzuerleben, was mit euch geschieht? Wie ihr da hilflos feststeckt? Ich wollte mit euch gehen. Ich wollte an eurer Seite kämpfen. Schließlich ist dieser Kampf ebenso meiner wie eurer.«

»Dann trag deinen Teil dazu bei. Jetzt ist nicht die Zeit, bloß danebenzustehen und zuzuschauen. Oder abzuwarten. Jetzt ist die Zeit zu handeln. Du kannst nicht auf der einen Seite behaupten, Kuba die Treue zu halten, und auf der anderen mit einem der Männer schlafen, die federführend für das Schlamassel verantwortlich sind, in dem wir sitzen. Du musst dich entscheiden. Hältst du zu ihm, oder hältst du zu deinem Land? Zu Kuba? Du sagst, du hättest ihn verlassen, aber das ist doch sein Armband da an deinem Handgelenk, oder? Du hast ihn verlassen und bist wieder zurückgekehrt.«

»Was willst du, dass ich tun soll?«

»Keine Ahnung, Beatriz. Du hast dich immer darüber beklagt, dass du bei unseren Vorhaben nicht mitmachen durftest, dass du ausgeschlossen wirst, bloß weil du eine Frau bist. Jetzt hast du deine Chance. Du schläfst mit einem der einflussreichsten Männer im Senat, einem Mann, dessen Meinung der Präsident schätzt. Nutz es aus!«

»Also darauf läuft es hinaus. Du willst, dass ich mich prostituiere, um im Senat ein paar Stimmen für eine neue Kubapolitik zu gewinnen.«

»Es gibt unangenehmere Arten, unserer Sache zu dienen, das kannst du mir glauben«, bellt er mit finsterer Miene zurück.

»Sie hat dich wirklich verändert, die Playa Girón.«

»Wie auch nicht?«

Schuldgefühle nagen an mir. Während ich mich mit Nick im Bett vergnügte, ist Eduardo in den Krieg gezogen, hat in einem von Fidels Gefängnissen geschmort. Vielleicht bin ich ihm tatsächlich etwas schuldig.

»Was willst du von ihm?«

»Das Gleiche, was ich von ihnen allen will. Sie sollen die Sache endlich in Ordnung bringen.«

Denselben Appell habe ich selbst schon einmal an Nick gerichtet. Die Amerikaner sollen ihre überlegene Macht nutzen und gegen Castro einschreiten. Doch als ich jetzt höre, wie Eduardo diese Forderung vorbringt, bin ich vor allem erschüttert darüber, wie stark wir weiterhin auf die Hilfe der Amerikaner bauen, obwohl viel dafür spricht, dass dies letztlich nie zu unserem wahren Vorteil sein wird.

»Sollten wir das nicht lieber selbst tun?«, frage ich.

»Ich glaube nicht, dass wir dazu in der Lage sind. Die fehlgeschlagene Invasion hat Fidel nur geholfen und ihm den Rücken gestärkt. Seine Macht ist dadurch allenfalls gewachsen, und er war schon zuvor ein äußerst harter Brocken.

Ich meine, er hat die Sowjets, die ihn unterstützen. Welche Chance haben wir da, solange uns nicht auch eine Großmacht den Rücken stärkt?«

»Ich stehe weiterhin mit Dwyer in Kontakt und habe wiederholt für ihn gearbeitet.«

»Das reicht nicht. Geheimdienstaktionen bringen nichts mehr. Genau wie Anschlagsversuche auf Fidels Leben. Wenn er stirbt, rückt bloß ein anderer an seine Stelle – sein Bruder etwa oder Che.«

»Fidel hat Alejandro getötet. Hast du das bereits vergessen?«

»Nein, habe ich nicht. Aber es wäre albern, so zu tun, als würde es hier nur um deinen Bruder gehen. Die Sache ist wichtiger als deine persönliche Rache.«

»Dessen bin ich mir durchaus bewusst. Aber wenn du mal ganz ehrlich bist, treibt dich doch auch nicht nur irgendein selbstloses Bedürfnis an, für die Rettung Kubas zu sorgen, sondern ebenso der Wunsch, ein paar offene Rechnungen zu begleichen.«

»Jetzt hast du mich aber durchschaut«, erwidert er spöttisch.

»Wir waren mal Freunde«, sage ich. »Du bist mir immer wichtig gewesen. Ist jetzt wirklich Schluss mit dieser Freundschaft?«

Er lacht. »Freundschaft? Unser Verhältnis ist doch ein wenig komplexer, meinst du nicht? Ich habe dich geliebt.«

»Ich habe nie …«

»Was? Diese Liebe erwidert?«

Ich gerate ins Stottern. »Bemerkt … dass du so mir gegenüber empfindest. Dass es dir so ernst war mit uns. Ich dachte …«

»Ich habe dich schon geliebt, als wir Kinder waren.«

Ich starre ihn mit offenem Mund an. »Du hast nie was gesagt, warst ständig mit anderen Frauen zusammen.«

»Ich hielt uns für unvermeidlich. Ich dachte, solange du so jung bist, gönne ich mir noch ein wenig Spaß, und wenn wir dann beide erwachsen sind, heiraten wir. Beginnen ein neues Leben zusammen. Und dann tauchte plötzlich dein Senator auf. Das hat mich wirklich kalt erwischt, das muss ich zugeben. Ich hätte nie gedacht, dass du dich in so einen Mann verlieben würdest.« Er sieht mir offen in die Augen. »Du wirst ihm schaden, und das weißt du auch. Du wirst ihm schaden und ihm wehtun, denn ganz egal, wie sehr du ihn auch zu lieben glaubst, du passt einfach nicht zu ihm. Ihr strebt unterschiedliche Dinge an und werdet auf lange Sicht niemals zusammen glücklich sein können. Er ist ein Mann mit großen Ambitionen. Dafür braucht er die richtige Frau an seiner Seite.«

»Ich weiß«, antworte ich. Es wäre sinnlos, ihm zu widersprechen und die Augen vor der Wahrheit zu verschließen.

»Hast du jemals … ich meine, hättest du dir jemals vorstellen können …«

Seine Stimme und sein Blick lassen leicht erraten, welche Frage ihn beschäftigt.

»Keine Ahnung«, sage ich ehrlich.

»Und wie ist es jetzt?«

Mein Schweigen ist Antwort genug, schätze ich.

Er schenkt mir ein trauriges Lächeln. »Wenn die Dinge nur

anders lägen, wenn wir in Havanna wären, wenn Fidel niemals an die Macht gekommen wäre … Wenn, wenn, wenn.«

Letztlich ist alles im Leben eine Frage des Timings.

»Ausgleichende Gerechtigkeit, was? Irgendwann musste es wohl so weit kommen, dass mir eine Frau das Herz bricht. Irgendwie passend, dass du das übernimmst.«

»Es tut mir schrecklich leid.«

Er schüttelt den Kopf. »Dazu besteht kein Grund. Ich sollte jetzt gehen.« Er zögert, und ein besorgter Ausdruck tritt in seine Augen. »Sei vorsichtig, Beatriz. Die Lage dürfte sich erst noch erheblich verschlimmern, bevor sie besser wird.«

Seine Warnung klingt stark nach Abschied.

»Was wirst du nun tun?«

»Weiterkämpfen natürlich.« Er nimmt mich in die Arme, und seine Lippen berühren flüchtig meine Stirn, bevor er mich rasch wieder loslässt. »Gehst du hin?«, fragt er.

»Wohin?«

»Zu Kennedys ›Welcome Home‹-Feier im Orange Bowl?«

Ich schüttele den Kopf.

Er lächelt und wirkt auf einmal wie der Eduardo von früher. »Kann ich dir nicht verdenken. Ich wünschte, ich könnte es mir auch ersparen, an dieser Farce teilzunehmen. Mach's gut, Beatriz.«

»Mach's gut«, erwidere ich. Und während ich allein im Arbeitszimmer meines Schwagers zurückbleibe, sorgt ein mir neues Gefühl, das ich nicht zu benennen weiß, für Tränen, die meine Wangen hinablaufen.

30

Nach seiner Rückkehr hält Eduardo auffälligen Abstand zur diesjährigen Wintersaison, was ich nur zu gut nachvollziehen kann. Allerdings ist sein Name weiterhin in aller Munde, und besonders von der weiblichen Hälfte der Bewohner von Palm Beach wird er schmerzlich vermisst. Seine Beteiligung an der Schweinebucht-Aktion macht alles natürlich nur noch geheimnisvoller, und die schlecht Informierten, die es nicht besser wissen und unsere Misere bloß romantisch verklären, halten ihn für einen verwegenen Abenteurer.

Ich schreibe mich an der Universität von Miami ein. Glücklicherweise werden meine bisherigen Kurse tatsächlich anerkannt, und zu meiner großen Erleichterung kann ich die Studiengebühren dank meiner Zusammenarbeit mit der CIA aus eigener Tasche finanzieren. Es fühlt sich gut an, wieder Seminare besuchen zu können, auch wenn es merkwürdig ist, in akademischem Rahmen die Themen zu behandeln, die den größten Teil meines persönlichen Lebens beherrschen.

Von allem gesellschaftlichen Trubel der Wintersaison halte ich mich fern. Statt mich dem Druck der allgemeinen Aufmerksamkeit auszusetzen, verbringe ich meine Tage und Nächte lieber mit Nick, wenn er nicht in Washington ist, oder ganz in Ruhe mit meinen Schwestern. Dabei könnten wir uns diese Heimlichkeiten inzwischen eigentlich sparen. Ich bin mir ziemlich sicher, dass die ganze Stadt über mein Zusammenleben mit Nick im Strandhaus Bescheid weiß und auch schon allerlei Spekulationen angestellt hat, warum Eduardo und ich so plötzlich von Elisas Party verschwunden sind. Nick und ich haben bislang weder über Eduardos Rückkehr noch über meine Unterhaltung mit ihm im Haus meiner Schwester gesprochen. Wir blenden tunlichst alles aus, worüber wir nicht reden können – unsere Zukunft, die Spannungen zwischen unseren beiden Ländern und die äußeren Kräfte, die das kleine private Reich, das wir uns hier geschaffen haben, ständig bedrängen.

Am Ende der Saison entscheide ich mich dafür, Nick nicht zurück nach Washington zu begleiten und stattdessen in Palm Beach zu bleiben. Der Frühling geht in den Sommer über, der Sommer in den Herbst, und ich bin die Wochenendliebe, die an freien Tagen und in den Kongressferien besucht wird.

Morgens gehe ich am Strand spazieren und treffe mich manchmal mit Maria auf halbem Weg zwischen unseren Häusern, bevor sie zur Schule geht. Sollten unsere Eltern Einwände dagegen haben und mich für einen schlechten Einfluss halten, äußern sie ihre Bedenken zumindest nicht laut. Bisweilen frage ich mich, ob sie das aus Liebe zu mir unterlassen, oder ob sie eher Nicks herausragende gesellschaftliche Stellung fürchten. Zwar ist es auch seinem Einfluss nicht gelungen, mein Ansehen wiederherzustellen, aber immerhin verhindert er, dass die Ewiggestrigen mich direkt angreifen.

Als ich heute Morgen von meinem Spaziergang zurückkehre, steht ein Mann auf der Veranda. Je näher ich komme, desto zögerlicher werden meine Schritte, denn ich habe ihn sofort erkannt, und mein Herz zieht sich schmerzvoll zusammen. Früher, als ich klein war, hatten wir eine sehr viel unkompliziertere Beziehung. Damals war er für mich eine überlebensgroße Erscheinung, der ich gefallen wollte, die stolz auf mich sein sollte.

»Ich bin überrascht, dich hier zu sehen«, bringe ich mit Mühe hervor.

»Ich wollte dich sprechen«, erwidert mein Vater. Seine Stimme klingt härter, als ich es in Erinnerung habe.

»Warum?«

Es ist das erste Mal, seit ich Palm Beach vor über zwei Jahren verlassen habe, dass einer meiner Elternteile versucht, mich zu treffen.

»Weil ich mir Sorgen um dich mache. Überall wird erzählt, du würdest hier mit Preston zusammenleben.«

»Das tue ich auch.«

»Ich habe es mir fast gedacht.«

»Weil du schon immer gewusst hast, dass es mal ein böses Ende mit mir nimmt.«

»Weil du schon immer getan hast, was dir gefällt, ohne Rücksicht darauf, was andere davon halten.«

»Lass mich raten: Du wirfst mir vor, allzu unbekümmert und impulsiv zu handeln.«

»Nein, ganz im Gegenteil. Diesen Hang habe ich stets besonders an dir geschätzt. Nur betrachtet die Gesellschaft das leider nicht genauso. Wärst du ein Mann, würden diese Eigenarten als Zeichen von Unerschrockenheit und Zielstrebigkeit Bewunderung wecken. Und wären wir noch in Kuba, würde man in einem solchem Verhalten womöglich nur den exzentrischen Tick einer reichen, bildhübschen Frau sehen, die es sich leisten kann zu tun, was sie will. Aber wir sind nicht in Kuba. Und obwohl du natürlich eine Perez bist und immer bleiben wirst, bedeutet das inzwischen nicht mehr, was es früher bedeutet hat. Nicht hier. Hier müssen wir uns mehr anstrengen. Härter arbeiten. Wir müssen immer weiter vorankommen, weil diese Menschen auf uns herumtrampeln werden, sobald wir es nicht tun. Sie wollen uns nicht hier haben, und das werden sie uns niemals vergessen lassen. Damit sind exzentrische Ticks, Maßlosigkeit und befremdliche Eigenarten nicht länger harmlos. Sie sind töricht und gefährlich.«

»Du hast also Angst, ich könnte dem Namen unserer Familie Schande machen.«

»Ich habe Angst um *dich*«, entgegnet er. »Ich werde nicht ewig hier sein, und ich muss bei meinem Tod wissen, dass meine Familie versorgt ist. Meine Frau soll sich weiter den Lebensstil leisten können, den sie gewohnt ist, und meine Töchter sollen in gesicherten Verhältnissen leben. Alle, die ich liebe, sollen gut geschützt sein.«

Er wendet sich ab und schaut aufs Meer hinaus.

»Deinen Bruder konnte ich nicht schützen. Dieser Fehler unterläuft mir nicht noch einmal.«

»Ich bin nicht Alejandro. Mir wird schon nichts passieren.«

»Denkst du vielleicht, ich hätte nicht davon gehört, welche Risiken du eingehst? Dass dein Name nicht nur in den gesellschaftlichen Kreisen von Palm Beach hinter vorgehaltener Hand genannt wird, sondern auch an ganz anderen Orten?«

»Ich dachte, du beschäftigst dich nicht mehr mit Politik.«

»Dann hast du falsch gedacht. Geschäft ist immer auch Politik, Politik immer auch Geschäft. Ich bin nur inzwischen sehr vorsichtig geworden, mit wem ich mich befreunde oder wen ich unterstütze. Leider teilst du diese Vorsicht offenbar gar nicht.«

»Dich stört meine Beziehung zu Nick?«

»Mich stört deine Beziehung zu Senator Preston, aber deshalb bin ich nicht gekommen. Denn zumindest wird diese Beziehung dich nicht das Leben kosten.«

»Du willst, dass ich nicht nach Kuba zurückgehe?«

»Ja.«

»Warum?«

»Weil sogar mir dein Engagement zu Ohren gekommen ist. Meinst du etwa, ausgerechnet Fidel wüsste dann nicht Bescheid? Schließlich hat er überall seine Spitzel sitzen, die ihn ständig über potenzielle Bedrohungen informieren. Er ist ein äußerst gefährlicher Mann. Ich habe ihn schon einmal unterschätzt. Ein Fehler, für den ich bitter bezahlt habe.«

»Du hast mal gesagt, er sei dumm.«

»Und mittlerweile hat er bewiesen, dass er zudem hochgefährlich ist. Leider sind die Vereinigten Staaten so ungeschickt gewesen, ihn zum Gegner aufzuwerten, womit er weit bedrohlicher geworden ist, als er es je war.«

»Er hat Alejandro umgebracht.«

»Ja, wahrscheinlich schon.«

»Wie kannst du damit leben? Wie hältst du es aus, den Tod deines eigenen Sohns nicht zu rächen?«

»Eines Tages wirst auch du verstehen, dass der Preis den Nutzen einfach nicht wert ist. Würde es mir gefallen, Fidel in die Hölle fahren zu sehen? Keine Frage. Aber was würde es mich kosten, das zu bewerkstelligen? Und was würde ich dabei verlieren?«

»Ich habe schon viel zu viel investiert, um jetzt noch umzukehren. Ich muss es versuchen. Begreifst du das nicht?«

Er seufzt. »Doch, das tue ich. Aber Sorgen mache ich mir trotzdem. Sei vorsichtig. Pass auf, wem du vertraust. Letzten Endes schert keinen von denen, was aus dir wird, und sie werden nicht zögern, dich in Lebensgefahr zu bringen, sollte es ihren Zielen nützen.« Er sieht mich ernst an. »Aber, was auch immer geschehen mag, du wirst immer eine Perez bleiben. Deine Mutter …« Er stockt. »Bei deinem Bruder habe ich viel falsch gemacht, was ich heute stärker bedauere, als du es dir vorstellen kannst. Ich teile nicht die Ansichten deiner Mutter darüber und habe nur eingewilligt, dich nach Spanien zu schicken, weil ich gehofft habe, es würde deiner unseligen Verbindung zur CIA ein Ende bereiten und dich in Sicherheit bringen. Ich wollte dir jedoch nie das Gefühl geben, nicht Teil dieser Familie zu sein. Du bist meine Tochter. Du bist eine Perez. Mein Name, mein Geld – alles wird auch immer deins sein. Du wirst immer meine Tochter bleiben.«

Tränen steigen mir in die Augen. »Danke.«

»Und weil du meine Tochter bist und weil ich dich gut kenne, verstehe ich auch, was du tun musst. Pass auf dich auf, Beatriz.«

»Das werde ich«, flüstere ich.

»Und solltest du Gelegenheit haben, bei unserem alten Haus vorbeizugehen …«

Jetzt werden auch seine Augen feucht, und ich bin erschüttert darüber, wie alt er aussieht, erschüttert über die Ungerechtigkeit, dass eine lebenslange Arbeit von den Stürmen der Revolution einfach hinweggefegt wurde und er nun im hohen Alter gezwungen ist, alles neu aufzubauen. Sein eigentliches Vermächtnis ist ihm geraubt worden, zusammen mit seinem Sohn.

»Ich kann dich auf dieser Reise zwar nicht begleiten und beschützen, aber solltest du in Havanna in Schwierigkeiten geraten …«

Ich höre aufmerksam zu, wie mein Vater mich in ein weiteres Familiengeheimnis der Perez einweiht.

26. November 2016
Palm Beach

Mit einem Lächeln auf den Lippen legt sie das Telefon aus der Hand. Gespräche mit alten Freunden, ehemaligen Liebhabern und engen Verwandten haben schon etwas Besonderes. Man weiß, wie vertraut man einander ist, braucht bestimmte Dinge gar nicht auszusprechen, Gefühle nicht zu benennen, und dennoch empfindet sie der andere sofort nach, selbst wenn er meilenweit entfernt ist. Trotz all der Differenzen, die zwischen ihr und Eduardo bestehen, trotz der Entscheidungen, die er getroffen hat, sind sie sich auch am Ende ihres Lebens noch in Liebe und Achtung verbunden. Zudem neigt man in ihrem Alter dazu, Bilanz zu ziehen, und möchte alte Wunden gerne geheilt sehen.

Schließlich sind und bleiben sie Landsleute.

Familie.

Sie macht sich fertig, legt die letzten Schmuckstücke an – die Brillantohrringe, die sie sich zum erfolgreichen Abschluss ihres Jurastudiums vor so vielen Jahren selbst geschenkt hatte.

Sie betrachtet sich prüfend im Spiegel und ist zufrieden mit dem Bild, das er zurückwirft. Erneut klingelt das Telefon, und ihr Herzschlag beschleunigt sich. Diesmal lädt die Stimme am anderen Ende sie zu einer spontanen, eigentlich schon längst überfälligen Feier ein.

Den Tod eines Menschen zu feiern mag geschmacklos sein, selbst in Fidels Fall. Und vielleicht bedeutet es auch, das eigene Schicksal herauszufordern, wenn sie sich darüber freut, dass ein anderer den irdischen Mühen erlegen ist, während ihr selbst nicht mehr viel Zeit bis zu diesem Punkt bleibt. Aber dies ist ja eine Jubel- *und* eine Trauerfeier – wobei die Trauer wohlgemerkt nicht Fidel gilt. Fidel nie und nimmer. Vielmehr kann sie jetzt, da der Mistkerl endlich eine Art verdiente Strafe für seine Verbrechen bekommen hat, mit diesem Schritt all das, was sie verloren hat, begraben und in Frieden ruhen lassen.

Natürlich ist das nicht die Gerechtigkeit, die sie ersehnt hatte, aber sie hat lernen müssen, dass einem das Leben nicht immer alle Wünsche erfüllt. Und auf ihre ganz eigene, undurchschaubare Weise gelingt es der Zeit dennoch, die Dinge irgendwie zu klären.

Wenn Fidel stirbt…

Sie tritt hinaus in die Nacht.

31

Der Brief kommt an einem der letzten Novembertage. Draußen ist es schon kühler geworden, Palm Beach bereitet sich auf eine weitere Wintersaison vor, und die ersten Blaublütler, Kennedys, Stahlmagnaten und Promis zieht es bereits nach Süden auf die Insel.

Den Postboten spielt Eduardo selbst. In den Monaten seit unserer letzten Begegnung hat er sich physisch offenbar wieder erholt. Sein Teint ist dunkler, seine Figur nicht mehr so hager und deutlich muskulöser als bei seiner Rückkehr aus Kuba.

Seine Miene allerdings ist finster.

»Schlechte Nachrichten?«, frage ich und lasse ihn herein.

»Ist Preston da?«

»Nein, er ist mit dem Präsidenten in Dallas.«

Eduardo bleibt abrupt stehen. »Was macht Preston denn in Dallas?«

Ich zögere. Nicks Gründe für den Abstecher sind zwar nicht unbedingt vertraulich, dennoch wäre es ihm sicherlich nicht recht, dass ich ausgerechnet mit Eduardo über seine Angelegenheiten spreche.

»Ach, irgendwelche Probleme innerhalb der Demokratischen Partei in Texas. Einer der Beteiligten war in Harvard ein Mitbewohner von Nick. Kennedy denkt, Nicks Vermittlung könnte hilfreich sein.«

Eduardo schweigt.

»Was ist los? Warum bist du hier?«

»Dwyer konnte nicht selbst kommen, aber er wollte, dass ich dir das hier persönlich überbringe.«

Unsere Finger berühren sich, als ich den Brief entgegennehme. Ich öffne den Umschlag, falte das Schreiben auf und lese den Satz, der darauf steht.

Jetzt haben Sie Ihre Gelegenheit.

Mit pochendem Herzen schaue ich zu Eduardo hoch.

»Was soll das heißen?«

»Sie schicken dich nach Havanna. In vier Tagen. Wir werden dich auf einem Boot rüberbringen.«

»*Wir?*«

»Was glaubst du denn, hab ich die letzten Monate getan? Ich höre doch nicht auf, bloß weil Fidel die Unverschämtheit besaß, mich ins Gefängnis zu werfen.«

»Ich hätte gedacht, jetzt nach der Playa Girón ...«

»Würde ich aufgeben? Mich wieder meinem ausschweifenden Leben widmen?«

»Würdest du nicht mehr ein solch großes Risiko eingehen wollen.«

»Was sollte mich irgendein Risiko kümmern? Sonderlich viel zu verlieren habe ich schließlich nicht.«

»Das stimmt doch nicht. Es gibt eine Menge Leute, denen du viel bedeutest. Deine Eltern ...«

»Und wie steht's mit dir? Bedeute ich dir viel?«

»Du bist ein enger Freund«, antworte ich vorsichtig.

»Ach, Beatriz«, seufzt er. »Manchmal frage ich mich, ob du glaubst, mir was vorzumachen, oder ob dir klar ist, dass du dir selbst etwas vormachst.« Er nickt in Richtung Brief und fügt hinzu: »Ich hole dich am sechsundzwanzigsten um sechs Uhr morgens ab.«

Ich habe gewusst, dass der Moment kommen würde, und schon nach dem Besuch meines Vaters geahnt, dass es bald so weit sein könnte, doch jetzt wird es tatsächlich geschehen. Ich werde Nick zumindest irgendetwas erzählen müssen, werde mich von meinen Schwestern, meiner Familie, verabschieden müssen. Dies könnte ein Abschied für immer sein. Womöglich ende ich auf Kuba eingesperrt in irgendeiner Zelle wie Eduardo oder tot auf der Straße wie mein Bruder.

Plötzlich fühlen sich vier Tage gar nicht mehr so lang an.

Eduardo wendet sich ab und geht zur Tür. Er hält an, den Knauf bereits in der Hand, und dreht sich noch einmal zu mir um.

Es ist das plötzliche Mitgefühl in seiner Stimme, das mich überrascht aufhorchen lässt.

»In Dallas sind Schüsse gefallen.«

Mein Herz setzt kurz aus.

»Der Präsident wurde getroffen«, fährt er fort. »Er war mit seinem Konvoi in einem offenen Wagen unterwegs, die First Lady direkt an seiner Seite.«

»Ist er …?«

Ich kann den Gedanken nicht zu Ende führen, während mir zugleich Nick nicht aus dem Kopf geht. Bestimmt hat er nicht an diesem Autokonvoi teilgenommen. Er ist doch zu Besprechungen in der Stadt gewesen.

Ich schwanke, und Eduardo streckt rasch den Arm aus, um mich zu stützen.

»Der Präsident wird gerade operiert«, erklärt er. »Mehr weiß ich nicht. Du schaltest vielleicht am besten die Nachrichten ein. Es tut mir leid.«

Ich sitze im Wohnzimmer neben einem Telefon, das nicht klingeln will, und warte darauf, dass sie im Fernsehen etwas Neues über den Zustand des Präsidenten berichten, als es an der Haustür klopft.

Zu meiner Überraschung steht dort Maria in ihrer Schuluniform. Ihre Augen sind vom Weinen ganz verquollen, ihre Haut ist mit roten Flecken bedeckt.

»Warum bist du nicht in der Schule?«

Rasch führe ich sie ins Zimmer.

»Ich bin gegangen.«

»Gegangen? Du kannst doch nicht einfach weggehen. Sie machen sich bestimmt Sorgen um dich. Du musst wenigstens jemandem Bescheid geben, wenn du gehst, und nicht einfach …«

»Sie haben auf ihn geschossen«, sagt sie. »Auf den Präsidenten. Sie haben auf ihn geschossen.«

Tränen strömen ihr über die Wangen, und ich muss daran denken, wie wir nachts gemeinsam stundenlang die Wahlberichterstattung verfolgten, an das begeisterte Leuchten in ihren Augen, wie sie Block und Stift nicht aus den Händen ließ, um laufend die Zahl der Wahlmänner zu addieren. Ihr Anblick jetzt ruft mir eindringlich in Erinnerung, wie es sich anfühlt, jung und voller Hoffnung zu sein und dann die Welt um sich herum nicht mehr zu verstehen, wenn diese Hoffnung unvermittelt zerstört wird.

Ich nehme sie in die Arme, und sie umklammert meine Taille, während ihre Tränen unablässig fließen.

»Es tut mir schrecklich leid, Maria.«

Sie schaut zu mir auf, und mit einem Mal stürmt eine Flut an Bildern auf mich ein. Ich sehe eine längst vergangene Zeit vor mir, einen anderen Ort, eine andere Erinnerung. Die Unsicherheit in ihren Augen, als wir Havanna an diesem schicksalhaften Morgen verließen. Die Angst, die mich an diesem Tag zusammen mit einem Gefühl der Machtlosigkeit beherrschte.

Vielleicht ist es idiotisch, sich einzubilden, dass wir jemals selbst über unser Schicksal bestimmen.

»Wird der Präsident überleben?«

»Keine Ahnung«, antworte ich. »Sie haben *As the World Turns* unterbrochen und nur gemeldet, dass auf den Präsidenten geschossen wurde und er im Krankenhaus operiert wird. Mehr weiß ich nicht. Eben haben sie die Soap dann noch mal unterbrochen, ohne allerdings etwas Neues über seinen Zustand zu berichten. Wir können es uns zusammen ansehen.«

Das Telefon klingelt. Sofort mache ich mich los und stürme davon, um abzuheben. »Hallo?«

»Beatriz.«

Beim Klang von Nicks Stimme presse ich vor Erleichterung unwillkürlich die Augen zusammen und kippe gegen die Armlehne des Sofas.

»Was ist passiert?«, frage ich.

»Ich war nicht dabei, aber auf den Präsidenten wurde geschossen, als er mit seinem Wagenkonvoi durch die Stadt fuhr. Die First Lady saß unmittelbar neben ihm.«

»Ist sie auch verletzt?«

»Nein. Sie wartet im Krankenhaus auf Neuigkeiten über seinen Zustand.«

»Wo bist du?«

»Ich bin hier zusammen mit ein paar anderen, die ihn auf der Reise begleitet haben. Governor Connally wurde ebenfalls getroffen. Es herrscht ein wahnsinniges Chaos. Keiner weiß, was wirklich los ist. Ich muss jetzt auflegen, aber ich wollte, dass du dir keine Sorgen machst. Ich melde mich, sobald ich Zeit habe. Ich liebe dich.«

»Ich liebe dich auch«, sage ich.

Maria ruft nach mir, noch ehe ich aufgelegt habe. »Beatriz!«

Auch ohne zum Fernseher zu schauen, sagt mir Marias Schluchzen alles, was ich wissen muss.

Um vierzehn Uhr achtunddreißig verkündet Walter Cronkite, wovor wir uns alle gefürchtet haben.

Präsident Kennedy ist tot.

Ich sitze neben meiner weinenden Schwester, die ihr Gesicht in meinem Schoß vergraben hat, und streiche ihr über den Kopf, wie ich es immer getan habe, als sie noch klein war.

So furchtbar die Ereignisse des heutigen Tags sind, in mir stoßen sie inzwischen auf eine gewisse Taubheit. Maria ist noch zu jung, um die Gräuel der Revolution am eigenen Leib erfahren zu haben, mich jedoch haben sie gegen die Schrecken des Lebens abgehärtet. Dennoch beklage auch ich den Tod dieses Präsidenten. Obwohl ich mit einigen seiner politischen Entscheidungen nicht einverstanden gewesen bin, erfüllt mich eine tiefe Trauer, wenn ich an seine Frau denke, an seine Kinder, an all jene, die ihn geliebt haben, an Freunde wie Nick und an dieses Land, das nun so vollkommen unerwartet diesen Schlag verarbeiten muss. Er war sicherlich nicht ohne Fehler, aber ich fand, er war ein anständiger Mann, und sein Verlust kann für uns alle nur eine Verschlechterung bedeuten.

Kennedy hat der ganzen Nation – ja, eigentlich der ganzen Welt – so viel Hoffnung gegeben. Und ungeachtet der Tatsache, dass ihn dieser gewaltsame Tod ereilte, bevor er die meisten seiner Vorhaben verwirklichen konnte, legt sich über uns alle nun dieser dunkle Schatten. Vielleicht war er ja ein idealistischer Schwärmer, wie Kritiker vom Typ Mr. Dwyers es ihm vorgeworfen haben, aber in seinem Innersten war er jedenfalls ein aufrechter Mensch, dem das Wohl seiner Mitbürger am Herzen lag, der sein Land voranbringen wollte und der sich aus ehrlicher Überzeugung um diesen Wandel bemühte. Und in der heutigen Welt sind das tatsächlich Eigenschaften, die man nicht hoch genug achten und wertschätzen kann.

Ich bringe Maria mit ihrem vom Weinen ganz verschwollenen Gesicht noch nach Hause, besitze aber nicht mehr die Kraft, mit hineinzugehen und meinen Eltern zu begegnen. Nicht heute.

Zurück in der Geborgenheit des Strandhauses vergrabe ich mich mit einem Glas Wein auf der Couch. Schubweise stürzen die Ereignisse des Tages ein zweites Mal auf mich ein. Will Dwyer deshalb, dass ich gerade jetzt nach Kuba gehe? Hegt die CIA den Verdacht, Fidel könnte in den Mordanschlag auf Kennedy verwickelt sein?

In weniger als vier Tagen soll ich mit Eduardo aufbrechen. Ich werde Kuba wiedersehen. Es gab eine Zeit, da war dies mein größter Wunsch. Jetzt habe ich Angst vor dem, was mich dort erwartet.

Irgendwann in der Nacht schlafe ich ein und wache erst wieder auf, als die Haustür aufgeht und schwere Schritte auf den Marmorfliesen zu hören sind.

Ich setze mich auf und taste nach dem Schalter der Tischlampe neben mir.

Nick bleibt erschrocken stehen und lässt seine kleine Reisetasche zu Boden fallen.

»Beatriz.«

Er spricht meinen Name aus, als müsste er sich selbst davon überzeugen, dass ich kein Geist bin. Der Schlüsselbund rutscht ihm aus der Hand und landet scheppernd auf dem Tisch.

Er wirkt erschöpft, und sein Anzug ist nach dem langen Tag und den vielen Reisen zerknittert.

Ich stehe auf, schlinge meine Arme um ihn und presse das Gesicht an seine Brust. Während der Nebel, der mich umfängt, sich endlich aufzulösen beginnt, rollen die Tränen und tropfen auf sein weißes Hemd.

»Es tut mir so leid«, flüstere ich. »Es tut mir so schrecklich leid.«

Er drückt mich an sich, packt meinen Hinterkopf, und sein Mund findet meinen. Seine Hände tasten nach dem Reißverschluss meines Kleids, legen mich auf die Couch, und wir suchen Vergessen im anderen.

32

In den Tagen nach Präsident Kennedys Tod ist die Trauer um uns herum grenzenlos. Auf der Straße brechen Menschen unversehens in Tränen aus, und zu Hause sind wir in einem Zustand schwermütiger Lähmung gefangen.

Heute am Sonntag haben die Nachrichten vor ein paar Stunden gemeldet, dass Lee Harvey Oswald, der das Attentat auf den Präsidenten verübte, von einem texanischen Nachtklubbesitzer namens Jack Ruby im Keller des Polizeigebäudes von Dallas erschossen worden ist. Offenbar sollte Oswald gerade von dort in das sicherere Staatsgefängnis überführt werden. Die ganze Geschichte klingt viel zu bizarr, um sie so einfach zu glauben. Das Chaos der vergangenen Tage erinnert mich enorm an die hektische Zeitspanne zwischen Batistas Abreise aus Kuba und Fidels Ankunft. Auch damals überschlugen sich die haarsträubendsten Meldungen in unberechenbarer Folge. In diesem Durcheinander stellt sich leicht eine gewisse Hilflosigkeit ein, das Gefühl, vom unbarmherzigen Sog einer mächtigen Welle hochgerissen und gegen den eigenen Willen fortgetragen zu werden. Einem selbst bleibt dabei nichts anderes übrig, als abzuwarten, wo man am Ende strandet.

Kennedys Staatsbegräbnis ist morgen.

Seine Wut kann Nick immer nur schlecht verbergen, und

obwohl wir nur selten vom Präsidenten sprechen, ist auch seine Trauer mit Händen zu greifen.

»Ich möchte dich nicht hier allein lassen, aber die Beerdigung…« Er schluckt. »Ich muss nach Washington.«

»Ich weiß. Schon in Ordnung.«

»Am liebsten wäre es mir, du würdest nach Washington mitkommen.«

»Das geht nicht«, bringe ich hervor, während es mich innerlich zerreißt.

»Warum?«

Durch den Tod von Kennedy hat sich einfach nie der richtige Moment gefunden, ihm von meiner Mission nach Havanna zu erzählen. Das hätte seine Niedergeschlagenheit nur noch vergrößert. So langsam aber läuft mir die Zeit davon. Gestern Vormittag habe ich eine Nachricht von Eduardo erhalten.

Die Planung sieht weiterhin vor, dass wir am frühen Morgen des Sechsundzwanzigsten nach Havanna aufbrechen.

»Weil ich nicht kann.«

Ich lehne mich gegen die Kopfkissen und verfolge, wie Nick seinen Koffer packt. Ist dies das letzte Mal, dass wir uns in diesem Leben sehen?

Vor langer Zeit kam ich mit der Vorstellung, mich für Kuba zu opfern, noch recht problemlos zurecht, aber inzwischen kann ich mich mit dem eigenen Tod nicht mehr so einfach abfinden. Zu Beginn meiner Zusammenarbeit mit der CIA war ich über Alejandros Tod noch so aufgebracht, dass ich es für unerheblich hielt, ob ich lebte oder starb, solange ich bloß Fidel mit mir in den Tod riss. Heute jedoch möchte ich nicht mehr sterben. Während all der Jahre des Wartens auf eine Rückkehr nach Hause habe ich mir irgendwann ein eigenes Leben aufgebaut.

»Wirst du hier sein, wenn ich aus Washington zurückkomme?«, fragt Nick.

Anlügen kann ich ihn nicht.

Nick verstaut die letzten Wäschestücke im Koffer und schaut mich dann über das Bett hinweg an.

»Reden wir jetzt vielleicht mal darüber? Eduardo hat Kontakt zu dir aufgenommen, richtig? An dem Tag, als Kennedy ermordet wurde, war er sogar hier. Was ist los?«

»Ich habe nicht gewusst, wie ich es dir erzählen soll. Kennedy ist dein Freund gewesen. Was in Dallas geschah, ist einfach so schrecklich, und mir war klar, wie sehr es dich getroffen hat. Ich wollte dir nicht noch mehr wehtun.«

»Darüber reden müssen wir aber trotzdem, meinst du nicht?«, erwidert Nick. »Die Medien haben ja bereits von Oswald und dessen Verbindungen zu Pro-Castro-Kreisen berichtet. Offenbar ist er in New Orleans bei einer Gruppe aktiv gewesen, die sich *Fair Play for Cuba* nennt. Das FBI untersucht all diese Beziehungen derzeit, um festzustellen, ob womöglich mehr hinter diesen Sympathien steckt. Und nicht nur das FBI ermittelt in diese Richtung. Alle haben sofort an Kuba gedacht. An Fidel. Es ist sogar bereits von einer kommunistischen Verschwörung die Rede.«

Da ich stumm bleibe, fährt Nick fort. »Oswald war ein entschiedener Gegner von Kennedys Kuba-Politik, und er war Kommunist. Vielleicht hat er auf Fidels Anordnung hin gehandelt. Vielleicht hat er auch nur Fidels Interview im September gelesen und gedacht, er würde auf diese Weise Fidel den Wunsch erfüllen, dass nach all den Anschlägen auf *sein* Leben auch auf Kennedy mal ein Attentatsversuch verübt werden sollte. Aber vielleicht war es auch bloß die Aktion eines kranken Mannes.« Nick zuckt mit den Schultern. »Keiner kann das bislang sagen. Allerdings genügt bereits der Verdacht, um die ganze Situation erheblich zu verschärfen. Die Verhandlungen kamen eigentlich gut voran, doch nun … Frieden wird es zwischen uns so schnell nicht geben.«

»Wird es zum Krieg kommen?«

»Keine Ahnung.« Er schweigt einen Moment und fügt dann hinzu: »Es machen auch noch andere Theorien die Runde.«

»Zum Beispiel?«

»Einige in der Regierung sind der Meinung, dass Kennedy womöglich zur Zielscheibe kubanischer Castro-Gegner geworden ist, die mit dem Anschlag einen militärischen Konflikt zwischen den beiden Länder provozieren wollen. Und dass ihnen die CIA dabei geholfen hat. Oder dass sie es taten, weil sie Kennedy für einen Verräter hielten, der im entscheidenden Moment den Kubanern die nötige Unterstützung verweigert hat. Weil sie ihm das Schweinebucht-Fiasko zum Vorwurf machen.«

»Ich habe nirgendwo was davon gehört …«

»Von wem auch? Von Leuten wie Eduardo Diaz? Oder deinem Freund Dwyer? Weißt du, was man über ihn erzählt? All die Gerüchte, dass die CIA von Anfang an in demonstrativem Widerspruch zu Kennedys Vorgaben operiert hat? Dass Dwyer und Konsorten in Südflorida ihren ganz persönlichen Stellvertreterkrieg austragen?«

»Eduardo hat Präsident Kennedy ganz sicher nicht umgebracht. Ebenso wenig wie Dwyer. Auch nicht indirekt oder sonst wie.«

»Das weißt du doch gar nicht. Im Augenblick wissen wir alle herzlich wenig. Nur dass der Präsident tot ist und dass sein Mörder Verbindungen nach Kuba hatte. Und am selben Tag, an dem Kennedy stirbt, nimmt Eduardo mit dir Kontakt auf. Lass mich raten: Sie wollen, dass du nach Havanna gehst, stimmt's? Deshalb willst du mich auch nicht nach Washington, D.C., begleiten.«

Bevor ich antworten kann, fährt er bereits fort. »Du wärst damals in London fast getötet worden. Und da hattest du einen einzelnen Gegner. Meinst du wirklich, Fidels Sicherheitsleute werden dich auch nur in seine Nähe lassen? Selbst wenn du Erfolg hast, werden sie dich danach aus Rache ganz sicher umbringen. Und wenn du keinen Erfolg hast, werden sie dich trotzdem töten. Ist dir das nicht klar?«

Seine Worte ähneln so sehr dem, was mein Vater vor wenigen Wochen gesagt hat, dass ich kurz irritiert schweige.

»Ich weiß nicht«, gebe ich schließlich zu. »Aber eine bessere Chance werde ich nicht bekommen.«

»Mit anderen Worten, du hast bereits zugestimmt.«

»Ja. Ich habe ihnen mein Wort gegeben.«

Nicks Hände umfassen die Kofferkante so fest, dass die Knöchel sich weiß färben. »Und wann gehst du fort?«

»Dienstagmorgen.«

»Wolltest du dich nicht mal verabschieden?«

»Ich habe nicht gewusst, was ich sagen soll. Und ein Abschied klingt so endgültig.«

»Wie wär es mit der Versicherung, dass du mich liebst?«

»Ich liebe dich. Aber warum bedeutet das automatisch, dass ich diese Sache aufgeben muss? Warum muss meine Liebe für dich alles andere dominieren?«

»Ich hatte gehofft, die Dinge würden sich ändern.«

»Du meinst, ich würde mich ändern.«

»Nein … Keine Ahnung.« Er sinkt auf den Rand des Betts, stützt den Kopf in die Hände und schaut mich an. »Mal ehrlich. Angenommen, du gehst nach Kuba, und dir gelingt es tatsächlich, Fidel zu stürzen, ihn umzubringen – was dann?«

Ich runzle die Stirn. »Wie meinst du das?«

»Was machst du nach Fidels Tod? Wenn er beseitigt ist, kommst du dann zurück? Zu mir? Werden wir am Ende ein richtiges Paar, heiraten und werden gemeinsam alt?«

Ein Knoten formt sich in meinem Magen.

»Ich gehe nach Hause«, antworte ich mit schwacher Stimme.

Wie kann ich ihm erklären, dass ein Teil von mir am liebsten den Rest meiner Tage mit ihm verbringen würde, aber gleichzeitig ein anderer Teil genau weiß, dass noch unendlich viel Arbeit vor uns liegt? Denn sollte Fidel tatsächlich sterben, wird anschließend unweigerlich ein noch heftigerer Kampf um Kubas Zukunft ausbrechen, ein Kampf, an dem ich mich unbedingt beteiligen möchte.

Wenn Männer in den Krieg ziehen, werden sie als Helden gepriesen, weil sie ihr Leben für das eigene Land aufs Spiel setzen, weil sie damit ihren selbstlosen Einsatz und ihren Patriotismus unter Beweis stellen. Bei Frauen dagegen … Warum werden uns nur Träume zugebilligt, die am Ende stets auf

Heiraten und Mutterglück hinauslaufen? Wenn wir etwas anderes anstreben, wenn unsere Talente an anderer Stelle liegen, warum wird dann die Hingabe dafür nicht ebenso gewürdigt und gerühmt?

Hätte ich zwei Leben, würde ich eins mit ihm und eins in Kuba leben. Aber ich habe nur dieses eine, und das habe ich bereits einem anderen Ziel gewidmet.

»Und wenn du scheiterst?«, fragt er.

»Dann kämpfe ich weiter.«

Wortlos greift er in seine Hosentasche und zieht eine kleine rote Schachtel heraus. Ich erkenne das goldene Logo darauf sofort. Meine Mutter liebt diesen französischen Juwelier sehr. Die eleganten Halsketten, Ringe, Armbänder und Ohrringe, die mein Vater ihr einst gekauft hatte, warten nun vergraben im Garten unseres Hauses in Havanna auf unsere Rückkehr.

»Mach es auf«, sagt Nick und winkt lustlos in Richtung Schachtel. Als würde mein Herz nicht bereits genug bluten, als hätte diese Affäre nicht gerade den Todesstoß erhalten – eine Affäre, zu der es sowieso nie hätte kommen dürfen.

Mit zitternden Fingern öffne ich den Deckel.

Der Ring funkelt mir entgegen.

Der kanariengelbe Diamant, dessen Größe fast schon ans Obszöne grenzt und der von feurigen Brillanten eingefasst ist, passt absolut perfekt zu mir.

»Etwas Dezentes würde dir nicht gefallen, habe ich mir gedacht. Bestimmt hättest du lieber etwas Großartiges, Einmaliges.«

»Er ist wunderschön.«

»Aber nichts für dich.«

»Er ist perfekt für mich«, widerspreche ich und hole tief Luft. »Du hast mich gefragt, wie ich mir meine Zukunft vorstelle. Was ist mit deiner? Was erhoffst du dir davon?«

»Dich.«

»Das wohl nicht alleine, oder? Mit Kennedys Tod ist die Lage in der Partei eine völlig neue. Johnson ist ganz sicher nicht der Typ, der die Menschen mitzureißen versteht.«

»Nein, ist er nicht.«

»Wer wird also Kennedys politisches Erbe antreten? Wer soll die Ideen verwirklichen, die dir immer schon so wichtig waren? Natürlich ist da sein Bruder, aber der wird nicht der einzige Kandidat bleiben, habe ich recht?«

Er nickt.

»Du kannst dir nicht erlauben, mit einer Frau verheiratet zu sein, die für die CIA arbeitet, die in ihrer Laufbahn als Doppelagentin gegen Fidels Kuba operiert und kommunistische Treffen besucht hat. Nach Kennedys Tod richtet sich das allgemeine Misstrauen gegen Kuba, das hast du doch selbst gesagt. Abgesehen davon, kannst du dir auch keine Frau leisten, die einen Mann getötet hat. Würdest du nicht dem Senat angehören, hättest du nicht noch weitergehende Ambitionen, wäre es vielleicht nicht so wichtig. So aber ist es das.«

»Und du willst mit dieser Seite meines Lebens nichts zu tun haben.«

»Ich liebe dich. Ich liebe dich mehr, als ich je einen anderen Menschen lieben werde. Aber ich möchte nicht eines Tages aufwachen und die Person nicht wiedererkennen, die ich im Spiegel erblicke. Ich möchte nicht wie meine Mutter auf ein stummes, hübsches Beiwerk reduziert bleiben, das niemand wirklich ernst nimmt.«

»Ich nehme dich ernst.«

»Ich würde mich selbst nicht erst nehmen, wenn ich jetzt alles aufgebe. Soll ich dir die Wahrheit sagen? Mir gefällt, was ich tue. Mir gefällt, was es aus mir gemacht hat, die Kraft, die es mir verliehen hat, die Selbstständigkeit. Ob ich Angst habe? Natürlich habe ich Angst. Aber machtlos habe ich mich bereits viel zu lange gefühlt. Zumindest habe ich jetzt eine Chance, meinen eigenen Weg zu gehen.«

»Und was bleibt damit für uns?«

»Wir kämpfen weiter für die gleichen Ziele.«

»Das tun wir.«

»Ändern werde ich mich jedenfalls nicht.«

»Ich weiß. Mein Fehler. Das begreife ich inzwischen auch. Ich dachte, das wäre etwas, das du hinter dir lassen kannst, was in Vergessenheit gerät. Jetzt verstehe ich, dass es deine Berufung ist und bleiben wird.«

»So wie die Politik bei dir.«

»Was wir tun, macht Sinn. Es sind Dinge, auf die ich stolz sein kann. Zwar geht alles entsetzlich zäh voran und ist bisweilen extrem frustrierend, aber ich glaube an meine Arbeit im Senat. Ich könnte womöglich noch mehr tun. Und jetzt, ohne Kennedy … Du hast recht, ich würde gerne den Kampf für die, die schon viel zu lange leiden müssen, in seinem Sinne fortführen. Er war mein Freund. Ich denke, ich schulde es ihm.«

Nick ist ein grundanständiger Mensch, und trotz der vielen Stunden, die wir inzwischen miteinander verbracht haben, der unzähligen Dinge, die wir gemeinsam erlebten, spüre ich noch immer diese prickelnde Erregung, dieses Surren in meinen Adern, das ich empfand, als ich ihn das erste Mal sah. Er raubt mir den Atem wie damals, aber Elisa hat recht. Irgendwann kommt der Punkt, wo man das Richtige tun muss, selbst wenn es schmerzt.

»Ich wäre stets eine Belastung für dich.«

»Ich würde dich heiraten.«

Eine Träne rinnt meine Wange hinab. »Ich weiß.« Ich wische mir übers Gesicht. »Ein Teil von mir wünscht sich das mehr als alles andere und ist überzeugt davon, an deiner Seite glücklich sein zu können. Wenn ich überhaupt als Ehefrau glücklich sein könnte, dann als deine.«

Seine Augen werden feucht.

Der Schmerz in seinem Blick bricht mir das Herz. Ich hole tief Luft und fahre fort: »Aber ich weiß genau, dass es nur eine Frage der Zeit wäre, bis mich wieder diese Unruhe packt, bis irgendwelche Entwicklungen in der Welt es mir nicht länger erlauben, die Augen vor den politischen Maßnahmen der USA zu verschließen, und ich mich für Dinge engagiere, die dir schaden würden.« Ich schmiege meine Hand an seine Wange und spüre, wie meine Fingerspitzen nass werden. »Du weißt, dass ich recht habe. Du selbst wärst nicht glücklich, und das möchte ich nicht. Ich möchte nicht irgendwann aufwachen und feststellen, dass wir uns auseinandergelebt haben, Fremde geworden sind. Ich möchte weder deiner Karriere im Wege stehen noch deinen Chancen, die Veränderungen zu erreichen, die du dir erträumst. Und ich will vor allem nicht die Liebe zerstören, die wir füreinander empfinden. Deine Frau …« Ich stocke kurz, da es mir schwerfällt, die Worte auszusprechen. »Deine Frau sollte jemand sein, der deine Vorstellungen von einem gemeinsamen Leben teilt, der dich glücklich macht und dich in deinen Zielen unterstützt. Jemand, der sich dieselben Dinge wünscht wie du.«

»O Gott, Beatriz …«

»Ich schaffe noch meine Sachen weg, bevor ich nach Kuba gehe.«

Er räuspert sich und erklärt dann mit rauer Stimme: »Nein. Das Haus ist dein Haus. War es von Anfang an.«

»Ich kann doch kein Haus von dir annehmen.«

»Klar kannst du das. Du kannst tun und lassen, was immer du willst. Dieses Haus war mein Traum für uns beide. Dieser Traum mag nicht so Realität geworden sein, wie ich es mir vorgestellt hatte, vielleicht habe ich ihn nur einen Augenblick lang zu fassen bekommen, bevor er mir durch die Finger glitt, aber ich bin hier wahnsinnig glücklich mit dir gewesen.«

Eine weitere Träne läuft mir über die Wange. »Ich bin hier auch sehr glücklich gewesen.«

»Dann behalte es. Für uns. Sei glücklich hier. Ich möchte es nicht weggeben, und ich kann mir unmöglich vorstellen, eine andere in diesen Räumen wohnen zu sehen.«

Tatsächlich würde ich gerne hier wohnen bleiben. Sollte ich irgendwie lebend aus dieser Geschichte herauskommen, möchte ich mir gerne die Erinnerung an uns so intensiv wie möglich bewahren.

»Also gut, für uns.«

»Ich muss los. Mein Flug geht.«

Nick schlingt seine Arme um mich und drückt mich ein

letztes Mal an seine Brust. Während meine Tränen sein Hemd durchweichen, erfasst ein unkontrollierbares Zittern meinen ganzen Körper.

»Pass auf dich auf«, flüstert er und streicht mir über den Kopf. Unsere Lippen treffen sich zu einem letzten Kuss, der sich so vertraut anfühlt und der doch so sehr nach endgültigem Abschied schmeckt.

Nick lässt mich los und bückt sich, um den Koffer zu schließen. Mein Blick wandert zu der roten Schachtel auf der Bettdecke. Der Diamant leuchtet in der tief stehenden Sonne.

Ich schließe das Kästchen und reiche es ihm.

Er schüttelt den Kopf. »Behalte ihn. Bitte.«

Meine Finger schließen sich um die Schachtel, und ich kann ein Schluchzen nicht unterdrücken. »Das klingt alles viel zu sehr nach Trennung. Als wäre Schluss mit uns.«

Er schluckt so heftig, dass sein Adamsapfel auf und ab hüpft. Offenbar hat auch er Mühe, die Beherrschung nicht zu verlieren. »Mit uns wird niemals Schluss sein. Keine Trennung, kein Lebewohl. Wie wäre es stattdessen mit ›Bis zum nächsten Mal‹?«

»Ich denke, das gefällt mir schon viel besser«, antworte ich mit von Tränen erstickter Stimme. »Bis zum nächsten Mal.«

Und dann ist er weg.

33

In den fünf Jahren, seit ich Havanna das letzte Mal von hoch oben aus dem Flugzeug, das uns nach Miami brachte, gesehen habe, scheint die Insel eine andere geworden zu sein. Was genau sich geändert hat, kann ich auf Anhieb gar nicht sagen, nur dass es sich anfühlt, als würde ich etwas Fremdem gegenübertreten, etwas früher Heißgeliebtem, das heute kaum wiederzuerkennen ist.

Der Eindruck entsteht vermutlich, weil sich Vergangenheit und Gegenwart in überlappenden Wellen zu einem Bild formen, das irgendwie leicht unscharf bleibt, zu einem Moment, der stets einen Hauch hinterherzuhinken scheint.

Der Malecón ist noch immer da, ebenso wie El Morro und La Cabaña im Hintergrund. Alle Gebäude stehen noch, zeichnen sich im Mondlicht ab, und dennoch fühlt die Stadt sich anders an. Eduardo neben mir schweigt, als würde auch ihm die Veränderung auffallen und er müsste sich erst wieder darauf einstellen.

»Ist es immer so?«

Wie er mir auf der Überfahrt erzählte, hat er seit seiner Entlassung aus dem Gefängnis mindestens ein Dutzend dieser Touren unternommen, bei denen er Leute ins Land schmuggelt.

»Ja.«

Dem Ton nach zu urteilen, in dem er das sagt, schmerzt ihn dieser Eindruck genauso wie mich.

Ich hatte erwartet, Erleichterung zu spüren beim Wiedersehen mit meinem Heimatland, vielleicht sogar das Gefühl, dass ein Kreis sich schließt. Ich dachte, es würde sich wie eine Heimkehr anfühlen. Aber ehrlich gesagt, empfinde ich lediglich einen gewaltigen Verlust.

Das winzige Boot, das uns hergebracht hat, schaukelt in der Flut. Die Überfahrt ist vollkommen ereignislos verlaufen. Keine Zusammenstöße mit der Küstenwache, keine allzu raue See. Vor einigen Minuten ist die Sonne untergegangen und hat Havanna für einen kleinen Moment in ein fast magisches Licht getaucht. Inzwischen ist es dunkel. Sterne und Mond sind auf dem ansonsten pechschwarzen Himmel aufgezogen.

Noch etwa eine Stunde, und ich werde mich auf den Weg zu meiner Begegnung mit Fidel machen.

Gemeinsam mit einem Kubaner, der ihn mit einem kurzen Lächeln begrüßt, schleust Eduardo mich in einem blauen Buick durch die Stadt. Die beiden vermeiden es, sich mit Namen anzusprechen, und die ganze Situation hat etwas Gehetztes an sich. Ich hätte mich gern in Ruhe umgesehen und muss mich stattdessen ständig daran erinnern, dass dafür jetzt keine Zeit ist und dass uns noch viele Tage und Nächte für Havanna bleiben, sobald ich meine Mission erfolgreich zum Abschluss gebracht habe.

Ziel unserer Fahrt ist das Hilton von Havanna, das Fidel in *Habana Libre* umbenannt hat – ein lächerlicher Name, wie man ihn sich absurder nicht vorstellen kann.

Die Giftpille, die Eduardo mir bei unserer Abreise in Palm Beach gegeben hat, ist sicher in meinem BH versteckt, direkt über meinem etwas unregelmäßig pochenden Herzen.

Eigentlich dachte ich, meine Agentenzeit in London hätte mich besser für diese Aufgabe vorbereitet. Besonders nach dem Zwischenfall mit Ramon glaubte ich, dass mich nichts mehr so leicht aus der Ruhe bringen kann.

Ich habe mich geirrt.

»Der Plan noch klar?«, erkundigt Eduardo sich leise.

Ich nicke und betrachte dabei die Stadt, die an uns vorbeihuscht. Sollte ich in ein paar Stunden tot sein, möchte ich meine letzten Momente in Havanna wenigstens auskosten.

Wir treffen rasch beim Hotel ein, wo wir durch einen Lieferanteneingang auf der Rückseite hineingeschleust werden. Ein Mann in einer Hoteluniform erwartet uns bereits. Auch er stellt sich nicht vor, sondern fordert mich nur auf, ihm nach oben zu Castros Räumen zu folgen.

Ich habe keine Ahnung, was all diese Männer denken – ob sie mich bloß für eine von Fidels zahlreichen Frauenbekanntschaften halten, für die sie hier ein romantisches Stelldichein arrangieren, oder ob sie ebenfalls mit der CIA zusammenarbeiten. Solange ich darüber keine Klarheit habe, entscheide ich mich lieber dafür, stumm zu bleiben.

»So, ab hier geht's für dich allein weiter«, erklärt Eduardo. Seine Worte erinnern mich an die Situation vor dem Restaurant in Jupiter vor so vielen Jahren, als er mich zu meinem ersten Treffen mit Mr. Dwyer gefahren hatte.

Und jetzt sind wir beide hier!

»Dir wird schon nichts passieren«, flüstert er mir zu. Allerdings habe ich das Gefühl, als wollte er sich damit in erster Linie selbst beruhigen. Ich jedenfalls brauche im Augenblick seine Ermutigung nicht.

Für mich steht schon seit einer Ewigkeit fest, dass es zu dieser Begegnung kommen wird, und genau wie früher als kleines Mädchen, wenn ich Angst vor der Dunkelheit hatte und vor den Monstern, die ich unter meinem Bett vermutete, so schöpfe ich auch jetzt Kraft aus dem Entschluss, dem Schrecken einfach frontal die Stirn zu bieten.

Ich verabschiede mich von Eduardo mit einem flüchtigen Kuss auf die Wange und folge dem Mann in der Hoteluniform zu den Fahrstühlen, wo Fidels Sicherheitsleute uns anhalten.

Ich lasse es ohne eine Regung über mich ergehen, dass ihre Hände meine Rundungen abtasten, während sie mich auf Waffen kontrollieren. Das Ganze wirkt eher wie eine Formalität.

Freundlich erkundigen sie sich nach meinem Namen und stellen noch ein paar weitere Fragen. Die Atmosphäre ist entspannt und aufgeräumt. Ich bemühe mich, mit fester Stimme zu antworten und vertraue auf die Erfahrungen, die ich in meiner Zeit in London sammeln konnte.

Schließlich besteigen wir den Fahrstuhl und schweben lange, lange nach oben, bis wir Fidels Etage erreichen. Die Türen gleiten zur Seite, und der nächste Schwung Bodyguards nimmt uns in Empfang.

Erneut werde ich abgetastet, dann öffnet sich eine Tür am Ende des Flurs, und ich betrete Fidels Allerheiligstes.

* * *

Schon so oft habe ich mir diesen Moment vorgestellt. Hunderte von Varianten, wie er ablaufen könnte, habe ich im Kopf durchgespielt, und jetzt, da er endlich gekommen ist, würde ich gerne alles bis in die kleinste Einzelheit in mich aufnehmen. Aber die Eindrücke blitzen auf und sind verschwunden. Alles geht einfach viel zu schnell.

Fidel sitzt hingefläzt auf einem der Sofas, in einer Hand die unvermeidliche Zigarre. Rechts und links von ihm stehen Leibwächter, deren Anblick mich stocken lässt.

Eduardo hat mir versichert, Fidel würde allein sein. Angeblich empfängt er seine Frauenbekanntschaften häufig ganz privat in seiner Suite, und genau so ist der Abend von einem Kontakt, der zu Castros Mitarbeiterkreis gehört, eigentlich auch arrangiert worden.

Warum ist er dann jetzt nicht allein?

»Beatriz Perez. Wie schön, dass wir uns wiedersehen.«

Ich zwinge mich zu einem strahlenden Lächeln, ignoriere meine wackligen Knie und konzentriere mich darauf, in meinen High Heels nicht das Gleichgewicht zu verlieren, während ich den Raum durchquere. Vor Fidel auf dem Couchtisch steht ein Drink. Sofort beginnt mein Verstand fieberhaft zu überlegen, wie ich unbemerkt das Gift in sein Glas fallen lassen könnte.

Warum ist er nicht allein?

»Nehmen Sie doch Platz«, sagt Fidel und deutet auf einen Sessel gegenüber der Couch. »Ihr könnt uns jetzt allein lassen«, fügt er an seine Leibwächter gewandt hinzu. »Es wird nicht lange dauern.«

Mit zitternden Beinen sinke ich auf den Sessel. Haben

Eduardos Informanten sich etwa geirrt? Interessiert sich Fidel nun für mich als Frau oder nicht? Und ergibt sich, ganz unabhängig davon, überhaupt eine Gelegenheit, ihm das tödliche Mittel in sein Getränk zu schmuggeln?

»Wie es den Anschein hat, besitzen wir gemeinsame Bekannte, Miss Perez«, beginnt Fidel, sobald wir allein sind.

Ich kann hören, wie sich seine Sicherheitsleute unmittelbar hinter der Tür unterhalten. Das Gift soll innerhalb weniger Minuten wirken, hat Eduardo gesagt, womit mir also nur ein kleines Zeitfenster zur Flucht bleibt.

Ich hatte damit gerechnet, dass es eine Gelegenheit geben würde, mich auszuziehen, und dabei die Pille unauffällig aus meinem BH zu nehmen. Wie bekomme ich Fidel bloß dazu, mir den Rücken zuzukehren?

»Ach wirklich?«, frage ich zurück, während mein Puls sich beschleunigt.

»In der Tat. Zwei Freunde von mir aus Kindertagen, die es auf ihrer Flucht vor Batistas Gewaltherrschaft nach Miami verschlagen hat.«

Und mit einem Mal wird mir alles klar. Wie eine Reihe von Dominosteinen fügt sich plötzlich alles zusammen.

Mr. Dwyer hat mit seinem Verdacht gegen die kommunistische Gruppe in Hialeah richtig gelegen. Die kubanischen Brüder waren tatsächlich die zentralen Figuren.

»Javier und Sergio.«

Fidel nickt.

Die so sorgfältig ausgewählte Unterwäsche, das verführerische Kleid, die viele Zeit, die ich in letzte Verbesserungen beim Schminken, bei meiner Frisur investiert habe – alles umsonst. Der Plan ist gescheitert, bevor es überhaupt losgeht. Immer wieder hat Dwyer betont, wie hervorragend Fidels Geheimdienst arbeitet. Offenbar ist er sogar noch weit besser, als wir dachten.

Und so werde ich wohl in Kuba von demselben Mann umgebracht, der bereits meinen Bruder getötet hat.

Fidel pafft ein weiteres Mal an seiner Zigarre. »Die Amerikaner haben Sie geschickt, um mich umzubringen, habe ich recht?«

Ich antworte nicht.

Alle haben sie mich davor gewarnt, mich einzumischen, haben mir gesagt, dass so eine Aktion gefährlich wäre, dass ich keine Chance hätte.

Sie hatten recht.

»Sie sind längst nicht die Erste, die sie losschicken, um mich zu töten, und vermutlich werden Sie auch nicht die Letzte sein.«

Soll ich die Pille selbst nehmen? Was wird Fidel mit mir anstellen? Mich ins Gefängnis werfen? Um mich für viel Geld von den Amerikanern freikaufen zu lassen? Wird Nick selbst die Summe aufbringen?

Wird Fidel mich foltern, um mir eine Lektion zu erteilen?

»Ich habe mich gefragt, warum man ausgerechnet Sie schickt«, fährt er fort. »Abgesehen von Ihren offenkundigen äußeren Reizen, versteht sich. Und dann ist mir eingefallen, dass es da früher noch einen anderen Perez gegeben hat, und dass Sie bei unserer Begegnung in New York einen Bruder erwähnten.«

»Sein Name war Alejandro«, sage ich mit fester werdender

Stimme. »Er gehörte der *Federación Estudiantil Universitaria* an.«

Er nickt. »Einige meiner Männer waren auch in der FEU. Sie haben sich an ihn erinnert. Ihren Aussagen nach war er ein guter Mann.«

Mehr als nur gut.

»Ich hatte nie Gelegenheit, ihn kennenzulernen. Aber ich möchte auch klarstellen, dass ich ihn weder umgebracht noch seinen Tod angeordnet habe.«

Weißes Rauschen tost in meinen Ohren, während ich versuche, diese Worte mit all den Dingen in Übereinstimmung zu bringen, die ich stets für wahr gehalten hatte, mit dem Anblick der Leiche meines Bruders, mit dem kreischenden Lärm des davonbrausenden Wagens.

»Ich glaube Ihnen kein Wort.«

Er zuckt mit den Achseln. »Glauben Sie, was Sie wollen. Tatsache ist, dass es nicht so war. Ich meine, vielleicht wäre es irgendwann so weit gekommen, das ist nicht auszuschließen, aber zu tun hatte ich damit nichts.«

Obwohl alles in meinem Innern danach schreit, ihm nicht zu glauben und bloß nicht zu vergessen, was für ein heimtückischer Kerl er ist, bringt mich irgendwas in seiner Haltung, seiner Stimme, seinem Blick ins Grübeln.

»Ich werde mich hüten, dem Wort eines Mörders und Verräters Glauben zu schenken.«

»Halten Sie das, wie es Ihnen gefällt. Aber fragen Sie sich doch mal, warum ich Sie anlügen sollte? Was habe ich denn zu verlieren? Vor Ihrer Familie oder der Stellung Ihres Vaters habe ich keine Angst. Er besitzt längst nicht mehr den Einfluss, den er früher einmal hatte.« Er zieht erneut an seiner Zigarre. »Solche Dinge passieren eben in Zeiten des Kriegs.«

»Und Sie sind es, der sie tut.«

»Haben Sie denn schon vergessen, wie es unter Batista war? Wie viele Kubaner umgebracht wurden? Ich habe getan, was getan werden musste. Aber Ihren Bruder habe ich nicht umgebracht. Und Präsident Kennedy auch nicht. Und weil ich es nicht gewesen bin, und weil Ihre Regierung begreifen muss, dass ich es nicht gewesen bin, werde ich Sie zurückgehen lassen, damit Sie ihnen genau das ausrichten. Ich schenke Ihnen das Leben.«

Sprachlos starre ich ihn an.

»Sie werden ihnen berichten, dass Kuba mit der ganzen Sache nichts zu tun hat.«

»Ich bezweifle, dass mein Wort viel Gewicht haben wird. Kuba steht allgemein im Verdacht, darin verwickelt zu sein. In der Frage nach möglichen Hintermännern bei Kennedys Ermordung werden sie also weiter nach Antworten suchen.«

»Vielleicht sollten sie bei dieser Suche lieber vor der eigenen Haustür anfangen.«

Meine Augen verengen sich. »Was wollen Sie damit sagen?«

»Ich erlaube mir den Hinweis darauf, dass Ihre CIA durchaus ein Motiv für Kennedys Ermordung hätte. Schließlich gibt es so einige Kreise in Ihrem Land, die in dem Präsidenten einen Verräter gesehen haben und aus diesem Grund womöglich ein Interesse hatten, gegen ihn vorzugehen. Allerdings bin ich davon überzeugt, dass Sie, Miss Perez, niemanden kennen, der so denkt, oder?«

Er rechnet offenbar nicht mit einer Antwort und erklärt

nach kurzem Innehalten in barschem Ton: »Ich weiß nicht, wer Präsident Kennedy umgebracht hat, und ich bedauere seinen Tod. Auf meine Anordnung hin ist es ganz sicher nicht geschehen.« Fidel macht eine Handbewegung Richtung Tür. »Kehren Sie zurück und erzählen Sie den Leuten, die Sie geschickt haben, was ich Ihnen gesagt habe. Und kommen Sie nie wieder her. Falls doch, werde ich nicht noch einmal so großzügig sein.«

Allein verlasse ich das Hilton. Mir ist schlecht vor Wut, mein Mund schmeckt nach Galle, und die Giftpille steckt weiter in meinem BH. Hektisch blicke ich die Straße auf und ab, halte Ausschau nach Eduardo oder dem blauen Buick, doch ich kann weder den einen noch den anderen irgendwo entdecken.

Noch immer pumpt das Adrenalin durch meinen Körper, und es gelingt mir nicht, das Zittern zu unterdrücken.

Jahrelang habe ich mich auf diese Chance vorbereitet, habe so viele Opfer dafür gebracht, und was ist dabei herausgekommen? Fünf Minuten mit Fidel allein, und schon ist alles vorbei!

So viel zum Thema ›Kuba retten‹. So viel zum Thema ›meinen Bruder rächen‹.

Vergeblich suche ich die Straße nach einem Zeichen von Eduardo oder dem blauen Buick ab.

Wo steckt er bloß?

Eduardo ist für die Kontakte am Hafen verantwortlich. Er ist derjenige, der uns hier herausholen soll.

Ist ihm vielleicht etwas zugestoßen?

Ein Auto rast an mir vorbei. Instinktiv presse ich mich

gegen die Häuserwand, und schaue mich rasch noch einmal um.

Jetzt, da Fidel an der Macht ist, machen die Straßen Havannas längst nicht mehr einen so freundlichen Eindruck wie früher.

Und dann fällt mir wieder die Bemerkung meines Vaters ein, das Familiengeheimnis, das er mir mit auf den Weg gegeben hat.

Vom Hilton bis nach Miramar sind es zwar bestimmt drei Kilometer, aber ich habe mich jahrelang nachts aus dem Haus geschlichen und kenne mich in den Straßen von Havanna besser aus als irgendwer sonst.

Entweder ich bleibe hier hocken und warte auf Hilfe oder …

Ich gehe heim.

Das Zuhause meiner Kindheit ist noch weitgehend so, wie ich es in Erinnerung habe. Alle Fenster des großen Gebäudes sind bereits dunkel.

Eilig überquere ich die Straße und schaue mich dabei mehrmals um.

Ich weiß nicht einmal, wer heute hier wohnt. Das Personal ist jedenfalls schon lange fort, und wahrscheinlich sind inzwischen irgendwelche Gefolgsleute von Fidel eingezogen.

Es fühlt sich an wie eine Zeitreise. Plötzlich ist alles wie damals, als ich mich nachts aus dem Haus stahl, um gemeinsam mit Eduardo und Alejandro irgendwelche politischen Treffen zu besuchen. Es wirkt ungeheuer vertraut und zugleich vollkommen fremd.

Ich nähere mich dem Haus. Am Tor bleibe ich stehen. Hier habe ich Alejandro gefunden. Hier haben sie seine Leiche aus dem Auto geworfen. Hier hat alles begonnen.

Das Blut meines Bruder ist mittlerweile tief in die Erde, in den Kies der Einfahrt eingedrungen. Und auch wenn kein Perez mehr in diesem Haus wohnt, das über Generationen unser Zuhause gewesen ist, so ist doch ein Teil von Alejandro hiergeblieben und wacht darüber, stellvertretend für uns alle.

Ich drücke das alte Eisentor auf, und das Quietschen der Angeln lässt mich zusammenschrecken.

Vorsichtig blicke ich mich noch einmal um. Fast erwarte ich, Fidels Leute aus der Dunkelheit auf mich zustürzen zu sehen, um mich fortzuschleifen.

Doch auf der Straße ist alles ruhig. Vor mir ragen die Umrisse des Hauses auf.

Ich vertraue im Dunkeln ganz meinen Erinnerungen.

Ob das Porträt vom Korsaren noch an der Wand hängt? Er war der früheste Perez-Vorfahr, über den je berichtet wurde, und als Kinder haben wir uns immer Geschichten über ihn ausgedacht. Ich glaube, Elisa war sogar ein bisschen verknallt in ihn. Ob das Bild von seiner Frau noch direkt neben seinem hängt? Diese Frau segelte einst von Spanien über den Atlantik, um hier einen Mann von furchteinflößendem Ruf zu heiraten, dessen Blut nun durch meine Adern fließt.

Ist das Haus womöglich noch genau in dem Zustand wie an jenem Morgen vor beinahe fünf Jahren, als wir Havanna verließen, oder haben die neuen Bewohner vieles geändert?

Auf der Rückseite des Gebäudes gibt es etwas abseits eine kleine Hütte, in der die Gärtner Material und Geräte aufbewahren. Darauf halte ich zu und stolpere zwischendurch über einige Unebenheiten im Boden, die mir unbekannt sind.

Ich bleibe noch einmal stehen und lausche.

Um mich herum wiegen sich die Palmen im Wind, es raschelt sanft in den Büschen und hohen Gräsern.

Mir bleiben noch höchstens ein oder zwei Stunden, bis die Sonne aufgeht und ich den Schutz der Dunkelheit verliere. Bei einem so stark von Angst und Unsicherheit geprägten Klima, wie es derzeit in Kuba herrscht, habe ich kaum Hoffnung, dass mich jemand nicht an die Polizei ausliefern würde, wenn er mich hier erwischt. Und solange mein Leben von Fidels Wort abhängt, sollte ich mein Glück besser nicht strapazieren.

Ich öffne die Tür zur Hütte und taste kurz über das Werkzeug, bis ich den Griff einer Schaufel zu fassen bekomme.

Vorsichtig ziehe ich sie heraus und verlasse die Hütte.

Den Anweisungen meines Vaters folgend gehe ich zu der alten Palme, unter der wir als kleine Kinder immer gespielt haben und wo ich mir später von Eduardo meinen ersten Kuss raubte.

Zwei Schritte vor dem Stamm steche ich die Schaufel in die Erde und beginne zu graben. Ein Geräusch nicht weit entfernt lässt mich erstarren. Ich versuche, mich daran zu erinnern, was auf dem Anwesen nachts gewöhnlich alles zu hören war.

Sind das die Palmen im Wind?

Was, wenn ich niemanden finde, der bereit ist, mich aus Havanna herauszuschmuggeln?

Was ist bloß Eduardo zugestoßen?

Ringsum herrscht wieder nächtliche Stille.

Ich grabe weiter.

Beim Auskippen der Schaufel fällt mein Blick auf das Haus der Rodriguez. Ob unsere langjährigen Nachbarn und Freunde noch nebenan wohnen? Wie gern würde ich Ana noch einmal treffen. Allerdings wäre es viel zu riskant, sie mit uns in Verbindung zu bringen.

Kuba dürfte noch nie ein gefährlicheres Pflaster gewesen sein als gerade jetzt.

Das Schaufelblatt stößt im Boden gegen etwas Festes.

Ich knie mich hin, und das Kleid, das ich gekauft habe, um Fidel damit zu verführen, wird ganz dreckig. Meine Finger erfühlen das hölzerne Kästchen, das mein Vater immer in seinem Büro verwahrt hatte. Ich erkenne es sofort. Manchmal hat er Geld darin aufgehoben, und nach dem Rauswurf von Alejandro habe ich mehrmals kleinere Beträge daraus gestohlen, um sie meinem Bruder zu bringen. Mein Vater hat die Summen immer direkt wieder ersetzt. Wir haben zwar nie darüber gesprochen, aber ich bin überzeugt davon, dass er Bescheid wusste.

Ich zerre das Kästchen aus der Erde, klappe den Deckel auf und inspiziere den Inhalt.

Mein Vater ist kein sonderlich sentimentaler Mensch, und darüber bin ich in diesem Moment sehr froh. Im Kästchen sind Schmuck, Geld und andere Wertgegenstände aus dem Familienvermögen, all die kostbaren Dinge, die wir nicht mitnehmen konnten, als wir zur Flucht aus Havanna gezwungen wurden.

Es dürfte jedenfalls genügen, um jemanden zu überreden, sein Leben aufs Spiel zu setzen und mich zurück nach Florida zu bringen.

Einen Moment lang gerate ich bei dem Gedanken, unsere Familienerbstücke dazu zu verwenden, mich aus dieser heiklen Lage zu befreien, ins Zögern.

Doch letzten Endes kann ich mir im Augenblick wahrlich keine bessere Verwendung dafür vorstellen, und ich bin mir ziemlich sicher, dass mein Vater mir beipflichten würde. Was wir einst als so überaus wertvoll betrachteten, scheint plötzlich nebensächlich geworden zu sein.

Ich nehme das Kästchen und stehe auf.

Das leise Rascheln ist wieder zu hören. Vermutlich doch die Palmen.

Das Mondlicht bricht durch.

Ein Mann tritt auf mich zu und richtet eine Pistole direkt auf mein Herz.

34

Das Kästchen rutscht mir aus den Händen und landet mit einem dumpfen Knall auf dem Metallblatt der Schaufel. Mein Blick ruht gebannt auf dem Lauf der Waffe und dem Gesicht des Mannes dahinter.

Auch wenn unsere letzte Begegnung schon über zwei Jahre zurückliegt, brauche ich nur wenige Sekunden, um ihn im Halbdunkel zu erkennen.

Viel ist geschehen, seit wir beide an den Treffen in Hialeah teilnahmen.

»Javier, richtig?«

Er knurrt nur bestätigend.

»Bist du extra meinetwegen hergekommen?«, frage ich.

»Ich bin schon eine ganze Weile in Kuba. Und dann ist mir zu Ohren gekommen, dass du hier aufgetaucht bist.«

»Wer hat dir davon erzählt?«

»Was spielt das schon für eine Rolle? Die CIA bildet sich ein, furchtbar geschickt darin zu sein, Dinge geheim zu halten, und in ihrer bodenlosen Arroganz merkt sie überhaupt nicht, dass die anderen sie längst durchschaut haben.«

»Fidel wird dir das nicht durchgehen lassen«, erkläre ich selbstsicherer, als ich mich fühle. »Er will, dass ich den Amerikanern eine Nachricht von ihm überbringe.«

Javier zuckt mit den Achseln. »Er wird nie erfahren, was mit dir passiert ist. Schließlich wird keiner je eine Leiche finden.«

»Was hast du vor?«

»Dich erschießen. Deine Leiche ins Meer werfen.«

»Warum?«

»Ramon war mein Cousin.«

Darin also bestand die Verbindung zwischen Claudia und der Hialeah-Gruppe. Es wäre sicherlich hilfreich gewesen, wenn Dwyer mich über dieses kleine Detail informiert hätte, andererseits sind solche überraschenden Wendungen inzwischen etwas, mit dem ich zu rechnen gelernt habe.

»Er war ein Mörder.«

»Claudia hatte es nicht anders verdient. Sie hat ihre eigenen Landsleute verraten.«

»Das ist wohl eher eine Frage der Perspektive.«

»Sie hat für die CIA gearbeitet. Genau wie du. Damit ist sie zur Verräterin geworden. Genau wie du.«

Ich lache kurz auf. »Und du? Was bist du letzten Endes? Ein heldenhafter Kämpfer für das kubanische Volk? Diese Gruppe, der ihr angehört habt, war doch ein Witz. Ein Haufen Grünschnäbel, die Revolution spielen, ohne von irgendwas eine Ahnung zu haben.«

»Du meinst, wie euer Lee Harvey Oswald?«

Ein eisiger Schauer läuft mir über den Rücken.

»Es ist doch kinderleicht, all diese Amerikaner, die so ungeheuer gerne Teil einer größeren Bewegung wären, aufzustacheln«, fährt er fort. »Wenn man die anwerben will, muss man ihr Hirn bloß mit ein paar Geschichten über den ach so ruhmvollen Kampf benebeln. Vermutlich unterscheidet sich das gar nicht mal viel von dem Ansatz, den die CIA bei deiner Anwerbung verfolgt hat, oder? Was haben sie gesagt? ›Eine einzigartige Gelegenheit, Kuba zu retten‹? Die CIA hat keinerlei Skrupel, sich in die inneren Angelegenheiten Kubas einzumischen. Pausenlos schicken sie ihre Agenten aus, die unsere nationale Souveränität verletzen, indem sie versuchen, unsere Regierung zu destabilisieren. Warum sollten wir ihnen das nicht mit gleicher Münze zurückzahlen?«

Ich mustere ihn durchdringend. »Hast *du* mich auffliegen lassen?«

»Am Abend vor seinem Verschwinden hat Ramon seinen Führungsoffizier kontaktiert und sich nach dir erkundigt. Er war dir bei irgendeinem Empfang begegnet, wo du mit einem sowjetischen Oberst geredet hast. Als meine Tante mich dann später darum bat nachzuforschen, was mit Ramon passiert ist, bin ich auf deinen Namen gestoßen. Und den kannte ich natürlich von unseren Treffen in Hialeah.« Javier stockt einen Moment. »Ramon war der einzige Sohn meiner Tante. Ich habe ihr geschworen, dafür zu sorgen, dass sein Mörder den Tod findet. Nach allem, was ich über deine Familiengeschichte weiß, müsstest du das eigentlich verstehen.«

»Es geht hier also gar nicht um Kuba. Für dich ist das was rein Persönliches.«

Statt einer Antwort hebt er nur die Pistole noch ein Stück.

Blitzschnell greife ich nach der Schaufel und reiße sie hoch, um damit gegen seine Hand zu schlagen.

So unwahrscheinlich es ist, dass ich dem Tod ein zweites Mal entwischen kann, versuchen muss ich es.

Doch bevor das Schaufelblatt sein Ziel erreichen kann, kracht bereits ein Schuss durch die Nacht.

Ich schwinge ins Leere und lasse die Schaufel fallen. Entsetzt fasse ich mir an die Brust, aber wo der Schmerz sein sollte, ist nichts zu spüren.

Nirgends Blut.

Unmittelbar vor mir sackt Javier zu Boden.

Hinter ihm steht Eduardo mit einer Pistole in der Hand.

»Hast du ihn erschossen?«, frage ich mit unsicherer Stimme.

»Das hoffe ich doch«, antwortet Eduardo und untersucht den zusammengekrümmt daliegenden Körper.

Mir zittern die Beine.

»Tot«, bestätigt Eduardo und richtet sich wieder auf.

»Was ist passiert? Wo bist du gewesen? Ich habe dich nirgends finden können, als ich aus dem Hotel kam.«

»Wir haben Ärger mit ein paar Polizisten gekriegt. Und als die uns endlich gehen ließen, warst du bereits weg. Ich habe mir gedacht, dass du vielleicht hierherkommen würdest.«

»Er wollte mich umbringen.«

»Du hattest doch alles im Griff.«

»Diesmal nicht.«

»Was ist bei Fidel schiefgelaufen?«, fragt Eduardo in düsterem Ton.

»Er wusste Bescheid. Schon vor unserer Ankunft wusste er über alles Bescheid. Ich bin längst enttarnt. Er hat mich nur empfangen, weil ich der CIA eine Nachricht von ihm überbringen soll. Es ist vorbei. Aus und vorbei. Es tut mir leid.«

»Das ich doch nicht deine Schuld«, erklärt Eduardo und

sieht sich aufmerksam um. »Bestimmt hat jemand den Schuss gehört. Wir müssen verschwinden. Sofort. Das Boot, das uns zurückbringen sollte, haben wir inzwischen verpasst, aber …«

»Hier sind unsere Tickets für die Rückfahrt«, unterbreche ich ihn und hebe das Holzkästchen auf. Meine Finger rutschen an etwas Schmierigem ab.

Das ganze Kästchen ist übersät mit Blutspritzern.

Schaudernd greife ich fester zu und sage: »Lass uns nach Hause gehen.«

35

Eduardo treibt am Hafen einen Mann auf, der nur zu gerne bereit ist, uns für den im Garten versteckten Rest des Familienvermögens nach Südflorida zu bringen. Der Preis ist absurd hoch, aber mir bleibt keine andere Wahl.

Wer weiß, was aus all den anderen Wertgegenständen in unserem alten Haus geworden ist? Hat mein Vater sie Bekannten oder anderen Verwandten anvertraut, oder sind sie einfach verschwunden in den revolutionären Wirren, denen so viel zum Opfer fiel? Und spielt das überhaupt noch eine Rolle? Was wir verloren haben, kann kein Geld der Welt aufwiegen.

Während Eduardo mit dem Kapitän die Einzelheiten der Überfahrt klärt, versuche ich mich, so gut es eben geht, mit dem Lappen zu säubern, den mir einer der Matrosen gegeben hat. Mein Blick wandert immer wieder zur Stadt hinüber und zum Malecón, dieser acht Kilometer langen Ufermauer, die Stadt und Meer voneinander trennt.

Ich bin aufgewachsen an dieser Mauer, habe meine Beine über die Kante baumeln lassen und gespürt, wie die Gischt der Wellen auf meine Haut sprüht.

Werde ich den Malecón jemals wiedersehen?

Als ich mich umdrehe, tritt Eduardo neben mich und blickt ebenfalls aufs Meer hinaus.

»Er sagt, uns bleiben nur noch ein paar Minuten zum Ablegen, ansonsten wird es für heute zu gefährlich.«

»Ich bin fertig. Auf geht's.«

Eduardo ergreift mein Handgelenk. »Beatriz …« Er bricht ab und muss schlucken. »Ich komme nicht mit.«

»Was soll das heißen, du kommst nicht mit?«

Er schweigt.

Eine Antwort erübrigt sich.

Ich kann es seinem Gesicht ablesen, erkenne es in seinem Blick, und während ich früher immer das Gefühl hatte, beim Anblick von Eduardo ein Spiegelbild meiner selbst zu sehen, schaut mich nun ein völlig Fremder an.

»Wann?«

»Nach der Schweinebucht«, antwortet er.

»Warum?«

»Weil ich es satthatte, immer zu scheitern. Satthatte, von der CIA nur benutzt zu werden. Weil ich sie nicht länger hören wollte, all die Versprechungen der Amerikaner, die sie dann doch nie halten. Weil ich nach Hause wollte.«

»Fidel hat dir und deiner Familie doch alles geraubt.«

Er hat den Anstand, einen verlegenen Gesichtsausdruck aufzusetzen. »Wie sich herausgestellt hat, ist er bereit, in dieser Hinsicht gewisse Zugeständnisse zu machen.«

»Im Austausch dafür, dass du die CIA hintergehst und ihm vertrauliche Informationen verkaufst.«

Jeder hat seinen Preis. Eduardos schwacher Punkt ist immer schon sein Stolz gewesen.

»Was ist mit mir?«, frage ich. »Hast du auch mich an Fidel verpfiffen?«

»Er wollte wissen, ob irgendwelche Mordanschläge auf ihn geplant sind.«

»Die Information dürfte ihm einiges wert gewesen sein, was? Genug, um damit euer altes Anwesen zurückzugewinnen?«

Ich würde ihn am liebsten ins Gesicht schlagen. Ich würde am liebsten laut schreien.

Aber ich bin zu gelähmt, um irgendwas zu tun.

»Er hat mir versichert, dass dir nichts geschieht. Ich würde nie zulassen, dass dir jemand wehtut. Nach dem Mord an Kennedy war es Fidel überaus wichtig, die Amerikaner davon zu überzeugen, dass er nicht dafür verantwortlich ist. Er wollte lediglich mit dir sprechen. Damit du der CIA die entsprechende Botschaft überbringen kannst. Dwyer vertraut dir.«

»Dir hat er auch vertraut.«

»Mich hat er benutzt«, erwidert Eduardo.

»Wir benutzen uns doch alle gegenseitig. Und was, wenn ich Erfolg gehabt hätte? Wenn Fidel jetzt tot wäre? Was hättest du dann gemacht?«

Er schenkt mir ein trauriges Lächeln. »Dagegen hätte ich auch nichts gehabt. Man darf sein Geld nie nur auf ein Pferd setzen.«

»Und wie weiter? Bist du jetzt etwa Kommunist? Hältst du Fidel plötzlich für einen großartigen Kerl? Ich kann nicht nachvollziehen, wie du deine Meinung so abrupt und so radikal ändern konntest.«

»Abrupt?« Sein Lachen klingt abfällig. »Ich bin müde, Beatriz. Wir sind vor fast fünf Jahren hier fort. Und was hat sich geändert? Vielleicht lagen wir ja auch von Anfang an falsch.

Einige von Fidels Ideen unterscheiden sich gar nicht so stark von dem, was wir vor all den Jahren angestrebt haben.«

»Das kann doch nicht dein Ernst sein!«

»Vielleicht doch. Vielleicht nicht. Du steckst inzwischen mit der CIA unter einer Decke. Wer hätte das vor fünf Jahren für möglich gehalten? Wir alle tun, was nötig ist, um zu überleben.«

»Er hat meinen Bruder umgebracht. Deinen besten Freund.«

»Er behauptet, es nicht gewesen zu sein.«

»Das hat er mir auch gesagt. Glaubst du ihm etwa? Wie kannst du seinem Wort vertrauen?«

»Natürlich vertraue ich ihm nicht. Ich wüsste nichts, woran ich mittlerweile überhaupt noch glaube.«

Ich stoße ein bitteres Lachen aus. »Womit wir zumindest in diesem Punkt einer Meinung wären. Wie passend, schließlich habe ich immer gedacht, dass wir uns ungeheuer ähnlich sind.«

»Es tut mir leid.«

»Nein, tut es nicht.«

»Nein, da hast du vermutlich recht. Aber ich bitte dich, hass mich nicht. Es lag nie in meiner Absicht, dir wehzutun.«

»Was ist bloß mit uns geschehen?«, erkläre ich kopfschüttelnd. »Wie konnte es mit uns nur so weit kommen? Als wir Kuba verließen, war das doch bloß als Übergangslösung gedacht. Für ein paar Monate, höchstens.«

»Die Welt hat sich gewandelt. Hat uns hinter sich gelassen. Jetzt muss ich mich mit ihr wandeln. Ich möchte endlich wieder zu Hause leben. Und vielleicht entwickeln sich die Dinge zum Besseren. Vielleicht wird er dem Land doch noch die Freiheit bringen.«

»Und wenn nicht?«

Er antwortet nicht.

Vorhin war ich noch unendlich wütend. Aber wir alle sind inzwischen viel zu weit gekommen, haben viel zu viel erlebt und versucht, als dass sich in mir nicht auch ein Hauch von Verständnis für seine Haltung regen würde.

Ich bin nicht einverstanden mit dem, was er getan hat, kann es nicht billigen, aber ich vermag besser als jeder andere nachzuvollziehen, wie weit ein Mensch zu gehen bereit ist, um nach Hause zurückzukehren.

Und das allein genügt.

»Es ist eine wunderschöne Stadt«, sage ich leise. Ich nehme Eduardos Hand, schiebe meine Finger zwischen seine. Unser Abschied.

»Die einem das Herz brechen kann«, ergänzt er.

»Meinst du, ich werde sie jemals wiedersehen?«

Eduardo drückt meine Hand und küsst mich auf die Wange, bevor er mich loslässt. »Natürlich wirst du das. Warte ab, eines Tages tanzen wir beide im Tropicana.«

Das Kajütboot setzt sich in Bewegung und gleitet in der Dunkelheit durch das im Mondlicht glitzernde Wasser. Dumpf schwappen die Wellen gegen seinen Rumpf. Weiter und weiter rückt Havanna in die Ferne, bis die Stadt nur noch ein winziger leuchtender Fleck ist. Vor uns nichts als offenes Meer.

Träume finden ihr Ende nie auf einen Schlag. Sie sterben nach und nach, driften in kleinen Teilchen mit jedem

Tag weiter davon. Langsam gerät diese Insel, gerät diese Stadt aus dem Blick, verklingt das Geräusch der Wellen, die gegen den Malecón klatschen, und dann ist der Fleck endgültig verschwunden. Was man so fest umklammert hielt und einem so sehr am Herzen lag, ist auf einmal fort, zerronnen wie Sand, der durch die Finger rieselt und unwiederbringlich im Meer versinkt.

Auf einmal bist du allein. Und in diesem Augenblick hast du die Wahl.

Entweder du erliegst diesem schwarzen Nichts vor dir und übergibst dein Schicksal dem Meer, weil die Summe all dessen, was du verloren hast und niemals wieder zurückgewinnen kannst, einfach zu schwer auf dir lastet. Oder du drehst dich um, lässt das Vergangene hinter dir und schaust nach vorn.

In Richtung hellerer Tage. In Richtung Zukunft. Freiheit.

In Richtung Zuhause.

36

Bei meiner Rückkehr aus Havanna finde ich das Strandhaus genauso vor wie bei meinem Aufbruch – mit Ausnahme der Tatsache, dass Nicks Sachen verschwunden sind. Dennoch bin ich nach allem, was sich in der Zwischenzeit ereignet hat, unendlich dankbar für die vertraute Umgebung und das Gefühl der Geborgenheit, das mir diese Räume spenden.

Selbst so, ohne Nick, ist das hier mein Zuhause.

Ich sende einen Bericht an die CIA. Eine Woche vergeht ohne irgendeine Reaktion von Dwyer. Abgesehen von gelegentlichen Strandspaziergängen mit meinen Schwestern verbringe ich meine Tage allein. Inzwischen sehne ich mich nach diesen einsamen Stunden. Wahrscheinlich liegt für mich eine Art Trauerarbeit darin. Von meiner Reise oder Eduardo erzähle ich meinen Schwestern nichts. Wir haben eben alle unsere Geheimnisse.

Eines Tages, als ich von meinem Morgenspaziergang zurückkehre, wartet ein Mann auf meiner Veranda.

»Schönes Haus«, sagt er, als er mich bemerkt.

»Das ist es«, antworte ich lächelnd.

»Ihres?«

»Auch das. Einen Drink?«

Dwyer nickt und folgt mir durch die riesigen Glastüren ins

Wohnzimmer. Ich schenke uns etwas zu trinken ein, reiche ihm sein Glas und nehme im Sessel ihm gegenüber Platz. Mir selbst habe ich als kleinen Mutmacher einen Sekt mit Orangensaft gemixt, von dem ich gleich einen Schluck nehme.

»Freut mich, Sie lebend wiederzusehen«, sagt Dwyer nach einer kurzen Pause. »Wie ich hörte, haben sich die Dinge in Kuba ziemlich kompliziert gestaltet. Dafür spreche ich Ihnen mein Bedauern aus. Das mit Eduardo war mir nicht bekannt. Wir bemühen uns zwar nach Kräften, solche Entwicklungen zu vermeiden, aber bisweilen entziehen sie sich einfach unserer Kontrolle.«

»Ich mache Ihnen da keinen Vorwurf. Ich kenne ihn seit frühesten Kindertagen und wäre nie auf die Idee gekommen, er könnte für Fidel arbeiten.«

»Sie beide standen sich nahe.«

»Dachte ich zumindest«, gebe ich zu.

»Ich habe Ihren Bericht gelesen. Sie schreiben darin, dass er Ihnen das Leben gerettet hat.«

»Hat er auch. Javier war fest entschlossen, mich zu erschießen. Und so ein Glück wie in London hätte ich bestimmt kein zweites Mal gehabt.«

»Also steckte womöglich doch noch genug von dem Menschen in ihm, den Sie von früher kannten.«

»Wie halten Sie das nur aus?«, will ich von ihm wissen. »All die Geheimnisse? Die Lügen? Wie können Sie überhaupt noch jemandem vertrauen? Wie werden Sie damit fertig?«

»Auch wenn es klischeehaft klingt, aber mit der Zeit wird es leichter. Und man wird besser darin, keinem zu vertrauen, außer sich selbst.«

»Wollen Sie damit sagen, ich soll auch Ihnen nicht vertrauen?«

»Mir schon mal auf gar keinen Fall, Miss Perez. Eduardo ist Ihnen eine Lehre gewesen. Eine sehr schmerzhafte. Diese Erfahrung machen wir alle an irgendeinem Punkt unserer Laufbahn. Sie werden es nie wieder vergessen.«

»Aber wie konnte ich mich in ihm nur so irren? Ich dachte, wir würden einander perfekt verstehen, würden genau gleich denken.«

»Die Wahrheit ist meist höchst kompliziert. Eigentlich müsste ich jetzt behaupten, dass Menschen mich nur noch äußerst selten überraschen, dass ich sie inzwischen gut genug zu durchschauen gelernt habe, um ihr Verhalten voraussehen zu können, und all so einen Quatsch, aber das stimmt nicht. Menschen überraschen mich immer wieder. In der Welt gibt es kaum Schwarz-Weiß, Miss Perez. Immer herrschen die Grautöne vor. Und um ehrlich zu sein, ist es durchaus denkbar, dass Sie und Eduardo Diaz sich sehr ähnlich sind und dennoch auf verschiedenen Seiten stehen.«

»Womit wir jetzt genau wo angelangt wären? Dass dies alles nichts bringt?« Ich hole tief Luft. »Ich habe versagt. Fidel lebt.«

»Sie sollten nicht zu hart mit sich ins Gericht gehen. Was diesen Punkt betrifft, sind Sie in bester Gesellschaft. Bislang ist schließlich jeder, den wir hingeschickt haben, gescheitert. Gewisse Leute sind einfach schwerer umzubringen als andere.«

»Es ist bloß unfair, dass ausgerechnet er weiterleben soll, während so viele anständige Menschen für seine Revolution sterben mussten. Ich habe meinen Bruder rächen wollen. Wo bleibt jetzt die Gerechtigkeit?«

»Fair geht es selten zu in diesem Job. Es braucht Glück, viel Planung, lange zermürbende Stunden harter Arbeit und trotzdem passieren solche Dinge manchmal. So etwas kann entmutigend sein, und man fängt an, sich zu fragen, warum man das eigentlich tut.«

»Warum tun Sie es?«

»Weil mir die Arbeit gefällt. Weil ich gut darin bin. Weil ich daran glaube, dass jeder im Leben eine Bestimmung hat, und das ist meine. Weil wir mitunter tatsächlich Erfolgserlebnisse haben, auch wenn wir häufig genug den Kürzeren ziehen. Aber der nächste Kampf wartet immer schon. Das nächste Problem, das gelöst werden muss. Das nächste Land, in dem etwas schiefläuft.«

»Sie könnten die anderen ihre Probleme ja auch mal selbst regeln lassen.«

»Könnten wir. Aber meist sind ihre Probleme auch die Probleme Amerikas. Außerdem beschwert sich keiner, wenn wir uns irgendwo einmischen, wo die Lage katastrophal ist und man unsere Hilfe sehnlichst erwartet. Der Grat zwischen Held und Schurke ist eben extrem schmal und oft bloß eine Frage der Perspektive. Grautöne eben, Miss Perez. Wir bewegen uns in einer Welt voller Grautöne.«

»Und Kuba?«, frage ich. »Was unternehmen Sie jetzt wegen Fidel?«

»Wir werden es weiter versuchen. Das nächste Eisen ist immer schon im Feuer.«

»Ich bin überrascht, dass er mich nicht umgebracht hat.«

»Derzeit ist Castro in einer heiklen Lage. Er weiß genau, dass wir ihn als Verantwortlichen für Kennedys Ermordung im Visier haben. Weitere Provokationen sollte er sich da besser sparen. Bislang haben wir ein beträchtliches Maß an Zurückhaltung an den Tag gelegt, aber wenn wir die gesamte politische und militärische Macht Amerikas mobilisieren, um ihn zu stürzen, hat er nicht die geringste Chance.«

»Glauben Sie, dass er den Präsidenten ermorden ließ?«

»Nein.«

»Und ungeachtet dessen sahen Sie darin eine gute Gelegenheit, ihn zu beseitigen.«

»Das ist mein Job, Miss Perez. Gelegenheiten beim Schopf zu packen.« Sein Blick wandert durch den Raum. »Wirklich ein schönes Haus, das Sie da haben.« Er richtet seine Aufmerksamkeit wieder auf mich. »Was werden Sie jetzt tun? Wie sehen Ihre Pläne für die Zukunft aus?«

»Keine Ahnung«, antworte ich. »Wahrscheinlich setze ich mein Studium fort, da ich jetzt die finanziellen Mittel habe, es auch ohne die Unterstützung meiner Eltern zu tun. Als wir noch in Kuba lebten, wollte ich immer Anwältin werden. Vielleicht mache ich später mit Jura weiter.«

Er lächelt. »Also wenn Sie mich fragen, kann ich Sie mir ganz hervorragend als Anwältin vorstellen. Darf ich daraus schließen, dass für uns beide die Zeit der konspirativen Treffen in billigen Schnellrestaurants und Hotelbars vorbei ist?«

»Meine Tarnung ist aufgeflogen«, erwidere ich. »Fidel weiß alles über mich.«

»Diese Variante bringt uns nichts mehr, das ist richtig. Aber das Faszinierende an solchen Rollen ist, dass man sich ständig neu erfinden kann.«

»Aber Fidel …«

»Nicht in Bezug auf Kuba, nein. Indirekt könnten Sie vielleicht noch eine Hand im Spiel behalten, nur Sie unmittelbar für eine Mission dort einzusetzen, wäre jetzt, nachdem Fidel bestens informiert ist, natürlich viel zu gefährlich. Aber wie bereits gesagt, existieren weltweit eine Menge Konflikte, und jemand wie Sie wäre überaus geeignet, seinem Land zu helfen.«

»Ich bin keine Amerikanerin.«

»Nicht? Ihre kubanischen Wurzeln werden schon nicht darunter leiden, wenn Sie sich hier häuslich niederlassen. Selbst Agenten brauchen einen Rückzugsort, an dem sie sich zu Hause fühlen. Und einem Studium würde der Job auch nicht im Weg stehen. Sie können Ihre Familie besuchen und genau so leben, wie Sie es sich vorstellen. Wir bleiben lediglich in regelmäßigem Kontakt und überlegen uns, in welchem Rahmen unsere Beziehung am gewinnbringendsten genutzt werden kann. Kuba käme dafür nicht infrage, aber dieser Krieg mit den Sowjets dürfte nicht so schnell vorbei sein, und er wird über Stellvertreter in den verschiedensten Ländern ausgetragen. Kuba haben die Kommunisten bereits auf dem Gewissen. Was uns bleibt, ist die Chance, sie davon abzuhalten, auch der restlichen Welt das Rückgrat zu brechen. Sie wollten Ihren Bruder rächen, haben Sie gesagt. Es gibt andere Wege, sein Andenken zu ehren. Andere Wege, der Sache zu dienen.«

Er trinkt einen Schluck. Als ich nichts sage, fährt er fort. »Unsere Arbeit ist oft undankbar. Wenn Soldaten aus dem

Krieg heimkehren, feiert man sie als Helden. Wir hingegen bewegen uns zwar ständig in Kriegszuständen, bleiben dabei aber bewusst unsichtbar. Dennoch retten wir Leben mit dem, was wir tun. Sollten Sie also nach etwas suchen, das Ihrem weiteren Weg zusätzlichen Sinn verleiht, dann bin ich persönlich der Meinung, dass Sie für diese Art der Arbeit hoch talentiert sind. Und Spaß machen würde sie Ihnen auch.«

»Wohin müsste ich gehen?«

»Wie wäre es mit Europa? Lebt nicht eine Cousine Ihrer Mutter in Spanien? Verheiratet mit einem Diplomaten?«

Er lächelt, als wüsste er bereits, dass er mich hat und der Entschluss längst feststeht. Kuba mag derzeit nicht zu retten sein, aber lohnende Kämpfe gibt es noch genug.

»Wann soll ich los?«

26. November 2016
Palm Beach

Weit nach Mitternacht erst schließt sie die Tür ihres Strandhauses in Palm Beach wieder auf, nachdem sie den ganzen Abend mit ihrer Familie und Tausenden von Landsleuten auf der Calle Ocho gefeiert hat. Sobald ihre Hand die massive Holztür aufdrückt, spürt sie es.

Wie hätte es ihr auch entgehen können?

Die Eingangstür fällt hinter ihr ins Schloss, und sie steuert ruhig das Licht am Ende des langen Flurs an. Rechts und links von ihr hängen Kunstwerke, die sie über die Jahre hinweg zusammengetragen hat, stehen Antiquitäten, die von ihren Reisen nach Übersee stammen, dazu die vielen Familienfotos mit den Bildern der nachfolgenden Generationen und die gerahmten Diplome, die sie erworben und stolz aufgehängt hat.

Ein reiches Leben.

Als sie die deckenhohen Glastüren erreicht, die auf die Veranda hinausführen, stockt sie einen Moment. Der kanarigelbe Diamantring an ihrem Finger glitzert im Licht. Mit Ausnahme ihres kurzen Aufenthalts in Havanna trägt sie ihn inzwischen seit über fünfzig Jahren nahezu jeden Tag. So ist er ihr nahe geblieben, auch wenn ihr Lebensweg sie bisweilen weit fort getrieben hat.

Sie öffnet die Tür und tritt hinaus in die kühle Nachtluft.

Angesichts der späten Uhrzeit und der Tatsache, dass sie längst keine Zweiundzwanzigjährige mehr ist, die sich erst bei Sonnenaufgang nach Hause zurückschleicht, sollte sie eigentlich hundemüde sein.

Etwa eine Stunde bleibt ihnen noch, bis der Tag anbricht und die Sonne in einem strahlenden Farbenspiel über dem Meer aufgeht.

Sie sollte müde sein, aber sie ist es nicht. Adrenalin und Hoffnung halten sie hellwach.

Die Terrassentür schlägt hinter ihr zu, und der Mann auf ihrer Veranda reckt sich, fast als würde er vor ihr strammstehen. Plötzlich wirkt er viel größer, breitschultriger, und eine Sekunde lang stimmt das Bild des Mannes, den sie geliebt und verloren hat, mit dem des Mannes, der ihr gerade den Rücken zukehrt und aufs Meer hinausschaut, perfekt überein. Sie fühlt sich in eine andere Zeit versetzt, an einen anderen Ort, auf eine andere Terrasse. Ein anderes Leben.

Und dann dreht er sich um.

Natürlich sind sie einander in den vergangenen Jahrzehnten begegnet.

In der Welt, in der sie sich bewegen, ist es gar nicht möglich, das zu vermeiden. Aber sie haben immer eine gewisse Distanz zueinander gewahrt, die dem Bewusstsein entsprang, dass sie auf unvereinbaren Pfaden unterwegs waren.

Ob er den mehrseitigen Zeitschriftenartikel über sie gelesen, ihre Karriere als Anwältin verfolgt hat? Weiß er Bescheid über die Fälle von Menschenrechtsverletzungen, die sie vertreten hat? Ist er womöglich auch stets über ihre zweite Karriere informiert gewesen, jene, die sie heimlich betrieben hat und über die geschwärzte Berichte auf seinem Schreibtisch im Senat gelandet sein dürften?

Bis er vor etwa zehn Jahren sein Senatorenamt aufgab, stolperte sie im Fernsehen laufend über Bilder von ihm. Zeitungsartikel, die sich mit ihm beschäftigten, schnitt sie aus und klebte sie in ein Album, das heute noch wohlbehütet und vom vielen Herumblättern schon ganz zerfleddert in ihrem Schrank liegt. Verfolgt hat sie natürlich auch die Berichte aus der feinen Gesellschaft, in denen von seinen Kindern die Rede war. Selbst ohne sie zu kennen, hat sie sich ihnen immer nahe gefühlt, da es seine Kinder sind.

»Hast du lange gewartet?«, bringt sie gerührt hervor. Die Worte klingen in ihren eigenen Ohren schwer und unbeholfen.

»Nicht zu lange«, antwortet er. Das Lächeln auf seinen Lippen und der verschmitzte Ausdruck in seinen Augen geben ihr zu verstehen, dass auch er nicht nur den heutigen Abend meint.

Er zählt zu den Menschen, die in Würde altern, deren Züge wie eine gute Flasche Wein oder ein exzellenter Jahrgang Champagner reifen. Natürlich ist das in höchstem Maße ungerecht, aber wenn sie eins in ihrer Zeit auf diesem Erdball gelernt hat, dann, dass es im Leben selten gerecht zugeht. Das Leben ist einfach, wie es ist.

Sie tritt zu ihm, sieht das Leuchten in seinen Augen, die Liebe, die ihr daraus entgegenstrahlt, und ihr Herz schlägt heftiger.

»Du hast mir gefehlt«, flüstert sie, als keine Handbreit sie mehr trennt.

»Du mir auch«, erwidert er.

Er streicht ihr über den Kopf, zeichnet mit den Fingern den Schwung ihrer Wange nach, und obwohl sie schon lange nicht mehr die Haut einer jungen Frau hat, verlieren all die Jahre zwischen ihnen jede Bedeutung, und sie sind wie damals einfach wieder zwei Menschen, die in Palm Beach unter einem mondbeschienenen Himmel zusammen auf einer Terrasse stehen.

Lange sehen sie einander schweigend an. Nach so langer Trennung ist allein schon das Gefühl, in Gesellschaft des anderen zu sein, schier überwältigend.

»Kannst du nun, da Fidel tot ist, deinen Frieden finden?«, fragt er schließlich.

»Das dachte ich zumindest«, gibt sie zu. »Allerdings habe ich mit einem überwältigenderen Triumphgefühl gerechnet. Und natürlich hätte ich auch nie geglaubt, dass es so lange dauert.«

»Du bist aber trotzdem glücklich gewesen in all den Jahren, oder?«

Sie lächelt. »Ja, bin ich.«

»Sehr gut. Das habe ich immer gehofft. Dass du das Leben genießt.«

»Das habe ich«, sagt sie und nimmt allen Mut zusammen. »Es hat mir schrecklich leidgetan, als ich von deinem Verlust hörte – vom Tod deiner Frau.«

Sechs Monate zuvor hatte die Todesanzeige in sämtlichen Zeitungen der Stadt gestanden.

»Danke. Deine Zeilen haben mir viel bedeutet. Unsere Ehe ist all die Zeit glücklich verlaufen. Das Schicksal hat es gut mit uns gemeint. Ein paar wundervolle Kinder. Wir hatten ein gutes Leben.«

»Das freut mich.«

Es freut sie wirklich. In jungen Jahren hätte sie in diesem Moment wahrscheinlich Eifersucht verspürt. Aber die Zeit hatte ihr viele Lehren erteilt, und nicht zuletzt hatte sie gelernt, das Glück des anderen über das eigene zu stellen. Gehört es nicht letzten Endes zum Wesen der Liebe, Opfer zu bringen?

Lächelnd streckt er ihr seine Hand entgegen, und das Herz stockt und stottert ihr in der Brust. Dass nach all den Jahren der Funke zwischen ihnen nach wie vor so heiß und mächtig brennt und sie tatsächlich noch einmal zueinander zurückfinden … etwas Schöneres könnte sie sich nicht vorstellen.

Schicksal und Timing eben.

»Würden Sie mir diesen Tanz gewähren, Beatriz Perez, Rebellenküsserin und Herzensräuberin?«, fragt er.

Sie muss lachen, so lebhaft bringen seine Worte die Vergangenheit zu ihr zurück.

Er ist noch immer unverschämt gewandt und lässig, und sie liebt ihn noch immer dafür. Ganz gleich, wie viel Zeit ihnen auf dieser Erde noch beschieden sein mag, wie viele Tage, Wochen, Monate oder Jahre, sie möchte sie gerne mit ihm verbringen.

Tränen steigen ihr in die Augen, Freude erfüllt ihre Brust. Beatriz schüttelt den Kopf, während ein Lächeln ihre Lippen umspielt. »Von geraubten Herzen habe ich nichts gesagt«, erwidert sie.

Er schenkt ihr sein strahlendstes Lächeln, und die Liebe,

die in seinem Blick und in seiner Stimme liegt, umfängt sie mit wohliger Wärme.

»Nein, aber ich.«

Hat sie auch nur den Hauch einer Chance?

»Mit Vergnügen«, antwortet Beatriz, reicht ihm die Hand und lässt sich von ihm in den Arm nehmen. Sie beginnen zu tanzen. Und während die Sonne langsam über dem Meer aufsteigt, verblasst die Zeit mit jedem Schlag der Wellen.

Epilog

Wenn es darum geht, eine Beziehung zu einem Mann aufzunehmen, mit dem man bereits fast sein ganzes Erwachsenenleben in Liebe verbunden ist, liegt das Erfolgsrezept darin, trotzdem stets eine gewisse Aura des Geheimnisvollen zu bewahren. Selbst wenn er sich deiner dauerhaften Zuneigung sicher ist, sollte man unbedingt darauf achten, dass es weiterhin Dates gibt und Blumen und romantische Zeilen, die man für sich allein im Wohnzimmer lesen kann. Nun werden manche Leute behaupten, dass solche verliebten Spielereien in meinem Alter eine alberne Verschwendung bedeuten. Angesichts unserer schwindenden Gesundheit und Lebenszeit sollten wir ihrer Meinung nach jede Stunde, die uns gemeinsam noch bleibt, lieber so rastlos wie möglich ausnutzen.

Glücklicherweise habe ich nie viel darauf gegeben, was andere Leute behaupten.

Zeit ist Luxus – so viel ist wahr. Aber wie bei den meisten Luxusdingen, die man sich im Leben gönnt, ist es das Beste, sie in Ruhe zu genießen, statt sie gierig zu verschlingen. Und so verbringe ich im Vorfeld zu unseren Dates Ewigkeiten mit meiner Frisur und meinem Make-up, ziehe mit meinen Großnichten durch die Geschäfte auf der Suche nach neuen

Outfits und behalte dabei das Geheimnis von Nick erst einmal ganz für mich.

Er ist auf die Minute pünktlich, wenn er mich abholt, hat stets einen Strauß Blumen in der Hand, und der Glanz in seinen Augen verrät, dass auch die vielen Jahre dem Bild, das er von mir in sich trägt, nichts anzuhaben vermochten und wir verliebt sein können wie am ersten Tag. Und in einer Lebensphase, in der es vermeintlich nur noch bergab geht, liegt etwas ganz besonders Köstliches darin, ein Feuer frisch zu entfachen, das nie ganz erloschen war.

Nachdem wir zwei Monate lang unsere Beziehung im Stillen wiederbelebt haben, holt Nick mich mit seinem Fahrer in seinem funkelnden silbergrauen Rolls ab, und wir fahren gemeinsam hinaus nach Wellington, zur Geburtstagsfeier meiner Großnichte Lucia. Es wird Zeit, dass er meine Familie endlich richtig kennenlernt.

Für den Perez-Clan ist es ein in vielerlei Hinsicht glücklicher Tag. Meine Großnichte Marisol ist nämlich gerade von ihrer Reise nach Kuba zurückgekehrt, wo sie die Asche meiner Schwester Elisa an dem Ort verstreut hat, den sich ihre Großmutter gewünscht hätte. Wir sind alle ungeheuer stolz auf Marisol und froh, sie wieder bei uns zu haben.

Ich stelle Nick meinen Verwandten vor und bemerke dabei amüsiert die leicht peinlich berührte Miene meines Neffen, der sich offenbar erst daran gewöhnen muss, dass seine alte Tante noch Liebhaber hat.

»Ist das etwa deine ganz besonders wichtige Verabredung von neulich?«, erkundigt sich Marisol interessiert und führt mich ein Stück von den anderen fort.

Ich habe meine Großnichten immer wie Enkeltöchter betrachtet und dank ihrer Gegenwart auch nie Gelegenheit gehabt, eigene Kinder und Enkel zu vermissen.

Ich kann mich noch gut an das Gespräch erinnern, das wir bei ihrem Besuch vor einer Woche geführt haben, und muss lächeln. »Ja.«

»Er wäre beinahe mal Präsident geworden, richtig?«, bohrt sie in ehrfurchtsvollem Ton nach.

»Beinahe«, antworte ich. »Und er wäre ein ganz hervorragender Präsident gewesen.«

»Wie lange kennt ihr euch denn schon?«

»Sehr lange. Seit ich ein junges Mädchen war.«

»Hast du ihn …«

»Was? Schon damals geliebt?«

Marisol nickt.

»Immer schon.«

»Ich bin froh, dass er hier ist. Und dass du glücklich bist.«

Lucia kommt mit einem Glas Sekt in der Hand zu uns und setzt sich neben mich.

»Mach mal dein Geschenk auf«, sage ich zu ihr und deute dabei auf das große rechteckige Paket, das am Geschenketisch lehnt.

»Ich dachte, ich sollte lieber bis nachher warten.«

»Vergiss die Benimmregeln. Was hat das Geburtstagfeiern für einen Sinn, wenn man nicht mal dann tun und lassen kann, was man will? Außerdem zählt es zu den Privilegien des Alters, dass man auf Regeln pfeifen darf. Ich erteile dir also hiermit die ausdrückliche Erlaubnis, dieses Geschenk dort – mein Geschenk – bereits vorzeitig zu öffnen.«

»Ich habe das Gefühl, dass du dich noch nie sonderlich um Regeln geschert hast«, bemerkt Marisol lachend.

»Das Leben ist einfach viel zu kurz«, sage ich und stoße Lucia in die Seite. »Na los, mach auf.«

Sie reißt das Papier auf, und zum Vorschein kommen zwei braune Augen, eine markant geschwungene Kinnpartie, glänzendes tiefschwarzes Haar, ein sanft den Körper umspielendes Kleid, ein vor Diamanten strotzendes Dekolleté.

»Das ist ja ein tolles Porträt«, ruft Lucia aus.

»Ja, nicht? Ich habe es vor ein paar Wochen bei einer Auktion ersteigert. Eigentlich sollte ich sagen ›zurückersteigert‹. Es hing nämlich früher in unserem Haus in Miramar, muss danach allerdings ganz schön rumgekommen sein. Ursprünglich gab es noch ein zweites Porträt, das dazugehörte und ihren Ehemann zeigte.«

»Wer ist das?«, fragt Marisol.

»Isabella Perez. Der früheste weibliche Vorfahr, von dem wir wissen.«

»Die, die den Korsaren heiratete«, sagt Lucia.

»Genau. Das war Mitte des achtzehnten Jahrhunderts. Sie bestieg in Spanien ein Schiff nach Kuba, wo sie einen Mann heiraten sollte, den sie nicht kannte, den sie noch nie gesehen hatte.«

»Kaum vorstellbar«, meint Marisol nachdenklich. »Sie muss extrem tapfer gewesen sein. Und dürfte eine Riesenangst gehabt haben.«

»Glaube ich auch«, sage ich. »Mein Lieblingsporträt ist immer das hier gewesen. Deiner Großmutter gefiel der Seeräuber besser, aber mir ging diese Frau nie aus dem Kopf, die ihr

Zuhause, ihre Familie, alles, was sie jemals kannte, zurückließ und quer über den Atlantik segelte.«

»Ich liebe es«, erklärt Lucia und drückt mir einen Kuss auf die Wange. »Vielen Dank!«

»Schön. Das freut mich.«

»Wer hat es denn weggenommen aus unserem Haus in Kuba?«, fragt Marisol.

»Keine Ahnung. Irgendwie ist es im Besitz eines Mannes in Virginia gelandet. Nach seinem Tod hat man es versteigert. Womöglich weiß die Familie noch mehr darüber, ich habe auch schon nachgefragt, aber bislang kam noch keine Antwort. Jedenfalls ist Isabella jetzt wieder da, wo sie hingehört.«

Genau wie ich.

Arm in Arm mit Nick singe ich gemeinsam mit dem Rest der Familie »Happy Birthday« für Lucia. Dann erheben wir die Gläser und stoßen auf ihren dreiunddreißigsten Geburtstag an. Mein Blick kreuzt den meiner kleinen Schwester Maria auf der anderen Seite, und wir lächeln einander an, beide gleichermaßen stolz auf das Erreichte.

Ich habe stets geglaubt, dass Kuba mal mein Vermächtnis sein würde, dass ich dazu bestimmt wäre, eine wichtige Rolle in seiner Zukunft zu spielen und außerordentliche Dinge zu seiner Entwicklung beizutragen. Und hätte das Schicksal hier und da einen anderen Haken geschlagen, wer weiß, vielleicht wäre das tatsächlich geschehen. Aber Bleibendes schaffen konnte ich auch hier. Das Erbe der Perez-Frauen lebt weiter, auch in der nächsten Generation.

Männer kommen und gehen, Revolutionen siegen und scheitern, doch wir sind weiter da.

Vielleicht passiert es irgendwann in den letzten Stunden der Nacht, diesen tückischen, magischen Stunden. Oder es geschieht bei Tagesanbruch, schreckt die Schlafenden mit einem Schrei aus den Betten. Es kann sich auch ganz leise wie ein Kräuseln über das weite Land ausbreiten, kaum auszumachen hinter eindringlichem Flüstern und gezügelter Hoffnung. Oder es ist dieser eine überspringende Funke, von einem knisternden, knackenden Radiosender in die Stadt getragen, ein Lied, das den Atem derer einfängt, die am bedürftigsten sind.

So oder so, es wird geschehen.

Unsere Zeit wird kommen.

Nachbemerkung

Schon als ich die Figur der Beatriz das erste Mal in *Nächstes Jahr in Havanna* auftreten ließ, war mir klar, dass sie ein eigenes Buch haben muss. Eigentlich gab es damals gar keine Pläne für einen weiteren Einblick in das Leben der Familie Perez, doch das änderte Beatriz mit ihrer herrlich leidenschaftlichen, eigensinnigen Haltung rasch. Mitten in der Erstfassung musste ich die Arbeit an *Nächstes Jahr in Havanna* unterbrechen und das erste Kapitel des Romans über Beatriz schreiben, weil ihre Geschichte einfach danach drängte, erzählt zu werden, und keine Ruhe geben wollte. Während *Nächstes Jahr in Havanna* sich vor allem mit den revolutionären Ereignissen beschäftigt, wollte ich, dass *Wir träumten von Kuba* stärker das Danach beleuchtet, den Kampf um die Rückeroberung Kubas und die Rolle, die diese Auseinandersetzungen im globalen Zusammenhang spielten.

Die Perez sind ebenso wie ihre Freunde und Bekannten rein fiktionale Gestalten, wohingegen die Handlung des Romans auf den historischen, äußerst turbulenten Beziehungen zwischen Kuba und den Vereinigten Staaten in den Sechzigerjahren basiert. Auch Mr. Dwyer ist für sich eine fiktionale Figur, vereint jedoch in seiner Haltung vieles von dem, was die CIA damals in Lateinamerika anstrebte. Wie inzwischen freigegebene Akten belegen, hat es zahllose, von der CIA finanzierte Anschläge auf das Leben Fidel Castros gegeben, einschließlich einiger, die sich seiner großen Schwäche für schöne Frauen bedienten, um an ihn heranzukommen. All diese Versuche schlugen bekanntlich fehl, lieferten aber die Inspiration zur Tat von Beatriz.

Der Zeitraum, in den die Schweinebucht-Invasion, die Kubakrise um die Stationierung von Atomraketen und die Ermordung John F. Kennedys fallen, war stark von den Spannungen zwischen Kuba und den Vereinigten Staaten geprägt und verschaffte den Spionageabteilungen beider Seiten eine Art Hochkonjunktur. Kubas Geheimdienst war und ist bis heute ein beachtlicher Machtfaktor. Castro gelang es immer wieder, die Kreise der Exilkubaner mit Doppelagenten zu infiltrieren, außerdem blieb er durch sein engmaschiges Netz aus Spitzeln stets bestens informiert. Die Vereinigten Staaten waren nicht weniger eifrig am Werk, und das Schreckgespenst der kommunistischen Sowjetunion tat natürlich ein Übriges, das Sammeln von Geheiminformationen zu befeuern. Viele der in diesem Roman beschriebenen Vorfälle – einschließlich der Begebenheit mit dem sowjetischen Oberst in London – sind angelehnt an Aktionen, die von beiden Seiten tatsächlich unternommen wurden. Häufig klingen die Einzelheiten solcher Operationen, als wären sie Spionageromanen entnommen – was allerdings nur einmal mehr belegt, dass die Wirklichkeit oft sonderbarer ist als die Fiktion. Auch Castros Befürchtungen, seinem Regime könnte eine Vergeltungsaktion für die ihm angelastete Ermordung Kennedys drohen, gab es tatsächlich, ebenso wie viele der Theorien, die im Zusammenhang mit möglichen Motiven für diesen Mord auftauchten und denen zufolge Anhänger aus beiden Lagern der Kuba-Frage für eine Tatbeteiligung infrage kommen.

Ursprünglich sollte das Spionagegeschehen nur die Hintergrundebene in *Wir träumten von Kuba* bilden, aber das ließ Beatriz natürlich nicht zu. Als sie sah, welche Dinge sich da um sie herum abzuspielen begannen, verlangte sie sofort, ebenfalls einen Platz am Spieltisch zu bekommen, und ich sah mich außerstande, sie davon abzuhalten.

Danksagung

Zu den schönsten Aspekten der Arbeit an diesem Projekt gehören die vielen wundervollen Menschen, die ich unterwegs kennenlernen durfte und die dieses Buch erst möglich gemacht haben. Ungeheuer dankbar bin ich meinem Agenten Kevan Lyon und meiner Lektorin Kate Seaver für all ihre Hilfe, ihre klugen Ratschläge und ihren großen Einsatz für meine Arbeit. Es ist eine Freude, mit euch beiden zusammenzuarbeiten, und ich könnte mir keine bessere Orientierung für mich und meine Karriere wünschen.

Ich bin unendlich glücklich darüber, dass meine Bücher bei Berkley eine Heimstätte gefunden haben. Vielen Dank an Madeline McIntosh, Ivan Held, Christine Ball, Claire Zion, Jeanne-Marie Hudson, Craig Burke, Tawanna Sullivan, Fareeda Bullert, Roxanne Jones, Ryanne Probst und Sarah Blumenstock sowie das Subrights Department und das Art Department bei Berkley für ihre außerordentlichen Bemühungen um meinen Erfolg.

Danke an all die exzellenten Autorinnen und Autoren, die *Nächstes Jahr in Havanna* gelesen haben und die dem Buch so viele freundliche Zeilen und so viel Unterstützung haben zukommen lassen, insbesondere: David Ebershoff, Kate Quinn, Stephanie Dray, Shelley Noble, Jennifer Robson, Renée Rosen, Heather Webb, Stephanie Thornton, Weina Dai Randel, Alix Rickloff, Alyssa Palombo, Meghan Masterson und Jenni L. Walsh. Vielen Dank auch meinen bezaubernden Freundinnen A. J. Pine, Lia Riley und Jennifer Blackwood.

Ich bin zudem den vielen Buchhändlern, Bloggern, Bibliothekaren, Lesern und Kritikern, die mich auf diesem neuen Abenteuer begleitet haben, für ihre Rückmeldung dankbar. Ich habe mich sehr über jede dieser Reaktionen gefreut und bin froh, dass die Perez-Familie einen Platz in so vielen Herzen gefunden hat.

Zum Leben erweckt wurde die Perez-Familie durch die Geschichten, die ich von meiner Familie gehört habe, und durch deren Liebe für ihr Heimatland. Vielen Dank dafür, dass ihr mich mit all diesen Facetten Kubas vertraut gemacht habt, und für eure Kraft und eure Tapferkeit.

Und vielen Dank natürlich auch meiner eigenen Familie für ihre Liebe und Ermutigung und für die Inspiration, die sie mit tagtäglich schenkt. Ihr seid das Herzstück jedes Buchs, das ich schreibe.